Serie de autor

RODICA OJOG-BRAȘOVEANU

RODICA OJOG-BRAȘOVEANU

A ÎNFLORIT LILIACUL

Ediția a V-a

NEMIRA

Coperta: Oana BĂNDĂRĂU
Prelucrare copertă și prepress: Alexandru CSUKOR
Redactori: Nicoleta GHEMENT, Roxana POPESCU
Tehnoredactor: Antonela IVAN
Redactor-șef: Alina SÂRBU

Descrierea CIP a Bibliotecii Naționale a României
Ojog-Brașoveanu, Rodica
A înflorit liliacul / Rodica Ojog-Brașoveanu. - Ed. a 5-a. - București : Editura Nemira, 2023
ISBN 978-606-43-1414-7

821.135.1

Rodica Ojog-Brașoveanu
A ÎNFLORIT LILIACUL

Colecția RODICA OJOG-BRAȘOVEANU este o colecție a Editurii **NEMIRA**.

Tiparul executat de PAPER PRINT INVEST, Brăila.

ISBN 978-606-43-1414-7

1

Caleașca opri în coasta caselor lui Vasile Paapa[1], lăsând să coboare două femei înveșmântate în straie neguroase. Arnăutul aflat peste drum, păzind zidurile lui Petrovici-Armis, bogătaș vestit dincolo de hotarul Principatelor, le cercetă cu luare-aminte. Conacul lui Armis era ultimul din București cu „fustanelă, fes și pistoale“ în poartă. Junețea Capitalei, zăluzi ca Dorel Sturdza, Manolache Ghika ori Ioniță Duca, se întreba – de obicei după a treia sticlă de Château Lafitte retour des Indes – dacă ghiujul de Petrovici a înfipt un caraghios cu catrință în uliță pentru a-i păzi comorile ori nevasta. Didina Petrovici lipsea de la sindrofii și reprezentațiunile Teatrului Mare, nu-și plimba toaletele de la Worth în echipagiu comandat la parizianul Clochez, abia de o zăreai, trandafir roșu, proaspăt ca dimineața, printr-o despicătură cât clipa a perdelelor...

---

[1] Locul unde se află astăzi Banca Națională a României.

Arnăutul încercă să deslușească chipul femeilor la lumina felinarului cu petrol. Se afla câte unul la șapte case, mândria bucureștenilor, căci îngăduia să salte oleacă nasul peste nemți și franțuzi care orbecăiau pe străzi în lucoarea săracă a opaițelor și lumânărilor.

Nu deslușí mare lucru, cele două femei având văluri groase pe chip, atâta doar că se aflau cucoane de felul lor. Mantii bogate peste rochii cheltuielnice - clopote răsturnate - broboade scumpe.

Cea mai mărunțică întoarse capul spre vizitiu:

— Ne aștepți aici, Antoane.

— Săru' mâna, cucoană, am priceput.

„Și glasul, și porunca tot a obraz înălțat aduc", își zise arnăutul.

Femeile se prinseră de braț și se îndreptară cu pași mărunți și sprinteni spre Lipscănie. Arnăutul lui Armis le urmări cu gândul până pieiră după prăvălia lui Klenk, neamțul care tăia ca nimeni altul țvechere[1] și pantaloni neglijé pentru frumoșii târgului. Nu era întâmplare de toată ziua ca două cucoane, fețe luminate, să străbată la ceas de noapte, pe vreme vrăjmașă de gerar, cu ploaie subțire, trecută prin sită, ulițele desfundate ale Bucureștilor, neînsoțite de pereche de berneveci - c-o fi boier ori slujitor. Stăpânirea „pavase sistematic", cu piatră cioplită adusă de la Vălenii de Munte și Comarnic, doar străzile Franceză și Germană[2].

Arnăutul își scutură fesul ud și le ură de bine.

---

[1] Fracuri.

[2] Azi, strada Smârdan.

„C-o fi taină de inimă ori altă daravelă, Domnul cu ele! În Lipscănie și pe Covaci, ipistații stau ciotcă..."

— Cred că am coborât prea degrabă, Zoică... Îmi simt botinele pline de apă.

— Nu, Elenă. Ferim doi vrăjmași. Poliția lui Beldiman, mai teribil decât însuși Javert al domnului Hugo, și spionii lui Librecht. *Buciumul* abia așteaptă pricină de cleveteală, iar *Le National* își pescuiește picanteriile în orice apă, cât de tulbure ar fi. Am ajuns!

În capul uliței Covaci, a treia curte, o lumină gălbuie stăruia dinapoia perdelelor lucrate în igliță. Casa era de zid - din ce în ce mai multe în oraș luând locul celor de lemn și pământ - dovedind dare de mână. Tupilată între copaci bătrâni, o ghiceai, din april și până târziu, în brumărel, năpădită de flori și verdeață. Grădina, deși trențuită acum în suspinul toamnei, rămânea frumoasă - „frumoasă ca o văduvă", îi trecu prin minte Zoei Manta - aleea cu prundiș se afla îngrijită. Într-un șopron se zăreau o căruță și o sanie fără coș, cu tălpile în sus.

Doar urcară trei treptișoare și, înainte de a se fi vestit, ușa cu geamlâc, perdeluită, se deschise. O codană de vreo paisprezece ani, desculță și cu o maramă albastră legată la ceafă, le pofti mut înăuntru. Le îndrumă pașii printr-o săliță întunecată aromind a pere și gutui, deschise o ușă vopsită în verde-prăzuliu și rosti scurt:

— Au venit.

O voce dogită, de muiere care-și hrănește nările cu tutun și nici clondirul nu-l duce la cercei, porunci la fel de scurt:

— Să poftească.

Odaia era scundacă, prea încălzită, năbușită de scorțuri și perne de cit tivit. O candelă de sticlă albastră însuflețea patru icoane împărătești în colțul de răsărit, iar un opaiț mare de porțelan cu oglindă șlefuită drămuia lumină cât să nu-ți vâri degetele în ochi.

În lungul pereților vegheau, parcă pregătite pentru taifas de cucoane, șase scaune de lemn, prost îmbrăcate cu mușama verde. În blidar licăreau tingiri și tigăi, linguri de aramă, o piuă de cafea din cireș cu pisălog, tăvițe, clondire, două sfeșnice de tumbac.

Pe un mindir învelit în pânză de Brașov umplută cu păr de bou se afla gazda: o namilă doar osânză și coți mulți de țesătură. Avea un chip alb ca laptele, ochi a căror privire n-o puteai zări – două ațe retezând obrazul gras – buze supte, înghițite de gingii știrbe.

Zoe Manta își ridică voalul și trase adânc aer în piept. „Samănă cu un Buddha fără dinți. Iar mirosul e asomant..."

— Cer iertare cinstitelor cucoane că nu le pot întâmpina după cum se cuvine, rosti Goliatul în halat turcesc, cu părul strâns într-un tulpan de muselină, numai că dropica, osândă a lui Dumnezeu, mă țintuiește între perini.

Cele două femei avură același gest care reteza scuzele, pricina fiind fără însemnătate.

Pe masa rotundă, stâlpită pe un picior, se aflau scule cărturărești: un ghioc, cărți de joc cu poze înfricoșătoare – Satana, un creștin mistuit de focul Gheenei, un gâde șalvaragiu cu iataganul scos – o carte cât o Evanghelie cu semne cerești, nedeslușite, un castronaș de argint cu bobi. Alte două scaune, îmbrăcate în mușama neagră, se aflau de cealaltă parte a mesei.

Cărturăreasa își aținti privirea asupra însoțitoarei Zoei Manta. Era înaltă, mlădie, cu boiul cam țeapăn. Umerii, deși ascunși de mantia de catifea, se deslușeau căzuți, parcă lunecând de la rădăcina grumajilor în curbă dulce, spre coate.

Bătrâna rosti, parcă spălându-și vorbele:

— Mă înșel oare prepuind că domnia ta e cea carele poftește să-și citească sorții?

Zoe Manta avu o tresărire. *Elle est extraordinaire!* Nu degeaba vorbea un București întreg despre darul de divinație al coanei Simina din mahalaua Covaci. Elisa Lahovari o asigurase de altfel cu risipă de exclamații: „Este absolut epatantă... Are o clarviziune, o adresă, care, spui drept, te înfricoșează. Mi-a prezis de frate-meu, Iorgu, că o să zacă de vătămătură. «Cineva de sânge», zice, «neam bun, dar nu ți-e prunc. Zdruncinătură vrăjmașă îl pune la pământ, însă țărână nu mușcă.» Asta era luna cealaltă, așa că și uitasem. Sâmbătă acum, dă buzna pe poartă Anica, o știi, servitoarea cumnată-mii, toată un bocet: «O picat... ista, conașu Iorgu, la promenadă... De pe Voinic, ista calu'... Îl grijește ista... doftoru', conu' Carolică Davila.» Știi că moldoveanca-i cam toantă... Asta am poftit să-ți spui, *ma chère*... Țiganca-i năzdrăvană peste poate!..."

Femeia înaltă și subțire înclină capul.

— Rog pe domnia ta să-și ridice vălul, urmă Simina ascunzându-și mulțumirea. Nu încerc să-ți despoi taina, dar sorții omului, până la cercetare mai măruntită, se citesc în căutătură.

Zoe Manta își privi prietena care părea foarte tulburată.

— Deslușește-i sorții în alte semne.

— Voia domniilor voastre.

Întinse o mână grasă. Ghiulurile care-i sugrumau două dintre degete erau frumoase și de preț. Despre unul dintre ele, un rubin fălos cu ploiță de diamante, Zoe își aminti că-l văzuse la Boitiți, giuvaiergiul de pe Pod.

— Dă-mi palma ta cea scrisă, porunci coana Simina.

Zoe Manta, simţind nedumerirea, explică:

— Adică stânga.

Mâna fină, aristocratică, se întinse cu teamă peste masă. Simina o simţea tremurândă, speriată ca o vrabie picată în laţ.

— De felul domniei tale, îţi porţi inima în palmă, cinstită cocoană. Ai fire simţitoare, gingaşă, prea lesne de vătămat. De acum, să cercăm a descâlci şi urmele condeiului.

Împrăştie măruntişurile de pe masă, găsi lupa ceasornicească, cu mâner de ebonită, şi se aplecă atât de tare peste mâna femeii, încât aceasta îi simţi răsuflarea în palmă.

Dintr-odată, Simina înţepeni. Pe chipul gras se citeau nemărginită uimire şi o tulburare nedeslușită, ca o spaimă. Încercă să se ridice, dar picioarele asuprite de dropică n-o ajutară.

— Iertăciune, mărită Doamnă, că nu te-am întâmpinat cum se cuvine şi îngăduie să-ţi sărut dreapta pentru cinstea ce mi-ai făcut, mie, nevrednicei...

Cealaltă râse încurcată:

— Lasă... Nu! Cred că te înşeli...

Simina clătină hotărâtă din cap:

— Palma nu minte, iar baba ştie bine să citească. Măria Ta poartă cunună...

Zoe Manta simţi că îi bate inima de emoţie. „De necrezut! N-avea cine să i-o divulge... Aranjamentul era făcut prin Raluca Manu, discreţiunea personificată..."

— Vorbeşte, suflă Doamna... Ce vezi?

Cărturăreasa păru să şovăie, şi Zoe îi dădu ghes:

— Mărturiseşte adevărul lacrimă şi nu ne menaja... Vreau să spui, să nu ne cruţi. De aceea suntem aici...

— Voia Domniilor Voastre, iar eu sub poruncă mă aflu... Soarta ţi-e înălţată, mărită Doamnă, dar nu dulce, cununa-i cu nestemate, însă domnia ta o simţi ţăpuşe. Dumnezeu ţi-a hărăzit falā lumească, dar în inimă, nesecată lacrimă. Sterp ţi-e pântecele şi nu ţi-i scris să-ţi înmulţeşti neamul... Inima ţi-e înrobită în veci rigăi de roşu, iar acesta şi-a lepădat-o, tot pe veci, muierii de pică... Ani mulţi ţi-s hărăziţi în singurătate lungă şi cernită. Te vei înstrăina o vreme, apoi te vei întoarce pe cele poteci ale tinereţii călătorite. Bătrâneţea îţi va fi bogată în fapte de milostenie, dar avuţia nu-ţi va fi pe potrivă. Eşti şubredă, floricică în bătaia vântului, dar, după cum Domnia Ta ştie, vijelia răpune stejarii, firul de iarbă îşi pleacă doar fruntea, apoi iar se îndreaptă. Tare în vârtute va trebui să te dovedeşti pentru a îndura cele ce ţi-s sortite. Vor fi multe şi drum anevoios te aşteaptă până la odihna cea veşnică. Dumnezeu şi Maica Precista să te binecuvânteze.

Pătrunseră în Palatul Domnesc printr-o portiţă dosnică a aripii dindărăt, ale cărei fereşti băteau în Bulevardul Academiei. Acesta fusese tăiat doar cu câţiva ani în urmă, la porunca lui Vodă, între uliţa Colţei şi Podul Mogoşoaiei. În răstimp se iviseră, ciuperci după ploaie, case de zid făţoase, înconjurate de grădini splendide, strunite de foarfeci meştere, ca de pildă a lui jupân Pohr, pogorât din Braşov. Acesta îşi deschisese florărie cu dever pe Pod, în noul Han Filipescu. La negustorul neamţ se găseau cele mai frumoase camelii, hortensii şi garoafe. Dar cap de opera lui Pohr, spuneau bucureştenii, era grădina din Strada Vămii[1] a caselor Znagoveanu. Boierii cei tineri, mai

[1] Azi, strada Dem. I. Dobrescu.

călătoriți, o asemănau cu celebrele grădini Tivoli de lângă Roma, un *piccolo* Tivoli, bineînțeles, dar aranjamentele florale terasate, belșugul de plante ornamentale, fântânile arteziene și mulțimea de *putti* bucălați fuseseră fără îndoială inspirate de grădinile paradiziace ale fostului Tibur.

Ajunsă în iatac, Elena Doamna își ridică vălul și se prăbuși în fotelul de lângă soba vieneză. Focul duduia, o lampă de porțelan împrăștia lumină albăstruie, la ferestrele perdeluite cu brocart se tânguia ploaia zbuciumată de vânt.

— Urăsc vreme ca aceasta! Mi-e frig, Zoe. În oase și în suflet. Am nu rareori impresia că, de când am părăsit Soleștiul, copilă, tot frig mi-a fost.

Zoe Manta se apropie și, cu gesturi gingașe, îi scoase toca de catifea și vălul.

— Să nu te prindă junghiul, Elenă. O chem pe Clemansa să te tragă. O cărămidă fierbinte, un ceai, un praf de-al lui Drasch și alungăm primejdia.

O cercetă îngrijorată. Sub pleoapele viorii, privirea albastră a Zoei, odinioară scăpărătoare, acum abia pâlpâia, spălată de lacrimi multe și priveliști necăjite.

„Biata Zoe!“ oftă Elena Doamna. „Iată încă o făptură de la care Dumnezeu și-a întors privirea.“

O avea în minte așa cum se înfățișa cu douăzeci și mai bine de ani în urmă, alergând cu plasa de prins fluturi, ea însăși fluture de aur jucăuș, toată o lumină și căutătură înstelată, zburda cu grații de libelulă în Lunca Soleștiului. Pantalonașii cu dantele se ițeau de sub poalele rochiței de muselină, iar în zulufii bălani, maica îi împletise albăstrițe. Un bulgăraș de zăpadă rostogolindu-se sub un soare blând...

„Știi, Elenuță... Am hotărât să fiu fericită. Am să fiu fericită toată viața!“

Aveau doisprezece ani... Vară... Ziua era toată o petrecere – scrânciob și pescuit, și scaldă, și prânzuri pe iarbă din coșulețe de răchită... Toamna avea degete murdare de cerneală. Răsuna conacul unchiului Constantin Sturdza din Scheea de vorbe franțuzești și substantive nemțești de un stânjen. Cât de departe rămăseseră toate! Tot atât de departe ca meleagurile înghețate cu urși de zăpadă ori cele tulburătoare ale cangurilor și fluturilor albaștri... „Am să fiu fericită... toată viața!“ Fusese fericită, pe deplin fericită, trei ani. Apoi Manta, bărbat chipeș, aprig, neașteptat, vijelios ca și bunică-său, postelnicul Dimitrie, pierise fără urmă. Lepădase avuție, nevastă, rosturi și slujba de prefect al Botoșanilor, lăsând pe măsuța Zoei răvaș scurt, care avea să fie răsucit și forfecat fel și chip, în toate saloanele Principatelor: „Plec mânat de aprig dor, mă cheamă depărtările, oceanul, zări neștiute. Simț cu toată făptura că viața-mi aici se năruie fără țel! Ardoarea necunoscutului îmi toarnă jăratic în vene. Iartă-mă și nu mă aștepta...“

Clemansa, o poloneză de vreo șaizeci de ani, aciuată de tânără în Moldova, începu s-o dezbrace pe Doamnă cu mișcări precise și îndemânatice. Îi descopcie botinele de glanț cu andreaua, apoi bumbii rochiei de catifea șoricie, din care ieșeau aburi. Vorbea rar și puțin, dar, vorba Elenei Cuza, „pe Clemansa e de-ajuns s-o privești ca să-ți știe răbojul greșalelor“. Avea un chip neînsemnat, uscățiv, nasul croit parcă într-o nehotărâre. Buzele, pungite acum, și pufnitul continuu pe nări îi trădau nemulțumirea.

După ce înveli umerii Doamnei într-un șal venețian și-i împinse jilțul mai aproape de sobă, turnă ceaiul.

— Nu uita leacul lui Drasch, spuse Zoe Manta.

Bătrâna bombăni:

— Da... Da... Praf de la pungaș ăla, otrava la el să fie...

Cu excepția medicilor școliți, mulți cu diplome simandicoase de la Paris și Berlin, Clemansa era una din puținele persoane din București care nu-i acordau încredere veneticului, pripășit din te miri ce zări și aciuat la Otelul Avram de sub Dealul Mitropoliei. Șoacățul, ori ce-o fi fost, tămăduia toate bolile, dar în primul rând sminteala. Leacurile, să le numeri pe degete – soburul, oxidul de fier, oxidul de zinc și altele câteva – nu dădeau greș. Când necazul îndurat de bietul creștin se arăta îndărătnic, Drasch îi venea de hac cu pumni zdraveni, răcnete și scaldă în butoaie cu apă înghețată. Și dacă nici astfel nu-l dovedea, rămânea panglica aceea a toate tămăduitoare. Doctorul Charcot, vestitul medic parizian de boli nervoase, ar fi încercat uimire nemărginită asistând la ședințele de tratament ale lui Drasch. Cu o sculă anume ticluită, șarlatanul găurea pielea de pe ceafa zăludului, prin care trecea apoi repede și cu brutalitate o bucată de panglică. Nefericitul se domolea ca prin farmec, iar cei din jur aveau apoi ce zvoni în lume. Și apoi, cum să-l bănuiești de pehlivănie pe unul care ia doar doi lei de vizită – cât o ciorbă și o tuslama cu ocaua de vin la „La idee", crâșma lui Iordache de pe Covaci – iar pe săraci îi cruța de orice para?

Doctorul Marcovici, diplomat la Paris și cu faimă europeană, îl întrebase cândva cum de cutează să practice o profesiune pentru care nu are nicio pregătire. Drasch, înalt, slab, cu chip de satană, rânjise: „Eu, colega, recomand totdeauna inversul a ceea ce recomanzi domnia ta și sunt sigur că o nemeresc..."

Clemansa aduse totuşi leacul într-o linguriţă de argint pe care Elena Doamna se grăbi să-l înghită, stăpânindu-şi anevoie senzaţia de silă. Praful acesta scotea necazul din trup. Se vedea după scaunul negru. „Negreala aceea“, constatau bucuroşi bolnavii, „îi numai şi taman boala cea rea...“

— Mulţumesc, Clemansă, nu mai am nevoie de dumneata, poţi să te duci la culcare.

— Da' Măria Ta nu cinează?

— Deocamdată, nu. De-oi pofti un ceai mai încolo, mi-l serveşte Florentina.

Bătrâna îşi plecă ochii, tăinuindu-şi nemulţumirea. N-o ţinea lângă inimă pe franţusca fandosită, „guvernanta“, cum i se zicea la palat, un soi de slugă mai subţire, care îi ţinea de urât Doamnei, citindu-i stihuri din cărţulii legate în marochin roşu, când pigulea la gherghef. Aceasta, bun înţeles, după ce-i culca pe Alexandru şi Dimitrie, pruncii nu se ştie cui - dar Bucureştii ştiau -, adoptaţi de soţii Cuza.

— Tu, Zoe, nu eşti ostenită?

Amândouă priviră în aceeaşi clipă spre micul orologiu. Pe perete, un gobelin vechi înfăţişa o privelişte de campestru regal, aşa cum îl închipuiau şi îndrăgeau oamenii celuilalt veac, încântând şi ochiul de mai târziu. ...Maria-Antoaneta, nefericita regină, într-o toaletă printanieră, cu panouri, aşezată pe iarbă între damele ei de onoare, vaporoase ca nişte nimfe, în poziţiuni dintre cele mai graţioase. Într-un colţ, Madame Vigée-Lebrun, pictoriţa palatului şi, mai cu seamă, a jucăuşei Toinette, în faţa şevaletului, părea să mânuiască penelul cu mişcări înaripate...

Întrebarea era de prisos. Abia trecuse de ceasurile 10, iar ele sfătuiau de obicei până spre miezul nopţii, când ipistaţii de la Roșu începeau al doilea rond. Zoe Manta era cea mai credincioasă prietenă a Doamnei, și apoi locuia la palat, în aceeași aripă dinspre Biserica Kretzulescu. După fuga lui Manta, nu-și mai suferise conacul de pe ulița Ulierului[1], în șoldul căreia Librecht, ploșnița aceea ticăloasă, își înălțase în ultimii ani cel mai fățos palat[2] din București. Zoe Manta demenajase cu tot calabalâcul la Stupeni, moșia părintească din ținutul Vasluiului, iar casele le închiriase. Hotărâse că viața îi va merge alăturea cu a Doamnei și, de sorții vor hotărî într-alt fel, despărțindu-le, avea să se retragă în liniștea și răcoarea Stupenilor.

— Să-ți citesc, Elenă?

Arătă spre birouașul Boulle dintre cele două ferestre. Un vraf de cărți cu cotoare aurii străluceau azuriu în lumina lămpii.

— Hachette ne-a trimis azi ultimele novele pariziene, *La physiologie du mariage*, de Balzac, și vodevilurile lui Paul de Kock, *un petit livre délicieux, je vous assure*, am apucat s-o frunzăresc... A!, râse, luând un volum de pe birou. Am uitat surpriza nebunului cela de Ioanid, librarul din Pasajul Român, *Misterele țintirimului Per-Lașez*, tradusă de o oarecare doamnă din Galați, Smaranda Atanasiu. Nu-ți trebuie multă fantezie pentru a ghici cum a maltratat *la pauvre commère*[3] – o resimțesc și strașnică gospodină – textul franțuzesc.

Elena Cuza oftă din adâncul inimii:

— Nu de novele îmi arde, Zoe. Îmi simt inima boț de durere și jăratic. Și încerc așa o spaimă, de parcă necaz aprig stă să pogoare în toată clipa asupra palatului acestuia...

---

[1] Azi, strada Dionisie Lupu.

[2] Azi, Casa Universitarilor.

[3] „Biata cumătră“ (lb. fr.).

Zoe Manta îi strecură privire îndurerată. Spaime din senin și în tot ceasul o urgisiseră pe Elena de când, la cincisprezece ani, își săltase cozile pe cap, și maică-sa, apriga Catinca Rosetti, o scosese în lume.

Cumplită muiere cucoana Catinca, aspră și nepricepută în creșterea pruncilor! O stăpânise pe Elena din bici și pinteni, când copila era supusă și blândă ca o porumbiță, doar lapte și miere în privire și cuget, dornică de înțelegere și iubire. Rosetteasca nu pricepea însă asemenea mofturi, vorba obișnuită era mugetul de taur, ochii scânteiau totdeauna mânioși. Când îi auzea glasul, Elena tresărea cu junghi dureros în inimă. Taică-său, conu' Iordache Rosetti, îi lăsase daravelile moșiei și ale casei în poală și folosea orice prilej spre a pune poște multe între el și nevastă.

Crescută în umbra apăsătoare a mamei, Elena, din fire sfioasă și slabă de înger, când se măritase era o fată stângace, prea puțin grațioasă, cu grumaz supus, de o modestie exagerată, care-i răpea orice încredere în propria-i făptură. Soarele, balurile, societatea o înspăimântau, socotindu-se prea neînsemnată, prea puțin strălucitoare față de frumusețile Iașiului și ale Bucureștilor.

Însoțire mai puțin potrivită decât cea a Elenei cu Alecu Cuza, bidiviu năvalnic, lumeț, sclipitor în conversație, îndrăgit de toată boierimea, vorbeau saloanele, mai rar se întâmplase în familiile din protipendada Moldovei. Iar dragostea fierbinte a Elenei, nedomolită de ani, gata de orice jertfă și umilință și nu odată pusă la încercare de Vodă, înzecea povara.

Doamna se săltă într-un cot și luă ceașca de ceai de pe gheridon.

— Să-ți torn puțin lapte?

— Nu, Zoe... Îmi face silă.

Flacăra sfeşnicului de pe cămin îi scoase chipul din umbră. Era prelung, cearcăne adânci, ca la bolnavii de inimă, îi săpau două buzunări negre sub ochii stinşi. Nu fusese o cadră nici în tinereţile dumneaei. Sprâncene haiduceşti, nasul cam lung, gura dintotdeauna tristă. Dar avea o talie elegantă, cum spun francezii, era distinsă, iar pe obraz stăruia acea lumină, izvorâtă din alese şi nobile însuşiri sufleteşti, despre care moraliştii şi popii susţin că înfrumuseţează şi cele mai vitregite chipuri; frumuseţe pe dinaintea căreia, din păcate, mustăţile bătăioase şi fracurile a opt galbeni de la *Chic de Paris* treceau cu ochii legaţi, iar bietele zâne n-aveau de ales între multe drumuri: ori mănăstire, ori împletitul cosiţei albe între neamuri, mătuşa fată bătrână pusă în capul mesei, cu gândul la testamentul acesteia.

Elena Cuza sorbi câteva înghiţituri de ceai, apoi luă oglinda înrămată în fildeş, aflată mereu la îndemână. Îşi scoase spelcile privindu-se îndelung. Părul bogat, vârstat cu argint, se rostogoli pe pernă.

— Doamne, că slută m-am făcut. Acum observ dintâia oară că am început să semăn cu mama...

Zoe Manta se aşeză la picioarele patului şi începu să-i dezmierde mâna. Încercă să râdă:

— Ce idee! Eşti neîntrecută, Elencule, când îţi inventezi cu dinadinsul necazuri.

„Elencule", ca pe vremea Soleştilor, când îşi smulgeau una alteia păpuşile franţuzeşti cu capete de ceară. Elencu rămăsese şi azi, dar numai când se aflau singure.

Doamna îşi îndreptă privirea spre icoanele îmbrăcate în aur. Veşmântul plouat cu nestemate al Sfinţilor Împăraţi

Constantin și Elena, ocrotitorii dumneaei, fusese comandat la Viena, cap de operă de giuvaiergerie.

— Doamne, oare la ce năpaste m-ai mai osândit? Ce mi-e hărăzit să mai îndur?

Glasul, a cărui dulceață era sporită de farmecul graiului moldovenesc, era de o tristețe sfâșietoare.

— De ce le mânjești pe toate cu dohot, Elencule? Mai este și soare în lumea asta, nu doar întunericime.

Elena Cuza își răsuci privirea de căprioară rănită:

— N-ai auzit ce a spus femeia ceea? Atâta adresă m-a înfiorat.

— Elencule, vino-ți în fire... Uneori ai aerul că judeci ca un copil. Nu mă așteptam să te lași impresionată de fanteziile acestei *tireuse de cartes*[1] de mahala. Dacă știam cât ești de sperioasă, nu te conduceam acolo pentru nimic în lume.

— Ar fi fost mai bine să nu mă duci, suspină Doamna. Tu încerci acum să-mi dai curaj, îți mulțumesc, Zoe, dar știu că, în sinea ta, crezi ca și mine în fiece cuvânt pe care l-a spus vrăjitoarea.

Zoe Manta se prefăcu supărată:

— *Décidémment*[2], cu tine n-o scoate omul la capăt. Vorba coanei Catinca, dacă intri la vreo idee, nu ți-o scoate nimeni din minte, nici dacă ar opinti cu patru boi.

— Zoe, zâmbi Doamna, ce sens are acum să ne sfădim? Până mai astă-seară o ridicai în slăvi pe Simina, cea mai straşnică *diseuse de bonne aventure*[3] din toată țara. Nu mi-ai istorisit chiar tu de Elisa Lahovari și de frate-său, Iorgu?

---

[1] „Ghicitoare" (lb. fr.).

[2] „Hotărât" (lb. fr.).

[3] „Cărturăreasă" (lb. fr.).

— Oh! o întrerupse Zoe. Am exagerat probabil amândouă, așa cum se întâmplă când e vorba despre ceva puțin comun.

— Atunci, continuă să zâmbească blând Doamna, la ce ne-am mai dus?

— Ca să te mai amuzi puțin, Elencule. Să mai vezi și altceva decât aste ziduri. Și, dacă chibzuiești bine, gogorița ți-a înșirat cuvinte de taifet, care s-ar potrivi aproape oricărei boieroaice mai răsărite.

Elena Cuza îi îndreptă privirile neliniștite, în care scăpăra un licăr de nădejde. Dorea din suflet să i se poată răsuci gândurile spre zare mai puțin neguroasă.

— Mi-a zis că port cunună, șopti. De unde a știut ea asta?

Zoe o înfruntă cu curaj:

— Vezi cât ești de copil? Putea să vorbească de cunună și Saftei Brâncoveanu, și Casandrei Cantacuzino, și Anei Racoviță, și Sturdzoaiei, și Sultanei Ghika, și, și... Atâtea persoane ai căror părinți, bunici, în fine, *quelque ancêtre*[1], au ținut scaunul Moldovei ori al Munteniei cândva. *Toutes, des princesses...*

Elena Cuza rămase gânditoare:

— Da... E ceva în ce spui... Apoi, din nou speriată: Și riga de roșu... Dama de pică?

— Oh, là, là! râse Zoe Manta, ca într-un arpegiu, precum *mademoiselle* Marigny de la Comedia Franceză. Acestea chiar că le poți înșira oricui pe tipsie. Va exista totdeauna o damă de pică sau de ghindă și, dacă nu există, o găsim noi, gata să-ți spargă casa. Știi, eu una *j'en ai assez*[2] de dame fatale, așternut

---

[1] „Vreun strămoș“ (lb. fr.).

[2] „M-am săturat“ (lb. fr.).

la drum de seară, voiajuri peste mări și țări ori avuții de nabab, picate din cer, pe hornul casei.

Doamna oftă și își simți trupul mai puțin chircit în așternut.

— De, Zoe, știu și eu... Să dea Dumnezeu să fie cum spui tu... Să se aleagă binele. Și să se facă lumină în mintea și cugetul lui Vodă. Tot mă gândesc, Zoiță, cu ce l-o fi fărmăcat muierea ceea? Alecu, bine știi, îi bărbat schimbător ca vremea, răbduriu și statornic doar în trebile țării, dar nu și în dragoste. Cu ce știință diavolească l-o fi înlănțuit?

Zoe se prefăcu nepăsătoare:

— Știință de șantan! Las-o, Doamne, iartă-mă, păcatelor pe Obrenovicioaie. I-o trece și lui Vodă într-o zi, ca orice boală.

„Necazu-i că nu-i trece“, își păstră Zoe gândul pentru ea. Din cleveteli aflase și, bun înțeles, n-avea s-o îndurereze pe Doamnă istorisindu-i cele oblicite, că Maria Obrenovici, făptura născocită de Satana, își cumpărase cai, două sute de galbeni! Iar alți șapte sute avea de gând să cheltuiască la Ems, unde mergea în fiece an să-și facă băile.

Zoe Manta își înăbuși suspinul. „La o urmă“, gândi, „nici Cuza nu-i prea vinovat. Tot omul are slăbiciunile lui, și Dumnezeu, știut este, nu dă cu amândouă mâinile. L-a iscat un bun domnitor, cu toate însușirile bărbatului de stat de elită, iubind țara și norodul mai presus de orice, onest și lipsit de corupțiune.“ Acestea i le recunoșteau, măcinându-și barba între dinți, până și vrăjmașii săi cei mai neînduplecați, precum Gheorghe Bibescu, fostul domnitor, frații Golești, Mitică Știrbey, Iancu Ghika, și răboju-i departe de a seca... Iar peste aceștia se mai aflau, și nu mai puțin primejdioși, opozanții trăitori la Paris, care unelteau fără să ostenească la curtea lui Napoleon al III-lea. Membri ai fostelor familii domnitoare Bibescu și Știrbey, la care se adăugau mari proprietari – Brăiloiu, Suțu, Lenș, Grădișteanu. Subvenționau reacțiunea din țară pentru a organiza mișcări de agitație împotriva lui Cuza și a administrației sale, în vreme ce la Paris plăteau jurnale ca *Le Constitutionnel, Le Pays* și *Le Nord* spre a publica articole ce-i defăimau pe domn și pe miniștrii săi.

De parcă i-ar fi citit gândurile, Elena Cuza șopti într-un târziu:

— Prea mulți vrăjmași la un singur om. Cât ai fi de viteaz și ocrotit de noroc, tot te răpun. E grija și teama mea de fiece clipă. De femeia blăstămată s-o descotorosi ori ba, numai viața să i-o cruțe Dumnezeu. Barem durerea aceasta să mă ocolească...

— Vodă nu-i singur, spuse Zoe Manta. O țară întreagă îi stă alăturea.

Doamna clătină tristă capul:

— Aceasta într-o înfruntare fățișă. De-o parte, norodul cel mult, de cealaltă, pumnul de boieri. Dar războirea nu se face pe câmp deschis și la lumina zilei. Răii uneltesc pe întunecime, plătesc braț și jungher ticălos.

— Vodă-i înconjurat de oameni cu credință.

— Ei, Zoe, cu galbeni buni și mulți îți cumpără și umbra. Aici mi-e grija cea mare! De trădarea prietinilor, căci de aceasta n-ai cum să te ferești.

— Gândești că l-ar putea vinde *madame* Obrenovici?

— A, nu... Aceea uneltește să ajungă cea dintâi doamnă a țării, în locul meu. Alt dor și scop nu cunoaște, așa că viața lui Cuza îi e scumpă, măsurată în galbeni și fală. Mi-e teamă de cel care-l dezmiardă în față, iar în spate ține pregătită flinta. Palatul e plin de iscoade.

— Năluciri de-ale tale, Elencule. Şeful gărzii, colonelul Haralambie, intră în foc pentru Domn, iar toţi oştenii din pază sunt oameni devotaţi, încercaţi nu odată. Ei se socot, după cum îi dezmiardă însuşi Măria Sa, „copiii lui Alexandru Ioan Vodă“.

Elena Cuza zâmbi cu amărăciune. Deschise Biblia legată în marochin roşu şi scoase o scrisoare.

— Am primit-o azi-dimineaţă... E de la Iancu Alecsandri. Îmi dă de ştire că alde Bibeştii şi ceilalţi ticăloşi din coterie au îndreptat cincizeci de mii de galbeni la Bucureşti, spre a pune la cale răsturnarea lui Cuza. La atâta bănet, nu se vor da în lături să facă şi moarte de om...

Un vaiet de pasăre străpunse ferestrele şi persienele grele de catifea. Doamna sări speriată.

— Cucuveaua! Ai auzit, Zoe?

Zoe Manta încercă să-şi ascundă neliniştea:

— Nu era cucuvea. Sunt guguştiucii. Ţipătul li se cam aseamănă, nu ştii?

Vuietul se auzi încă o dată. Un tânguit urât, de pasăre neagră... Pasăre de ţintirim.

2

Barbu Cantuniari, unul din cei cinci prefecți ai Bucureștiului, și anume la Roșu, împlinise treizeci de ani, era oacheș și mărunt precum străbunii săi din Neapole, avea ochi negri, înstelați, neastâmpăr de libelulă și doruri de condotier.

Cel mai vechi Cantuniari căruia i se putea da de urmă poposise în Valahia cam pe la 1700, pe vremea lui Vodă Brâncoveanu. Signor Bernard fusese silit să părăsească Neapolele și, deși avea să îndrăgească meleagul nou și oamenii de la porțile Orientului, inima îi lăcrămase înfiorată de dor după „cel mai frumos oraș din lume“ până în ultima clipă a vieții sale. Nu-l revăzuse niciodată, căci domnia sutanelor negre încinse cu frânghii albe, care-l alungaseră în cele patru zări, rămânea mereu atotputernică. Se strecurase cu noroc printre ghearele călăilor doar cu o legăturică în care izbutise să adune câteva sute de livre, un ceasornic și miniatura mamă-sii, signora Rosina. Și același noroc, cum se întâmplă poate o dată la zece vieți, îl salvase de rugul Inchiziției.

Murise la nouăzeci de ani, azvârlit de un cal zălud, dar până la ultimul suspin istorisea cu neistovită uimire că urmașii acelui Ignațiu de Loyola îl osândiseră la frigare, atunci, și acolo, la Neapole, iar peste Styx, la focul Gheenei, din pricina a patru cuvinte.

Se afla la cârciuma „Piccolo topolino", din port, împreună cu câțiva prieteni marinari. Mâncau canelone și jambon cu cantalup și secau unul după altul clondirele cu vin nou, de Sardinia. Mario, băut bine, închinase paharul, cântând cam pe nas: „Și deoarece am fost mântuiți prin Iisus Hristos..." Signor Bernardo adăugase pe același ton: „Și prin El Însuși."

Urechea iscoadelor iezuite, mereu trează, auzise mai mult decât trebuia pentru pedepsirea ticălosului. Procesul avu loc fără zăbavă, iar signor Bernardo fu osândit la veșnică afurisenie și ardere pe rug, căci acel „și prin El Însuși" îi putea face pe credincioși să-și închipuie că mântuirea ar fi fost cu putință fără mijlocirea unui preot hirotonit. Cumplită erezie și carele poruncea pedepsirea spre neuitată pildă a antihristului.

Prietinii valahi cărora Talianu – așa avea să-l poreclească mahalaua, Cantuniari părându-i-se împleticeală spre nebuneala limbii, cuvânt țăndărit, ce mai! – le istorisea pătărania ori de câte ori mâna îi ostenea ducând cupa la gură, nu pricepeau mare lucru; doar atâta că lumea-i lungă și lată, iar secetă de smintiți, după cum se pare, nu se află niciunde. Cât despre signor Bernardo, plângea *il nero destino* al republicilor italiene, căci zicea domnia sa: „Acolo unde pentru patru parole te aruncă în foc, ce ți-ar face pentru cinci? Acesta este sfârșitul nostru! O mână de ploșnițe negre devorează urmașii mândrei Rome..."

Talianu – așa avea să rămână numele neamului până la depărtat-strănepotul Barbu care se întoarse la Cantuniari – se pripășise la Râmnicu Vâlcea, unde deschise giuvaiergerie. Valahii având mai mulți cocoși decât ceasornice, sigur că Bernardo începu de la o vreme să uite meșteșugul ornicelor, dar prăvălia avea dever, boieroaicele vâlcene fiind mari iubitoare de podoabe. Pe la 1720, signor Bernardo se însură cu o copilă de negustor, Anastasia, care-i zămisli nouă prunci. Cupețul, deși cuprins și cu teamă de venetici, ca tot omul cumsecade, i-o încredințase după oarecare codeală, căci „la o urmă, tot creștin se cheamă că e și, când cântă, poți să-mi faci încredințare, jupân Arghire sau Manole, sau Silvestre, zici că plâng îngerii! Nu-mi mai lunecă pelinașul fără viersul păcătosului..."

Odraslele Talianului și ale Nastasiei se împrăștiară prin țară. A fost un neam binecuvântat de Dumnezeu: fiecare dintre ei, oriîncotro s-a îndreptat, a întocmit gospodărie cuprinsă și s-a procopsit. Urmașii de azi ai lui signor Bernardo erau ofițeri în oastea lui Cuza, advocați, un doftor școlit la Paris, văr cu Barbu, un profesor de matematici la Universitatea din București, moșieri. Meșteșugul lui signor Bernardo însă fusese cu desăvârșire dat uitării. Tot asemenea, Neapolele cel de altădată, Vezuviul și răsăriturile lui de soare din tinerețile străbunului. Amintire gingașă ar mai fi rămas o miniatură, pictură pe email, cu chenar de briliante. O signoră bălană, îmbrobodită în dantelă de Veneția, căuta nepăsătoare din alte zări. Rătăcită în sipețelul cu giuvaiere al mamei lui Barbu, nimeni nu mai știa al cui a fost, al cui era chipul. Nefiind socotită podoabă prea arătoasă, Rosina nu văzuse lumina soarelui de peste un veac...

Tatăl lui Barbu, Iordache Talianu, ocupase numeroase dregătorii: căminar, spătar, apoi ispravnic de Brăila, iar în ultimii ani de viață, director al Ministerului de Interne. O moarte zornică îl răpusese la nici cincizeci de ani. Mama lui Barbu, Vasilena Pală, singurul prunc al unei familii de boierași, era o făptură subțire, liniștită, strecurându-se prin viață cu pași neauziți. Părea că singura dorință a acestei femei, frumoasă ca ziua, era să treacă nebăgată în seamă. Orfană de copilă, fusese crescută de o mătușă, sora cea mai mică a maică-sii. *Tante* Georgette, ea însăși foarte tânără la vremea când preluase tutela, văduvă la douăzeci și cinci de ani, strălucitoare și curtată, o încredințase domnișoarei Morand. Era o elvețiancă blajină ca o ursoaică bătrână, cu conci cățărat în vârful capului și, în urechi, cercei de cristal negru. Visul ei era să economisească treizeci de mii de franci care i-ar fi îngăduit să se întoarcă lângă sora ei, în cantonul Nidwald. O, da, viața ar avea atunci cu adevărat farmec. Diminețile petrecute în piața orășelului, după mici târguieli – un coșuleț cu marțipane, două jurubițe de mătase vișinie, o bucată de panglică pentru a însufleți pălăria de pai și a o face să pară mai nouă și, bineînțeles, pâinișoarele cu stafide de la doamna Stadhl – cumpărături pline de farmec. Surprize care făceau din fiecare zi o mică sărbătoare. Apoi, voluptuoasele seri de iarnă când nămeții astupau ferestrele și uneori trecea câte o săptămână până să zărești nasul unui vecin. Dar te simțeai bine și în siguranță. Focul duduia harnic, flăcările dădeau luciri de jăratic vaselor de aramă din blidar. Jamboane mari atârnau în cămară, borcanele cu gemuri de coacăze și căpșune așteptau în cămară, în cuptor pâinea se cocea împrăștiind o aromă de liniște, de belșug, de... acasă. Și-apoi duminicile... Oh, duminicile erau cu adevărat cele mai frumoase! Întâi slujba atât de impresionantă în capela de la capătul orașului, apoi predica totdeauna simplă, bine simțită, a pastorului König... După-amiază, sora ei, domnișoara Susanne Morand, oferea prietenelor, câteva doamne foarte respectabile, un ceai cu biscuiți calzi, torturi cu unt și o prăjitură strașnică de casă, cu fructe. Spre seară, apărea și pastorul König. Deși nu era tocmai potrivit să te așezi la masa de joc în ziua Domnului, totuși loto sau domino nu sunt cu adevărat jocuri de noroc...

Toate acestea i le povestea *mademoiselle* Morand fetiței, cu nesecat apetit și cu suflet sfâșiat de nostalgie. Istorisea de fiece dată folosind aceleași cuvinte și pe același ton lipsit de semne de exclamație, încât visul madmoazelei începuse să-i răsune în urechi Vasilenei ca o rugăciune.

(Peste ani, Vasilena, devenită de mult cucoana Talianului, avea să primească vești de la bătrâna elvețiancă. Fu unul din puținele momente când avu prilejul să constate că uneori visele se împlinesc. *Mademoiselle* Morand trăia fericită în mijlocul unei priveliști de povești cu Moș Crăciun, schimba panglici la pălării vechi și juca loto în toate duminicile. Din nefericire, pastorul König, chemat de Dumnezeu, le părăsise. Era de neînlocuit, firește, dar și tânărul pastor Müller era o persoană destul de bine...)

Vasilena nu învățase multe de la *mademoiselle* Morand. La cincisprezece ani, vorbea nemțește și franțuzește, cânta la pian cu aplicație, scoțând limba din cauza străduinței, valsuri de Strauss și *Clopotele din Corneville*, desena stângaci și broda neîndemânatic. Din când în când, tanti Georgette sosea într-o volbură de dantele, cascade de râs și sărutări, însoțită de o societate numeroasă. Iernile și le petrecea în străinătate, vara pe la diverse moșii. Era neobosită, sufletul sindrofiilor și hotărâtă să nu se recăsătorească.

Cu prilejul unui zaiafet la Periș, Talianu, pe atunci ispravnic de Brăila, becher cam la treizeci și cinci de ani, părând mai tânăr datorită boiului sprinten și a mișcărilor iutace, o văzuse pe Vasilena. Abia domnișorită, în condurași de atlas cu călcâie înalte, cu trupul lujer să-l frângi între degete, spre care întinzi fără voie brațul să îl reazemi, să-l ocrotești, să-l strângi lângă piept.

Talianu o strânse la piept și nu-i mai dădu drumul niciodată. Vreme de cincisprezece ani, o iubi atât cât poate iubi un bărbat și se simți fericit. Firește, și Barbu, singurul copil, îi era drag, dar băiatul simți din cea mai fragedă pruncie că marea dragoste a lui tătâne-său, icoana și norocul casei, era măicuța.

Când Iordache Talianu își dădea sufletul, răpus de o aprindere la plămâni, ultimul gând fu pentru Vasilena. I-o încredință feciorului care abia împlinise paisprezece ani, și Barbu n-avea să-i uite niciodată fierbințeala privirii și a mâinii încleștate, din acele clipe.

„Să ai grijă de mamă-ta, până la ultima suflare. Să-i fii reazăm la bătrânețe, ocrotitor în toată viața și nădejde împlinită..."

Vasilena avea treizeci de ani la vremea aceea, iar frumusețea ei, abia acum pe deplin înflorită, răsărea ca o minune dintre vălurile cernite. Privindu-i zulufii de aur – aurul nins al lunii argintuite de ger – care cădeau mătăsoși pe taftalele sau catifelurile negre, vorniceasa Catinca Racoviceanu, pizmașă, râsese știrb: „Au bine-ți mai pică doliul Talianului, draga mea. Eu una, să fiu ca tine, nu l-aș mai lepăda..."

Un București întreg zvonea despre frumusețea de cadră a madamei Talianu, pețitorii zdruncinau porțile casei din Strada Nouă[1] mai abitir și mai numeroși decât furnizorii,

---

[1] Azi, Edgar Quinet.

iar Barbu, elev la Liceul Sfântul Sava, se simțea mândru ca un păun când o însoțea pe mamă-sa, în echipagiul lor, la preumblările de la Șosea.

De multe ori Barbu se întreba la ce s-o fi gândind Vasilena toată ziua. Vorbea puțin, în șoaptă, și părea că tot timpul plutește pe aripă de basm și vis. Încă oleacă și-ai fi zis că-i lunatică. Barbu socotea că-și făurise o lume a ei, cu păsări de aur, castele de cleștar, arome de rai și viers de arhangheli, unde nu lăsa pe nimeni să pătrundă.

Vremea i se petrecea cu nimicuri fermecătoare și nu se plictisea niciodată. Picta evantaie de mătase, citea cu glas tare din Marceline Desbordes - *Valmore* și Lamartine, cânta la pian, copia note muzicale de care n-avea nevoie, își clătea mereu degetele străvezii în apă de roze, se privea în oglindă, transcria sau născocea panseuri, le așternea în albume elegante de piele, pe care se lăfăiau, gravate, buchete de flori, heruvimi, coșulețe grațioase din care scoteau capul pisicuțe și cățeluși, „să-ți vină să-i mănânci".

Înaintea plecării la Paris, unde, împreună cu alți tovarăși de vârsta lui - avea șaisprezece ani - urma să-și continue studiile, Barbu se simțise neliniștit.

— Parcă nu-mi vine să pornesc la drum. O să-ți fie urât, măicuță.

Vasilena surâse. De fapt, surâdea tot timpul, dar zâmbetul își schimba culorile, după cum însemna una ori alta.

— Mie nu mi-e urât niciodată, puiule. Du-te fără grijă și... amuză-te bine... *On est une seule fois jeune.*[1]

---

[1] „O dată ești tânăr" (lb. fr.).

Barbu îi prinse mâinile. Chiar de atunci o simțea ca pe copila lui.

— Tu vorbești, măicuță... Tu, care ești atât de tânără... Auzi... Știi...

— Ce e, *mon petit?* Ce te apasă?

Barbu își luă inima în dinți. Spuse repede-repede, ca să nu se răzgândească:

— Știi, *maman*... Dacă te-ai mărita, eu n-aș fi supărat... Deloc... M-aș bucura. Eu înțeleg...

— Destul de ciudat la vârsta ta...

— Zău, *maman*, cred că nici papà n-ar fi contrariat.

— *Voyons! Ne dis pas de bêtises.*[1]

— De ce? Uite, generalul Roșianu, de pildă, mi se pare foarte potrivit.

— Dumnezeule, șopti ca pentru ea Vasilena. Acela, cel mai puțin dintre toți...

— De ce? Te adoră, *maman*, îți jur. Săptămâna trecută m-a întâlnit pe Pod și m-a poftit la Hugues[2], la o înghețată. „Tinere“, îmi zice, „amorul ardent ce-mi pârjolește întreaga ființă mă ucide!! Te-ai încontra dacă aș cere mâna mamei dumitale?“

Astăzi, Vasilena împlinise patruzeci și cinci de ani. Nu se recăsătorise („Simțuri adormite? Temperament fără vivacitate? Să-l fi iubit chiar atât de mult pe tata?“, se întreba Barbu) și rămăsese domoală, visătoare și, mai ales, frumoasă. Pretendenții nu-i lipseau nici acum și, de câte ori intra în apartamentul maică-sii, Barbu se amuza numărând buchetele și coșurile simandicoase de flori primite în ziua aceea. Și nu se putea împiedica

---

[1] „Hai, nu vorbi prostii!“ (lb. fr.).

[2] Azi, clădirea de pe Calea Victoriei lipită de Hotel Continental.

să nu cugete la atâtea odăi bogate ori calice unde o singură floricică, lăsată anume pe pervazul ferestrei, ar fi aprins făclie de fericire în inimi singure, sortite să privească mereu, cu ochi pustii, din spatele perdelelor, poarta ogrăzii pe care nu intra nimeni, iar dincolo de ea, în uliță, la bucuria altora.

La douăzeci și doi de ani, Barbu se întorsese în țară. Își isprăvise studiile juridice, era membru al Societății Economiștilor din Paris, se împlinise oleacă la trup, rămânând însă tot iutac, sprinten și cu o neliniște de mânz, care-i împrumutau un farmec anume.

„Simt mereu că-mi alunecă printre degete“, spunea adesea Juliette D'Aumont, o contesă micuță, cât s-o ascunzi într-un medalion și să fereci capacul, *liaison dangereuse*[1], cum o socoteau colegii români, căci dura de aproape un an, iar Talianu nu se dovedise niciodată atât de constant în amor. „Da, *mon ami*, ești ca vântul, ca apa, niciodată prezent, deși lângă mine, iar gândurile – *oh, mon Dieu!* – poate doar ciocârlia în zbor avântat să ți le poată urmări. De altfel, cred că de aceea te iubesc.“

Barbu îi sărutase galant mâna:

„Nu mă interesează nimic altceva!“

„Și totuși vei pleca...“

„A pleca nu înseamnă totdeauna a... părăsi. Vreau să spun, nu înseamnă neapărat despărțire.“

„Ba da! Presimt că așa va fi. *Tant mieux!* Ne-am amuzat bine împreună și, după cum știi, nimic din ce-i bun nu durează...“

---

1 „Legătură periculoasă“ (lb. fr.).

Nu o văzuse pe maică-sa de șase ani. Vasilena, dând dovadă de o înțelegere și abnegațiune puțin comune (dar nu era oare vorba de o cutremurătoare indiferență?), îl sfătuise să-și petreacă verile în străinătate.

„Ești mai câștigat“, îi scria, „făcându-ți vacanțele în orașele interesante ale Europei – de ce nu te-ai duce, *par exemple*, la Florența, Veneția, Roma, ca să nu mai spun că ai ce vedea și în Prusia – decât să risipești un timp prețios la moșie, alături de o măicuță bătrână? Ții minte cât de mult dorea tatăl tău să călătorești! Voiajurile îți deschid orizontul și ochii, îți desăvârșesc instrucțiunea. Profită, *mon ami*, satisfacția pe care ți-o dă dorința împlinită la timp este de neegalat. Despre mine, să nu-ți faci griji. Eu mă simt bine.“

„Chiar prea bine“, gândise Barbu oleacă nemulțumit. Își închipuia că pe maică-sa n-avea s-o înțeleagă niciodată pe de-a-ntregul și se întreba dacă oare însuși Iordache Talianu, soțul ei legiuit, citise ceva dincolo de chipul madonei-păpușă. Cutreierase Europa, văzuse, observase și învățase atât cât poate observa și învăța un adolescent. Îndrăgise priveliștile și curățenia din cantoanele helvetice (ce deosebire de murdăria Parisului; era bine știut că Franța producea cele mai fine soponuri, dar le foloseau... streinii), admirase frumusețea italiencelor și încercase puternice impresiuni dinaintea vechilor palate, monumente și chiar ruine, căci acolo, în încă fărâmițata cizmă italică, orice piatră se numea istorie; vizitase extaziat Spania, Spania cu cel mai albastru cer văzut vreodată, cel madrilen; gustase cu plăcere cârnații cu muștar și politețea fără cusur a vienezilor, străbătuse Anglia trăitoare a uneia dintre cele mai prospere epoci ale ei, dar aceasta avea să se afle mai târziu, căci între istoria știută și cea adevărată se ridică șiruri de morminte și, așa este dat de la Dumnezeu, ca veacul în care a trăit, dar pe care nu l-a priceput bunicul, să fie descâlcit de nepoți. Da, feciorii Albionului, gentlemenii cu joben, redingotă și accent Oxford ori târgoveții modești, în haine de lucru, vlăstarele Cockneyului, copiii care goneau cercul pe pajiștile verzi ale Hyde Parkului, habar n-aveau că trăiesc ceea ce avea să devină în istorie vestita epocă victoriană. Bucălia regină Victoria I guverna cu înțelepciune, mâinile grăsulii țineau cu autoritate cârma țării. Ce-l fermecaseră în chip deosebit pe Barbu fuseseră însă oamenii, siguranța cu care pășeau, trăiau clipa de față și viitorul. „Nu zău", scria Barbu unui prieten, „îți dau impresiunea că nu le e teamă de moarte, de piruetele destinului; au o liniște sufletească de parcă s-ar ști vecinici, iar frumoasa lor bunăstare se va eterniza. Într-un cuvânt, amice, nu cunosc ce se cheamă teama, frica de neprevăzut, acest microb teribil care ne macină existențele..."

Când se întoarse în țară, Barbu se simțea plin de vigoare și de entuziasm.

„Mă simt ca un cazan care dă în undă și nu știu către ce să mă îndrept."

Vasilena zâmbise nehotărâtă. Atâta energie clocotitoare o speria. Se simțea de parcă în odaie ar fi pătruns furtuna, iar brațe vijelioase aveau s-o smulgă ca pe o pană din jilț, zvârlind-o de bagdadie și păreți.

„Tu trebuie să știi mai bine ce ai de făcut. Și mai zic că nu e zor. Ai vreme să chibzuiești și să alegi. La o urmă, taică-tău s-a îngrijit bine de noi și tu nu trăiești atârnat de o simbrie..."

„N-am răbdare, *maman*... Am stat destul departe de marile lucrări ale vremii, simt că trebuie să făptuiesc și eu ceva. Mi-ar plăcea să fie măreț, prea merituos, știu că nu toți suntem hărăziți izbutirilor neasemuite, dar măcar să fiu de folos semenilor, asta e cu putință."

„Bun înțeles, *mon petit*", glăsuise moale Vasilena, care nu prea pricepea ce se petrece în mintea feciorului și mai ales cui i se izbise fire atât de furtunatică. Chiar când nu se înfierbânta, căutătura îi ardea flacără, să aprinzi opaițul de la ea. Iordache fusese mai domol, cumpănit și nu căuta a prinde ciocârlia în zbor peste pădure de plopi.

„Mai voiam să-ți spun ceva, măicuță..."

Barbu părea încurcat, și Vasilena se speriase. Se simțea destul de ostenită de câte aflase până acum. *Encore des idées!...*

„Trag nădejdea", urmase Barbu, „că n-ai să te superi. Am de gând să îndrept petițiune la Cancelaria domnească spre a ne redobândi numele... Pe noi Cantuniari ne cheamă... Talianu a fost porecla aceluia dintre străbunici carele, pribeag, s-a statornicit în Țara Românească."

„Dragul meu, nu știu ce să spun... La așa ceva eu nu m-am gândit niciodată și cred că nici tatăl tău."

„Socoți că el s-ar fi împotrivit intențiunii mele? De fapt, ne întoarcem la numele nostru legitim, în locul cognomenului de venetic..."

„Vei face cum crezi de cuviință... Acum... Mă simt cam ostenită... Ne găsim la dineu... Dacă nu cumva ai de gând să cinezi în târg, cu prietenii. Știi, nu vreau deloc să-ți fiu povară sau piedică, nu trebuie niciodată să-mi ții companie dacă ai altceva mai bun de făcut. La Hugues se mănâncă foarte bine. *Une cuisine exquise.*"

Barbu o privise cu admirație sinceră. După șase ani de separație, îl primise cu un entuziasm pastelat, de parcă s-ar fi despărţit săptămâna trecută, şi nu i se părea neconvenabil ca în prima seară să tragă un banchet cu prietenii, în loc să povestească amândoi la gura sobei.

Maman, je vous tire ma révérence.

La o săptămână, Barbu intra în magistratură, judecător la Craiova. La început, slujba îi plăcuse, dar după un an, doi, începu să-l prididească plictisul. I se părea că pierde vremea înnămolit într-o muncă monotonă, pe care ar fi putut s-o îndeplinească orice grefier mai dezgheţat, cu oleacă de praxis, iar Barbu se simţea dinamic şi plin de idei.

Răzmeriţa de la Craiova din toamna anului 1860 îi dădu prilejul să pătrundă în atenţia guvernului Ţării Româneşti.

Nemulţumiţi de Legea patentelor ce instituia obligaţiuni sporite pentru meseriaşi şi negustori, târgoveţii ieşiseră în stradă şi, după cum telegrafia la Bucureşti prefectul Grigore Marghiloman, „poporul a spart prăvălii şi case particulare luând arme cu care trage din când în când în localul Prefecturii..."

Intervenţia armatei când răsculaţii atacaseră arestul Prefecturii şi schimbul de focuri scoseseră în stradă toată populaţia Craiovei.

Cu un tact desăvârşit, „adevărat cap diplomaticesc", cum avea să aprecieze Kogălniceanu, judele Barbu Cantuniari izbuti să liniştească spiritele, să stingă vâlvătaia, reducând la maximum pagubele şi numărul victimelor.

Crăciunul anului 1860 îi aduse lui Barbu gradul de căpitan, dregătoria de prefect al uneia din cele cinci circumscripţii ale Capitalei şi încă una, doar de câţiva iniţiaţi cunoscută, de ofiţer în poliţia secretă a Domnului.

La 10 ceasuri, Barbu Cantuniari azvârli cartea pe biroaşul Louis XV şi îşi netezi barba retezată scurt, până la mărul lui Adam, după cum se purta şi Vodă.

Spre deosebire de cele mai multe case pricopsite din București, cămările lui Barbu – locuia în aripa stângă a conacului, cea dreaptă fiind domeniul Vasilenei – păreau pustii, căci, abătându-se de la gustul Bucureștilor celei vremi, nu-i plăcea să simtă năbușeala lemnăriei și a bulendrelor. Obiectele erau puține, chibzuit alese și mai mult rânduite pe lângă pereți, lăsând mijlocul gol, ceea ce stârnea multă mirare chiar maică-sii; nimeni nu pomenise încă o odaie, chiar iatac, fără masă bogat înhorbotată, hotărâtă la mijloc.

Un gobelin vechi înfățișând o vânătoare a regelui Ludovic al XV-lea în pădurea de la Compiègne (îl cumpărase la Paris, la o licitație publică) spânzura pe peretele dinspre miazănoapte. Pe el agățau o șișanea antică și o sabie turcească cu lamă de Damasc. Pe zidul dimpotrivă se aflau o carabină Le faucheux, o sabie de pedestrași cu lamă Solingen, două revolvere și două pistoale. Un cazier de stejar vechi ascundea documentele lui Barbu și ale lui conu' Iordache și, legate în panglică liliachie, scrisorelele micii contese Juliette D'Aumont, scrise pe hârtie de aceeași culoare și parfumate cu esență de Armenia.

Un divan îmbrăcat în brocart auriu, asemenea draperiilor, completa interiorul. Slugile Talienilor – căci tot Talieni rămăseseră pentru mahala – se bucurau de primenit lesnicios, dar în cuhnii, ascunzându-și chicotitul în palmă, își râdeau de boierul zălud, trăind între boscârțe de anahoret.

Barbu strecură privire prin ferestrele perdeluite. Ploaia vrăjmașă nu contenise, iar din față, la Sala Momolo[1], adăstau butcile și caretele boierilor veniți în petrecere. Își aminti că

[1] Clădirea de lângă restaurantul Capșa.

cetise înştiinţarea în gazetele *Românul* şi *Cantorul de Avise şi Comerţ*:

> Duminică, în 30 noiembrie, va fi bal mascat la D. Momolo, în casele domnului Slătineanu, pe Podul Mogoşoaiei. Domnii Eronim Momolo şi Vorelli au tocmit şi orchestră prea bună şi prea frumoasă compusă din domnul Wiest, compozitor şi dirijor, şi douăzeci şi patru de bărbaţi vrednici din miliţia naţională...

Barbu Cantuniari lăsă persienele să cadă. Se rezemă de birouaş, şi călimara de argint dimpreună cu tocul de fildeş zăngăniră. „Trebuie să cumpăr peniţe... La Hachette sunt cele mai bune...“ Gândul lepădă sculele de scris, se răsuci singur spre femeia care devenise o obsesiune, o umbră de care nu te poţi descotorosi, preocuparea de fiece clipă.

„Nici dac-aş fi înamorat“, râse Barbu, „nu mi-ar ocupa cu atâta înverşunare mintea şi timpul. Şi ciudat lucru că azi nu e la balul maské al lui Momolo. Rezervaţiunile s-au făcut de o lună, iar ea, cea mai zvonită damă din Bucureşti, se lipseşte de o petrecere mult aşteptată de tot protipendul. Până mai aseară au sosit trăsuri cu toalete de la Paris... Madame Legrand din Rue de la Paix, *Mademoiselle* Finesse, Worth ştiu că au câştigat o leacă de parale...“

Barbu îşi îmbrăcă macferlanul, îşi puse o pălărie florentină din blană de biber, cu gardini largi, căci începuse a fulgui, şi, suflând în lampă, se închină de Doamne ajută. Trecu prin săliţa rece pe pereţii căreia atârnau gravuri ecvestre. În geamlâcurile albastre, roşii şi verzi ale marchizei, un pui de viscol începuse a depune zăpadă.

Ulița îl întâmpină vrăjmașă. Vântul se îndârjea asupra târgului, îi înțepa obrajii cu ace de foc, opintea asupra copacilor care înălțau spre bolta prăbușită brațe desperate.

„Jupân Barbu, frumoasă nopticică te așteaptă!" Aruncă o privire spre cămările mamă-sii. În odaia de culcare stăruia ca totdeauna și avea să stăruie până spre ziuă, lumină albăstruie. Vasilena citea, visa, suferea dimpreună cu Héloïse și Abélard, amanți nefericiți, în leat 1118. Cartea, *Lettres d'amour*, sosise de-acum o săptămână – scrisori de amor celebre –, iar Vasilena, când o vizitase de dimineață, plângea soarta nefericită a celor doi îndrăgostiți.

„Mama", gândi Barbu urcând Podul Mogoșoaiei, „e ciudată făptură. Suspină pentru toți amanții din alt veac, citește doar noveluri și poesii de amor, dar dânsa fuge din calea lui."

Îi veni să râdă. Chiar de dimineață sosise din partea unui adorator, care deocamdată se ținea în umbră, un crâng de camelii însoțit de un răvășel legat cu șnur auriu:

L-am rugat pe Dumnezeu să-mi dăruiască
Ce-i mai prețios din cereasca Lui slăvire
Spre a ți le da voios.
Însă Dumnezeu zâmbindu-mi
Mi-a răspuns la fine
Că nimic nu are în ceruri
mai frumos ca tine...

Werther

„Ce zălud! Noroc însă tot are. Pistoletele tatei le am în păstrare eu..."

Trecu pe lângă Otelul Hugues, de unde răzbătea zvon de muzici. Fanarele, gemene cu cele de peste drum, care ţineau stânga şi dreapta Teatrului Mare, luminau uliţa ca ziua şi făceau să scânteieze literele de aur ale firmei şi decoraţiunile din bronz de pe uşile grele de stejar.

De bună seamă, înăuntru chelnerii forfoteau în jurul mesei din fundul locantei, ocrotite de plante exotice. Acolo, ca într-o cămară osebită, chefuia în fiecare noapte Alexandru Beldiman, prefectul Poliţiei domneşti, dimpreună cu scutierii dumnealui: Iorgu Şuţu, Manolache Costea, Anton Dudescu, Simion Băicoianu. Şi avea o hachiţă conu' Beldiman: din clipa când se aşeza la masa dumnealui, să nu prindă a număra până la trei, şi cupele să fie pline, un deget până la buză. Până a număra la zece, bucătarul să-i înfăţişeze tipsiile cu stridii de Ostende şi icrele negre proaspete. De fiecare dată – bucuria ochiului! – boabele de caviar, mari cât mazărea, i se păreau diamante negre culcate pe pat de gheaţă.

În casele de-alături, giuvaiergiul Resch trăsese obloanele grele, păzindu-şi comorile. Vienezul poposise doar de câţiva ani în Bucureşti, dar izbutise dever care îngălbenea de invidie bijutierii armeni şi nemţi din Lipscănie şi Pasajul Vilacrosse.

Barbu Cantuniari ridică ochii spre primul cat, unde locuia franţuzul Ulysse de Marsillac. Nu era bucureştean să nu-l cunoască şi să nu zâmbească pomenindu-i numele. Ţăcălia roşcată, redingota pe talie, jiletcile colorate şi bastonaşul cu măciulie de aur i le ştiau şi copiii. Pe domnul de Marsillac îl adusese în ţară Iancu Slătineanu, preceptor la odraslele dumnealui, iar mai apoi fusese numit profesor de limba franceză la Sfântul Sava. Era un omuleţ cumsecade, politicos precum străbunii dumnealui marchizi din al XVIII-lea veac, mereu zâmbitor şi cu teşchereaua plină de complimenturi galante. Toate saloanele îi erau larg deschise, fiind pretutindeni întâmpinat cu bucurie. Franțuzul, la rându-i, dovedea dragoste fără seamăn pentru tot ce-i românesc: iubea Bucureștiul, oamenii, de la târgovățul de rând până la obraze luminate, se afla prietin cu negutătorii cuprinși, dar și cu cupeții neprocopsiți, știa pe nume surugiii și țigăncile florărese. Lui Vodă Cuza și Doamnei sale Marsillac le ridicase în inimă altar cu candele ce nu osteneau niciodată.

Barbu trecu de Palatul Domnesc, coborî pe Știrbey Vodă, apoi, cotind scurt, intră în ulița Fântâna Roșie[1]. O dovedea plăcuța de la răspântie, albă, smălțuită cu chenar roșu. Ca și celelalte din București, fusese înlocuită de curând, la porunca lui Vodă, căci pe tăblițele vechi, dăinuind încă din vremea căimăcămiei lui Alexandru Ghika, slovele nu se mai desluşeau, iar Bucureștii, pentru streinii de mahala, deveniseră păienjeniș și babilonie, unde descurcă-se cine poate!

Barbu Cantuniari zări, rezemând trunchiul unui stejar vârtos, o mogâldeață în palton scurt până la genunchi și râse încetișor. Piticul, căci era oleacă mai răsărit decât un băiețandru de doisprezece-treisprezece ani, bătea din ciubote și sufla fără spor în degetele înghețate.

— Ai degerat, Dumitrescule?

Omulețul se învârti ca un titirez, holbând ochii rotunzi, cu căutătură de prunc. Era unul din ipistații de la Roșu, pe care Barbu îl prețuia cu osebire. Isteț, iute, cu mai multe perechi de ochi, bun de gură și răzăreț, Dumitrescu nu cunoștea ce-i aceea ușă trântită în nas de slujnică țâfnoasă și ciufută. Știa să iscodească fără ca toanta ori nătântocul să bage de seamă,

---

[1] Azi, strada General Berthelot.

ba netoții îl socoteau pe dânsul cam slab de minte: „Cumsecade, însă comic, mai ceva decât pehlivanii din iarmaroace ori artiștii de la balurile *O, du lieber Augustin* ale lui Vilcek[1].“

După pricină, Dumitrescu se ivea în ogrăzile oamenilor când cu hram de bogasier ori telal, apar, coșar sau vântură-lume după puf și pene de gâscă, de „păpădie ori scaieți“, râdeau târgovețele. Ce-l nedumerea pe ipistat era aceea că nu se afla muiere să nu-l iscodească dacă are nevastă și prunci. Se minunau strașnic și râdeau cu tâlc, ținând palma peste gura știrbă ori plină de mărgăritare când aflau că da, creștinul avea și el gospodărie bine întocmită, casă de piatră, că ține femeie cu cununie și un cârd de plozi îi mișună în bătătură.

„Descheie-te la nădragi“, îl sfătuise nevastă-sa, o șoldană cât un garderob de zestre, „și o să le treacă pofta de hlizeală.“

— Să trăiți, don' căpitane! Cam friguleț!

Barbu Cantuniari arătă cu bărbia spre casele de peste drum. Era un conac ridicat după gustul francez, cu două caturi, ferestre largi, înguste și zorzonate. Scara străjuită de dulăi de piatră deschidea evantai pe aleea prunduită, iar fanarele înfipte în zid, orfevrărie meșteșugită la Brașov, clipeau gălbui în spatele sticlelor din cristal bizotat. Curtea se afla împrejmuită de gard înalt din suliți de fier forjat. La una dintre ferestrele de la primul cat se strecura prin perdele o ață de lumină.

Ipistatul înțelese întrebarea și râse sărac, cât îi îngăduiau buzele crăpate de ger.

— Persoana e prezinte, ca în fiștece seară de la ceasurile 8. Au zăbovit în salon preț de un faivocloc, după carele s-au retras în iatac.

---

[1] Clădirea se afla pe strada care astăzi poartă numele Eugeniu Carada.

Barbu râse. Dumitrescu, fecior de măcelar cuprins din mahalaua Scaune, avea cinci clasuri, se socotea om cu instrucțiune și se mândrea cu o vorbire aleasă. În mintea lui, *faivocloc* însemna taifet de două ceasuri cu sclifoseli și reveranțuri în jurul unui ceainic de porțelan și al unui blid cu cofeturi, mofturi de la Capșa ori Fialkovsky.

— Bine, Dumitrescule. Poți să pleci acasă. Zorește, căci coana Lisaveta e femeie aprigă, și făcălețul îl găsește și pe întuneric, fără a orbecăi.

Ipistatul își pocni călcâiele ciubotelor.

— Mă esprim cu pardon, don' căpitane! Madama mea e cocoană mare, deprinsă cu slugi. Făcălețul i-l aduc eu, ba îmi scot și bulendrele pentru a nu osteni dumneaei din cale-afară.

— A! Așa da... Firește...

— Să-mi fie cu iertare, don' căpitane! Chibzuiți să faceți strajă până mâine-dimineață?

Cantuniari își înălță privirea spre geana de lumină:

— Da... Cred că da. Afacerea mă preocupă. Nu-mi place dama... Nu-mi place deloc. E ceva necurat la mijloc.

La Crăciun, se împlinea un an de când se aciuase în București. Sosise din lumea largă, cumpărase una din cele mai arătoase case din București, după palatul lui Librecht de pe ulița Ulierului, avea patru echipagii strălucitoare, care luau ochii bucureștenilor, și oaste de slugi. Când se preumbla la Șosea, orbea lumea de atâta strălucire. Strălucea totul: lacul caretei à la Daumont, ceaprazăria vizitiului înfiretat, straiele puiului de harap care străjuia, în picioare, spatele trăsurii. Negrișorul avea șase ani, hăinuță de catifea cireșie și chipiu cu pompon din pene de struț, după care oftau toți micii Gavroche ai Bucureștilor. Când vremea o îngăduia – zile blajine de primăvară ori început de toamnă, căci vara casele din Fântâna Roșie își închideau porțile – o însoțea în preumblările dumneaei o momiță, Kio, înveșmântată în straie aidoma cu ale harăpașului, priponită cu un lănțugel de argint. De cum se iviseră în București, doamna și maimuța stârniseră vâlvă, iar zvonurile cele mai năstrușnice începură a forfeca târgul. Șmecherul de Capșa, negustor priceput, mereu cu ochiul treaz și urechile la pândă, cu ideațiune și fantezie bogate, scosese peste noapte cofeturile de șocolată Molles și Bombons Kio. Productele făcuseră succes *boeuf* și *la mystérieuse*, cum îi spuneau junii Bucureștilor, oprise trăsura într-o zi dinaintea cofetăriei. Vasile Capșa se năpusti la treptele caleștii, gata să vină în brânci de atâtea temeneli.

— *Monsieur* Capșa, zâmbise dama, dezmierdând maimuța cu degetele fine înmănușate în piele de Suedia. Aud că mica mea Kio îți poartă noroc. Cu gatourile Kio ai dat o lovitură năprasnică concurenței, nimeni nu-ți mai poate ține piept... Ți-am adus-o să-i mulțumești.

Bătrânul Capșa o privi o clipă lung, apoi, cupeț priceput, își aplecase pletele albe și sărutase lăbuța maimuței în văzul străzii pline de gură-cască.

— Omagiile mele doamnei baroane, mulțămirile mele madmoazelei Kio, căreia Casa Capșa îi va îndrepta în fiece zi coșuleț cu acadele și cofeturi după poftă.

— *Oh, c'est charmant...*

Capșa se ținuse de cuvânt. În fiecare dimineață, unul dintre ucenicii lui depunea la casele baroanei un coșuleț împodobit cu panglici și flori, cu toate sortimentele de dulciuri ale zilei.

Baroană! Cel puțin așa pretindeau cărțile de vizită și aluziile strecurate cu natural plin de șiretenie prin saloane. Înnădindu-i spusele, azi – aici una, mâine – alta dincolo, istoria baroanei se înfățișa romanțioasă, exotică, fluviu de sânge albastru, pe care pluteau coroane dintre cele mai făloase. Baroana Elena de Gunsbourg – pretindea dumneaei – era fiica unei Mavrocordate, Safta, căreia cu adevărat i se pierduse urma acum vreo patruzeci de ani, în vremea zaverei lui Tudor. Împotrivindu-se unei căsătorii silnice, hotărâtă de tătâne-său, Safta, strănepoată de domn, scăpătase în lume. Călcase porunca părintească, ascultând-o pe cea a inimii. „Să înserezi cu cine ți-e drag" fusese crezul Saftei Mavrocordat, până la cel din urmă suspin. Iar drag, tot până la cea clipă, îi fusese ducele Marie-Jean-Louis-Rodrigo de Alba, amestecătură de seminții, paladin al vremii sale, polcovnic în oștirea lui Alexandru I al Rusiei, apoi vântură-lume cu slujbe tainice pe la Curțile Europei de Mijloc.

Boierii vârstnici își aminteau de scandalul stârnit în epocă de fuga Saftei. De rușine și amărăciune, tată-său, Anton Mavrocordat, os de domn moldovean, necutezând a-și mai arăta chipul pe ulițele Bucureștilor, se retrăsese la o moșie din Oltenia, unde, de altfel, după puțină vreme închisese ochii, pălit de dambla.

Rodul acestei dragoste nelegiuite era Elena.

Faimoasa George Sand tocmai publicase novelul *Lelia*, atât de cutezător și de plin de necuviință, încât nu lipsea din nicio bibliotecă, fiind citit în taină până și de copilițele prizoniere în mănăstirile de călugărițe; aici, ținute departe de tentațiile și deșărtăciunile lumești, de orice le-ar fi putut întina sufletele nevinovate, deprindeau dragostea pentru Hristos – multe îi ajungeau mirese – broderia, desenul, oleacă de muzică și de învățătură, cât să ciripească despre vreme, păsărele, lună de aur și să sloboadă prin saloane panseuri triste despre viață, moarte, iubire credincioasă. Cunoşteau totul despre scopusul şi sfinţenia căsătoriei, dar nimic despre tainele ei. După un an, cel mult doi, domnii şi stăpânii lor mişunau prin culisele Operei şi ale Comediei Franceze, se ruinau în alcovurile marilor curtezane.

George Sand, cu romanul ei scandalos, înnobilase numele Lelia, înzestrându-l cu şicul pe care-l capătă, de obicei, orice fenomen de ultimă modă. Astfel, Elena devenise Lelia pentru cei apropiaţi. Se căsătorise la şaisprezece ani cu baronul Paul de Gunsbourg, un Ariel palid, curtenitor, de o politeţe *exquise*. Slab de plămâni, murise într-un sanatoriu din Davos, lăsând-o pe soţie văduvă înainte de a împlini douăzeci de ani.

După aceea, despre tânăra baroană se ştiau puţine lucruri. Dădea de înţeles, pe departe, că trudită de mare durere şi spre... nu, nu uitare, căci un mare amor nu se uită niciodată, dar spre a-şi răsuci gândurile felurind priveliştile şi oamenii, cutreierase Europa, zăbovise mai cu seamă în Italia, fusese şi în Roma. Pentru câtă vreme? În ce an? Când murise Gunsbourg? – acestea nu se cunoşteau.

„Are un talent extraordinar *cette femme*“, spunea Vasilena, care o întâlnea la diferite soarele, „să ocolească orice amănunt care să-ţi permită să stabileşti un calendar. Nu scapă niciodată, e imposibil să faci vreo legătură...“

Barbu, căreia baroana îi aţâţase interesul ca ofiţer al Siguranţei, dar şi ca bărbat, o iscodise cu de-amănuntul:

„Ce impresiune ţi-a făcut, în general?“

Vasilena trăia desigur printre nori, legănându-se în scrânciob de flori aninat între Ursa Mare şi cea Mică, dar, când catadicsea a coborî printre bucureşteni, avea ochiul neaşteptat de ager şi treaz.

„*Mon petit*, eu aş socoti-o *une femme dangereuse*... Are toate însuşirile pentru această profesiune."

„Adică?... Spune-mi tot ce ştii!"

Vasilena îşi încruntase fruntea netedă, dar, în aceeaşi clipă, îşi netezi creţurile cu degetele fine. De la o vreme, băgase de seamă Barbu cu înţelegere duioasă, mamă-sa îşi supraveghea mişcările obrazului, iar noaptea dormea cu aşternut de fleică de vacă pe faţă.

„O femeie fără vârstă... Desigur, tânără, dar nu atât de tânără cât vrea să se creadă. După părerea mea, *elle approche la trentaine*[1]... Cu orice prilej, face aluziuni la mamă-sa, Safta Mavrocordat, lăsând să se înţeleagă că îi seamănă: la fel de năprasnică în amor şi la fel de fidelă. Asta stârneşte straşnic bărbaţii. Care nu-şi visează o iubită înfocată? Mai ales bieţii noştri români obişnuiţi cu soaţe ruşinoase, dragoste cu scufiţă şi în cămaşă de noapte, *tu comprends*?..."

Barbu râse cu poftă:

„Habar n-am avut, *maman*, că te gândeşti la asemenea chestiuni, că te preocupă..."

„Mă preocupă! *Quelle bêtise*[2], dar sunt lucruri pe care nu le discuţi cu un copil. Acum însă eşti destul de mare ca să poţi pricepe câte ceva. Despre baroană, am să-ţi mai spun că poate e o mincinoasă, şi toate istoriile despre obârşia ei simple invenţiuni. Încredinţată sunt însă că s-a bucurat de o educaţiune îngrijită şi că nu-i o burgheză. E instruită, vorbeşte «pariziana» şi nu franţuzeasca noastră balcanică. Am urmărit-o aseară la soareaua Marioarei Ferekide într-o conversaţiune animată cu

1 „Se apropie de treizeci de ani" (lb. fr.).

2 „Ce prostie!" (lb. fr.)

contele Giani, consulul Italiei, care o mânca din ochi: «Aş fi jurat că sunteţi născută la Firenze...» Ştie ruseşte şi nici în nemţime nu se pierde..."

Privirea lui Barbu nu părăsea chipul Vasilenei.

„Chiar aşa?! E cu totul extraordinar."

„Sunt de aceeaşi părere. Are o cantitate de calităţi şi un perfect *l'usage du monde*. Este ceea ce tatăl tău ar fi numit o aventurieră. *De toute façon*, are aerul şi tot ce trebuie pentru aşa ceva."

Vasilena îşi îngădui să râdă.

„Spune-mi, *maman*, o găseşti frumoasă?"

„Asta tu trebuie s-o ştii mai bine decât mine. Bărbaţii văd altfel. Vă uitaţi altfel şi vedeţi altceva. Când eram copilă, aveam o prietenă, Despinuţa Nicoleanu. Plângeam toate de mila ei, într-atât era de urâţică. Ochi holbaţi, prăzulii, noi îi ziceam Broscuţa, toată pielea plouată cu pistrui. Maică-sa, biata coana Agripina, suspina în pumni, gândind că n-o s-o mărite niciodată..."

Barbu o întrerupse nerăbdător:

„Ştiu, *maman*, şi, la primul vostru bal, ea a avut cele mai multe dansuri angajate, carnetul ei era plin-ochi..."

„Şi aşa a fost până s-a măritat cu prinţul Gorceakov. Ba şi azi, îmi spunea un rus la Paris, a rămas regina Petersburgului... N-am întâlnit în viaţa mea o femeie cu mai mulţi adoratori. Baroana ta are acelaşi *je ne sais quoi...*"

„Eu o găsesc frumoasă..."

„Nu, *mon ami*", rostise hotărâtă Vasilena. „Ocale *de charme*, graţie fără seamăn, pieliţa obrazului magnifică, dar e departe de a fi o cadră. Într-un cuvânt, *une beauté du diable*, soiul de femeie cel mai primejdios."

În privire i se aprinse o scânteie de veselie:

„Te interesează mult baroneasa?“

„Da... Dar nu așa cum îți închipui tu...“

Vasilena râsese:

„Există lucruri în viață care nu pot fi închipuite și gândite decât într-un singur fel... Vrei s-o chemi pe Florica? Aș pofti un șerbet de trandafiri.“

Toate acestea se petrecuseră în primăvara trecută. În mai puțin de o lună, Lelia de Gunsbourg cucerise Bucureștii, avea salonul cel mai căutat din întreaga protipendadă, iar în casele ei întâlneai oamenii cei mai interesanți ai vremii: Cantacuzini, Brâncoveni, Sutești și Ghiculești, poeții mult îndrăgiți Alecsandri și Bolintineanu, Docan, vărul lui Vodă, precum și Librecht, omul de încredere al ibovnicei princiare, Maria Obrenovici, Baligot de Beyne, șeful de Cabinet al lui Cuza, trimișii statelor europene în Principatele Unite.

Barbu Cantuniari urmărea de departe ușurința și abilitatea baroanei care cățăra treptele cele mai înalte ale societății bucureștene cu dibăcie de maimuță. Se mulțumea s-o admire de la distanță, ca pe o făptură deosebită, așa cum îți stârnesc interesul fiarele necunoscute dintr-o menajerie, dar nu încerca să-i pătrundă în anturagiu.

Abia spre sfârșitul verii, baroana Lelia de Gunsbourg atrăsese atenția Poliției secrete domnești. Dintâi, fusese luată urma unui anume Constandakis, negustor grec, de fapt cunoscut ca agent primejdios al ministrului de Interne turc Ali Pașa. Grecul, vegheat îndeaproape de cum intra în țară, vizitase în două rânduri Biserica Sfântul Ștefan, deschisă în toată ziua, după dorința ctitorilor săi, banul Ilarion Rucăreanu și soața lui, Ruxandra. Vizite ciudate, noptatice și tainice. Și, de fiece dată, arăta raportul iscoadei domnești, Constandakis încercase să scape de o posibilă urmărire, schimbând brusc direcțiunea ori amețind drumul cu nenumărate ocolișuri. Poate simplă potrivire, dar în același lăcaș se închina și baroana Lelia care, nu se știe din ce pricini, ținea de biserica ortodoxă a mamă-sii.

Supravegherea bisericii nu dăduse rezultate, iar Constandakis dispăruse din țară. În schimb, de două luni, baroana de Gunsbourg își luase de ibovnic pe Iorgu Grănișteanu, director general la Externe, mâna dreaptă a lui Rosetti-Bălănescu.

Cei doi îndrăgostiți se vedeau în mare taină, iar întâlnirile amoroase se petreceau în casele baronesei.

Această stranie înclinație a Leliei de Gunsbourg încrețise a mirare frunțile de la Poliția secretă. Baroana, muiere aflată în crucea tinereții, falnică, fățoasă, avută, cu oștire de adoratori la condurii cu călcâiașe înalte, putea să-și aducă în alcov chipuri și nume strălucitoare, precum beizadea Grigore Sturdza, ori Ioniță Boșianu de i se mai zicea și Apollo, ori Emanuel Lecca, ori, ori... Iar Grănișteanu era sărit din cincizeci de ani, frumos nu, cu nevastă – cucoana Anastasia – ciufută și atât de pizmașă și prepuielnică, încât nu se sfia a-l ocărî despre necredință chiar și dinaintea lui Vodă.

Cam la acestea gândea Barbu Cantuniari, veghind în noaptea viscolită zidurile baroanei.

„Toți inamicii înverșunați ai lui Vodă de aici", scria Vasile Alecsandri, în misiune la Paris, „coalizează dimpreună cu Turcia și nemții spre a-l smulge din scaun. Folosesc toate abjecțiunile: de la ridicolul suprem cu care cearcă să-l învestească în jurnale, până la conspirațiuni criminale..."

Barbu își cercetă ornicul vienez. Trecuse de miezul nopții...

Bucureștii dormeau și doar în câteva conace mai stăruiau lumina veselă, muzicile și danțul; ca totdeauna la Oțeteleșanca, cea mai primitoare damă din oraș, la Voichița Știrbey, care opintea să i-o ia înainte, la alde Nicoleni...

Desigur, lumină a cărei taină nu străbătea dincolo de persienele plușate se afla în casele prințului Suțu și ale lui Grigore Sturdza, fiul fostului domnitor, unde partizanii beizadelei, „grigorienii", căutând reazem în politica rusească, sfătuiau și complotau în fiecare noapte împotriva lui Cuza.

La Palatul Suțu erau ticluite articolele defăimătoare care apăreau în *Românul*. Articole infame scrise în colaborare, întrecere cu premii pentru cei care găseau cuvintele cele mai otrăvite, săgețile cele mai perfide, insinuațiunile cele mai veninoase la adresa lui Vodă. Sihleanu, așezat dinaintea biroului Henry IV, ținea condeiul. Ceilalți – beizadea Grigore, Mitică Știrbey, Goleștii, Iancu Ghika – cu lulelele într-o mână și cupele cu Cognac des Ducs în cealaltă, dictau, se corijau, se completau, se aplaudau.

Când textul era socotit *brillant*, feciorul aducea din pivniță și destupa în mijlocul entuziasmului delirant o sticlă de Château Lafitte retour des Indes 1848.

Toate acestea erau bine cunoscute de Barbu, valetul prințului, Jacques, adus de acesta de la Paris, fiind în serviciul Poliției.

De furcă îi dădeau însă pamfletele injurioase scrise în versuri și care apăreau cam de două-trei ori pe lună. Vodă era îndeobște mânios de apariția „acestor publicațiuni cuprinzând îndemnuri la anarhie care tulbură ordinea publică". Îi ceruse imperios premierului să ia măsuri, iar pe Beldiman, prefectul Poliției, îl amenințase cu destituirea dacă în timp de o săptămână nu izbutește să descopere tipografia clandestină care scotea *cette sorte de fécules*...

Beldiman, boier cu incuri și ifose, se simțise grav ofensat, dar mai întâi de toate îl amuțise uluiala neașteptatului. Față de blândețea obișnuită a Domnului – „persoană îngăduitoare și plină de spirit, *toujours d'une politesse charmante* – brutalitatea conduitei și a langajului, *mon cher*, m-a lăsat *bouche bée*[1], înțelegi, nu-i așa, rămâi fără resurse..."

Acum, iscoadele forfecau Bucureștii, și Barbu socoti că în clipa aceea – ceasurile 1 – se aflau pe puțin optsprezece agenți care vegheau din cotloane înghețate ziduri mute ori scotoceau ulițele măturate de viscol, trudind să surprindă mișcare, zgomot ori te miri ce măruntiș doveditor în pivnițele mahalalelor.

Beldiman îi depusese afacerea în brațe – „Vezi cum o scoți la un liman, Taliene" – și chefuia în fiecare noapte la Hugues.

Barbu își instruise ipistații, împărțind între ei ulițele Bucureștilor. Trecuseră de-atunci trei zile. Și tot de trei zile el se întorcea în fiecare noapte în ulița Fântâna Roșie. Bineînțeles că nu în conacul baroanei se tipăreau pamfletele anticuziste, dar aici urma să se petreacă un fapt osebit.

„Simțirea nu mă înșală. Se va întâmpla ori voi afla ceva însemnat."

Făcu câțiva pași în jurul stejarului, încercând să se dezmorțească. Bucureștii dormeau somn greu, torcând vise la fuiorul viscolului. Mai aveau să treacă destule ceasuri până când în iatacurile târgoveților – scufițe, plăpumi groase, cărămizi fierbinți la picioare – aveau să intre slujnicele spre a deșerta la privată vasele de noapte ale stăpânilor și a stârni tăciunii din sobe, ocrotiți sub spuză.

---

[1] „Cu gura căscată" (lb. fr.).

Barbu își ridică privirea spre iatacul baroanei, unde lumina încă nu ostenise.

În budoarul Leliei de Gunsbourg aromea a ambră, hârtie de Armenia care fumega în pahare de argint, a opiu, un parfum iute și amețitor, și trandafiri; cincisprezece trandafiri albi, catifelei, nefiresc de frumoși – atenția generalului Grănișteanu – împărățeau într-o glastră Lalique, cu o insolentă magnificiență, încăperea de o eleganță fastuoasă.

Baroana își mobilase casa după gustul vremii, adăugând însă risipă de nabab, ce-i îngăduia a-și mulțumi toate poftele poruncite de fantasie și un gust ales, șlefuit și rafinat de-a lungul peregrinărilor în marile burguri ale Europei. Brocarturile, damascurile, cașmirurile și tapiseriile în *petit point* – *gobelins*-uri și *bauvais*-uri – șalurile indiene azvârlite cu grațioasă cutezanță pe sofale, foteluri, *causeuse*, clavir – dar unde nu dădeai de ele – dovedeau frânturi din harta voiajurilor dumneaei.

„...Damascul acela de pe otomană l-am cumpărat la Cairo. Ne îndreptam spre Luxor, când l-am zărit în dugheana unui armean. Apoi am urcat pe cămile. Pot zice că șalul a văzut deșertul... Pe cămila mea o chema Aișe... am avut un *mal de mer* oribil... Dar aceasta-i altă istorie...

...*Gobelin*-ul! De care vorbești? A, cel de lângă cabinetul Empire? Înfățișează *une fête champêtre*[1] a bietei Toinette la Trianon. L-am cumpărat la licitația nefericitei Marion Voisin... Am luat și *bahut*-ul de lângă consolă...

---

[1] „Serbare câmpenească“ (lb. fr.).

...Serviciul de ceai? E un Brown-G. ...Anticarul nu m-a lăsat să plec din prăvălie. M-a mințit că regina Victoria are unul la fel pentru intimi... Bravo lui!"

Dintru început, lumea o asculta cu oarecare îndoială, mai cu seamă cuconetul pizmaş. Barem boieroaicele cele colilii, nu prea călătorite - ia, vara la moşie ori la băi, în ungurime! –, cleveteau în saloanele dumnealor într-acelaşi fel: „Ştiu că o taie capul la minciuni. Trage chiroane de doi stânjeni... Mavrocordații au fost cam toți aşa, de felul lor. Le umflau..."

Junii voiajați însă, cu poşte multe în cuferele lor şi multe perechi de încălțări cheltuite pe cele drumuri, precum Ion Ghika, Brătienii, frumosul Costache Negri, dar mai ales poetul Vasile Alecsandri, ascultând-o ori punând întrebări cu şiretlic, se încredințau că baroana nu băsneşte. Iar pe vorbele lui Alecsandri puteai pune temei, căci pe acesta aşa-l iscase mamă-sa, coana Elena: cu jar în ciubote şi traista tot gata de ducă. De nu i-ai fi cunoscut neamul, ai fi zis că-i fecior de factor poştal.

Baroana sări uşoară din aşternutul spumă de dantelă Valenciennes şi panglici liliachii.

— Drag mi-ar fi, *chéri*, să rămâi toată noaptea, dar mi-e că o stârneşti pe madame Grănişteanu.

Generalul, toropit de căldură şi arome, legănat de dulce oboseală, îi îndreptă privire drăgăstoasă.

— Nastasia s-a repezit la Găieşti, că-i soru-sa bolnavă. După viscolul care s-a pornit, s-au stricat cu siguranță drumurile. Bănuiesc că rămâne peste noapte...

Urmă în gând: „De-ar rămâne pe vecie! Aş da bucuros parale pe dric cu şase cai şi patru popi să-i slujească, iar la patruzeci de zile aş întinde ospăț împărătesc..."

Parcă ghicindu-i gândurile, Lelia îi zâmbi galeș din oglindă. Își potrivea *peignoir*-ul, cu străvezimi de apă, care-i stârneau mai ațâțător ispitele trupului. Și se gândea bietul Grănișteanu la cămeșoaiele de borangic gros ale Nastasiei – „Așa am apucat la biata mama, îs țesute în casă de o măicuță de la Schitul Vechi, meșteră mare“ –, închise la gât și lungi până în vârful papucilor. Când luai în brațe mormanul de țesătură trebuia să dibui oleacă... Și ca să nu fie în pagubă, pe degetele de la picioare îi ieșiseră oasele, două nuci mășcate, care opinteau să străpungă toate botinele. Încolo, frumoasă coz! Mustață și barbă de școlar seminarist, pe care și le pârlea cu lumânarea, trup vârtos cât o moară sistematică și o bubuială de glas că, doar visându-l, Iorgu Grănișteanu sărea din așternut ca la mare primejdie: „Foc!“ ori „Au dat turcii!“

Lelia începu să răsfire rozele, mirosindu-le cu nesaț. Cinci galbeni îl ținuseră pe general, în Zlătari, la Pohr – florarul. Dar neamțul cheltuia și el, marfa îi venea în răclițe vătuite, tocmai de la Constantinopol, și nu se aflau multe cucoane să se fălească în București vijelios cu buchete de roze.

Lelia își prinse în plete un trandafir cu o spelcă de aur.

— Flora! scânci generalul beat de admirație. Zeița florilor și a primăverii. Lelia-Flora.

Asta nu i-o puteau lua nici dușmancele! Baroana avea o coamă neasemuită, care se revărsa în ondulațiuni sălbatice, înveșmântând-o în mătase de culoarea rășinei până la genunchi. Pletele erau atât de bogate, încât abia două cameriste izbuteau să le spele cum se cuvine, iar o alta, Ninon, primea simbrie doar pentru pieptănatul artistic după ultimele mode din *Beauté Française*.

Cu drept cuvânt, baroana își râdea însă cam prea pe față de conciuri, zulufi, șuvițe false, ațâțând și mai rău cucoanele, unele cu căpățâni sărace - vorba ceea, le-a ieșit pielea prin păr.

Ochii baroanei erau albaștri, frumoși - „Dar s-au mai văzut, ce, îs mai prejos ai Roșiancăi ori ai Irinuței Suțu?" -, gura, cam mare, nasul, obrăznicuț. Pielița obrazului însă, umerii, decolteul (nu purta la gât giuvaiere grele spre a nu-i ascunde din frumusețe), minunăție!

„Nenufari, crini și catifea!", spuneau junii galanți, închipuind voluptăți rare și opintind la baluri și soarele să-și smulgă privirile dintre sânii baroanei.

— Nu ți-e teamă că te vor pârî slugile? Doar știi, *toute femme jalouse a ses espions parmi les domestiques...*[1] Și iar ajunge scandalul la Cuza.

Iorgu Grănișteanu râse:

— Pe acestea Vodă le pricepe cel mai lesne. *Il s'y connaît...*

Dinaintea Leliei trecu o clipă chipul Mariei Obrenovici, 'naltă, subțire în boi, grațioasă, afurisit de chipeșă și se pare nu nătângă. Flutură genele grele, parcă pentru a alunga licărul de pizmă, gândul vechi care o apăsa. Întrebă cu glas leneș:

— Te-ai bucura, *mon cher*, dacă madame Grănișteanu nu s-ar mai întoarce nicicum?

Generalul făcu ochii mari:

— Să mă lepede Nastasia? Unde mi-s acela să-mi plouă cu noroace?

Baroana râse:

---

[1] „Orice femeie geloasă are spionii săi printre servitori" (lb. fr.).

— Să te lepede ori să-și lepede potcoavele... Vorbesc și eu, așa, în râs... *Par exemple* să degere troienită pe undeva ori să se răstoarne sania... Câte nu se pot întâmpla...

Chipul generalului se adumbri:

— Spun drept, Lelia, sunt bun creștin, moartea nu i-o doresc, n-o urez la nimenea. Aș fi dorit să n-o fi cunoscut ori, vis nebun, cuprinsă de stenahorie, să ceară despărțenie. Dar aceasta-i iluziune, pot aștepta mult și bine până or trâmbița din argint arhanghelii în ziua cea din urmă. Dar tu... tu mă iubești, scumpă porumbiță?

— Te-ai afla altcum aici? Ai auzit tu în București de vreun capriciu amoros de-al meu, sau... *n'importe quelle liaison*[1]?

Grănișteanu îi mulțumi cu căutătură de câine credincios. Rosti, totuși, pentru ca zâna care se afla dinaintea lui să-l contrazică, să-l încredințeze de amorul ei, ba să se supere că-l pune la îndoială, iar el să fie silit s-o împace cu îmbrățișări, lacrimi de fericire și cuvinte de alint.

— Nu-s chipeș, Lelia, gros ca un trunchi, bătrân...

— Bătrân?!

Părea din cale-afară de mirată. Grănișteanu râse încurcat:

— Nimeni nu mai e tânăr după cincizeci de ani. *La cinquantaine*... Vorba lui Ludovic al XIV-lea: „De m-aș putea dispensa de ei, dar fără să mor..."

Baroana îi zbârli părul cărunt, des și țepos, ca de mistreț, care se pornea de deasupra sprâncenelor:

— *La cinquantaine*... Iată ce aș numi eu o superstiție. Vă sperie cifra! Pe voi cincizeciul, pe noi, femeile, treizeciul. În locul tău, nu m-aș gândi deloc la amănuntul acesta.

---

[1] „Altă legătură" (lb. fr.).

— Amănunt, zâmbi generalul... Drăguţ spus...

Surâsul îi dezvălui dinţii. Erau încă puternici, dar îngălbeniţi şi, mai ales cei de jos, mâncaţi de vreme. Lelia îl cuprinse într-o privire scurtă. Poate, în juneţe, să fi fost arătos. Trăsăturile erau regulate, bărbăteşti, trupul – falnic. Nu-l ocoliseră însă mizeriile vârstei. Fire de păr sârmos se iţeau în nări şi găvanele urechilor. Vinişoare albastre şi roşii zugrăveau pe nas harta nenumăratelor chefuri şi a cupelor de vin bun deşertate într-o viaţă, căci generalul avea apetit harnic şi pântece anevoie de îndestulat; de altfel, era burduhănos şi chiar acum, întins pe spate, gândea baroana, *le bedon* ridica sub plapuma de atlas liliachie movilă, s-o zăreşti pe pământ neted de la o sută de paşi. Ficatul oţărât îi stropise mâinile cu pete şofranii – *les fleures du tombeau* – frânghii varicoase îi trudeau picioarele până dincolo de genunchi.

„Ce mai! Plin de vino-ncoa!“, încheie în gând Lelia.

— Nu-i vorba de cuvinte drăguţe... Eşti un bărbat extraordinar şi de-ar fi să mă iau după poftele dumitale...

Un val de sânge năpădi obrajii generalului, orgoliul dezmierdat îi umflă inima, pieptul, guşa: întreaga făptură sta gata să plesnească.

Cu ochi umezi de recunoştinţă, necutezând să vorbească, căci emoţia îl dovedea, Iorgu Grănişteanu îi sărută mâna.

— De altfel, urmă baroana prefăcându-se a nu-i observa tulburarea, mie nu mi-au plăcut niciodată junii. Nu ştiu să dezmierde o femeie, nu ştiu să fie galanţi, n-au conversaţie... Până la treizeci de ani sunt cu totul nătângi şi abia după aceea încep să înveţe câte ceva.

Generalul o privi fermecat. Se săltă în capul oaselor şi, rezemat între perini, pipăi pe gheridon după lulea. După ce o dichisi, pufăi mulţumit şi începu a clătina din cap.

— Ce înțeleaptă ești mata, porumbiță! Și nu voi închina niciodată îndeajuns metanii lui Dumnezeu că mi te-a scos în cale! De disprețuit e bărbatul care-și vorbește muierea legiuită. Să-mi fie cu iertare și nu mă gândi de rău. Față de tine, însă, trebuie să-mi deschid inima. E un simțământ căruia nu mă pot împotrivi. Pricepi, *ma bien aimée*?

Lelia îi șterse fruntea udă, gândind că n-a întâlnit încă făptură care să asude mai vârtos decât Grănișteanu. Rosti duios, „răpusă de emoțiune“, gândi generalul:

— Te înțeleg, *chéri*, și te ascult. Doar că nu vreau să te lași coprins de amărăciune.

— Dacă nevastă-mea, Nastasia, mi-ar fi stat alăturea, s-o știu reazăm, și nu vrăjmașă, altcum mi se înfățișa răbojul. Minte netoată de cloșcă pizmașă, în loc de a mă înălța, mi-a dat brânci în troacă.

— De ce-ai luat-o? întrebă Lelia gândindu-se la altceva.

Iorgu Grănișteanu oftă cu obidă:

— Ei, porumbiță, nu mi-ai cunoscut părintele, postelnicul Vasile. Nimeni nu i se punea de-a curmezișul. Când m-am întors de la Paris, straiul de ginere mă aștepta în iatac, iar fidanțata poruncită, Nastasia, tot asemenea, cu palma întinsă spre a primi briliantul de logodnă.

— De câți ani sunteți căsătoriți?

— Iacă, numărăm peste douăzeci și cinci. Întru început, am încercat apropiere și înțelegere. Din juneță, am ținut dregătorii însemnate: sub Vodă Suțu, apoi m-am bucurat de prețuirea Ghiculeștilor, și chiar Bibescu, autoritar, încăpățânat și plin de caprițuri, cum îl știi, mi-a încredințat două isprăvnicii. Toate aceste slujbe le-am primit ca pe o dulce povară, socotindu-le datorii sfinte, ce nu le puteam ocoli, fiind un onest cetățean.

— Înălțătoare gândire, spuse baroana și, în privirea albastră, generalul citi nețărmurită admirație.

Cu încetul, începu să i se facă milă de el.

— De câte ori am căutat o povață la Nastasia, am fost întâmpinat cu ocări ori plictis. Uite, chiar și acum, țara, Vodă Alexandru Ioan se află la ananghie, turcii, muscalii, nu mai zic de Viana, pândesc precum hultanii să ne sfâșie.

Baroana își trase peste umerii goi un șal de dantelă.

— Cuza e un om inteligent, cu siguranță se va descurca.

— Trag nădejde. Dintâi, însă, trebuie să se descotorosească de opozanții din țară. Cât de curând va dizolva Camera și o va înlocui cu un Consiliu Administrativ. Membrii, bun înțeles, vor fi aleși de el însuși. Încă o plăcintă la care nu se așteaptă alde Suțu, Sturdza și camarilele Domniilor Lor!

Privirea baroanei scânteie:

— Va dizolva Camera? Oare-i cu putință?

— Îi, râse mulțumit, căci va prelua *personal* comanda armatei. Mână dreaptă îi va fi Florescu, omul lui, pe care-l înaintează major general. Rosti umflat, ca pe o apoftegmă de dumnealui iscată: Cine are oștirea are puterea.

— Mai e și țara, spuse moale baroana.

— Țara-i cu Vodă! Mai cu seamă că-i pregătește dar împărătesc ce-i va aduce reazămul întregii națiuni: micșorează censul, capătând astfel drept de vot mii de târgoveți și parte din clasul țărănesc. Cum și Senatul tot de principe va fi numit, se cheamă că Vodă va stăpâni singur la cârma țării. Toate sunt hotărâte în mare taină, iar Negri...

— Costache?

— Dar cine altul? Ministrul nostru la Poartă. I s-a fost trimis alaltăieri un memoriu pe care-l va depune în mâinile lui Ali Paşa, spre a pregăti o atmosferă priincioasă schimbărilor hotărâte de Vodă. Şi încredinţat sunt că Negri va izbuti a răsuci cugetul turcului, va reuşi a-l face să priceapă că împlinirea expozeurilor din memoriu înseamnă şi asigurarea liniştei în Kara-Iflac[1], scopusul de moment al Constantinopolelui.

Lelia culese o acadea dintr-o tipsioară de argint şi o duse la gura lui Grănişteanu.

— Scumpul meu înţelept! Acestea sunt pentru mine chinezării, muierile nu se au bine cu politica, dar mă străduiesc să înţeleg şi m-aş bucura să-ţi fiu de folos.

— Dragostea ta, zâmbi gâdilat Grănişteanu, mi-ar fi de ajuns, dar degeaba te micşorezi: spiritul ţi-e pe potriva frumuseţii, adaos de preţ la norocul de-a te fi întâlnit.

Baroana îi sărută vârful nasului:

— Vezi de ce te iubesc? Junii domniei tale pe care-i tot pizmuieşti nu sunt în stare să rostească asemenea cuvinte frumoase. Tu eşti idealul unei femei de spirit, căci întruneşti în aceeaşi făptură bărbatul de stat şi gentilomul de salon. Poate doar în Francia să se mai întâmple asemenea îmbinare fericită...

Umflat, măgulit, generalul - astfel primea toate marile emoţiuni - se făcu lac de sudoare.

— Că veni vorba de Francia, ne bizuim mult pe bunăvoinţa împăratului, mai cu seamă că are un *penchant* special pentru Vodă...

Privirea baroanei deveni gânditoare:

[1] „Ţara Românească" (lb. turcă).

— Napoleon.. Mi-a acordat acum doi ani onoarea unui dans... Era bal la Tuileries... Încearcă în toate celea să-l imiteze pe unchiul său, marele Bonaparte.

— Şi nu fără succes! E un mare om politic, Francia prosperă pe zi ce trece.

Lelia de Gunsbourg avea dinainte chipul împăratului: era un om plin de bunăvoiţă, generos, elegant, cu o expresie mereu gânditoare şi un suflet bun, în cea mai creştinească accepţiune a cuvântului. Miniştrii săi, însă, francezii, îl socoteau un visător, cu capul plin de iluziuni fantaste şi prea puţin om de acţiune.

Răsuflarea puternică a viscolului îi scutură pe amândoi de gânduri.

— Cumplită vijelie! observă Grănişteanu întinzându-se cu voluptate în aşternut. Parcă urlă lupii aici, sub fereşti... Nu vii, porumbiţă? Atât de rar avem prilejul să înnoptăm împreună...

Baroana, cu fruntea lipită de sticla rece, privea uliţa amarnic trudită de viscol. Zăpada spulberată căţăra în văzduh panglici uriaşe, trupuri de balaur cu zvârcoliri mânioase, giulgiu...

Giulgiu, se înfioră baroana, simţind rece între umeri. I se păru că desluşeşte, peste drum, un ochi de jăratic. Doar o frântură de clipă.

„Astea-mi mai lipseau! Halucinaţiunile..."

Îşi smulse şalul şi, într-o clipă, căprioară sprintenă şi drăgăstoasă, fu în braţele generalului.

Când somn adânc vesti că a cuprins făptura groasă a lui Grănişteanu - gâlceavă de trâmbiţi, tunete, horcăieli şi înecăciune - baroana se strecură uşoară din iatac. În salonul cel mic, aprinse o lumânare, se aşeză dinaintea birouaşului Régency şi, alegând între călimări, muie tocul în cerneală verde.

Il est deux heures et demi. Vous trouverez ce mot à votre réveil comme de coutume[1]. Sunt novele importante, copleșitoare, care nu suferă întârziere. Dar mai dintâi și dintâi, *je t'aimerai, mon bel ange, pour la vie*[2], o dragoste pustiitoare, dar care are un bun: îmi dă puterea să suport caznele pe care ambițiunea ta mi le impune. Spui că de dragul meu, al fericirii noastre viitoare. Vreau să te cred... Ba nu! Te cred, *bonheur et charme de ma vie*[3].

G. a înnoptat la mine... Aflu că se pregătește o lovitură de stat. Iată detaliile...

La 3 dimineața, nicio lumină nu mai ardea în casele baroanei. Barbu Cantuniari scoase ploscuța cu absynthe – Zâna verde, îi spuneau bucureștenii – și înghiți lung de câteva ori. Simți că se încălzește. Și că nu așteaptă zadarnic.

Auzi zăpada înghețată scârțâind sub pas de ciubotă și, lipind stejarul, stinse luleaua cu o mână de zăpadă.

Slavă Domnului, pe viscolul acesta, ogar crăiesc să fii și nu adulmeci aroma de tutun... Aștepta cu răsuflarea tăiată. Pașii se apropiau. Lipi trunchiul copacului... Acum... Câteva clipe până să se dezmeticească, până să deslușească... Și, dintr-odată, începu a râde. Era ipistatul de la Verde!

---

1 „E ora 2.30. Vei găsi aceste cuvinte, ca de obicei, când te vei trezi" (lb. fr.).

2 „Te voi iubi, frumosul meu înger, toată viața" (lb. fr.).

3 „Fericirea și farmecul vieții mele" (lb. fr.).

3

Când se afuma oleacă, pe boier Tudor Zăvoianu îl păleau discursurile patriotice. Se rezema țeapăn pe picioarele răşchirate, își dregea glasul și, cu fruntea repezită zimbru înainte, începea a mugi; de fiecare dată și într-același fel:

— Domnilor! Cetățeni și cetățene! Nobilul ținut al Fălciului este nobil! Și se află nobil pentru că-i binecuvântat de Ziditor. Binecuvântat căci aici s-a iscat leagănul marilor imperatori români. Siliștenii lui Cantemir, Bărboșii lui Cuza.

— ...și Mărginenii lui Zăvoianu, urmau amicii în cor.

— ...deci! tuna conu' Todiriță.

— ...deci Dumnezeu ține cu Fălciu!

— ...și iarăși!...

— Dumnezeu ține cu românii!...

— Bravo! Ura! încheia conu' Todiriță, prăbușindu-se greu în fotelul ingliș.

Într-adevăr, moșia Zăvoienilor – Mărginenii – se afla la cinci poște de „baştina" lui Vodă Alexandru Ioan și, mai cățărând alte câteva, spre miazănoapte, ajungeai la Siliștenii Cantemireștilor, sat procopsit, răzășesc prin cel de-al XVII-lea veac.

Statornicită între lunci, moșia Mărgineni se înfățișa minunată grădină. Arbori feluriți, plopi argintii, răchite, tufe de rug, arini, riorușcă mirositoare, pajiști năpădite de gălbenele, clopoței albaștri, sângele-voinicului, printre care își strecurau bonetele cochete margarete albe și roșii, zugrăveau peisagiu de neuitat, îmbătau privitorul, chiar pe cel deprins cu meleagul, de arome și culoare.

Și tot adevărat că, de peste două sute de ani, Mărginenii rămăseseră în neamul Zăvoianu, „reședința noastră de vară", în graiul pompos al cuconului Todiriță.

Avea treizeci și cinci de ani, era un bărbat înalt și puternic, fără a fi gras, care-și supunea în fiecare zi trupul de atlet unor trudnice exerciții gimnastice. Porecla de Hercule îl încânta nespus și, într-o vreme, se gândise chiar s-o alăture numelui, pe cărțile de vizită. Îl ținuse de poale prietenul de o viață, Johnny Miclescu:

— Intri în ridicul, *mon cher!* Închipuiește-ți cartea mea de vizită! Jean Miclesco - *Paris, le beau mystérieux*, cetățean și proprietar.

Sprâncenele îmbinate, tuciurii, ale lui Zăvoianu se încrețiră:

— Nu-i același lucru.

— De ce? Tot cognomen, *sobriquet* ori poreclă, cum îți place!

— Voi medita, Johnny. Nu sunt absolut sigur că ai dreptate. Eu nu îndeplinesc funcțiuni publice.

— Slavă Cerului! zâmbi Ion Miclescu.

Pentru Zăvoianu însă era Johnny. Dintr-un capriț niciodată pe de-a-ntregul desluşit al părintelui său, boier Grigore, Todiriță își făcuse învățătura în Englitera. Despărțit de tovarășii prunciei, trimiși toți la Paris ori Berlin, dintru început suferise amarnic, apoi, cu încetul, se deprinsese și începuse să-i placă.

Excepțional gimnast, se înălțase repede în ochii colegilor de la Eton, unde faima, adorațiunea și popularitatea se dobândeau nu în sălile de clasă, trudind asupra textelor latinești și ale grecilor vechi, ci pe terenurile de sport, unde Todiriță ținea mereu fruntea: și la alergări – patru mile prin pădure și mlaștini, retezând dealuri și grohotișuri pe vipie și vijelie – la crichet, la cățărări, la box (pumneală cu mănuși) și football, jocuri de care moldovlahii nu auziseră și nici nu tânjeau să le deslușească rosturile.

Despre grecească și latinească – bune pentru bucheri slăbănogi, voinici și trupeși de rup musca în două – Todiriță își amintea ca de vise depărtate și nu prea plăcute. Simțea aroma de șoarece din clasă, revedea redingota ferfenițită bătând în verde a profesorului Cartwright, țeasta chelboasă a directorului Buffles.

Uneori, azvârlea cugetări latinești, dintre care una mai cu seamă îi era dragă și o ținea bine minte: *Inaestimabile bonum est suum fieri*[1]. Aceasta îndeobște când vreunul din tovarăși, ostenit de numărul cupelor deșertate, punea cep gurii și pântecelui.

Întors în țară, începu pe toate proprietățile Zăvoienilor o campanie straşnică de anglicizare. Drumul era slobod, căci mamă-sa, o Pulcherie gingașă din gingașul neam al Bărcăneștilor,

---

[1] „Nepreţuit bun este să fii al tău“ (lb. lat.).

se prăpădise de tânără; tătâne-său, babaca, era mai zălud decât feciorul; dintâi că după Unire vânduse casele din Ieşi şi demenajase la Bucureşti – „Sunt om de capitală, nu face de mine *province*-ul" – iar apoi, trăsnăile lui fecioru-său, pe care le socotea rezultatul învăţăturii „în sânul unei comunităţi aparţinând unei naţiuni eminamente civilizate", îi plăceau.

„De aceea l-am trimis în Anglia, să-şi dezvolte ideaţiunea. Un popor fără ideaţiune e un popor fără viitor, prezent şi trecut."

„Cum, coane Grigore, fără trecut? Ia istoria..."

„A se slăbi cu istoria. Un trecut fără ideaţiune..."

La început o luă cu slugile, peste sută la fiece moşie: vechili, grămătici, vătafi, chelari, feciori boiereşti, meşteri fierari, văcari, bouari, argaţi, păzitori de coşare şi hambare, pitari, găinăriţe şi încă! Aceştia trebuiau toţi anglicizaţi... Spre a-i aduce la civilizaţiune... Oamenii cercetară nedumeriţi zdrahonul cât turla bisericii înveşmântat ciudat, în straie nici nemţeşti, nici de alt fel. Nădragii creţi veneau sugrumaţi sub genunche, surtucul din ţesătură aspră, de casă, nu ţinea nicio culoare, ca şi „jambierele", un soi de obiele şerpuite pe pulpa piciorului. În cap, tichioară streşinită de cozoroc scurt şi bumb în creştet ca boscarii.

Îi mai nedumerea pe bieţii creştini şi vorba conului Todiriţă:

„Înhamă caii, *boy!*... Adă luleaua, *boy!*... Cercetează în beci două butilci de Cotnari din cel îngropat... Îngropat, pricepi, *boy?*..."

Acuma, cu ocările sluga era deprinsă. Dar de ce, păcatele, boi şi nu bou? Căci se afla singur dinaintea boierului. Ba spre siguranţă, întorcea capul, gândind că o mai fi careva prin preajmă.

După câteva zile însă oamenii îl citiseră. În ciuda înfățișării aprige, a glasului bubuitor și a sprâncenelor haiducești, conu' Todiriță se afla milos, de felul lui larg de mână, iertător. Atâta hachiță avea: să i le faci după poftă și zornic.

În mai puțin de un an, nu recunoșteai Mărginenii! Veniseră în pelerinagiu, care curios din fire, care stârnit de alții, care de pizmă, prilej de clevetealǎ sau n-am ce face, mai tot protipendul din meleag: Alecsandri, Iorgu Radu, cneazul Alexandru Cantacuzino, Alecu Aslan de la Onești, Zulnia Sturdza, Smărăndița Catargiu, Zouzou Sturdza și... și..., vorba cuconului Vasile de la Mircești, „tot almanahul de Gotha“ al Moldovei, la ce-i mai înșirui?

Dintâi se minunau mosafirii de minunăția grădinii întinse pe hectare, căci ceea ce izbutiseră foarfecile și fantasia lui Sobeck, jardinierul neamț, întrecea închipuirile cele mai bogate: iazuri mari și mai mititele cu ostroave legate prin poduri, mlădioase și încordate ca spinarea mâței, o cascadă, pâlcuri de lămâi, portocali și chitri, crânguri de flori rânduite în anume desene, felurite, mereu altele.

Din casă pieriseră fără urmă crivaturile îmbelșugate, moldovenești, cu macaturi de cit și perină de părete, scrinurile din lemn de nuc lustruit, dulapurile de mahon cu uși brodate, măsuțele și scăunașele iscate de stoleriul moșiei, covoarele de pe ziduri, scorțurile de pe dușumele. Zăvoianu păstrase doar clavirul mamă-sii, un Pleyel cu coadă, gingaș și drăgălaș ca o jucărie de porțelan, și, în același iatac și spre aceeași amintire, icoanele înveșmântate în strai greu de argint.

Bodroanțele socotite netrebnice fură date de pomană și, către toamnă, începură a sosi lăzile cu mobilă din străinătate. Avură la ce se holba slugile, ba și fețe luminate, căci dorul de ducă și de nou nu bântuie în toate inimile, nu cutreieră toate tărtăcuțele: canapele adânci și jilțuri de piele, covoare cât ulița, ținând o singură culoare, candelabre de cristal, oglinzi cu rame aurite, scaune și mese poleite, puzderie de porțelanuri Worcerster și de Delft, alte mescioare ciudate, rezemate de zid și pe două picioare, cu placă de marmură, tablouri grele, cu rame iar aurite, aur, mult aur, peste tot aur, mai dihai ca la Sfânta Mitropolie.

În odaia de fumat, Alecsandri, sorbind din păhărutul cu vin West India, zâmbise subțire pe sub mustața grea:

— Ai izbutit lucru neasemuit, Todiriță.

— Așă-i? făcu încântat Zăvoianu. Am depus oleacă de râvnă, dar barem mi s-a fost îndeplinit după poftă.

Cutia cu muzică aflată pe un pupitru, sub palmieri, începu a cânta dansul de la Kensington. Poetul depuse paharul și, tot zâmbind, începu a se juca, după obicei, cu cravașa cu măciulie de aur de care - moftul dumnealui - nu se despărțea nicicând decât la marile soarele.

— Te poți crede la Eustace's Club. Lipsesc gentlemenii din City, crăvățile bufante și ciorapii vărgați. A! Și ogarii *english*! Nu fac de manoarul tău, *mon cher*, ciobăneștii autohtoni din ogradă.

— Aceia, adicătelea câinii, se hlizi conu' Todiriță, se află pe drum: doi setteri - firește că i-am luat păreche - doi scottish terrieri, doi pointeri. Vin însoțiți de Roger.

— Cine-i acela?

Ion Miclescu surâse, dezmierdându-și ciocul castaniu:

— Cel dintâi gentleman ce se va aciuia în acest prea onorabil *home*, valetul lui Todiriță.

Gușa Zăvoianului se umflă peste gulerul tare.

— Domnilor! tună. Trebuie să introducem civilizațiunea și la noi. Roger a slujit ducelui de Winston și, înainte de aceasta, lordului Doubster! A trebuit să-l ispitesc cu multe parale...

Alecsandri râse:

— Chibzuiești a-ți deprinde slugile cu graiul celui Albion?

Miclescu își umplu cupa. Nu bea niciodată altceva decât șampanie franțeză. A Zăvoianului era, firește, Whiteley.

— Poți să vezi, urmă Ionică, panaramă când se înfățișează dimineața Stan, feciorul: „Hapăi, să trăiți milărd, lumânarea voastră", la care Todiriță se așază dinaintea mesei așternute. *How do you do?* Stan pricepe: „Hai de du!" și întreabă: „Ce să duc?" Prin cuhnii și curți slugile îs toate milărd și se hiritisesc din zori până în stele răsărite cu „hai de du!"

— Johnny are dreptate! dădu din cap Zăvoianu. De aceea ziceam, trebuie să ne civilizăm, trebușoară anevoioasă, carele pretinde trudă și sârg, când ai de a face cu o populațiune de *illettrés*[1]. Și adicătelea de ce Gaston ori William pot, nu-i așa, să grăiască franțeză și englezească, iar lui Stan al meu sau Gheorghe, sau Vasile i-ar fi peste poate? Românul e deștept, domnilor, dar trebuie să se manifesteze. Asta e! Îl ajutăm să se manifesteze. Și vom putea atunci cânta, cu fruntea sus, după cum cântă amicul Bolintineanu: „...Am făcut în lume / Neamului acesta, cel mai mare nume!"

Alecsandri urmă, zâmbind diavolește:

— „Dup' aceste vorbe / Toader strânge-oștire / Și-nvingând inculții, / 'naltă-o mănăstire..."

---

[1] „Analfabeți" (lb. fr.).

Prietin nedespărțit al Zăvoianului se afla Ion Miclescu. Pe cât se înfățișa de țanțoșă făptura lui Todiriță, munte de om, pe atât de pirpiriu, gingaș și puțintel, să-l vâri într-o tabacheră, era Miclescu. Ionică, Johnny după anglicizarea Zăvoianului, poposise în viața părinților săi ca o binecuvântare, dar al proniei cerești, la care nu mai nădăjduia nimeni. Micleștii – Sultana și Dumitru – erau una din cele mai avute familii din Moldova, vestiți de chipeși și la fel de vestiți pentru dragostea lor, care nu avea să ostenească până la moarte. Îi fericise cerul cu toate noroacele, în afară de cel al rodirii, de bucuria ce nu lipsește nici în cel mai calic bordei, în coșmelia ultimului zlătar. Cercetase cucoana Sultana doftorii cei mari de la Viena și Paris, urmase povețele moșnegelor înghițind licori ticăloase și jertfind cloște negre la despicatul zorilor, iar într-o vară, ascultând de vorbele unui hagiu, bătură drum tocmai la Bethleem. Aici, la Grota Laptelui, unde Fecioara Maria, alăptându-l pe Pruncul Iisus, prăpădise pe lespezi câteva picături de lapte, fusese ridicată biserică unde veneau să se închine, rugându-se întru zămislire și pântece roditor, muieri sterpe din întreaga lume creștină. Și, într-adevăr, Preasfânta se milostivise și, după cincisprezece ani de la însoțirea părinților, Ionică surâse primului său răsărit de soare. Fusese așteptat ca un pui de crai și – fantezia lui conu' Dumitru – cu un pătucel copiat în argint după cel de aur al ducelui de Reichstadt ori al regelui Romei sau, mai pe înțelesul celor mulți, al feciorului celui dintâi Napoleon. Despre petrecerile încinse la curțile Micleștilor, la nașterea și apoi botezul lui Ionică, vorbise o Moldovă, dar bucuria, așa e dat pe ăst pământ, se măsoară cu pasul de purice, necazurile cu stânjenii și ocaua. Întorcându-se de la o nuntă, pe vreme de furtună, Micleștii fură răpuși de fulger, în trăsura care reteza podul Siretului.

Ionică numai ce împlinise anul: era orfan înainte de a gânguri primele vorbe deslușite, înainte de a agonisi în chichița inimii cea mai firească aducere aminte despre părinții lui. Se afla, după cum spuneau bătrânii, într-aceeași vreme, cel mai bogat, dar și cel mai sărman prunc din toată țara Moldovei. Tutela fu încredințată unei mătuși, sora cea mai mare a lui tătâne-său, Eufrosina Miclescu – țața Frosa – fată bătrână cu țâfnuri și „ideațiune" bizară, și prietenului cel mai bun al cuconului Dumitru, Grigore Zăvoianu.

Așa se făcuse că Ionică și Todiriță – acesta din urmă doar cu câteva luni mai vârstnic – crescură laolaltă. Fuseseră amândoi școlarii pensionatului Bucholțer de lângă Curtea de Apel[1], apoi elevii Liceului Sfântul Sava. La șaisprezece ani, gărgăunii Zăvoianului cel bătrân îi despărțiră.

Conu' Grigore ar fi vrut să-i trimită pe amândoi în Anglia, „spre o educațiune temeinică și bărbătească, fără cocoloșeli în danteluri, romanțuri, papistășeală și alte mofturi", dar Ionică, pe cât de gingaș și supus la ce nu-i păsa, pe atât de îndărătnic se dovedise în a-și împlini poftele. Iar dumnealui poftea la Paris și nu la încețoșata Londră. „Sena, moș Grigore, nu Tamisa..."

„Poci, nu-i așa", deslușea boier Grigore, „să-i poruncesc lui fecioru-meu cu vorbă bună ori din harapnic. Dar nu pot năpăstui prunc orfan nici măcar cu nuielușă de salcă... Silit mă aflu a-i face toate celea pe voie..."

---

[1] Pe locul unde se află azi Palatul Justiției.

Flăcăii se despărțiseră la Paris, unde Todiriță făcu popas de câteva zile, înainte de a-și urma drumul. Plângeau amândoi de le săltau cămeșile în spinare și tot amândoi aveau să-și spună azi, la treizeci și cinci de ani, că acelea fuseseră cele mai amarnice clipe din viața lor.

Încă de pe băncile pensionatului țesuseră nădejdi și visaseră la toate plăcerile Parisului din care tânjeau să se înfrupte. Preumblări pe marile bulevarde și în Bois de Boulogne, aveau să guste absynthe-ul la el acasă, în șarmantele boate din Montmartre, ori liqueruri fine pe terasele cafenelelor devizajând demoazelele; vor cunoaște amorul midinetelor, dar și emoțiunile scrisorelelor *petit bleu*, îndreptate în mare taină de dame nobile, cu stemă la trăsură și dedesubturi, și soți cu pălării anume croite, unde încap mai multe rânduri de coarne. Vor merge pretutindeni: în Hale, la *Pied de cochon* – poate le-o fi dor de bucatele ignatului –, la Moulin Rouge ori la Tour l'Argent, sau la balurile din Saint Germain... Cunoșteau pe dinafară harta Orașului Luminilor și a desfătărilor sale și, doar închipuindu-le, se simțeau cuprinși de amețeală și cu răsuflările tăiate.

Despărțirea prietenilor fusese sfâșietoare. „Tristețe gigantă! Cele mai amărăluțe clipe hărăzite omului într-o viață", suspina Todiriță amintirii.

„Cele mai amărăluțe clipe!", râdea mai târziu Alecsandri... „Ferice de voi, fârtaților, și rugați Cerul ca acestea să fi vârfuit desaga de dureri sorocită vouă, după cum ne e sorocită traistă de necazuri fiecăruia, iar mai cuprinzătoare de atât să nu se întâmple..."

La cei treizeci și cinci de ani ai săi, Miclescu avea boi de băiețandru mai răsărit. Scundac, subțirel, vioi, cu chip de drăcușor bălai, era unul dintre cei mai eleganți berbanți din București, dulcele împărat al multor inimi. Răpunea mai cu seamă, și de la prima vedere, codanele crude, cu pletele de curând ridicate în creștet, ori muierile coapte, Junone șoldane cu inimi paseri neliniștite, gâfâind sub povara simțirii și a *sautoir*-elor grele de diamanticale.

„Aista-i Miclescu“, cleveteau amicii. „De la zarzării lui cireșar sare la pergamuta din suspinul brumărelului, iar cine sare din par în par lesne-i nimerește unul în șezut.“

Ionică râdea mânzește – „Ce știți voi, netoților“ – și își vedea de ale dumnealui. Deși de aceeași vârstă, pe Todiriță îl ținea ca pe un frate mai mic și tot asemenea îi purta de grijă. Îl veseleau aerele de senior *english* – Esq. – și mai ales strădaniile lui Todiriță care opintea pe drum întortocheat în negura trecutului spre a găsi izvoarele Zăvoienilor. Pehlivani, artiști în știința heraldicii, mulgându-l de bune parale, îi dibuiseră rădăcini în neamul prea nobil al Zavoizilor, fețe crăiești ale vechiului Bizanț, neamuri la rându-le, ce-i drept mai de mâna stângă, cu însăși Maria de Mangop a lui Ștefan cel Mare. Amețit de fumuri, Todiriță trudea acum la întocmirea unei steme – stema Zăvoienilor – pe potriva prea fățoasei obârșii. Biblioteca era plină de alcătuiri heraldice care de care mai năstrușnice: pe câmpuri emailate, îndeobște sângerii, verzi ca otrava ori albastru cardinal, mișunau lebede, capete de balauri, centauri sau alte lighioane mitologice, poame, ghinde, roze, sulițe...

Conu' Vasile Alecsandri constatase râzând cu poftă:

— Iacă-l pe amicul Todiriță amețit de fumurile grandorii sau pălit de „snobism“, cum ar spune *his friends* din Englitera. Snob, desluși, cuvânt ce încă n-a ajuns în Principate, dar carele înseamnă sticleți cu coroană în tărtăcuță.

Ionică Miclescu îi luase apărarea:

— Nu, *mon cher*, Todiriță nu-i snob, ci doar prunc nevinovat. Se amuză cu floroane comptale sau ducale precum copiii cu flintele și caii de lemn.

Discursurile patriotice erau altă mare slăbiciune a Zăvoianului, după care urmau reformele de pe moșiile dumnealui. Acestea aveau drept scopus dezvoltarea unei agriculturi moderne, „săltarea plugarului la un ideal de civilizațiune. Trebuie să ne mândrim cu peizanul român, după cum celelalte națiuni se mândresc cu peizanii lor. Căci: «Viitor de aur țara noastră are / Și prevăz prin secoli a ei înălțare...»".

După obicei, conu' Vasile își dezmierdă mustața și-i răspunse tot în stihuri:

— Și Bolintineanul iarăși este mare / Și, ca totdeauna, el dreptate are!

Cea dintâi victimă a lui Todiriță fu Pavel arnăutul, strașnicul paznic al Mărginenilor. Acestuia îi smulse cialma de pe cap, îl sili să-și lapede fustanela, poturile și iataganul de la brâu, după care îi reteză pletele, îl înveșmântă în strai nemțesc și îl înzestră cu două pistoale cu cremene. Bietul Pavel ajunsese de mirul satului, iar Florica a morarului nu mai ieșea seara la portiță, când îi auzea fluieratul.

„Socoteam să întocmesc bordei cu un creștin cumsecade, dar aista nu-i Pavăl al meu, îi altul..."

Conu' Todiriță, muiat de lăcrămile slujitorului, cercase a o îndupleca:

„Cum altul, fată, hăi? Uite-i nasul, iacă-i mâna însemnată de lup, cercetează-i măsăluțele... Aceeași Mariță, doar cu altă scufiță..."

„O fi cum zici matale, conașule", se îndărătnici Florica, „dar nu-i tot acela!... Și întreg satul grăiește într-același fel, ba și părintele Neculai zice că s-a dat cu catolnicii, fie la ei acolo, în nelegiuirea lor, și ducă-se pe pustii..."

Oamenii mai uitară de Pavel, când începură a sosi din țara nemțească „drăcăriile", niscai dihănii cu colți de fier... Mașini! Acestea aveau să opintească la câmp în locul plugarului.

„Adică eu pufăi din lulea la umbră de nuc", se hlizea moș Gheorghe ori badea Marin, „iar nemțășugul asudă: ară, sapă, plivește, seceră la poruncă. Ehei, dragilor, știu că am apucat vremile cele de aur, când ninge cu cârnați, iar plopul rodește îmbelșugat cele poame dulci, de la cel Rusalim..."

Mai aduse conu' Todiriță meșteri venetici, spre a da pildă și învățătură oamenilor despre mânuirea mașinăriilor, dar alde Fritz ori Hermann aveau grai hurducat, lătrau dracii în gâtița lor și poate Ducă-se pe pustii să-i priceapă!

Vârf însă puse la toate – râsul satului se auzea până la Ieși – făptura și slujba lui Ludovic Ress, „doftor în chirurgie și mamoș". Rosturile acestuia în Mărgineni aduceau dovadă până și cugetelor celor mai blajine, necârtitoare și netăgadnice, despre scrânteala boierului. „Adicătelea să plătești simbrie ortomană neamțului, pentru slujbuliță săvârșită între două căscături de orice moșneagă din sat și pe care o mulțămești cu o găină ori o basma de ouă..."

Pe toate însă Miclescu, chiar dacă făcea haz, le privea cu îngăduință.

„La o urmă, toate inovațiunile au fost întâmpinate cu batjocură și împotrivire. Și iarăși îi bine ca omul să aibă ideal și preocupări înălțătoare. Ce pofteai să facă, *mon cher?* Să trăiască în trândăvie, măcinându-și avutul la cărți?"

În ochii conului Vasile sticleau licurici veseli:

— Tu ce ideal ai, Ionică? Ce înălțătoare preocupări?

Miclescu, pe care-l îngrozea orice efort, orice presupunea sârg și travaliu, ridică palmele parcă apărându-se:

— Iertăciune, *mon vieux*. Cu mine se schimbă situațiunea. Idealul meu este frumosul, artele. Orice dregătorie m-ar împiedica, ar pune opreliști aspirațiilor mele! Nu! Nu mă văd deloc amploiat...

Se aflau în biblioteca Mărginenilor. Conu' Todiriță făcu din ochi înconjurul încăperii, simțindu-se peste măsură de mulțămit. Atmosfera *english* era desăvârșită: în cămin focul ardea molcom, flacăra împrăștiind luciri de rășină, aromea a piele și tabac fin, dincolo de ferestre hălăduia viscol îndrăcit ca în lande, iar câinii - York și Cyril, pentru slugi Iorgu și Chirilă - picoteau la ciubotele stăpânului. Pe mescioara cu intarsuri din lemn de tec, dintre foteluri, se aflau o cutie cu havane și două cupe: grogul Zăvoianului și coniacul Napoleon al mai gingașului Miclescu.

— Oricât ai cârti, tu, Johnny, în Mărgineni am izbutit cea mai distinsă casă din Moldova. Cată oleacă împrejur: te poți închipui oriunde în Devon, Sussex, Devonshire, Kensington ori West-End[1], iar eu gândesc că asta înseamnă ceva. Nu crezi?

Miclescu se strâmbă și cioculețul bălai se abătu spre umăr:

— Nu cred defel. Dacă poftesc un Paris, mă îndrept într-acolo și mi se pare netot din cale-afară să car Parisul în Fălciu. Fiece meleag își are veșmântul, destinele și deprinderile sale! Pune-i cloței coadă de păun, păunului urechi de măgar,

---

[1] Cartiere aristocratice din Londra.

porcului coroană, căprioarei cocoașă de cămilă și, frumușică babilonie, vei izbândi!

Zăvoianu se holbă:

— Ce cocoașă? Ce măgar?! Ai bolunzit?

— *C'est toi qui déménages!*[1]

Conu' Todiriță își cercetări inelul cu stemă de pe degetul mic:

— Dacă nu te-aș ști de mititel, aș zice că ești pizmaș...

— Dar așa? îl asmuți Miclescu.

— Așa, gândesc că te pui de-a curmezișul progresului și civilizațiunii, că nu auzi clopotele vremilor noi. La vremi noi, oameni noi.

Miclescu râse:

— Tu ești nou? Bată-te mântuirea să te bată...

— Da! mugi Zăvoianu. Sunt nou, o simțesc în toate mădularele mele, iar cugeterea tot nouă mi-e... Unde cați? Coniacul îi pe consolă. Te-ai îmbătat, *mon petit*.

Miclescu își turnă în pahar râzând mereu:

— Bine, sunt beat... Da' ce-i facem cu urgia de-afară? Dacă se înverșunează, aici rămânem îngropați, până la ghiocei...

Era om de oraș și pe la moșiile dumnealui nu călca decât odată în an; năimise în slujba de intendent un văr mai depărtat, ififliu, „dar onest și priceput".

„Nu-mi place *à la campagne, mon cher*... nu se află comodităţi... Natura? Ce-i aia natură? Muște, băligar, hăis-cea! O las poeților carele le stihuesc despre lună văduvă... Prefer natura de la Hugues, Capșa, Fieschi."

Abatere de la gusturile dumnealui făcea, din când în când, doar de dragul Zăvoianului, pe care-l însoțea la Mărgineni;

---

[1] „Tu o iei razna!" (lb. fr.).

două, mult trei zile. Acum se aflau aici, pentru pricină însemnată de moșie.

Conu' Todiriță dădu peste cap băutura fierbinte:

— „Crivăț, crivăcior / De va fi să mor, / Pe-acest colțișor, / Să aduni cu drag / Sub un verde fag / A mele osișoare!..."

— Taci, bre! Aud larmă în ogradă... Mi se pare că ne pică oaspeți...

Ciuliră amândoi urechile: hămăitul câinilor și glasurile slugilor îmbinau hărmălaie din care nu se deslușea nimic.

Trei bubuituri zdruncinară ușa bibliotecii și Stan, feciorul, înțepeni în prag. Era un flăcău de vreo douăzeci și cinci de ani, cu nas lătăreț, înfipt într-un chip rotund ca un harbuz. Privirea sanchie căuta mereu spre îmbucătura sprâncenelor, de parcă sărmanul ar fi cercat mereu să-și amintească de ceva. Conul Todiriță găsea însă că privirea crucișă – beteșug pentru care nu-ți ies fetele la portiță în întâmpinare – îi dădea distincție și de-aceea îl unsese valet. Stan purta straiul de zi obișnuită: livrea cafenie cu fireturi de argint, nădragi scurți, colțuni până la genunchi și încălțări cu cătărămi, care-i asupreau amarnic picioarele.

— Milărd, izbucni glasul de cimpoi al feciorului, lumânarea sa, boier Grigore, părintele domniei tale, tăt milord, numa' ce-a poposit în ograda noastră. Adăugă: Îi degerat țurloi și de clănțăneală i s-au dezghiocat măsăluțele...

O mână puternică îl smulse din prag:

— Lipsește de-aici, netotule!

Conu' Grigore, om ca la șaizeci de ani, cu un cap mai scurt decât fecioru-său, dar tot voinic și cu trup bine legat, își lepădă șuba îmblănită și cușma de miel în brațele lui Stan, zvârlind priviri înflăcărate. Așa era căutătura dumnealui, de tăciune și parcă mereu arzândă. De sub mustața pleoștită, gura botoasă se ițea îndărătnică, crețuri adânci îi însemnau obrazul.

— Ce păsărească bălmăjește ista, bre?

Într-aceeași clipă se răsuci spre Miclescu, ieșit în întâmpinare, și-l îmbrățișă bătându-l pe spinare. Zâmbet blând îi îndulci privirea vreme de o clipă.

— Ce faci, Ionică? Sănătos? Voinic?

— Cu voia domniei tale, amândouă.

— Aș! Te fălești. Tot pirpiriu ca un scripcar te afli.

Se întoarse apoi spre fecioru-său. Zăvoianu cel tânăr își ascunse surpriza și emoțiunea. Se înclină dinaintea boierului:

— Sir...

În sinea dumnealui, boier Grigore se simțea mândru de ighemoniconul spilcuit pe care-l deprinsese fecioru-său în Englitera, dar, zicându-și că și coarne prea lungi ajung a borti cerul, i le reteza când și când, osândind scurt:

— Mofturi!

Se răsti apoi către slugă, care rămăsese cu veșmintele boierului în brațe și rânjea tâmp, cu o fericire neînțeleasă pe chip:

— Tu ce te hlizești, Stane, de parc-ar veni Sfinții Paști? Ori mi-o fi crescut ceva pe nas?

— Iertăciune, milărd și coane Grigore. Aștept poruncă de răpus rebegeala. Și dacă nu se află poruncă, eu m-oi răsuci în ciubote și m-oi duce, căci trebușoara cea multă așteaptă mâini harnice și...

— Ci nu mai tolocăni, moară neferecată! Îmi zdruncini urechile. Te-o înțolit stăpân-tu ca pe-o momiță de iarmaroc, dar cleveteala în deșert n-a știut a ți-o struni.

Todiriță, jignit, vorbi cam pe nas:

— Oare trebuie să deslușesc domniei tale, sir, că civilizațiunea nu-i floare s-o rupi din grădină și să ți-o înfigi la butonieră și dintr-odată, nu-i așa, dobândești... Ce să mai vorbim... Sunt cestiuni seculare și chiar milenare, unde pacienţa...

— A se slăbi cu discursurile! Lasă-le pe seama lui musiu Kogălniceanu și-a lui Panaite Balș.

Miclescu îl urmărea râzând. Dinții mărunți, bine rânduiți, sticleau alb pe fața aurie ca mătasea.

— Chiar nu vrei să te încălzești, nene Grigoriță?

Bătrânul îl cercetă scurt. În inima sa, Ionică avea dintotdeauna loc statornicit, alăturea de fecioru-său. „E frumușel, bată-l norocul, ca o damă. Zâmbet parșiv, dulceață în căutătură..." Nu-și deslușii însă gândurile și rosti morocănos:

— Ba m-oi încălzi cu o stacană de vin fiert, cu belșug de coriandru, scorțișoară și chiperi. Cată să nu fie zăhăreală, Stane, și zorește!

După vreun ceas, privirile cercetau ca după un abur, glasurile se domoliseră. Todiriță își zicea că trăiește unul din ceasurile prea fericite, binecuvântate de Dumnezeu. Toate îl mulțămeau: viscolul, focul harnic din cămin, havana, prezența părintelui și a prietenului, făpturile care-i erau mai dragi pe lume.

— Nu ne-ai spus încă, tată, cu ce prilej te afli în Moldova. Te știam la București.

— Dacă și mintea ți-e scurtă precum aducerea aminte, bre Todiriță, știu că ai pus-o de mămăligă. Ai uitat că am avut termen pe 12, la Ieși, pentru Glodeni?

— Dinculeștii s-au fost prezentat? întrebă Ionică.

— Prezentat, bun înțeles. Și-au pus advocat pe clănțăul cela de Zmeureanu, meșter mare, când îi a găsi spini în mămăligă, dar carte nu prea știe.

Todiriță își drese glasul rușinat:

— Și cum a rămas?

— Ne-o dat alt termen, la 15 al lui april. Lipsă de procedură pe chestiune de citațiuni. Martorii nu le-au primit la vreme.

— Machiaverlâcurile Zmeureanului! tună Todiriță. La potlogării dintr-acestea știu că-l taie capul!

— Dac-o fi de trebuință, ne-o tăia și pe noi.

— Într-o țară unde există civilizațiune...

— Lasă civilizațiunea, i-o tăie bătrânul. Ioan, ascultă, odăile pentru oaspeți sunt primenite?

Bărbia și pieptul lui Todiriță tresăriră de plăcere:

— În casa unui om care cunoaște, nu-i așa, civilizațiunea...

— Parc-ai fi umflat cu chișca, măi! Ce tot bați câmpii și țarina?

— ...Căci, nu-i așa, cunoaștem cu toții că civilizațiunea și curatul...

— Atunci poruncește să facă și focul. Și să duduie!... Conu' Vasile din Mircești îi friguros ca o muiere, tot într-o vară ar ține-o.

— Alecsandri? se miră Miclescu. Poetul? Vasile?

— Ba harabagiul! râse boier Grigore. El, care altul? Să-i dai odaia albastră, a mamă-tii, Todiriță, e mai ferită.

Pe Miclescu îl măcina uimirea:

— Aceasta chiar că e ciudat! Vasile o ia din loc odată cu cocorii și caută-i după aceea urma în însorita Italie ori pe Riviera franțeză. Doar pricină însemnată de domnie trebuie că-l silește să îndure urgia iernii și încă să mai și voiajeze. *Ça m'étonne, vraiment*[1]...

---

[1] „Sunt foarte surprins" (lb. fr.).

— Nu te mai etona, fiule... Și pricina-i, într-adevăr, însemnată.

— De unde știți, sir, că ne va onora cu vizita domniei sale?

— Am călătorit împreună de la Ieși și până la Rădenii lui Alecu Bordeianu, unde a hotărât popas de câteva ceasuri. Apoi, a făgăduit, cât de silnică ar fi vremea, că se îndreaptă încoace, unde va înnopta.

— Alecu Bordeianu..., rosti pe gânduri Miclescu. La Ieși, știi cumva, moș Grigore, la cine a tras?

— La Mitică Florescu, unde a zăbovit trei zile.

— Aha! făcu plin de tâlc Miclescu.

Todiriță se holbă:

— Adică ce-ai priceput?

— Gândește-te oleacă! Bordeianu, Florescu, neamurile și prietenii lor... Oamenii cei mai cercați și de *confiance* ai lui Vodă din toată Moldova și care și-au dovedit onestitatea și atașamentul nu odată. I-au fost totdeauna alăturea lui Cuza, fără clipă de șovăială. Semn limpede, dară, că domnia se află la ananghie.

Glasul lui Todiriță bubui clopot:

— Țara e cu Alexandru Ioan Vodă! Ce izbutește oare hăitișoară de lupi împotriva pădurii? Iar eu, dacă aș fi în locul prințului, i-aș descăpățâna dintâi pe ticăloșii ceia de Panaite Balș și Suțu, așa cum isprăveau străbunii noștri cu hainii!

— Și cum rămâne cu civilizațiunea? râse Miclescu.

Câteva clipe descumpănit, Zăvoianu cel tânăr rămase cu gura și ochii căscați. Fruntea, sprâncenele i-erau înnodate de încordare. Dintr-odată săltă un deget, vrând parcă să bortească tavanul:

— Civilizațiunea e pentru oameni civilizați! *Dixit!*

Conu' Vasile din Mircești sosi abia către miezul nopții, când cei doi Zăvoieni, dimpreună cu Miclescu, puneau rămășag că, țintuit de vremea amarnică și gazde plăcute, poetul avea să rămâie peste noapte la Rădeni.

— Sunt înghețat bocnă, fură cele dintâi cuvinte ale oaspetelui. Pot a vă spune, dragii mei, că prefer *mille fois* focul Gheenei decât vifornița meleagului.

Miclescu zâmbi:

— În consecință, coane Vasile, grijește să grămădești păcate destule pentru a-ți asigura rezidență caldă dincolo.

— Dragul meu, de mititel numai grija asta o am.

Își freca lângă foc mâinile cu degete lungi și puternice; mustața vârtoasă, încă udă, strălucea, dar în obrajii vineți de frig începuse a i se întoarce culoarea.

Boier Grigore râse încetișor. Încercă să-l iscodească, luându-l pe departe:

— Mă întreb, fiule, au ce pricini prea însemnate te-au înghiontit la drum năprasnic? De inimă să fie? Atunci, de bună seamă, jupânița-i neasemuită.

— Chiar! sări Miclescu. Te știam la Londra, în misiune. Doar nu *à la recherche du soleil*[1] înfrunți nămeții Moldovei.

— Soarele! oftă Alecsandri. Să-l simți întins într-un *chaise-longue* pe covertă, cercetând întinsa albăstrime a Mediteranei... Nu cunosc mai deplină încântare...

Bătrânul Zăvoianu dădu din cap:

— Te-ai izbit mumă-tii, biata cucoana Elencu. Și pe-aceea n-o știu decât oftând după soare. Chiar și pe vipie, parcă tot frig simțea în spinare. Eh... Dumnezeu s-o ierte!

---

[1] „În căutarea soarelui" (lb. fr.).

O umbră trecu peste ochii păcurii ai poetului.

— Sângele insular, coane Grigore...

„Ba oftica“, gândi bătrânul Zăvoianu. Ghiunghiul o răpusese la abia patruzeci de ani și-același beteșug le secerase și pe fetele ei, surorile poetului, Prohira, Smaranda și Theodosia...

Miclescu îi întinse o cupă de coniac:

— Zăbovești mult în țară?

Alecsandri clătină din cap:

— O săptămână, poate două.

— Și ți-ai găsit vreme și pentru Zăvoieni? Todiriță, iacă omagiu neprețuit adus nobilului tău *home*.

Zăvoianu cel tânăr își drese glasul:

— *Castle*, vrei să spui, Johnny.

Alecsandri râse:

— Bravo vouă! Vă invidiez, dragilor, că duceți viețișoară dulce, neasuprită de griji ori necazuri. Veselia vă e stea călăuzitoare, desfătarea, preocupațiune principală.

— Acum, și pururea, și în vecii vecilor. Amin! Și tot asemenea domniei tale, Vasilică.

Poetul zâmbi subțire. Spre deosebire de zăluzii aceștia, Todiriță cam nătâng, dar inimă îmbelșugată ca o pâine moldovenească, Ionică iutac la minte, dar trândav și încet ca melcul, el intrase în slujbă domnească încă de la optsprezece ani. Abia întors de la Paris, preaînălțatul domn Sturdza, socotind că se va fi „adăpat cu învățătura cuvenită spre a fi de folos patriei“, îl unsese pe Vasile, feciorul vornicului Alecsandri, în slujba de șef „al mesei despăgubirii scutelnicilor și al pensiei răsplătitoare la vistierie“. Iar de-atunci, în peste douăzeci de ani, împlinise dregătorii însemnate, ce-i aduseseră prețuirea întru sârg și pricepere a lui Sturdza și, mai cu seamă, a lui Vodă Alexandru Ioan I.

Pentru că toate, însă, le împlinea cu dibăcie, voie bună, grație și eleganță, în straie albe ori naramzii și panamale cu gardini largi, răsucind nelipsitul bastonaș cu măciulie de aur și stihuri prea inspirate, pizmașii, ori nărozii, ori cei cu căutătura ușuratică îl socoteau dregător de operă bufă, patrician al plăcerilor rafinate, prinț al albastrei Mediterane.

— Fie așa precum spuneți voi, dragii mei amici. Umblă o vorbă în Moldova noastră că cioara croncăne, corbul bombăne, cucuvaia cobește, ciocârlia cântă... Dar se cheamă că toate ciugulesc văzduhul...

Todiriță dădu din cap pătruns:

— E adânc... Vezi, Johnny, ce-ți vorbeam mai adineauri... Poporul nostru îi doldora de înțelepciune. Civilizațiunea! Aceasta-i lipsește.

Boier Grigore cercetă răsucind carafa goală:

— Vorbiți fără spor, ca moșnegele când curăță mazăre în poală la portiță. Ascultă, Vasilică, ai ceva însemnat a ne spune ori ba? Și-atunci m-oi trage în iatac. De dodii și pozne poetice ști avem vreme și mâine.

— Ai dreptate, boier Grigore. N-am făcut popas fără pricină la Mărginenii domniilor voastre. Și voi spune-o în cuvinte puține. Vodă Cuza e în mare primejdie. Nu doar domnia, scaunul, ci și viața lui.

Miclescu îi privi pe ceilalți cu mulțumirea omului care a prevăzut cu dreptate:

— Ce vă spuneam eu? La Ieși, Mitiță Florescu, aici, Bordeienii. Tot vizite cu tâlc...

Alecsandri surâse:

— Ştiam că nu eşti nătărău, Ionică. Bibeştii şi Ştirbeii, aud mai nou şi de Suţu, dimpreună cu camarila, pun la cale asasinarea lui Vodă.

Boier Grigore încruntă sprâncenele:

— Dacă ştiţi mâna ucigaşă, n-o puteţi opri? Greu să afli din ce parte se va slobozi flinta, dar dacă o cunoşti...

— Raţiuni însemnate, pe care eu le ignor şi presupun că n-aş avea dezlegare să le dezvălui, îl silesc pe Vodă să procedeze cu mult tact diplomaticesc. Aceasta este dorinţa şi porunca lui. Iar tu, Ionică, chemat eşti să ne ajuţi.

Miclescu roşi de surpriză, dar şi de plăcere:

— Eu?!

Todiriţă, înfierbântat de grog şi elan patriotic, urlă:

— Prietinul meu va şti să-şi facă datoria! E un Miclescu şi, mai presus de tot, român. Căci „Românul încă ştie a se bate / Şi urăşte viaţa fără libertate". Şi iarăşi, cum zice poetul: „Unde este timpul cel de bărbăţie / Când murea românul pentr'o datorie?" Ţi-o spun eu, Bolintinene! E aici. Acum!

Se holbă spre ceilalţi, încredinţat de efectul vorbelor sale.

Alecsandri râdea cu poftă:

— Uşurel, Todiriţă. Trag nădejde că, până la prohod, mai avem oleacă.

De pe săliţă, dincolo de uşa închisă, se auzi zgomot cumplit de talgere şi trâmbiţă.

— Ce-i? se sperie boier Grigore. Ce s-a întâmplat? Ce fu asta?

Miclescu se prăpădea de râs:

— Glasul patriotic al lui Stan, feciorul. Când Todiriţă ţine discurs, cela, de după uşă, îi însoţeşte cuvintele cu zăngănit de blide eroic.

Zăvoianu cel tânăr răcni:

— „Trâmbița răsună sus pe coasta Verde / Armia lui Țepeș printre brazi se perde!“

— Ba ți-ai pierdut tu mințile, măi, băiete, spuse boier Grigore. Și ți-ai smintit și slugile.

— Așa și așa, făcu neatent Todiriță.

Alecsandri își șterse lacrimile:

— Să lăsăm șaga, că timpul ne e drămuit. Ionică, gătește-te de drum. Mâine dimineață luăm în piept drumul Bucureștilor.

Todiriță dădu din cap:

— Da, da, negreșit! Poruncesc de sanie la cel dintâi ceas.

— Hm! rosti sceptic boier Grigore. Îi porunci tu, fiule, lui Stan, de sanie, da' cum să poruncești cerului de vreme priincioasă? Nu ieșim bine din sat și rămânem împotmoliți. Mai chibzuiește, coane Vasile...

— Nu ne e îngăduită nicio clipă de zăbavă! Apăsă: Mie și lui Ionică.

— Aha, pricepu Zăvoianu.

— Aș! Nu-ți lepezi prietenii la primejdie, nu pricepu Todiriță. Plecăm împreună.

Alecsandri ridică din umeri. Miclescu nu-l slăbea din priviri:

— Încă nu mi-ai explicat de ce aveți nevoie de mine la București. Mă simt onorat, desigur, dar, *franchement*, nu văd cum v-aș putea fi de folos. Sunt un simplu consumator de viață, fără aspirațiuni politice...

— Când pădurea a pornit rezbel împotriva lupului, presupuse boier Grigore, a opintit și iepurașul.

— Ar fi o explicație, râse Alecsandri, cu unele corijări. Pădure se află, lup există, de iepuraș nu ne pasă, căci alta ne lipsește.

— Ce anume?

Un zâmbet fugar despică obrajii oacheşi ai poetului:

— O privighetoare, să zicem... O privighetoare în strai mândru de păun. Şi pentru că amicului Todiriţă îi plac improvizaţiile... Începu să fredoneze o bine cunoscută şansonetă cântată de Mamzel Pompon la Moulin Rouge: „Păunaş graţios, june şi frumos / De demoazele visat / De dame adorat / La Capşa 'mpărat / V-o zic, e dracu' gol / Miclescu... *rossignol*[1]!"

— Bravo! mugi Todiriţă, beat mort. Cu asemenea poeţi... civilizaţiunea... Desigur... Vasăzică... Ce să mai discutăm? Trăiască!

Din săliţă, răspunseră talgerele lui Stan.

[1] „Privighetoare" (lb. fr.).

4

Întrevederile de ordin privat – Alexandru Vodă înțelegea prin aceasta întâlnirile cu miniștrii săi ori alți dregători, menite să rămână secrete, discuții al căror conținut mai cu seamă trebuia ocrotit de indiscrețiile gazetelor – aveau loc în salonul cu peisaje al Palatului Domnesc. Aici, între tapiserii scumpe, priveliști de vânătoare, bucolice, ori de interior fastuos, Cuza, deși fire deschisă, neînclinată spre bănuieli tenebroase ori inexistente machiavelisme vizându-i persoana, se simțea în largul său, cu desăvârșire liniștit, departe de orice – plăcut ori dezagreabil – care prin neașteptatul imediat i-ar fi putut abate gândul de la preocupări și mai imediate.

Și, tot ca de obicei, în asemenea situații, Alexandru Vodă nu arbora ținuta oficială a principelui, ci vestimentația „bonjuristului cu stare": redingotă strânsă pe talie, pantaloni întinși cu elastic petrecut pe sub talpa ghetelor, jiletcă viu colorată, la gât legătură bogată de atlas. În același fel de straie, uneori ponosite, străbătea străzile Bucureştilor într-un incognito pe care căuta neîncetat să-l desăvârşească.

Asemenea altor crai, precum Henric al IV-lea, Ludovic al XI-lea ori Frederic I Barbarossa – pentru a-i pomeni pe cei mai cunoscuți – nu se mulțumea cu rapoartele iscoadelor și ale dregătorilor lingușitori, ci dorea să se încredințeze *de visu* de adevărul acestora, să „simtă pulsul populațiunii", să cunoască, pășind în colbul uliței și nu călare, înveșmântat în brocart de aur, aspirațiile oamenilor, nemulțumirile lor.

În dimineața aceea de decembrie a douăzecea zi, mărturisea calendarul franțez al Librăriei Hachette, de pe biroul Boulle – „Iacă! Se scurge și Ningău!" – Vodă Alexandru Ioan se simțea melancolic – *j'ai le cafard*[1] – și nemulțumit. Nemulțumit de el însuși.

În ciuda vremii haine, Elena Doamna se urnise încă din zori spre castelul de la Ruginoasa. Era însoțită, bineînțeles, de nelipsita Zoe Manta și de o mică suită. Cuza se împotrivise zadarnic acestei călătorii. Elena era tot zăcașă de la o vreme, se împuținase la trup, iar cearcănele, pacostea ochilor negri încă din tinerețe, opinteau acum a-i devora întreg obrazul. Doftorul Curții, Marcovici, vorbea despre slăbiciune generală, împuținarea forței de ființare, maladie a nervilor mai scurți pe partea dreaptă. Îi recomandase fier, masaje speciale, băi la Baden și, desigur, multă liniște și odihnă.

Cu o săptămână în urmă hotărâseră dimpreună ca, imediat ce timpul se va îndrepta, Elena să plece la tratament. Se răzgândise pe neașteptate, ceea ce nu-i stătea în fire (ba, dimpotrivă, din deciziunile ei n-o urnea nici Dumnezeu Tatăl), și – iarăși

---

[1] „Sunt prost-dispus" (lb. fr.).

împotriva felului său obișnuit de a fi, blândă și obedientă – de astă dată, mereu cu blândețe și glas supus, se încăpățânase să întreprindă acest voiaj pe care Cuza îl socotea sinucigaș, iar pe ea, Doamna, lipsită de cumpăt și orice logică...

Cuvinte grele pe care le regreta amarnic. În ciuda căsătoriei lor, silnice și sărace în bucurii, ei doi se respectaseră totdeauna, relațiunile rămânând elegante, de o mare etichetă, prea strictă chiar între doi soți. „Etichetă de salon și nu de alcov..."

Privind din spatele draperiilor grele urgia de-afară – până și birjele păreau să se clatine sub răsuflarea sălbatică a viscolului – Cuza Vodă căuta să ghicească care anume din faptele sale, culpe ar fi trebuit să spună, și erau multe, destule, pricinuise amărăciunea Doamnei. Căci evadările Elenei la Ruginoasa ori Solești, sau depărtatul Paris, constituiau reacția și modul ei de a se revolta vizavi de abaterile, de greșelile Măriei Sale, ca soț.

Și oare fusese vina lui că n-o iubise, n-o putuse niciodată iubi cu adevărat pe distinsa, delicata, devotata Elena? Dragoste aprigă, furtunoasă, prilej de lacrămi și amarnice suferințe, dar și de bucurie sălbatică, încleștată când, pentru a smulge orologiului un ceas, un singur ceas de fericire, orice jertfă pare măruntă și neînsemnată?... *Horloge, dieu sinistre, effrayant, impossible / Dont le doigt nous menace et nous dit: Souviens-toi!*[1]

Căsătoria – se petrecuseră de-atunci aproape douăzeci de ani – o doriseră părintele său, polcovnicul Ioan Cuza, și aspra Catinca Rosetti, mama Elenei. Alexandru Ioan – pentru familie și prieteni Alecu – își cunoscuse viitoarea soție cu prilejul unei soarele la Ieși. Îl impresionase gingășia acestei fete înalte,

---

[1] „Orologiu, zeu sinistru, înspăimântător, nepăsător, / Al cărui deget ne amenință și ne spune: Amintește-ți!" (Baudelaire).

cu chip prelung și privire gravă, floare cu talie fragilă, căutând mai mult umbra cotloanelor și apropierea zidurilor. Prinsă în lumina candelabrelor, în mijloc de salon, simțind zeci de priviri de cele mai multe ori doar închipuit ațintite asupră-i, Elena se fâstâcea, devenea stângace, cu gura pecetluită. Unii o socoteau netoată, alții fudulă, dar, *de toute façon*, searbădă.

Pricină, una din ele, pentru care petrecerile, marile baluri și soarele o înfricoșau și le ocolea atât și chiar peste cât îngăduia eticheta. Bineînțeles, aceasta era firea Doamnei, dar multă vină se cuvine și mamă-sii, coana Catinca. De copilă, Rosettoaia o strunise cu asprime, îndrumând-o spre rugăciune, piguleală la gherghef, viață schimnică între zidurile conacului. Afurisea zaiafeturile, nu îngăduise risipa, straiele Elenei, lipsite de podoabe „ușuratice“ - panglici, noduri, volane, flori - păreau monahicești, iar ghiloseala... Sfântă Fecioară! Un praf de pudră și oleacă de roșu pe pomeții măslinii erau socotite drept nelegiuiri fără seamăn, dobândite de-a dreptul din desaga de fărădelegi a Necuratului. Tot de-acolo purcedeau și romanțurile, zimbrele, căutătura galeșă, îndreptată din spatele evantaiului, mlădierile satanicești pe aripi de valț, stihurile de dragoste așternute în albumul cu scorțuri de catifea - într-un cuvânt, tot ceea ce franțezii numesc a flirta.

Firește, dar să nu se întâmple nepotriveală mai dureroasă ca aceea dintre Elena și Alecu Cuza. Viitorul Domn, bărbat potrivit de stat, sprinten, chipeș - păr bogat, castană coaptă, căutătură albastră de o strălucire metalică și un zâmbet plin de ispite - „Feri-mi, Doamne, muierea ori fiica, ori pe soru-mea!“ - lumeț și plin de vioiciune, strălucea în societate ca un far, era întâmpinat pretutindeni cu dragoste și bucurie. Iar Alecu iubea oamenii, toate împrejurările unde putea să se desfășoare ca om de mare farmec, conversația lui era scânteietoare, vorba ascuțită și plină de duh; dansator desăvârșit și neobosit, știa – mare har! – să vorbească oricui pe limba sa, dar mai cu seamă să spună ceea ce boieroaica moșneagă, fără dinți, ori demoazela cu obraji rozalbi, ori târgovățul, ori opinca, ori bărbierul talian care-i grijea favoriții și barbișonul doreau, le făcea plăcere să audă.

Și astfel, încă din zorii căsătoriei, Alecu începuse a cutreiera singur saloanele Ieșului. Încurajată de mamă-sa – „demonul rău al căsniciei mele", zicea Cuza – Elena trăia mai mult la Solești, păzind zidurile conacului, în deplină singurătate; „reculegere" se chema în glosarul cucoanei Catinca, iar ginere-său se întreba și răsîntreba: „Reculegere după cine? După ce?"

Mon vieux, îi spunea adesea Alecsandri, prietenul de-o viață, „faci parte din rândul celor care nu trebuie să se însoare niciodată. Îți lipsesc talentul și vocația pentru această instituțiune, așa cum alții n-au har pentru poezie, pictură sau cifrărie. Pune-mă pe mine în capul unei negustorii mănoase, ori administrator de moșie – falimentul e asigurat..."

„Socoți dară că am dat faliment?"

„De tine îmi pasă mai puțin, căci ai rezerve inepuizabile... Marea falimentară e Doamna ta."

„Ea nu se consideră tot astfel..."

„Așa-ți place ție să crezi..."

În sinea lui, însă, Domnul îmbrățișa același crez. Pe o altă femeie – bineînțeles, Elena era desăvârșită, cantitate și icoană de însușiri, chiar prea icoană, doar că pe ei doi Ziditorul nu-i blagoslovise Adam și Eva – el, Alexandru Ioan, ar fi făcut-o fericită.

„N-am cerut extraordinarul! Oleacă de veselie, de îngăduință față de oameni și păcatele lor, un cuget mai încrezător în viață și frumusețile ei, o filosofie mai... mireană despre dragoste..."

În locul acestora, priviri cernite, suspine și osânda aprigă a slăbiciunilor semenilor! Nu soare și muzici vesele, ci mereu ceață și prohod, însoțirea trupească – rușine îndurată întru înmulțire...

Imaginea Mariei îl însenină oleacă. Alexandru Ioan era prea lucid pentru a nu ști că ibovnica domnească nu avea însușirile mari, unic și arareori înmănuncheate într-aceeași făptură ca Elena. Pe Maria nu te puteai bizui – o gândea și astăzi, după ce zămisliseră împreună doi prunci – dar Cuza, fără a zăbovi îndelung asupra gândului vrăjmaș, nu odată încercase să-și închipuie care ar fi Maria lui, cât ar rămâne din ea în clipe de restriște, clipe-cheie, clipe de cruce: detronare, exil, boală, trai mediocru în pribegie. Și iarăși dar! Nătâng acela de se rătăcește în închipuiri nenorocoase! Dacă o ții așa, nu mai faci focul în sobă, de teamă să nu ți se aprindă casa. Zilele petrecute cu Maria erau vesel danț de fluturi albi în livadă de meri înfloriți. Se mâniau repede amândoi, furtuna se dezlănțuia cu sălbăticie, dar cât de amarnic de dulce urma împăcarea, cu câtă sporită, orbitoare strălucire se înălța din nou soarele.

Domnul întoarse brusc spatele ferestrei și, retezând odaia cu pas hotărât, deschise ușa salonului:

— Poftește, domnule Cantuniari.

Cuza își aprinse țigareta lungă, cu vârf aurit, și stinse chibritul cu gestul larg, care îi era caracteristic, fără să sufle în el.

Stăteau comod, în jilţurile delicate cu picioare firave aurite, ca într-un salon. Şi, ţinând tot de făptura lui Cuza, de îndemânarea şi firescul cu care ştia să-şi apropie oamenii, Barbu se simţi imediat la îndemână. Deşi bunăvoinţa lui naturală, tonul prietenos înlăturau bariere şi rezerve, Cuza îşi păstra statura princiară. Nici cel mai cutezător ori lipsit de creştere personagiu nu-şi îngăduia a cădea în familiarism.

Barbu ridică ochii. Întâmpinând privirea zâmbitoare a Domnului, îşi îngădui şi el surâs sfios. Era cea dintâi oară când se afla singur cu Vodă, el îndeobşte - de trei ori patru ori cu totul - însoţindu-l ca subaltern, umbră cu totul neînsemnată, pe prefectul Alexandru Beldiman.

— Ce mai face cucoana Vasilena? Desigur, mereu mândria Bucureştilor noştri. Transmite-i, te rog, omagiile şi sărutările noastre de mâini.

Cantuniari se săltă uşor în jilţ, de parcă ar fi dat să se ridice spre respectuoase mulţumiri, pe care le bălmăji în barbă.

— Ne-ar plăcea, urmă Cuza, s-o vedem mai ades la Curte, căci ne lipseşte şi Doamnei, şi mie. Părintele dumitale, conu' Iordache Talianu, nu ne ocolea cu atâta cerbicie.

În ochii lui Vodă se aprinse lumina aducerilor aminte duioase:

— Eram prieteni buni şi, nu odată, am petrecut dimpreună cu dumnealui şi alţi tovarăşi la Pralea... Ce vremuri şi acelea!

Despre acele vremuri cunoştea şi Barbu din povestirile lui tătâne-său.

Ospitalitatea stăpânilor moşiei Pralea - Răducanu Rosetti şi Maria, domniţă Ghika - era vestită, atrăgând toată floarea aristocraţiei moldovene. Cine nu se întâmpla acolo? Şugubăţul Zizin Cantacuzino, cneazul Alexandru din acelaşi neam, plăcut și plin de politețuri, Manolache Epureanul, vioi și citit ca o bibliotecă grecească, bunul Mitiță Șuțu, Alecu Aslan, mare vânător, Alecsandri, Costache Negri, Cuza... Iar cucoanele, chipeșe și de seminție aleasă, se înșirau colan de nestemate: Smărăndița Jora, Eufrosina Bogdan, Zulnia Sturdza, Smărăndița Catargiu cu fiică-sa, preafrumoasa Maria, despărțită încă de atunci de Obrenovici, și poate chiar de atunci ibovnică neștiută a colonelului Cuza...

Despre o întâmplare petrecută într-aceea vreme, cam vreo zece ani înainte de Unire, îi plăcea cu osebire lui Iordache Talianu să povestească. Cuza, strașnic țintaș, avea obiceiul să-și „facă mâna", în fiece dimineață, trăgând cu pistolul în cortelul verde, sub care picotea, ferit de soare, cumnatul lui, Lambrino. Într-o dimineață, unul dintre gloanțe, trecând prin cortel, ricoșase pesemne într-o piatră, iar de-aici, prin ferestrele deschise ale conacului, în sofragerie, unde boier Răducanu, cu gura plină de *mouillettes*[1], scotocea cu lingurița în cocotieră. Fulgerat, dusese mâna la fruntea dintr-odată plină de sânge. Panică mare, spaimă, zarvă! Din fericire, glonțul – Flaubert – vătămase doar pielea capului sub păr, dar multă vreme umblase zvonul în meleag că, de fapt, la mijloc nu era vreo poznă de a lui Cuza, ci un atentat al unioniștilor împotriva lui Rosetti Răducanu, cunoscut separatist...

— Da, făcu Domnul, întorcându-se din gânduri, s-au călătorit și acelea, așa cum se călătoresc toate în lumea aceasta... Domnule Cantuniari, te-am chemat într-o chestiune absolut confidențială. Nimeni, absolut nimeni nu trebuie să cunoască cele ce vom discuta între aceste ziduri.

---

[1] „Felii subțiri de pâine" (lb. fr.).

Cantuniari îl cercetă iute. Cuza îi ghici întrebarea și zâmbi:

— Chiar așa. Nici măcar Beldiman, șeful dumitale. Și răspund și celei de-a doua întrebări, pe care n-o rostești. Am toată încrederea în destoinicia și discrețiunea lui Beldiman, dar nu și în abilitatea lui. Urmează, firește, al treilea prilej de mare nedumerire, care cercetează după deslușire. Nu-l destitui pentru că îi onest, fără viții păgubitoare slujbei și mi-e cu mare credință. Sunt, domnule Cantuniari, în dregătoria pe care o deține, însușiri mai importante decât iscusința și viclenia. Ca principe, îmi doresc în primul rând o poliție pe care să mă pot bizui. Prefer deci un slujbaș cinstit, chiar dacă mai puțin înzestrat, unui urzitor dibaci, dar corupt și ticălos.

Barbu cuteză, profitând de întrerupere:

— Măria Ta, n-ai prefera un slujbaș care să le îmbine pe amândouă? Și cinstea, și abilitatea?

Cuza surâse cu amărăciune:

— Cunoști un asemenea personagiu în istorie? Unul singur? Până și cel dintâi Napoleon, una dintre puținele căpetenii ale omenirii care s-a bucurat de sufragiul aproape unanim al poporului său, a fost trădat. Nu mai e cazul să vorbim de canalismul lui Talleyrand. Marea artă, și puțini se află în posesiunea ei, este să te folosești de îndemânarea acestor vulpi, dar să rămâi *toujours en garde*, să știi să le alungi la vreme.

Strivi țigareta în scrumelnița masivă de argint și își dezmierdă cu un oftat bărbuța mătăsoasă.

— Te urmăresc de mult, domnule Cantuniari. Cu mult înainte de a-ți fi dovedit iscusința și tactul cu adevărat diplomaticesc în răzmerița de la Craiova. Se afirmă despre mine că știu să-mi aleg oamenii. Că aceasta ar fi însușirea mea cea mai de seamă. Râse: Nu-i prea măgulitor pentru un principe...

Vodă râdea sincer. Îi erau străine orgoliul, deşarta vanitate, credinţa atât de primejdioasă, fatală noroadelor lor, ale celor mai mulţi deţinători de putere absolută (împăraţi, regi, conducători de republici), că ar fi unşii lui Dumnezeu! Ales între aleşi, făptură neasemuită, de neînlocuit, aflat cu capete multe peste contemporanii săi.

Modest şi cu un nedezminţit simţ al proporţiilor, Alexandru Ioan I ştia prea bine că izbânda sa din ianuarie 1859 nu se datora unor calităţi ţinând de extraordinar. Bun înţeles, nimeni nu-i tăgăduia cinstea, credinţa sinceră în ideile liberale ale veacului său, firea dezinteresată, fără umbră de venalitate, fierbintea sa dragoste pentru tot ce-i românesc. Dar – şi la gândul acesta Vodă zâmbea de fiece dată cu înţelepciune – fiinţa, personalitatea sa nu stârneau pizmă. Nu se înălţa într-atât peste semenii săi, însuşirile sale nu erau într-atât de strălucitoare, încât cei din jur să se simtă striviţi. Admiraţiunea fără măsură, scandalul pozitiv pe care-l provoacă un om este cel dintâi şi mai primejdios inamic al său. Cuza nu era un Demostene ca Mihalache Kogălniceanu, nu se bucura de faima şi onorurile acordate lui Negri, n-avea condeiul, celebritatea şi prieteniile alese cu numele mari ale Europei ca Alecsandri, dar nici vrăjmaşii lor. De aceea, la 5 ianuarie, la Ieşi, şi după trei săptămâni la Bucureşti, sceptrul îi fusese înmânat într-un singur glas.

— ...îmi pun deci toată încrederea în dumneata, domnule Cantuniari. Bănui că împlineşti toate condiţiile necesare unei misiuni delicate.

— Prea onorat, Alteţă, roşi Barbu.

Cuza dădu din mână de parcă ar fi alungat fumul lăsat de o lulea.

— După cum știi, opoziția - numele le cunoști - pune la cale un complot care are drept țel asasinarea mea. Într-un plebiscit nu au încredere, căci simt că țara îmi stă alăturea. Moartea, cât de odioasă și condamnată ar fi după aceea, semnează mai sigur decât mine și mai definitiv actul abdicării.

Cantuniari își încleștă mâinile pe brațele jilțului.

— Nu le-o vom îngădui, Măria Ta.

— Domnule Cantuniari, surâse Vodă, nu sunt un blazat, *la joie de vivre*[1] nu m-a părăsit, dar doresc să știi că nu te-am chemat aici de teamă. Zilele noastre sunt hotărâte de Altcineva, iar cât privește tronul, domnia, am afirmat-o nu odată că „am primit-o ca pe un depozit sacru", și gata sunt să-l predau oricând celui ce va fi socotit cârmuitor mai vrednic. Înainte însă de a părăsi scena, cum ar zice poetul nostru Alecsandri, mare iubitor de teatru, mai am a împlini unele obligațiuni față de români, pe care le consider sfinte. Iar pentru aceasta îmi trebuie un răgaz...

Obrajii lui Barbu ardeau, ochii cercetau strălucitori chipul Domnului.

— Vi le veți împlini, Alteță. Acum și multă vreme de aci înainte.

Cuza râse cu blândețe. Îl veselea și îl impresiona în același timp înflăcărarea tânărului.

— Ești optimist, *mon cher!* Îți mulțumesc de bune gânduri. Ajută-mă pentru cele imediate, cât despre viitor, ne-om îngriji la vremea cuvenită. Mărturisesc că am în oroare vorbele mari, găunoase, patrioții de cafenea. S-au fost recitat de prea multe ori și cel mai adesea de către farisei. Ele nu conving, așa cum

[1] „Bucuria de a trăi" (lb. fr.).

n-a convins, stârnind râsul, acel *pauvre individu* care și-a început discursul cu „*Bonjour*, popor!..."

— Mitiță Dumitrașcu, feciorul cel mic al vornicului, își aminti râzând Barbu.

— Acela, pesemne... Ocolind deci frazele umflate, îți voi spune doar că succesul misiunii ce ți-o încredințez - dedesubturile politice le vei înțelege mai târziu - va însemna împlinirea vrednică a datoriei dumitale de cetățean.

— Poruncă!

— Doresc ca pregătirile atentatului să ajungă în fază cât mai avansată, iar complotiștii să nu fie stingheriți și, firește, nici dați în vileag, până în clipa pe care o voi socoti potrivită.

— Atrag atențiunea Măriei Tale că riscul e mult prea mare.

— Pe măsura țelului.

Barbu își smuci capul cu o mișcare de cal nărăvaș:

— Alteță, oricâtă diligență am depune, oricât de iscusiți ar fi oamenii mei, totuși nu putem prevedea clipa în care mâna ticăloasă apasă pe trăgaci.

— Dragă Cantuniari, rosti Vodă pe un ton prietenos, mă bizui pe instinctul și promptitudinea dumitale. Vei ști să acționezi oportun, sunt convins.

Îi surâse cu toată fața. Un surâs luminos, plin de seducțiune, bine cunoscutul surâs al lui Cuza, căruia nu-i rezista nimeni.

Cantuniari îngână fâstâcit:

— Încrederea Măriei Tale mă onorează. Eu... mă simt...

Vodă continua să zâmbească. Era una din tacticile sale obișnuite, politică fără greș, cu ajutorul căreia își câștigase mulți partizani zeloși, fideli până la ultimul suspin. Lui Kogălniceanu, mai prudent, mai calculat și, îndeobște, mai sceptic în privința naturii umane și care-l acuza de nesocotință, îi deslușise în mai multe rânduri, dar tot zadarnic:

„Acordă-i unui om încredere totală, desăvârșită, și vei obține de la el mai mult chiar decât poate să dea. Încrederea îl obligă, îl măgulește și fii sigur că va depune toată râvna pentru a nu dezamăgi. Pe tine, dar și pe el. Bineînțeles, când nu ai de-a face cu un ticălos."

Kogălniceanu întrebase tăios:

„Și când ești sigur că nu ai de-a face cu un ticălos?"

„Atunci când ai de-a face cu un individ onest", zâmbise Cuza.

„Poate că Măria Ta are bunătatea să-mi explice cum operează asemenea distincții. Nimeni nu-și introduce ticăloșia în cartea de vizită."

„O! *Mon cher!* De acelea eu mă folosesc doar când vreau să-mi depun omagiile unei dame șic și n-am găsit-o acasă..."

Vodă glumea, firește. Ca mulți principi, se încredea în instinctul său, în cunoașterea sa de oameni. Și, bineînțeles, nu se azvârlea în baltă legat la ochi și fără a fi cercetat înainte cu bățul, că-i adâncă ori ba. Pe Barbu, de pildă, îl supusese fără știința acestuia la mai multe probe, verificându-i cinstea și devotamentul față de domnie. Iar bunăstarea lui Barbu și lipsa de griji financiare – era moștenitorul unic al unor părinți bogați, chibzuiți și cu mână norocoasă întru sporire – constituiau pentru Cuza încă un titlu de garanție. Din principiu, Vodă prefera, în slujbele pe care le socotea vulnerabile corupțiunii, dregători avuți, căci „bine știut este că ursul sătul nu umblă la miere; și cât de găman ar fi, tot nu se lăcomește la fiece fărâmă de fagure..."

— În consecință, domnule Cantuniari, vei urmări în continuare diferitele faze ale complotului, iar raport despre acestea îmi vei da doar mie. La o singură taină, de-ajuns, și uneori prea mult, două perechi de urechi. *Faites attention!* Nimic pripelnic, niciun act necugetat, nicio arestuire. Vrăjmașul să nu-și simtă urma adulmecată. Ești îndeajuns de inteligent pentru a nu-ți desconsidera adversarul, mai cu seamă căpetenia, pe Suțu, care ce să-ți spun... Este cel mai fanatic dintre toți...

Cantuniari își înclină capul:

— Vă mulțumesc, Alteță, că mi-ați atras atențiunea. Tocmai mă gândeam să propun expulzarea baroanei de Gunsbourg.

— O! respinse Cuza. Ce greșeală! Impardonabilă! I-ar fi pus în gardă pe haini și mi-ar fi răsturnat întreg edificiul strategic. Apreciez însă sinceritatea dumitale. Un altul și-ar fi ascuns intențiunile. Încă o dovadă că nu m-am înșelat socotindu-te un slujbaș de mare probitate, de nădejde depozitar al nădejdilor mele. Zâmbi jocului de cuvinte... Apropo de baroană... Generalul continuă s-o viziteze?

— Au fost împreună toată noaptea.

— *Pauvre* Grănișteanu...

— Sunt îngrijorat, Alteță...

Cuza îl întrerupse:

— Vom lua măsuri ca generalul să nu mai aibă acces la documentele noastre cele mai importante. Desigur, fără a băga de seamă. Dar, spune-mi, dragul meu, îi poți reproșa ceva concret?

Barbu surâse încruntat:

— Mi se pare destul că e... hm, da... intimul baroanei... ă... ă... ă... favoritul.

Vodă izbucni în râs.

— Ha! Ha! Ha! Asta-i splendid spus! Intim! Favorit! Nu-ți lipsesc eufemismele... Deci, ibovnicul baroanei.

— ...despre care, urmă Barbu roșu făclie, presupunem că-i spioana Engliterei, trimisă la București spre a rezema opoziția.

Cuza scoase batista și își tampona ușor obrajii. Ca mai toate persoanele cu ochi albaștri, lăcrima când râdea cu poftă.

— Lăsați-o să-i rezeme, dragul meu, dar cu aceeași condiție. Să nu vă scape din atențiune. Un om prevenit este pe jumătate salvat.

— Îngăduiți-mi, Alteță, a vă informa că locuința ei îi supravegheată zi și noapte.

— Mi-a vorbit Beldiman. Și?

— A fost vizitată de agentul lui Ali Pașa...

— Constandakis! dădu din mâini Vodă. Acela a ajuns un fel de mâță cu clopoței. Mi-e că la mijloc îi o altă manevră, menită să îndrepte șoarecii spre altă capcană. Nu-i primejdios! Altceva!

— Domnul general Grănișteanu a rămas peste noapte la baroană. Eu însumi am vegheat până la ceasurile 7 ale dimineții, când a părăsit casele doamnei de Gunsbourg. După câteva minute, a ieșit valetul baroanei și s-a îndreptat cu zor mare spre conacul Suțu, unde a depus un mesagiu.

— Prietenul Suțu... Firește, surâse Vodă. Era de așteptat... În sfârșit, dragă Cantuniari, știi ce ai de făcut. Ca deviză: zel, ochi și urechi în toate cotloanele conjurației și, în primul rând, discreție.

— Îngăduiți-mi, Alteță, să vă atrag atenția că serenissima dumneavoastră persoană se află în permanentă primejdie. Unele măsuri de precauțiune se impun.

— Da, da, da! făcu Vodă ridicându-se. Mi-a cântat aria aceasta și Beldiman. Și, tot ca și lui Beldiman, îți răspund că „Românul nu e asasin“.

— Măria Ta să nu-l uite pe Barbu Catargiu.

Cuza râse:

— V-ați vorbit? Mi-a servit aceeași pildă. Nu, domnule căpitan, exemplul nu-i concludent. Românul care l-a ucis pe Catargiu nu era un asasin, ci un fanatic. Fanatici sunt la toate popoarele.

— Asasin ori fanatic - glonțul vatămă la fel. Și dacă - iertare, Măria Ta - nu vă gândiți la viață, gândiți-vă la o țară întreagă, carele și-a legat toate nădejdile, credința și speranța într-un viitor ferice de persoana Înălțimii Voastre.

— La țară mă gândesc, căpitane. Și chibzuiesc că o pot face mai vrednic și cu folos, simțindu-mă și umblând slobod, decât pândind lângă sobă vijelia de afară.

Îi veniră în minte cuvintele lui Kogălniceanu. Glasul puternic, de orator încercat, căpătase ca de obicei rezonanțe profetice:

„Nu greșelile te vor răsturna, Doamne, ci cutezanța și faptele mari ale Măriei Tale!“

Cu o mișcare ușoară a mâinii risipi vorbele, alungă gândul.

Abajurul de mătase azvârlea o umbrelă de lumină asupra mâinilor fine, osoase, ale lui Constantin Suțu. Era o lampă frumoasă - un Atlas de argint masiv, un trup încordat susținând greutatea ciupercii de mătase - în stilul întregului cabinet. Pe inelarul drept al prințului, inelul cu stemă sclipea verde-otravă.

Un bărbat gras, cu o mustață castanie, ușor înspicată, streșinind gura pofticioasă, umedă, de *bon viveur*, prăvălit pe o canapeluță grațioasă, își freca mâinile cu satisfacție.

— Strașnic, frate Costache! Bine adus din condei!

Suțu zâmbi discret, ascunzându-și mulțumirea.

— O zecondă și am isprăvit.

Cele mai multe „s"-uri le pronunța „z". Era una din particularitățile sale, imitate și de amici, și de vrăjmași. Își potrivi *pince-nez*-ul și reluă lectura. Din când în când, muia condeiul în călimară, îndreptând câte o slovă:

„...Pentru aceea dară... dacă preaputernicul împărat are încă milă de aceste Provincii și nu voiește a le trăda în mâinile a niște tâlhari de drumul mare, care au drept plan și bază ruinarea societății și răpirea marei și micii averi a tuturor claselor, precum vor face cu moșiile mănăstirești, să se milostivească..."

O criză de tuse astmatică. Burduhănosul se făcuse vânăt și se îneca vizibil. Nu era cea dintâia oară și Suțu nu se sperie. Turnă un pahar cu apă dintr-o carafă de cristal și i-l întinse.

— Te-ai îngrășat din cale-afară, Panaite. De fiecare dată, Drash îți prohodește la fel: Mai lasă claponii și plăcintele cele multe și ține-o pe buruieni...

— Un mincinos și acela! abia suflă Panait Balș. Vorba vătafului meu: Să zici ca popa, dar și să faci ca el... Nu-mi purta de grijă. Nu mă răpune ea, urâta, înainte de a îndrepta pe cea cale a izbăvirii astă țărișoară.

Suțu începu să râdă:

— De izbăvire tocmai spuneam și eu în memoriu.

— Citește mai departe.

— Îi încheierea și o știu pe de-a rostul: „...deci să ne izbăvească preaînălțatul împărat de biciu, prin biruitoarele sale oștiri, și să scape Provinciile de lepra sansculoților, ai căror șefi sunt prințul și adjutantul său, prim-ministrul, visul dracului!..."

— Brava, Costache! Aista-i cel mai grozav pamflet... Dacă nu erai mare căftănit, îți câștigai bună jimblă ca gazetar.

Buzele subțiri ale lui Suțu se făcură ață:

„Mare căftănit! Os de domn, gogomanule!"

— Când te gândești, rosti dezmierdându-și cioculețul ascuțit, ascuțit precum întreaga-i făptură, că unii ne socot trădători de nație, în alt gând decât al aspirațiunilor sale.

Panait Balș păru că se înăbușă iară:

— Ai bolunzit, Suțule? Ce aspirațiuni? Și cine-s aceia?

— Mulți... Și răul cel mare este că perzoane din neam aristocrat socot că dreptatea e de partea mișeilor... De-o pildă, principesa Ghika trâmbițează de la Paris blestem cumplit. Apucă o gazetă de pe birou și citi un paragraf însemnat cu roșu. Iacă ce declară în *Le Constitutionnel:* „Blestem pe marii boieri pentru opoziția lor sistematică; pun piedici Principelui, în loc să-l înconjoare și să-l zecondeze în eforturile sale..."

Panait Balș pufni cu dispreț:

— O prins cloșca gust de politichie, în loc de a-și vedea de ouat! Încaltea de-ar fi muierea mea, aș ști s-o domol să-și vadă de gospodărie și de prunci! Trădători!

— Și fanarioți, completă Constantin Suțu, ridicând inelarul cu stemă.

— Baliverne de gazetărași! Proprietatea stă la temelia oricărei societăți civilizate. Într-aceasta izbesc dumnealor, urmărind să răpună protipendul. Visează pesemne la o nație de plebei. Și atunci, te întreb eu pe dumneata, cine-i trădător? Cel care trudește întru săltarea țării, pentru a dobândi loc de cinste alăturea celorlalte țări ale Europei, ori cel ce luptă a o scobori?

— Țara, în opinia dumnealor, sunt cei mulți, nu noi, „fanarioții".

Panait Balș păru să se sufoce. Ochii cătau a-i sări din găvane, gâfâia ca un mistreț hăituit. Se ridică în picioare, spre a-și ușura răsuflarea.

— Imbecilii! Nătângi și smintiți! Țara sunt cei aleși, nu opincarii și uvrierii. Să-mi dea pildă dumnealor că în Franța, Englitera, Switzera ori în nemțime se petrece într-altfel! Au Windsorii, Bourbonii, prinții de Saxa-Coburg, Romanovii au, zic, urme de mămăligă între dinți? I-or fătat Frusina ori Gherghina în grajd, sub oghial de băligar?

— Ei, surâse subțire prințul, nici Bonaparții nu-s chiar de cea mai aleasă spiță.

Panait Balș dădu din umeri:

— Bastarzii aventurierului cela corsican! Istoria încă nu și-a spus ultimul cuvânt, fătul meu! Cât despre fanarioți... Musiu Kogălniceanu, carele, nu-i așa, se pretinde a fi cel mai de seamă cărturar al vremii, nu cunoaște nici măcar înțelesul cuvântului. Adicătelea, noi, boierii veliți și prea veliți ai Moldovei și Vlahiei, boierii Mușatinilor și ai Basarabilor, suntem urmașii tejghetarilor din Fanar? Grecotei, trăsnind a oloi, halva și scorțișoară, îs dumnealor! Cine cuteză a vorbi? Cuza? Scripcarul cela de Alecsandri? Mumă-sa, ofticoasa, o fost Cozoni, *psihi-mu*[1]! Cât despre tartorul cel mare, Kogălniceanu!...

Suțu ridică o sprânceană și râse. Îl ungeau la inimă izbucnirile cu risipă de dohot ale ieșeanului, cel mai înverșunat separatist

---

[1] „Sufletul meu!" (lb. gr.).

și anticuzist al Moldovei, dar totodată îi plăcea să păstreze rezerva gentilomului ce știe a lupta cu eleganță, obiecțiune, fără defăimări lipsite de temeiu.

— Ei, despre Kogălniceanu ce mai ai a spune?

Lui Balș i se bulbucară iar ochii:

— Aista-i neam de șătrari! Din Căldărari se iscară dumnealor Kogălnicenii, o știe o Moldovă!

Suțu se desprinse de birou și se rezemă de sobă. Acum, ieșit din umbră, i se deslușea adevărata făptură: răsărit, uscățiv, cu toate trăsăturile repezite spre bărbie, cu căutătură aspră, ațintită, și râs sărac, înghesuit între colțurile gurii.

— Domol, Balș, domol! Există uric din vremea lui Despot Vodă precum că acesta dăruiește diacului de vistierie Vasile Kogălniceanul moșia Râpile. Aceasta, cam cu trei sute de ani în urmă.

— L-a văzut domnia ta? L-a dovedit? Așa și eu, frate Costache, îți isc mâne hrisov despre străbunii mei faraoni! Împunse aerul râzând: Se împlinesc amu', de Rusalii, taman cinci mii de ani.

— Bine, bine, m-ai convins! Dar până a li se descâlci obârșia, se află în fruntea țării.

— Pentru puțină vreme, fii încredințat. Iar nătângul, dacă nu-și vâră singur jăratic în izmene, nu-i nătâng destul. Și-a rostuit vrăjmași de soi în propria-i ceată!

Suțu îl cercetă curios. Ieșeanul, brutal, grosier, lipsit de subtilitate, în ciuda boieriei lui vechi - un neam de al său, Alecu Balș, ținea în căsătorie pe Elencu, prințesă Sturdza - dovedea uneori clarviziune și tact politicesc.

— Într-acolo mă gândeam să opintim și noi. Fiara are două capete. Într-aceeași clipă cu Principele trebuie răpus și valetul său.

— Valet! Zi-i vătaf! Şi dacă lui Cuza i-om smulge noi potcoavele, de slugă s-or îngriji chiar partizanii unioniști, tăți fețe prealuminate.

Începu să enumere cu mulțămire grasă, săltând câte un deget:

— Dintâi Kretzulescu, pe care l-a uns din cal măgar. Mai deunăzi prim-ministru, azi silit e a roade osciorul de la Justiție, la porunca lui Cuza și a Kogălniceanului. Cum să nu-i fie pizmaș?

— Nici Steege nu-l ține lângă inimă, rosti pe gânduri Suțu. Aud din sursă preciză că, nemulțumit de toanele premierului, îl roagă ipocrit pe Cuza a numi pe altcineva în locul său la Florența, „un telegar mai iute", vezi Doamne!

— Mai socotește-l și pe franțuz! Aista, țâfnos de parcă s-ar trage din Capețieni, nu îndură ifosele și autoritatea brutală ale lui Kogălniceanu.

— A! Baligot de Beyen!

— Secretarul domnesc, cine altul? Sforar, corupt și cutră fără samăn. Aista s-a grăbit - ai zice că pe noi ne slujește, și nu pe Vodă - a-i istorisi lui Iancu Alecsandri aprecierile lui Kogălniceanu. „Cine? Alecsandri? Pe cât îi poetul de ager, pe atât îi de nătâng frate-său, Iancu. Un imbecil școlit, vrednic de șansoneta midinetelor Parisului, dar nu a reprezenta Principatele la Curtea lui Napoleon al III-lea!" Așa că, frate Costache, poți a-l socoti și pe acesta câștigat în tabăra noastră... Și, că veni vorba de trimiși, Callimachi, de la Belgrad, nu-i mai e prietin.

— Da, da... știu, făcu Suțu. Îl învinuiește pe Kogălniceanu de dominație absolutistă care țintește a se substitui tuturora.

Panait Balș își turnă un pahar zdravăn de Cointreau. Chipul, întreaga făptură râdeau de bucurie:

— Izbânda cea mai de soi îi însă pizma pe care i-a fost trezit-o lui Negri, pe chestiunea secularizării.

— Gălăgia asta a ajuns un scandal public. O rușine! Mă surprinde însă Kogălniceanu, care nu-i cu totul nătâng! Te cerți cu un Negri pentru a-ți asigura paternitatea necontestată a unei viitoare legi ticăloase! Șarpele invidiei îi cu adevărat viclean, oștean vrednic al lui Belzebut.

— Chiar așa! exultă Balș. Marele nostru om de stat a intrat în gura cumetrelor. Dar, vezi dumneata, frate Suțule, că Dumnezeu atoatevegheator nu dă cu măciuca niciodată, ci pălește când și unde anume trebuie. Sataniceasca legiuire ce o plănuiesc - doar Necuratul te poate îndemna la jefuirea mănăstirilor, a sfintei Biserici! - a sămănat discordie între partizanii cei mai devotați ai lui Vodă. Își frecă mâinile: Pieirea-i aproape, ține minte vorba mea!

— Da... făcu Constantin Suțu, ducându-și arătătorul în colțul gurii. Trebuie compromis prin toate mijloacele, iar dușmanii lui personali rezemați și încurajați. Toate, evident, cu discrețiunea necesară și acționând *en gentilhomme!*

— Ba, să-mi fie cu iertare, nu voi acționa boierește când am de-a face cu un brigand trădător de țară și neam. Oi fi și mai ticălos, și mai vulpe, căci relele le-a prăsit Dumnezeu pentru răi. I-am copt una de m-o pomeni până la judecata din veac!

Pântecele îl săltă de râs, făcând lanțul de aur cu brelocuri să zăngăne.

— *De quoi s'agit-il?* întrebă circumspect Suțu. Bagă de seamă, Balș! Vrem să-l zdrobim, nu să ne compromitem pe noi.

— Ba îl compromitem pe vătaf! Ideea e strașnică și mi-a suflat-o Gogeanul, prezidentul de la Casație. Am fost comandat în mare taină la o tiparniță din Viena portreturile lui Kogălniceanu – o sută de bucăți în cap.

— Şi?!

— În preajma Crăciunului, le împrăştii în Moldova şi Valahia, prin târguri şi comune, cu ordin ca din partea Kogălniceanului, chipurile, să fie aninate în toate instituțiunile: şcoli, prefecturi, primării.

Suțu rămase câteva clipe nedumerit, apoi izbucni:

— A! Am înțeles! Remarcabilă idee! *Pas mal du tout!* Cuza se va mânia, socotind că premierul său intenționează să-l întreacă în popularitate şi... Da... da... da... Ținând seama de firea Kogălniceanului, va fi convins că urmăreşte uzurparea autorității domneşti... Văd... Acum văd...

— Şi de aici, urmă Balş, până la a conchide că vătaful țintește mai sus, adică la tron, îi drum lesnicios, alee presărată cu roze. Câteva aluziuni fine, câteva scrisorele, spaimă semănată în inima Obrenovicioaei... De una fii încredințat! Ştiu că le-a prii amândurora caltaboşii şi jumările Ignatului.

Constantin Suțu îl asculta cu o singură ureche, dând distrat din cap a desăvârşită încuviințare.

Şi el, Suțu, urmărea acelaşi țel: domnia. Taina o ținea bine cetluită în adâncul inimii, n-o cunoşteau decât miniştrii Porții, Ali Paşa, Haggi bey şi Safvet. Aproape patru ceasuri se întreținuse cu ei, în august ce trecuse, la ambasada otomană din Paris. Actul încheiat – talisman prețios, purtând pecețile celor trei – prevedea ca răsplată pentru răsturnarea lui Cuza numirea sa, a lui Suțu, în calitate de caimacam, urmând apoi înălțarea ca domn. Fireşte, făcând jocul turcilor, Principatele vor redeveni ceea ce fuseseră înainte de Unire, adică două țărişoare separate.

„Dar“, chibzuia Suțu, scrutând viitoria, „nu-i totu’ să vină vremea, ci să sune și ceasul.“ Clipa aceasta o va pândi el, pentru a înfăptui a doua Unire: va fi Unirea cea adevărată, desăvârșită de el, Constantin Suțu, os de domn, cu drepturi de sânge și glie; lui și feciorilor săi li se cuvin coroana și sceptrul Principatelor! Ridicole pretențiile la tronul daco-romanilor ale unui boiernaș de mâna a doua, ca Alexandru Cuza, ori ale cine știe cărui prințișor din obscură țărișoară nemțească sau republică taliană.

Dar toate acestea avea să le trâmbițeze la vremea cuvenită. Acum...

— Frate Costache, zâmbi Panait Balș, bag de samă că nu mă asculți nici măcar cu urechea cea surdă.

— Ba da, ba da... Chibzuiam chiar că afacerea trebuiește zorită. Să nu apuce domnii Cuza și Kogălniceanu a-și înfăptui ceea ce numesc dumnealor reformele! Reforme! Cele mai fărădelegi legi, cele mai potrivnice și primejdioase legiuiri din toată istoria țărilor noastre.

— Secularizarea, censul și reforma agrară! Nu-ți fie teamă...

— Ba mi-e teamă, îl întrerupse Suțu, pentru că dând drept de vot calicilor și pământ țăranilor neștiutori - tradițiile, și datinile, și firea, întreaga noastră evoluțiune sunt altele decât ale Europei - smintiții ne dau brânci în prăpastie. Iar din prăpastie anevoie mai afli cale de întoarcere. Sămânța răzmeriței odată semănată, scânteia răscoalei va cuprinde întreg meleagul.

— Fleacuri, Costache, dar desigur nu vom ajunge până acolo.

— Nu-s fleacuri! Greu mai smulgi fagurele de miere din mâna calicului, când a apucat să se înfrupte. Plebea nu vede mai departe decât îndestularea pântecelui. Caută a-i desluşi neajunsurile unor legi liberale într-o ţară nu îndeajuns de pregătită pentru a primi şi aplica ideaţiunile noui, şi vezi ce-or pricepe.

— Iacă, de acestea să mă ţină pe mine şalele că moş Tăbârţă din Coceni, ori badea Simion din Vifornita n-or pricepe cestiunea marilor ideaţiuni!

— Ba să te ţină, Panaite, că-s mulţi!

— Bine, râse Balş, m-or ţine. Cuza nu apucă Anul Nou!

Suţu îşi ciupi nervos barbişonul:

— De ce atâta zăbavă?

Panait Balş îi îndreptă zâmbet subţire:

— Suntem creştini, frate Costache! Nu se cade a face moarte de om în sfintele zile ale Naşterii Mântuitorului... Au gândeşti altfel?...

Suţu îşi îndreptă superstiţios ochii spre icoană:

— Nu! Exclus! Nu de Crăciun.

5

Viscolul care asuprise aprig Bucureştii vreme de două zile se domolise. Acum ningea cu fulgi mari, leneşi, zăbovind îndelung în văzduh, frumoşi ca în jucăriile vieneze care, oleacă zgâlţâite, stârneau ninsoare argintie asupra micilor burguri prizoniere în clopote de cristal.

Când orologiul – pe melodie jucăuşă de Mozart – vesti ceasurile 10, baroana Lelia de Gunsbourg se lăsă să alunece din crivat pe blana de urs polar, unde trândăvi oleacă, desfătându-şi trupul despuiat pe moliciunile fiarei răpuse.

Dormea goală pe orice vreme, cu desăvârşire goală şi despletită; muierile, chiar cele tinere şi cochete ţinându-se după moda pariziană, tot purtau asupra nopţii o bucăţică de cămaşă străvezie şi uşoară ca o adiere, câte un inel – măcar alianţa – cerceii de fiece zi – de obicei primii solitari primiţi la paisprezece ani – iar părul şi-l înnodau într-un conci ori coade groase, care să le îngăduie somn tihnit, iar a doua zi „ţesălat“ lesnicios.

Baroana însă nu torcea somn dulce decât cu trup slobod de orice podoabă și plete asemenea, răzlețite în întreg așternutul.

„Mai degrabă“, îi deslușea cameristei sale, Rose, o franțușcă mlădioasă ca trestia, burduf de înțelepciunea dobândită în mizeria Halelor unde se născuse, „mi-atârn un volan, ori un șal, în fine, orice motiv de țesătură, la o vizită... intimă. O, da! Un *peignoir* iscusit are mai multă înțelepciune decât o enciclopedie...“

Când trase draperiile, scoase un strigăt de surpriză. Un val de fericire îi cuprinse întreaga făptură. Fericirea aceea, clipă binecuvântată, fără pricină, unică, pe care o încearcă de obicei doar oamenii foarte tineri; fericiți – în asemenea clipe – doar pentru simplul fapt că trăiesc iar viața... Viața e o doamnă generoasă, care le zâmbește cu blândețe întinzându-le brațe de crini, și margarete, și măr înflorit... Livezi de meri înfloriți...

— Ce frumos e!

— Nu-i așa, madame? zâmbi Rose. Eram sigură că vă veți bucura.

— Rose! E minunat! Splendid! Strada parcă dansează... O sărbătoare... Un bal al naturii...

Ochii îi scânteiau, strălucea toată, o frumusețe în clipele acelea aproape imposibil de privit, orbitoare.

— Ce frumoasă e, *madame*! rosti cu admirație sinceră camerista.

Baroana își ridică brațele deasupra capului și bătu din palme ca într-un ceas spaniol:

— Rose! Repede, toaleta de la Petersburg!

— Cea cu hermină sau cea cu samur?

— Hermină, Rose! Vreau să fiu... Albă-ca-Zăpada!

— Veți fi cu mult mai frumoasă.

Lelia de Gunsbourg îi mângâie bărbia plinuță:

— *Merci*, Rose, *tu es vraiment gentile*... Poruncește sania și, să nu uit, pregătește-o și pe Kio.

Ochii căprui ai cameristei se rotunjiră a mirare:

— Kio? Pe acest timp? Acasă n-o scoteam nici măcar în aprilie.

— Parisul e prea umed... N-o să pățească nimic... Ar fi păcat să nu se bucure și Kio... Pune-i blănița și un șal peste gură... Și repede, fetițo, nu mai am răbdare!

— *Et le petit déjeuner de madame?*

— La naiba cu micul dejun, Rose! Nu în fiecare zi ai ocazia să te plimbi într-un București imaculat ca o rochie de mireasă... Chiar dacă nu la fel de inocent.

Întreg Bucureștiul, dar mai ales Șoseaua Kiseleff, răsuna de clinchetul clopoțeilor de argint aninați în colane grele de grumajii cailor înhămați la sănii birjărești ori particulare - acestea luxoase, splendide echipaje pe tălpici - ocrotiți de valtrapuri din catifea viu colorată. Străbăteau orașul săgeată, ca fermecați, îndestulați toți într-o sâmbătă din ciubărul cu jăratic al telegarilor de poveste.

Prima ninsoare frumoasă brumarul și bună parte din dechemvrie fuseseră glodoși, cu ploi reci, zloată, lapoviță și apoi viscol înfricoșat - smulsese mulți bucureșteni de la gura sobei. Cucoanele tinere găsiseră prilejul să arboreze mantourile scumpe tăiate la Paris din blănuri de Rusia, fără să se teamă de zăpadă, aprig vrăjmaș al chipurilor sulemenite.

Dimpotrivă, fețele biciuite de nea în goana săniilor deveneau mai fragede, frigul născocea roze chiar pe obrajii cei mai sălcii, căciuliţele de astrahan, vulpe sau petit-gris, din care scăpa câte un zuluf, şi sclipirea solitarilor le dădeau un aer cochet şi poznaş.

Promenada, în toată splendoarea ei, se desfăşura desigur la Şosea, unde junii, încotoşmăniţi în blănuri grele şi cuşme nu mai înalte de o palmă, cumpărate de la musiu Martin din Pasajul Român, depuneau omagii doamnelor şi demoazelelor fericite să le primească în goana bidiviilor.

Cei mai comozi, ca de pildă Dodel Văcărescu ori Arthur Macarie, se mulţumeau însă cu priveliştea pe care o oferea Podul Mogoşoaiei. Rezemând balustrada de la Capşa ori Hugues – înăuntrul localurilor ar fi scăpat spectacolul străzii – consumau vin fiert cu miere şi mirodenii, ceaiuri, nenumărate cornete cu castane coapte, fierbinţi de-ţi ardeau degetele şi la care excentricii însoţeau îngheţată.

— Nu-l văz pe Floflo, observă Văcărescu, trecând prin sită grupul ce rezema zidul Capşei.

— A trecut mai adineauri cu sania spre Şosea.

— E copil! Aici îi defilarea, şi la dus, şi la-ntors, mai abitir decât în tribuna lui Vodă.

Din pricina înghesuielii, între Hanul Zlătari şi până după Palatul Domnesc, săniile alunecau în pas de melc.

— Uite-o pe Frumuşica Roşianu!

O damă blondă, trupeşă, îngropată în vulpi argintii, răspunse cu un zâmbet cochet cuşmelor ridicate.

— S-a cam trecut...

— Ce-i pasă? A pus mâna pe Bacalu şi milioanele lui? A pus! I l-a suflat Tarsiencii? I l-a suflat! De-acum, ţin-te whist, maus, *chemin de fer* pe Coastă, când se afaniseşte şi satură de Valahia, și juneţe proaspătă, când se ambetează și poftește în așternut și altceva decât o vistierie.

— După fason, s-a și ambetat. Juneţe este...

— Nu și proaspătă, *mon cher!* Oricum, depune-ţi cartea de vizită.

— Măi! Clevetiţi ca acele babe.

— Nu-ţi place, trage cușma pe urechi...

O sanie elegantă, construită ca o trăsură Victoria, se ivi dinspre Sărindar. Pe capră, un arnăut cu fustanelă, cojocel de miel brumăriu și fes cu ciucure lung, cerca să dobândească drum slobod, înaintea altor echipaje.

— Cela nu degeră doar cu fes?

— Așa poftește prinţesa! Ai văzut arnăut cu căciulă?

— Putea să-și anine un ciucure și pricepeai.

Din fundul saniei, principesa Sultana Duca, o cucoană vârstnică, voinică și bătută parcă în nestemate ca o icoană veche, le azvârli o privire îngheţată, care opintea să treacă de nasul trufaș, vulturesc, săltat cu aroganţă. Abia răspunse la salutul străzii, dar păru să privească ceva mai îngăduitor, cu părere de zâmbet, spre un bătrânel mărunt și extrem de elegant, pierdut cu totul într-o blană de vidră.

— Pesemne, comentă unul dintre tinerii berbanţi, după ce sania principesei trecu, eu n-am fantezie, dar uite, pe-asta nu mi-o închipui decât cu măsăluţele în batistă. O vezi zburdând jună și ferice pe un tăpșan de margarete cu o plasă de prins fluturi?

— Și încă cum, tinere! Și încă cum!

Se răsuciră râzând spre bătrânelul elegant. Purta sub braţ o căţelușă galbenă, iar în mâna dreaptă un buchet mare de violete de Parma.

— Omagiile noastre, coane Sașa!

Bătrânelul era Alexandru Belu, una dintre cele mai cunoscute figuri ale Bucureștilor. Feciorul repauzatului Barbu Belu, boier cu avuție mare, cârcotaș și picat în damblaua proceselor, Alexandru Belu, conu' Sașa pentru cunoscuți, își avea la rându-i ciudățeniile dumnealui. De pildă, promenada din fiece dimineață pe Pod, dimpreună cu cățelușa. De câte ori întâlnea *une belle dame*, bătrânul se înclina adânc și oferea drept omagiu un buchețel de flori. Cum dame chipeșe se aflau puzderie pe Podul Mogoșoaiei, iar conu' Sașa, agreat în tot târgul, nu putea fi refuzat, stocul se epuiza repede. Atunci da năvală la prima florărie ori iama în coșurile țigăncilor din Piața Teatrului.

— Ei, dragii mei, s-o fi văzut pe principesă la cincisprezece ani... *Elle était belle comme le jour*... Poți înțelege comparația abia când ajungi la anii mei și nu ai multe dinainte...

— Pst! Uitați-o pe baroană!

Parcă amuțiseră toți, iar bătrânul Belu rămase cu vorba retezată. Și toți avură pentru câteva clipe același sentiment: o zână, zâna pe care și-o închipuiseră în copilărie, pogorâse în mijlocul Bucureștiului. În sanie de aur, învăluită toată în hermină, își lăsase gluga pe ceafă, iar buclele risipite pe blana albă aprindeau flăcări în care fulgii de nea scânteiau licurici și diamante. Lângă manșonul baroanei, Kio, înfofolită tot în blană albă, rostogolea priviri neliniștite.

— Îi cel mai frumos tablou pe care l-am văzut vreodată, șopti cineva... Niciodată nu va mai fi la fel de frumoasă. Sunt clipe de magnificiență care nu se repetă.

Nelămurit, dar trăind din plin triumful clipei, Lelia de Gunsbourg simțise același lucru. Era deprinsă cu aplauzele străzii, cu omagiul mut sau manifest al mulțimii, totdeauna întorsese mare de capete, și aceasta, pretutindeni. Azi însă trăia impresia absolutului. De când ieșise în uliță, stârnise o admirație neobișnuită, vecină cu extazul. Prunci, cerșetori, târgoveți o cercetau cu gura căscată, două țigănci scuipaseră peste umăr, alungând deochiul.

Primi cu grație violetele bătrânului Belu care, repezindu-se spre sanie, fu cât pe ce să nimerească sub copitele bidiviilor. Mereu zâmbitoare, miere și ambrozie, își lăsă mâna sărutată, mirosi buchetul cu nări dilatate, apoi, în entuziasmul celor gură-cască de pe marginea trotuarului, îl apropie și de nasul suflecat al maimuței...

Atunci se produse vălmășeala, dar cum și ce fel se întâmplase, nimeni din cei de față nu putu da rost, căci fiecare văzuse și simțise într-altfel.

Parcă vorbite, două sănii cu câte patru telegari gonind din direcțiuni opuse izbiră tampon echipagiile aflate între Rech și Capșa. Larmă, spaimă mare, țipete, nechezat cumplit, bidivii săltați în două picioare, cercând să scape din hamuri, câteva sănii răsturnate, volbură de jupoane, danteluri și botine căutând reazim în văzduh, hămăit de câini – celor de pe Pod li se alăturară frățânii din ulițele megieșe – înjurături de mamă, dar și de cele bisericești, căci la suduit surugiii nu se scumpesc, zarvă și halima de ducă-se pe pustii.

Oamenii ieșiseră cu spaimă mare la balcoane – Foc! Turcii? –, negutătorii totdeauna cercați la clipe de învălmășeală, căci unde zarva e mare, paguba e cu dobândă, traseră de îndată obloanele grele. Astfel giuvaiergiul Rech, Szaicovici, patronul băcăniei Au Gourmand, bătrânul Capșa, luând pildă de la vecin, cofetarul Reigler... Singurul care privea ca la panaramă în pragul prăvăliei, cu mâinile încrucișate la piept, se afla neamțul Feder, căci cât ar fi babilonia de cumplită, iar tâlharul de iscusit și cu mână dibace, tot nu poate șterpeli la iuțeală ditamai Bechsteinul ori un Bösendorfer...

— *Grosse* frica, spaimă mare, comentă când spiritele se mai liniștiră, cu vânzătorul său, un tânăr deșirat, cu figură de poet și aer melancolic, dar gut este când alle isprăvești bine... Dar cine fost magarii care făcut zdruncinătur? Bețiv la ei și nebuneală. Nebuneala de la tzuica... Prea mult tzuica în București, asta!

Atins în negustorie, Stăncioiu, la care puteai cumpăra duzina de sticle de Bordeaux cu douăzeci și patru de sfanți și șampania Sillery mousseux supérieur cu treizeci și unu de piaștri și douăzeci de firfirici - prețuri de concurență - îi azvârli oțărât:

— Ba să-mi fie cu iertare, jupâne, că nebuneala de la țambalele dumitale se trage! De atâta zdranga-zdranga li s-a hurducat bieților creștini mintea...

Neamțul își săltă capul semeț:

— Dumnefostră nu pricep arta! Tzuica și sarmaluț la voi important.

— Așa o fi, neică, da' știu că din târla mea nu pleacă slugile la țintirim! Mai bine cată de gălbejitul ăla al dumitale, că de-atâta artă, i-a scofâlcit oftica pieptul. Dă... Așa o fi la catolnici...

Un strigăt se înălță peste larma Podului și o clipă glasurile amuțiră. Toate chipurile se îndreptară spre sania baroanei. I-o ridicaseră admiratorii din nămeții rigolei, unde se răsturnase, iar bătrânul Belu, agitat, dând povețe și încurcând lumea, se agăța de fiecare braț slobod:

— Chemați-l pe Drasch... O damă fină a fost accidentată...

Lelia de Gunsbourg râdea nervos:

— Dar n-am pățit nimic... *Je vous assure*... Vă rămân infinit obligată, domnilor... Acum, cred că aș prefera să mă întorc acasă... Nu suport emoțiunile mari și... - încercă să glumească - nici micuța mea Kio nu le suportă mai bine.

Atunci băgară de seamă că maimuța dispăruse.

Anunțul apăru, a doua zi, în gazetele cele mai însemnate ale Bucureștilor: *Românul*, *Buciumul* și *Nichipercea*:

„Pierdut ieri, în ambuscada ce s-a întâmplat pe Podul Mogoșoaiei spre ceasurile 12 antemeridian, chiar în fața stabilimentului domnului Vasile Capșa, momiță roșcată în jachețică de blană albă, cu zgărdiță și lănțujel de argint. Găsitorului 100 (una sută) galbeni recompensă. La doamna baroană de Gunsbourg, strada Fântâna Roșie, numero 14..."

Foile erau risipite prin tot iatacul baroanei, casa întreagă valvârtej. Slugile primiseră poruncă să stea treze și cu urechea la pândă în tot ceasul, să deschiză și să înfățișeze stăpânei pe oricine, boier sau golan, în stare să ofere informațiune cât de vagă în legătură cu soarta maimuței.

Ceasurile se târau anevoie, și baroana numărase peste douăzeci de când Kio dispăruse.

Zăcea pe o canapeluță Recamier, doborâtă de grijă și cumplită durere de cap. Nu-i veniseră de hac nici feliile de cartofi, nici compresele și frecțiunile cu oțet. Înhalațiile cu eter o mai ușurau, zvârlind-o într-o stare de leșuială, uitare chinuită între vis și coșmar. Camerista însă ocolea eterul pe cât îi sta în putință; amorțeala era însoțită de cumplite tremurături, ochi dați peste cap, clănțăneală de măsele și buze înspumate, ca la zăcașii de ducă-se pe pustii! Odaia mirosea mai abitir ca o spiţerie, şi Rose întredeschise fereastra.

— Parcă am avut un presentiment când am rugat-o pe doamna baroană s-o lase pe Kio acasă...

Lelia de Gunsbourg bătu cu palma în plapuma de atlas:

— Mi-ai repetat-o de cel puţin douăzeci de ori... Ţi-era teamă că nu cumva să răcească, nu că o să se piardă... Nu-mi pot explica deloc cum s-a smuls din lănţug...

— Să sperăm, spuse Rose primenindu-i compresa, că a fost găsită de o persoană fină. Într-un bordei, sărmana, nu rezistă nicio zi.

— O, te rog isprăveşte! ţipă baroana. Nu cobi! Îmi fac destule idei singură, nu am nevoie şi de ale tale! Biata fetiţă! Mă cutremur la gândul că degeră într-o odaie fără foc, lângă un pumn de mămăligă rece... Ştii, Rose... Încep să cred tot mai mult că pe Kio mi-au furat-o... Ea nu putea să rupă singură lănţişorul, oricât ar fi fost de slăbit.

— Furat?! O umbră de îndoială trecu peste chipul inteligent al franţuzoaicei. Aceasta ar fi ipoteza cea mai fericită, căci, dacă hoţul a urmărit o recompensă, înseamnă că şi-a atins scopul... Şi atunci... de ce nu se prezintă?

— Nu ştiu! Nu ştiu şi nu înţeleg nimic! Trec atâţia flaşnetari pe uliţă cu maimuţe şi papagali căţăraţi pe minavet şi nu li se întâmplă niciun necaz... De ce tocmai Kio trebuie să pătimească?

Lacrimi mari începură din nou să-i alunece în lungul ochilor codaţi, udându-i tâmplele.

— Vă rog, stăpâniţi-vă! Migrena va începe din nou.

— Ce-mi pasă? Mi-e mai greu dacă nu plâng.

Rose îi îndreptă o privire curioasă. Ce stranie era femeia aceasta! Se afla în slujba baroanei de cinci ani și își închipuia că o cunoaște bine. Câștigase deplina încredere a Leliei, care cu timpul o introdusese în toate tainele ei. Lelia era o ființă puternică, de o cutezanță drăcească, vicleană, ageră, rea sau bună și generoasă, după cum i-o dictau interesele, blândă ori violentă, dar totdeauna perfect lucidă și absolut stăpână pe pornirile ei.

Și acum, își pierdea capul pentru un mic animal când... Bineînțeles, aceea fusese o poveste urâtă, care indignase un întreg Paris...

Dar realitatea este că nefericitul, *le pauvre comte* Ricardo, înghițise cupa cu otravă chiar în fața baroanei, care nici măcar nu clipise. Rose îndrăznise: „Nici n-ați încercat să-l opriți." Lelia o privise rece: „Să-l opresc? *Quelle idée!* Dacă el a socotit că nu merită să trăiască, înseamnă că nu merita. S-ar fi sinucis data viitoare. Peste o oră sau peste un an..."

„Poate că de Kio o leagă o superstiție", conchise camerista. „Toate persoanele care ies din comun, mai ales aventurierii, au talismanele lor..."

Cineva bătu delicat în ușă cu vârful unghiilor.

— Dejunul, probabil...

Baroana izbucni:

— Să n-aud de masă!

— Cred că o ceașcă de bulion slab și o aripă de pui...

— Nimic, nu auzi? Vă pun tăvile în cap.

— Prea bine, doamnă.

Deschise ușa. Valetul, un polonez în livrea vișinie, cu brandenburguri argintii, zâmbea cu gura până la urechi.

Rose îl măsură rece: „Uite și la ăsta ce fericit e! S-a îmbătat..." Îl repezi dintr-odată cu glas ascuțit:

— E aniversarea dumitale?

Valetul dădu din cap:

— O veste bună pentru doamna baroană. Micuța noastră Kio se află în salonul turcesc împreună cu un domn care roagă să fie primit...

Rose smulse cartea de vizită de pe tavă și citi cu glas tare numele imprimat:

„Ion Miclescu - proprietar."

Ideea fusese a lui Cantuniari, piesa o născocise dumnealui, boierul din Mircești, pozna o puseseră la cale dimpreună în salonul doamnei Vasilena, care, mereu visătoare, parcă absentă și ca din distracție, corija câte un amănunt, îl înlocuia cu un altul, dădea sugestii, ținând seama de firea muierească și, în primul rând, de cea a baroanei.

De la o vreme, Miclescu, de atâta dăscăleală, își ieșise din țâțâni:

— Dacă sunteți așa de deștepți, de ce nu săvârșiți voi trebușoara aceasta? Juni sunteți, chipeși așijderea, mintea vă dă în undă de înțelepciune! La ce mai aveți nevoie de un nătâng ca mine?

Coana Vasilena, atentă la tactică, apăsase în mai multe rânduri:

— Ionică, să nu bați cale străbătută de toți ceilalți. Baroana are habitudinea complimenturilor, îi deprinsă cu ele precum ciocârlia cu văzduhul, toți berbanții care-i dau târcoale îi servesc ocale de gentilețuri. Intrig-o prin original, biciuiește-i vanitatea, dar ia seama cum mânuiești gârbaciul.

— Aferim, coană Vasilenă, râsese Alecsandri, halal să-ţi fie! Tot aşa l-ai şcolit şi pe Barbu?

— Trag nădejde pentru fecioru-meu să nu trăiască niciodată primejdia unei asemenea aventuri. Ionică, Lelia de Gunsbourg îi vicleană şi iute ca şarpele, dar ca orice făptură omenească are şi un ce vulnerabil: orgoliul nemăsurat. Prezintă-i omagii de gentilom, dar în picioare, obraz de la obraz şi nu într-un genunche, cu privirea în pântecele ei. Prima invitaţie ce-ţi va îndrepta s-o refuzi. Refuz elegant. Pentru a doua, om mai sfătui împreună.

Baroana năvăli în salon ca o furtună. Îşi încropise un conci prins în două-trei spelci, dar câteva bucle scăpau graţios la ceafă şi pe lângă urechi. Rochia de casă din catifea verde, neîncheiată la toţi bumbii, lăsa să se întrevadă gleznele fine şi, în mişcare, picioarele până spre genunchi.

Se repezi la Kio, zgribulită în hăinuţa de blană, un boţ de hermină cu botişor umed, şi o strânse în braţe, năbuşind-o în dezmierdări şi vorbe nedesluşite.

— Rose, ai grijă de păpuşica noastră...

Se răsuci apoi spre Miclescu, întinzând braţele cu palmele deschise în sus, într-o mişcare de graţioasă şi irezistibilă spontaneitate:

— *O, cher monsieur! Comment pourrais-je vous exprimer toute ma reconnaissance?*

Ionică Miclescu se înclină:

— Recunoscător sunt eu Providenţei că mi-a iscat prilej să vă sărut mâna... Cu îngăduinţa domniei voastre...

Lelia de Gunsbourg îşi lăsă capul pe un umăr, strecurându-i un zâmbet seducător.

— Iar eu sunt de două ori fericită, scumpe domn. Că mi-ați întors-o pe Kio și că am ocazia să cunosc unul dintre cei mai gentili bărbați ai Bucureștilor... Oare unde v-ați ascuns până acuma?

— Nu m-am ascuns... Sunt însă prea neînsemnat pentru ca doamna baroană să mă fi băgat în seamă.

Lelia îi strecură o privire iute, subțire:

„Ce pui de lele îmi ești tu, fiule!... Dar ai șarm și asta iartă multe..."

— Ne alintăm, domnule Miclescu? Poftești complimente?... Dar mai întâi așază-te și istorisește-mi totul, așa cum s-a întâmplat. Unde ai găsit-o pe Kio?

Ionică se înclină din nou:

— Stimată doamnă baroană, aș fi dorit ca meritul să-mi fie mai mare, dar trebuie să recunosc că doar întâmplarea fericită mi-a stat la îndemână. Azi-dimineață am trecut prin Piața Sfântul Gheorghe. Mi-au atras atențiunea hărmălaia și lumetul grămădit în jurul unui cupeț. Împins de curiozitate, m-am apropiat. „Ce se întâmplă, oameni buni?" „Ia, boierule, ce să fie, un șătrar are de vânzare o maimuță. O maimuță cu nazuri, în cațaveică de cocoană..."

— Teribil! făcu baroana... Ca într-o nuvelă de Eugène Sue... Biata Kio! Și mai departe?

Miclescu surâse gândului nerostit. În învălmășeala pusă la cale de Cantuniari pe Pod, Dumitrescu, ipistatul pitic de la Roșu, se strecurase șopârlă printre sănii și o smulsese pe Kio, prinsă cu lănțug de manșonul baroanei. O vârâse în sânul șubei și dăduse buzna după colț, la Cantuniari. În salon, așteptau „căuzașii", în fum de lulele și abur de vin fiert.

„Ce-ai izbutit, flăcăule?"

Maimuța i se zbătea sub pieptii dulamei, încerca să-l muște, zgâria, coada i se zvârcolea ca un bici. Gheara ascuțită lăsase o dâră de sânge pe obrazul ipistatului.

„Îi rea și nevricoasă, don' căpitane, ca o muiere fără bărbat, să mă ierte conița, acilea de față... Că bine se esprimă poporul, la văduvă și cal alb să nu te introduci slugă. Istericoasă, ce mai!"

Vasilena surâsese ca un înger:

„Mai știi și alte pilde, domnule Dumitrescu?"

Luase o bombonieră cu fructe glasate și o vârâse sub nasul lui Kio. Maimuța privise în jur neliniștită, apoi își înfipsese ghearele în chisea cu o mișcare iute, hoțească. Începu să înfulece, ca nemâncată de trei zile, azvârlind în jur priviri furișe, neliniștite.

Barbu se ridicase:

„Ai făcut treabă bună, Dumitrescule. Mulțumesc și ai grijă să nu răsufle nimic..."

Omulețul rămăsese neclintit în mijlocul salonului și ceilalți îl priviseră nedumeriți.

„Mai ai să-mi spui ceva?"

Dumitrescu părea încurcat:

„Nu vă supărați, don' căpitane... Aștept adeverire de confirmare!"

„Ce adeverire, creștine?"

Ipistatul arătă spre obrazul zgâriat:

„Precum că am fost vătămat în ezercițiul funțiunii... Pentru Lisaveta... E și ea damă... mă înțelegeți... E lesnicioasă la idei... Ce mai! Onorabilă, cocoană, dar în capul ei... Mă esprim cu pardon, Patagonia!..."

Miclescu ridică din umeri.

— Asta-i totul... Cetisem de dimineață anunciul dumneavoastră din *Românul* și am făcut de îndată corelațiunea.

Baroana își mușcă degetul trandafiriu:

— Deci Rose a avut dreptate... Au furat-o... Oh! *Ces bohémiens!* Cine știe unde au ținut-o azi-noapte... Precis au umplut-o de purici... Ce oroare!...

— Să sperăm că lucrurile nu stau chiar atât de rău, zâmbi Ionică... Stimată doamnă, îmi permiteți să mă retrag...

Lelia de Gunsbourg țâșni în picioare:

— Atât de repede?

— Emoțiunile prin care ați trecut poruncesc crutare...

— O, da, aveți dreptate... Cât de rari sunt bărbații care înțeleg sensibilitățile unei femei! Îi întinse din nou amândouă mâinile: Vă mulțumesc mult, domnule Miclescu, și m-ați îndatora peste măsură dacă de azi înainte îmi veți onora salonul. Vreau să vă socotiți oaspete dorit al casei mele.

— Prea onorat, doamnă baroană...

— Presupun că mergi vineri s-o vezi pe Albina di Rhona. Este cu totul extraordinară... Am văzut-o anul trecut la Londra, la St James. O să fie *tout Bucarest*, deși marile reprezentațiuni le rezervă pentru Crăciun.

— Probabil, făcu vag Miclescu.

— Vino să mă vezi în lojă. După aceea mergem să supăm. O conving și pe Albina... *C'est promis*, da?

Miclescu se înclină cu părere de rău:

— Regret că nu pot răspunde grațioasei dumneavoastră invitațiuni, dar vineri lipsesc din București. Mâine plec la moșie, unde mă reclamă unele urgențe.

Fruntea baroanei se încreți a mirare:

— Nu sunt obişnuită cu refuzurile, domnule Miclescu. Oare afacerile dumneavoastră nu pot aştepta? Deloc? Deloc? Nici chiar de dragul meu?

Ionică îşi muşcă buzele: „Grozavă afacere! Mă aşteaptă Todiriţă să ne ţucsuim împreună...!“

Coana Vasilena îl povăţuise însă astfel şi se părea că ştie ce vorbeşte... Oftă dureros:

— Mi-e peste putinţă, doamnă baroană... Oricând, altcândva, umilul dumneavoastră serv...

Lelia de Gunsbourg îl privi lung:

— Ciudat, domnule Miclescu, foarte ciudat... Mă pui pe gânduri... Din două una: Ori eşti un jucător iscusit sau... pur şi simplu, un bărbat îndrăgostit... În sfârşit, *dommage*... Păcat!

— Nici una, nici alta, spuse Miclescu, vă asigur.

Şi era sincer.

Alexandru Ioan Cuza cumpărase Ruginoasa cu un an în urmă de la moştenitorii fostului domn al Moldovei, Ioniţă Sandu Sturdza.

Desigur, Domnul îndrăgea meleagul, îi plăcea castelul gotic ridicat în mijlocul unui parc uriaş, pentru amenajarea căruia chemase grădinari de la Viena, dar mai cu seamă chibzuise, instalându-şi reşedinţa de vară în apropierea Ieşului, să oblojească oleacă orgoliul moldovenilor, rănile pricinuite de „descăunarea“ dulcelui târg, de pe malul Bahluiului, din hramul de capitală în al doilea oraş al Principatelor.

Renovarea castelului, după gustul lui Vodă şi al Doamnei, încă nu se isprăvise, lucrările fiind împiedicate de o toamnă vrăjmaşă şi de o iarnă timpurie, astfel că doar câteva cămări, şi acelea cu înlesniri încropite, puteau fi locuite. Şi mobila comandată la o mare casă pariziană avea să sosească abia în primăvară. Costase șaizeci de mii de franci, iar piesele în stil gotic și Renaissance, cu sculptură bogată în stejar și nuc după cum porunceau canoanele modei, ar fi înnobilat cele mai simandicoase palate ale Franciei.

Elena Doamna și prietena domniei sale, Zoe Manta, ajunseră la Ruginoasa pe înserat, după două zile de drum silnic. Avuseseră de înfruntat viscol, nămeți anevoie de biruit, haite de lupi, toată sălbăticia și înverșunarea iernilor moldovenești, dar, în primul rând, îndărătnicia Doamnei; nu îngăduise decât trei ori patru popasuri, răgaz pentru schimbarea tacâmurilor[1] și pentru chehaie[2], să prindă vlagă cu o cupă de rachiu fierbinte, din oala cu capac de pe sobița căpitanilor de poște.

Zadarnic se rugase Zoe Manta, degerată sub maldărul de blănuri, să tragă, atât cât să se dezmorțească, la unul sau altul din conacele boierești aflate în drum, precum Răchițeni, Scorțeni ori Viforița. În negura serii viscolite, luminile de la ferestre clipeau îmbietor, ba chiar și lătratul zăvozilor îi semăna plin de prietenie, și Zoe, cu obrajii biciuiți de ger și zăpadă, închipuia cadre domestice ispititoare: sobe în care zburdă foc îmbelșugat, un salonaș cald unde bărbații jucau whist în jurul mesei pe un picior; cocoana cânta la clavir în rochie de tafta groasă, cu un șal pe umeri, între lumânări aprinse, iar coana mare, bătrână, pigulea în *petit point* la o față de perină. Chiar și cuhnia și-o imagina plină de ispite, cu arămărie îmbujorată de flacără neastâmpărată. Mirosea a bucate

---

[1] Harnașamente.

[2] Primul surugiu.

dulci, iar slugile, dezghiocând nuci – ia, acu' e Crăciunul! – stăteau la povești...

— Abia ai fost zăcașă, Elenuță, și nici zdravănă nu te-ai urnit la drum. Ești firavă și, dacă te prinde și un junghi straşnic, te doboară. Uite, vin Cocenii. Smărăndița îi totdeauna bucuroasă de oaspeți...

Doamna nu se înduplecase. Rostise cu buze strânse, vinete de frig, și nasul înfundat în pledul din blană de urs:

— Nu oprim niciunde, Zoe. Nu vreau să dau pricină de cleveteală, nu-mi place să fiu iscodită, detest să fiu compătimită. Când sunt nefericită, îmi ajung lacrămile mele. Atât bun am învățat: *Garder sa dignité, même dans le malheur*[1].

— Bine, dar Smărăndița ni-i prietenă devotată.

— *Mais bavarde comme une pie*[2]. Lasă-mi măcar atâta, Zoe... Dignitatea... Să nu-mi fie rușine de mine însămi, să nu roșesc dinaintea oamenilor.

La Ruginoasa le întâmpinară o curte troienită, cămări înghețate și câteva slugi zăpăcite de spaimă. În capul scării, mama Doamnei, apriga cucoană Catinca. Sosise de la Solești cu puține ceasuri înainte și de-atunci o ținea într-o poruncă, ocări, trăsnea, osândea.

Își măsură fata cu buzele pungite de nemulțumire – dar fuseseră oare vreodată zâmbet cireașă și ispită?! – pufni pe nări la vederea Zoei Manta.

Nu-i plăcea prietenia fie-sii cu „zăluda ceea“, după cum nu îngăduia, din principiu, pe nimeni în preajma Elenei. Pe Zoe, „lepădată de bărbat“, o disprețuia și osândea, socotind că

---

[1] „Să-ți păstrezi demnitatea chiar și în nenorocire“ (lb. fr.).

[2] „Dar indiscretă ca o coțofană“ (lb. fr.).

în orice căsnicie nefericită vina este totdeauna a muierii. Crezul dumneaei era unul singur și dintr-acesta n-o urnea nimeni: „Bărbatului, din cea dintâi zi, pune-i ham și cep la parale! Ține strâns hățurile, bagă zăbală, biciul și pintenii la îndemână și în toată clipa să-ți fie!"

La acestea, ginere-său, Alexandru Ioan, râdea către prieteni: „Nu cunosc greșalele lui Dumnezeu, dar de una sunt sigur: pe soacră-mea, cucoana Catinca, în loc de geambaș, a nimerit-o postelnicească."

„Ham și zăbală, năroadelor!" poftorea bătrâna. „Cu zdrăngăneală la clavir și miorlăit la lună chioară din Lamartine și alți ofticoși nu ții o casă și, mai abitir, un bărbat... Multe nu m-au ascultat și nu puține au ajuns a se sătura din colacii din Sâmbăta morților... Cătați la dumnealui, postelnicul meu... Nu-mi iese din cuvânt, nu mă înfruntă cu o roză!..."

Adevărat, căci dumnealui, postelnicul Iordache, își ducea traiul la Ieși, iar de-acolo, peste un car de poște, până la Solești, unde stăpânea coana Catinca, lucrul s-ar fi dovedit cam anevoios...

— Nu mă așteptam să te găsim la Ruginoasa, mamă...

— Nici eu să te pornești bezmetică la drum bezmetic, pe vreme tot asemenea, lăsându-ți de izbeliște rosturile.

Obrajii vineți ai Doamnei Elena păliră:

— *Contenez-vous, maman! Les domestiques...*[1]

— *Les domestiques!* se strâmbă bătrâna. Că mult pricep slugile!

În căminul din salonul cel mare focul abia pâlpâia. Zoe Manta se descotorosi de blănuri, tremurând vargă. Elena Doamna rosti în silă:

---

[1] „Stăpânește-te, mamă! Servitorii..." (lb. fr.).

— Dacă tot ai venit înaintea noastră, puteai griji să avem căldură.

— Și dacă soseați poimâini? Cheltuială și risipă! Iacă învățătură deprinsă de la procopsitul de ginere-meu!

Zoe Manta își ațintise privirea în parchetul mozaicat. O stânjeneau ieșirile bătrânei, care nu ținea niciodată seamă de nimeni și nimic, se fălea în gura mare: „Eu vorbesc verde omului, în față și nu la șezut, când a întors capul, ca alții!" Slobozea tot ce-i trecea prin minte, că se afla în cel mai simandicos salon ori în sfadă cu slugile de la cuhnii. Și Zoe nu înceta să se mire cum o femeie grosieră și brutală ca postelniceasa putuse zămisli făptură delicată, sensibilă, atât de atentă, sclavă a celei mai înalte etichete, ca Elena...

— Înseamnă că odăile sunt înghețate, spuse Doamna apropiindu-se de cămin.

Cucoana Catinca săltă din umeri:

— Înseamnă!

Elena Doamna luă clopoțelul de argint de pe consolă și chemă slujnica. Se ivi o femeie tânără, cu figura zăpăcită. Mâinile umflate, arse de leșie, nu-și găseau locul.

— Ilinco, fă sobele în odăile de sus.

— Dar mai cu socoteală, pufni bătrâna, că nu-i pădurea lui tat-tu!

Zoe Manta își netezi, gest inutil, menit să-i ascundă sentimentul de jenă, buclele strivite și răvășite sub căciula de lutru. Nu era o fire bătăioasă, nici ea nu știa a lua viața în piept, își înfrunta rar și moale vrăjmașii, se afla blândă și supusă, oarecum soră bună cu Elena, totuși, de fiecare dată, în prezența acceselor de autoritate ale Rosetteascăi, simțea cum toată ființa i se răzvrătește. O revoltau conduita bătrânei, dar și docilitatea imposibilă a fiicei sale. Elena, Doamna Principatelor, îndura mieluşea blândă, fără să cârtească, grosolănia şi despotismul maică-sii, exact aşa cum îi îndurase acum treizeci de ani, copilă la Soleşti, ocările şi varga.

„Măcar de-ar iubi-o pe mamă-sa, dar n-o iubeşte. Netoţie? Nu, Elena nu-i slabă de minte. Teamă, asta e! Teama intrată în oase, din fragedă pruncie, teama pe care o insuflă peste tot coana Catinca, oriunde s-ar afla, şi blândeţea excesivă a Elenei; oroarea ei de scandal, de situaţii categorice, de violenţă, de înfruntări brutale. De aceea e neputincioasă şi faţă de Cuza..."

Dar parcă ea fusese mai dibace cu Manta? Se uita la el ca la un arhanghel, la ce spunea, ca la Vlădică, ba, tută, îi făcea spovadă despre cârtelile, înveninate, ce-i drept, ale părinţilor ei, potrivnici ginerelui din cea dintâi zi.

„Eram tânără", suspină Zoe. „Tânără şi neghioabă..." Şi totuşi ştia, gând mărturisit doar icoanelor, că şi astăzi, după aproape douăzeci şi cinci de ani, de-ar intra pe uşă, l-ar primi cu inimă şi braţe larg deschise şi, de-ajuns o singură vorbă, s-ar lepăda de toate şi de tot, fără şovăială, şi l-ar urma la capătul pământului... Dar tot aşa de bine ştia că pe Manta nu-l va mai întâlni niciodată în astă lume. I-o spuneau inima, cugetul, dragostea – mereu trandafir proaspăt – i-o spusese şi Simina, cărturăreasa din Covaci... O văzuse şi în Biblia deschisă cu cheie de argint, ori în farfurii cositorite şi în pahar... La flacără de lumânare, pe masă de lemn încleiat, fără cuie, chema duşii de pe lume. Vrăjitoarea îţi lua mâna şi cădea într-un soi de leşuială. Vorbea ca din mormânt, prin odaie simţeai fâlfâit de văluri nevăzute, pocalul începea să se mişte singur, te treceau toate răcorile şi o spaimă de ducă-se pe pustii. Răposaţii – bunica din partea mamă-sii şi o mătuşă, ţaţa Safta, cea mai bogată cucoană din Suceava și care prin diată îi lăsase ei, Zoei, întregul avut, dezmoștenindu-și feciorul – deși chemați la depărtare de zile, fuseseră într-o sâmbătă: „Ciubota lui Anton nu va mai păși vreodată pe pământul Moldovei. Gândurile pentru Zoe s-au spălat de mult. Îi statornicit peste gârla cea mare, pe meleag cu arșiță cumplită și vălmășag de seminții; e însoțit cu o muiere de credință streină, care i-a zămislit trei prunci... Da... Se lasă bine zărit... Trăiește în conac singuratic, ridicat între buruieni arse de soare nemilos... Ține într-o mână flinta, n-o leapădă deloc, și în cealaltă, gârbaci cu mâner de argint. În juru-i, tot oameni focoși, bidivii sălbatici, cirezi mari și iarăși flinte, multe flinte...“

Trezită din leșuială, Simina nu-și amintise nimic din câte tolocănise. Atâta rostise: „Le faci ori ba încredințare, voia domniei tale, dar morții nu mint niciodată.“

Zoe își luă manșonul. Se clătina pe picioarele încă înghețate.

— Îngăduie, cucoană Catincă, să mă retrag...

Bătrâna azvârli cu o nepăsare lipsită de politețe, vorba ceea, „bine faci!“:

— Retrage-te!

— ...și să vă urez noapte bună.

— Bună să fie, fata mea!

Doamna se desprinse de cămin:

— Urc și eu, Zoe...

— Las' că nemerește și singură drumul, sări bătrâna.

— Sunt peste măsură de ostenită, mamă. Avem vreme de povestit și mâine.

— Mătăluță poate, dar nu și eu. Cum crapă de ziuă, mă pornesc spre Solești. Am daraveli însemnate la moșie, că tătâne-tău ostenește la Ieși, jucând în cărți, bașca vine jidovul de la Zmeureni cu socotelile. Așa că om povesti acuma și fără zăbavă. Du-te, Zoe, că-i fi zdruncinată de drum anevoios, însă vinovată te afli singură, căci nimeni nu ți-a dat brânci de lângă sobă, la hălăduială prin troieni. Dar vorba ceea, cușmă am, minte ce-mi mai trebuie?

Zoe Manta își zise că le îndură pe toate de dragul Elenei și, îndreptându-i o privire lungă, părăsi încăperea fără o vorbă.

Rosetteasca pufni:

— Și nătânga aceasta își închipuie că, dacă se uită cruciș, cucoana Catinca vine de-a dura?

Doamna își mușcă buzele:

— E prietena și musafira mea, mamă, și...

— Și lepădată de bărbat, i-o curmă bătrâna. Muiere com-pro-mi-să! Pe una asemenea ei eu n-aș primi-o în casă. În câte saloane e admisă? Și îmi mai vorbești mie despre etichetă...

Doamna își încleștă degetele în catifeaua jilțului:

— Sunt la vârsta și în situația în care pot să îmi hotărăsc singură prieteniile.

— Vârsta! Ți-a încolțit părul alb, dar mintea abia-ți gângurește. Și situația! O batjocorești și te lepezi de ea singură. Ce cați la Ruginoasa? Ce l-ai lăsat pe-acela de capul lui?

— Simt nevoia să fiu singură. Să mă odihnesc. Să poată și Alecu să chibzuiască liniștit, departe de mine.

Chipul bătrânei se învineți de mânie:

— La cine să chibzuiască? La Obrenovicioaie? La halotca ceea fără rușine și obraz? Te pomeni că le-oi fi așternut și patul cu mâna ta.

— E la Ems.

— Acolo să-i rămână oasele!

— Mamă, te rog, lasă-mă.

— Ba nu te las deloc! Ești muierea lui Cuza și - urlă - Doamna Principatelor Românești! Locul tău e acolo, în scaunul țării, și nu în bordeiul ăsta poleit! Maică Precistă, cui te-i fi izbit așa de mototoală și fără ambițiune? Parc-ai fi neam de slugă și nu sânge de Sturdzești și Rosettești, carele nici ei n-au dormit în staul, pe așternut de baligă!

— Domnul Hristos tot într-un staul s-a născut. Nu gândești și nu vorbești creștinește, rosti Doamna, socotind că a găsit cuvânt fără întoarcere.

— Trăncăneală popească. Domnul Hristos! Ai fost tu acolo? N-ai strop de vână, n-ai dignitate, n-ai mândrie nici cât un câine ciomăgit!

Doamna Elena își ascunse fața în palme și izbucni în plâns:

— Ce vrei să fac, mamă? Pentru numele lui Dumnezeu, ce vrei să fac?

Bătrâna dădu cu pumnul în masă, sfărâmând o figurină de porțelan:

— Să lupți pentru dreptul și onorul tău! Doamne! Să fi fost eu în locu-ți!

Elena Cuza își ridică fața plină de lacrimi. Nu se mai putea stăpâni și strigă:

— Ce ai fi făcut? Ce? Ce?!!

Cucoana Catinca își răsuci arătătorul ridicat prin aer:

— Uite așa ți-l învârteam eu pe kir Alecu, în jurul degetului. Cadril și sârbă mi-ar fi dănțuit, trezit în buricul nopții... Cât despre Obrenovicioaie! Ehei, fata mea! De mult m-aș fi descotorosit de ea...

— Cum?

Bătrâna dădu din mână a lehămeţeală faţă de atâta netoţie:

— Că s-o fi isprăvit şoricioaica din Bogdania şi Vălahia. Spiţerii şi crâşme, iaca unele de care nu ducem sărăcie...

Spaima secă dintr-odată lacrimile Doamnei:

— Mamă! Ce tot vorbeşti! Ia seama...

— Mamă! Mamă! Atâta ştii! Decât să te stingi tu de inimă ră, mai bine să muşte ea ţărâna pentru ticăloşie! Îţi strică bordeiul, îţi fură cununa şi tu stai cu mâinile în poale şi ochii beliţi la icoane. Dumnezeu dă, fato, dar nu pune în traistă!

— Crimă?! Mă îndemni să fac moarte de om? Să săvârşesc cea mai cumplită fărădelege?!

Cucoana Catinca se-ntinse după tabacheră şi luă între degete cât să-şi îndestuleze nara.

— Spune-i cum vrei! Atâta ştiu. Când cearcă fiara să mă răpună, o dobor eu, înainte.

Elena Doamna începu să se plimbe agitată prin cameră, frângându-şi mâinile, fără grai.

— Ci stai locului şi nu bobletici ca un bondar! Amu, dacă stau să chibzuiesc, lucrul se brodeşte de minune, împrejurarea-i cu prilej.

— Care lucru?! Care împrejurare?!

— Aceasta, că teleleica-i dusă la băi. Tocmim om de credinţă şi... Mai cu folos şi în afară de prepuieli, dacă moare acolo, printre streini.

Elena Cuza, fără răsuflare, îşi duse mâinile la grumaz:

— Mamă, nu vreau să mai aud o vorbă!

— Că eu îţi cer ţie îngăduinţă a grăi!

Elena se opri în faţa mamă-sii. Glasul îi tremura de o hotărâre nouă, neîncercată până atunci:

— Dacă i se întâmplă ceva Mariei Obrenovici...

— Ce ai să faci? o întrerupse răcnind bătrâna. Ha?

— Sunt totuşi Doamna ţării!

— Dar mai întâi şi întâi fata mea! Ai s-o osândeşti pe mamă-ta? Ai să mă vâri la ocnă?

— Da! Să ştii că îi scriu lui Alecu.

— Scrie-i! O să-i placă! Tot se socoate el bărbatul unic, iscat să izbăvească suflarea românească. Împărat cu soacră la galere nu s-a mai pomenit în toată istoria noroadelor! Da' poate că dumnealui îi convine...

Doamna înghiţi uscat. O ştia pe mamă-sa în stare de orice, mai ales când era zădărâtă. Intra şi cu capul în zid, numai să fie după pofta dumneaei. O idee îi străfulgeră mintea. Rosti cu un glas tare blând:

— Mămucă, cearcă să gândeşti o clipă. Alecu, mi-o spun iscoadele, se află în primejdie...

— De când îl cunosc, tot astfel se află. O caută cu dinadinsul şi cu felinar aprins chiar şi în miezul zilei. Şi-a ridicat în cap toată boierimea, ba şi pe târgoveţii procopsiţi. Ce pofteşte? Ţară de mişei, stăpânită de iacobini? De *sans-culottes*?

— Se află în primejdie, şi aceasta-i însemnat acum. Inimicii urzesc să-i ia nu doar scaunul, îi vor şi capul!

Bătrâna îşi smulse mânioasă un fir tare şi negru din bărbia ascuţită, de ţap:

— Şi ce-i cu asta? Ce legătură are cu ibovnica?

— Are! Maria Obrenovici e puternică şi vicleană, omul ei de încredere, Librecht...

— Un tâlhar!

— Da! Dar cel mai iscusit dintre toţi tâlharii. Şi toată curtea ei e doldora de asemenea personagii.

— Dacă răpui căpetenia, se împrăştie şi cetaşii şi ajungi la vorba mea: *Deux coups d'une pierre*. Prilej să descotoroseşti bârsana de toţi păduchii.

Elena dădu din cap, „cum de nu înţelegi?".

— Pricepe, mamă, că ţelul nostru imediat e să-l salvăm pe Alecu. Maria Obrenovici are aceeaşi dorinţă. Luptând pentru acelaşi ţel din două părţi, suntem mai puternice, avem mai mulţi sorţi de izbândă.

— Prostii! respinse bătrâna. Dacă mă asculţi, poţi izbândi şi singură, iar recunoştinţa lui Cuza îţi va rămâne nevătămată. Altfel, strânge ibovnica tot caimacul, şi după cum ştie să-l îmbrobodească, al ei va fi tot meritul şi tot ei îi va săruta papucii... Da' ian ascultă! Tu dacă-l ştii pe Cuza cu o ciubotă în groapă, ce cauţi prin coclaurile aistea? Trebuia să rămâi stâlp lângă el!

Doamna întoarse capul. De fapt, nu ştia nimic anume, iscoadele erau ale lui Vodă şi nu ei veneau să i se mărturisească. Că încerca spaimă nedeslușită, mai ales după ce-şi lăsase palma citită de Simina, asta era o suferinţă a dumneaei, de care doar Zoe ştia. Nopţile îi erau bobotaie de vise rele, zilele doar inimă înnodată, cârceii din gâtlej n-o lăsau să răsufle. Pentru a întoarce însă gândurile de uciganie ale mamă-sii, se prefăcea a cunoaşte mai multe şi neîndoielnic.

— Nu mă mai mustra şi dumneata, mamă.

— Ba te mustru şi te poftesc să te întorci la Bucureşti, fără zăbavă! Nu ştiu ce bâzdâgănii ţi-or fi înşirând iscoadele, dar ştiu că tartorul cel mare pe care-l ţine ginere-meu în dreapta îi ticălosul de Mihalache Kogălniceanu. Totdeauna a fost pătimaş de putere, ţinteşte la domnie, caută şi câştigă sprijinitori...

Elena Cuza surâse amar:

— Cum poți, mamă, să ponegrești pe cel mai cinstit om din Principate? Pe cel mai credincios dregător al domniei noastre? Prieten cu Alecu din pruncie, au școlit dimpreună și, tot dimpreună, au străbătut drumul anevoios al împlinirilor de azi... 1848, exilul...

— Și așa mai departe! rânji Rosetteasca. Feri-mă, Doamne, de prieteni, că la vrăjmași iau singur seama! Ține minte ce profețesc eu, Elenă! Dacă cineva i-o smulge lui Cuza sceptrul și cuca, acela va fi prietinul vostru, Mihalache!

Elena Cuza oftă sleită de puteri:

— Bine, mamă, cum zici dumneata. Vreau să mă odihnesc, mi-s oasele fărâmate de oboseală.

Bătrâna, parcă amintindu-și de somn, căscă lat, astupându-și gura știrbă cu degetele pline de inele.

— Da, da, odihnește-te, că mâine te pornești la drum.

— Nu! făcu hotărâtă Doamna.

Bătrâna se întrerupse uluită din căscat, gata să se înece. Nu era deprinsă cu împotrivirile Elenei. Se ridică din jilț, cu ochi scăpărând de mânie.

— Ba da!

— Nu, mamă, făcu liniștită Doamna.

Rosetteasca simțea că se înăbușă:

— Cutezi să mă înfrunți? Tu carele fără de mine împleteai șuvițe albe? Carele te-am înălțat acolo unde nici nu visai? Tu, nătângo, mi te pui de-a curmezișul?

Elena Cuza păli sub povara ocării. Cearcănele deveniră și mai întunecate, păreau zugrăvite cu cărbune.

— N-ai dreptul să-mi vorbești așa... Îți lipsește orice simțământ creștinesc.

Vorbele se năpusteau la gura cucoanei Catinca. Le opri năvala slujnica, Ioana. Se opri în prag, prăvălind căutătură plină de teamă. Bătrâna urlă:

— Cum intri așa, netrebnico? Te trezești în târla lui tătâne-tău?!

Ioana, pierdută de spaimă, izbuti să îngaime:

— O venit un cela... corier... O carte pentru Doamna.

Elena Cuza îi smulse plicul și-l deschise cu degete neîndemânatice, tremurând de nerăbdare. Cucoana Catinca n-o scăpa din ochi. Rosti ciudoasă:

— O fi vreun răvășel de amoare... Răpus de dor, te poftește cu lăutari la București.

Doamna răspunse cu glas stins:

— Dimpotrivă. Îmi spune să aștept aici, la Ruginoasa.

— Aha! exclamă cu răutate bătrâna. Carevasăzică, surghiun!

Elena Cuza nu răspunse. O lacrimă strălucea singură pe obrazul străveziu.

6

Slove abia aplecate, ascuțite, fără înfloriturile administrate în pensionatele de fete, așternute de o mână sigură și ambițioasă cu cerneală neagră pe hârtie rozalbă. Astfel arătau toate scrisorile Mariei, fiica fostului ministru Catargiu, văduva prințului sârb Obrenovici, favorita Principelui Alexandru Ioan I.

> ...*Mon Dieu, qu'il est incommode d'aimer un prince aussi charmant que vous*[1]... N-ai un moment de odihnă, temi mii de lucruri care s-ar putea întâmpla...
>
> Recitesc, Alteță, aici, în singurătatea mea, înconjurată de umbre, frig – frigul depărtării – și rele presentimente, corespondența dintre Ludovic al XIV-lea și Mlle de la Vallière. Pasagiul pe care vi l-am copiat m-a impresionat cu osebire. Câtă asemănare cu simțămintele pe care vi le închin eu

[1] „Doamne, cât este de anevoios să iubești un prinț atât de fermecător ca dumneavoastră..." (lb. fr.).

dumneavoastră, cu temerile care mă asediază. *Un prince aussi charmant!* Eu completez: Și atât de cutezător, de generos, de devotat națiunii sale și celor mai înalte idealuri...

Aleșii pe care Dumnezeu i-a hărăzit perfecțiunii rareori au o fericită și lungă soartă. Vrăjmașii, căci admirațiunea, în afară de ode și osanale, dă naștere pizmei și urii, nu le-o îngăduie. Oamenii sunt mici, sufletele lor meschine nu îndură superioritatea categorică a vreunui semen, se simt striviți. Și atunci încearcă ei să strivească.

De aceea mi-e teamă... Și mi-e teamă, mai presus de orice, pentru viața Alteței Voastre. Trăiți înconjurat de dușmani, cu atât mai periculoși cu cât, în candoarea onestității dumneavoastră, le faceți deplină încredințare, lor și cuvintelor frumoase sub care știu să-și ascundă, cu bună oratorie, corupțiunea și țelurile josnice. Oameni falși, vorbe false...

Mi se știricește aici, la schimnicia unde mă aflu țintuită de boală, de un complot pus la cale...

Intrarea unuia dintre aghiotanți îi întrerupse lectura, și Domnul ridică privirea iritat:

— Excelența Sa, domnul președinte al Consiliului de Miniștri...

— Introdu-l peste cinci minute.

...toți prietenii, toți devotații Alteței Voastre sunt de acord că M.K., pe care-l prețuiți ca pe cel mai de seamă sfetnic al țării, are o rea influență asupra voastră, împingându-vă cu perfidie să săvârșiți cele mai nesăbuite acte. În numele unor principii care v-au călăuzit toată viața, vă face să pășiți pe drumul pierzaniei. Opozanții sunt puternici, și ei reprezintă tot ce a însemnat forță și tradiție în țările noastre timp de veacuri. Alteța Voastră îi condamnă pentru gândire îngustă, înapoiată, care ține seama doar de interesele lor de mari latifundiari, împotrivindu-se progresului firesc al omenirii. Dar amintiți-vă, Alteță, că bătrânii au înțelepciunea lor, care nu poate fi înlocuită nici de ideal, nici de o credință sinceră, nici de noblețea bunelor intențiuni. Vi se reproșează că vreți să «nivelați societatea». Poate că, într-adevăr, e prea devreme să adoptați asemenea legiuiri. Pregătiți întâi națiunea, pe cei mari și pe cei de jos, pentru a primi în liniște, fără dezlănțuiri furtunoase, marile reforme pe care intenționați să le înfăptuiți. Este de-ajuns a renunța pentru moment, desigur, la promulgarea legii rurale și de cens, cele mai ațâțătoare și odioase protipendului nostru, pentru ca spiritele să se liniștească și să alungați cu desăvârșire primejdia care vă pândește la orice colț de stradă, în spatele fiecărei uși pe care o deschideți.

Vă conjur, chibzuiți cu toată seriozitatea impusă de gravitatea momentului, desprindeți-vă din mrejele fatalului personaj care vă țese din umbră un fine fatal.

Vă conjur în numele națiunii căreia i-ați închinat toată viața voastră, în numele pruncilor noștri, Alexandru și Dimitrie.

Iertați-mi, Alteță, toate necazurile pe care vi le pricinuiesc: sunt tristă, absentă, bolnavă, poate inoportună. Dar... mă străduiesc din răsputeri pentru a vă dovedi că-mi sunteți cu mult mai scump, de mii și mii de ori mai scump decât orice pe lumea aceasta.

Je vous quitte à regret... Adieu.

Președintele Consiliului de Miniștri își îndreptă cu gestul său caracteristic *pince-nez*-ul, mormăind un „hm!“ imperceptibil. Recunoscuse hârtia scrisorilor Mariei Obrenovici. Cuza, cu o mișcare ușoară, vârî plicul în mapa de marochin roșu cu documente private. Părea nervos, plictisit, trăsăturile plăcute erau boțite, adunate, obrajii parcă împuținați.

„Mda... Marie... Mereu nepreţuita Marie... Cu nepreţuitul ei dar de a fi prezentă chiar de la celălalt capăt al Europei... de a-l descăli cu nepreţuitele-i poveţe. Și de a-l asigura, evident, de nepreţuita-i dragoste...“

Domnul își așeză palmele pe masă și închise ochii câteva clipe. Kogălniceanu așteptă în liniște. Cunoștea procedeul, și metamorfoza, chestiune de secunde, a Principelui nu-l surprinse. Chipul crispat i se destinse ca prin minune, o mână nevăzută, vrăjită, îi netezi colțurile, aduse din nou strălucire în căutătura albastră, și expresia redobândi lumina obișnuită. Îndreptă o privire scurtă primului său ministru și, săltându-și sprâncenele a întrebare, zâmbi:

— Excelență?

— Alteță!

— Cumplită vreme! continuă să surâdă Cuza, arătând cu o mișcare a capului spre fereastră.

— Cumplite vremi! îl corectă apăsând sumbru Kogălniceanu.

— Da... da... da... Sesisez nuanța. Dragă Kogălnicene, observ că, de la un timp, bântuie o molimă puțin ciudată. Toți pe care-i întâlnesc au aerul unor amploiați de pompe funebre.

— Aceia ți-s prieteni, Alteță.

— Dar deloc amuzanți, te asigur.

— În aceste zile, chipuri luminoase îți vor înfățișa doar inimicii.

— Ești într-o dispozițiune funestă... Ce s-a mai întâmplat?

Kogălniceanu își îndreptă trupul greoi în jilț. Puternic și gros, ca un trunchi, pricină pentru care părea scundac, avea capul rotund, cruțat de pleșuvie doar la ceafă și deasupra urechilor, sugerând tonsura clericilor catolici. „Căpățână însemnată de Dumnezeu“, croncăneau dușmanii. „Și pe dinafară, și pe dinăuntru, slut și demonic, precum un popă papistaș...“

Ochii, însă, își spunea Cuza, mari, neguroși, păstrând intactă flacăra elanurilor din junețe, scăpărând de inteligență, rămăseseră aceiași. Aceiași de pe vremea când erau, dimpreună cu prietenii Alecsandri, vărul Docan, Matei Millo, și câți alții, școlari în pensionatul deschis la Iassy de fostul ofițer al lui Napoleon, Victor Cuénim Foure. Pentru o mie două sute de lei pe an, franțuzul se obliga să-i învețe „limbile franțuzească, grecească și nemțească, cu gramaticești reguli precum și cu deosebitele lor stiluri... Copilul urmează a veni la mine la pension în toată dimineața, a fi la zacuscă[1] și la vreme de masă tot la mine împreună cu mine; iar seara, după ce-și va isprăvi paradosirea la câte trei limbile, precum s-au zis, are să meargă acasă la dumnealui și să doarmă...“

Pe vremea aceea, asemănarea lui Mihalache cu mamă-sa, mult frumoasa Catinca Stavilă, era izbitoare: sprâncenat, cu fața prelungă de heruvim, gură născocită pentru sărutări, subțirel ca o ață de fum și o clădăraie de păr întunecat, în contrast puternic cu obrajii cu străvezimi de alabastru...

Rămăseseră prieteni și tovarăși de luptă și ideal, rămăseseră unul pentru celălalt Mihalache și Alecu. În viața privată. Când însă sfatul se ținea între principe și primul său dregător,

---

[1] Micul-dejun.

eticheta părea a se burzului singură, titlurile de ighemonicon urcau pe buze de la sine.

— Alteță, începu Kogălniceanu cu glasul lui puternic și răsunător, glasul oratorului încercat, stăpân pe toate tainele meșteșugului, vă vorbesc azi în primul rând în calitatea mea de ministru de Interne.

Alexandru Ioan I avu un gest de oboseală:

— Iar istoria aceea cu complotul?! Vă urmărește pe toți aceeași gogoriță ridicolă. *J'en ai assez!*

Kogălniceanu respiră adânc:

— Îngăduiți-mi, Alteță, doar câteva cuvinte. Ceea ce Înălțimea Voastră socoate o gogoriță ridicolă înseamnă coalițiunea cea mai abjectă a celor mai abjecți din tagma politicienilor lipsiți de patriotism, oportuniști, oneroși, inconștienți funești de primejdiile în care aruncă țara!

Cuza încercă să râdă:

— Îmi ții un discurs, Kogălnicene! Rezervă-le pentru Cameră.

Chipul prim-ministrului se aprinse:

— E inutil să mă adresez unei Adunări unde canaliile orbite de patimi și obtuzitate vor să vândă țara pentru a-și satisface ura împotriva Alteței Voastre și, da! Și a mea! Aceștia nu urmăresc decât a-și satisface interesele, a-și încheia afacerile cu rod bogat.

— Exagerațiuni! respinse cu moliciune Domnul. Nu pot fi toți canalii, după cum nu poți întâlni niciunde, grămădiți laolaltă, doar arhangheli.

— Nu sunt exagerațiuni, Alteță! tună Kogălniceanu.

Se ridică și îndreptă arătătorul cu gestul său de tribună chiar spre Domn:

— Toţi cei ce-şi zic pompos apărătorii tronului sunt primii care îl minează...

Cuza zâmbi uşurel, zâmbetul şugubăţ al uitatei copilării.

— Şi... domnia ta, domnule ministru?

Kogălniceanu îi strecură o privire tristă:

— Dacă nu v-aş cunoaşte, Alteţă...

— Ştiu, ştiu, ştiu... M-ai socoti lipsit de seriozitate. Ţi-aduci aminte de cuvintele lui Napoleon? „Să râzi chiar când plângi... Râsul printre lacrimi, nu cunosc un mai mare act de curaj..."

N-o spusese niciodată Napoleon, apoftegma îi aparţinea, dar constatase nu odată valoarea pe care o conferă faptului sau cuvântului prestigiul numelui ori a depărtării; a depărtării celei mari, nemăsurate, necunoscute. Una din micile, inocentele vanităţi ale nevanitosului Cuza.

— Alteţă, propun să trecem din domeniul celor filosoficeşti la cel al faptelor. Sunt încredinţat că vedeţi clar situaţia Măriei Voastre şi a ţării. Dar, iertată-mi fie întrebarea: Veţi avea destulă tărie şi chiar o stare de spirit îndeajuns de bună spre a putea triumfa asupra duşmanilor şi a prietenilor Măriei Voastre? A acelor prieteni care azi, legaţi la ochi de patimi şi deşarte dorinţi, sunt pe punctul de a neguţători ţara?

Cuza îi îndreptă o privire blândă. Întrebă pe un ton a cărui căldură glăsuia multe despre o prietenie veche:

— Mihalache, oare nu te laşi orbit de patimă acum chiar tu însuţi?

Kogălniceanu scutură violent din cap:

— Niciodată, când a fost vorba de interesele naţiunii, resentimentele mele, cât de grave, n-au avut a juca vreun rol. Şi sunt gata, de sunt socotit nevrednic ori prea pizmaş, a mă retrage din înalta dregătorie pe care mi-a încredințat-o Măria Voastră, spre a lăsa loc unui cârmaci mai înțelept...

Domnul începu să râdă. Luă condeiul de cristal, înfipt într-un degetar de aur, lângă călimară, și începu a-l răsuci între degete.

— Demisia! La nici două luni după formarea guvernului! Oare aceasta-i dovadă de seriozitate? În patru ani, trei guverne! Catargiu, Kretzulescu, Kogălniceanu... Cine urmează? Nu cunosc țară în Europa, nu care să ne întreacă, dar măcar să ne stea alăturea în această ridicolă competițiune. Mihalache, noi avem multe a împlini dimpreună. Dușmanii opintesc să ne dezbine...

— Și dacă vor izbuti, Măria Ta?

Glasul ministrului tremura de mânie abia stăpânită. Alexandru Ioan I surâse trist:

— Nu cred ca Dumnezeu să fie atât de hain cu acest neam urgisit pentru a continua să-l nedreptățească. Oamenii își au o soartă, popoarele își au și ele soarta lor. Socot că noi avem norocul să trăim cele mai luminoase zile ale istoriei, când soarele a început să răsară și pentru români.

— Reacțiunea, mormăi nemulțumit Kogălniceanu, părându-i-se că Vodă ocolește răspunsul, nu stă cu ochii pe cer, cercetând cățăratul soarelui.

— Dar nici nu-i poate zvârli pe chip broboadă neagră, ce-i drept. Mihalache, eu unul nu cred că destinul unei nații poate fi mânuit de un singur om, oricât de blagoslovit cu har ar fi. Acesta poate doar dirigui, îndrepta, înțelege, mai degrabă decât contemporanii săi, binele către care năzuiește poporul și potecile ce duc către ăst bine. Aceasta-i menirea noastră azi, acum, Mihalache. O menire sfântă. Și de nu eram noi, s-ar fi fost iscat alții. Alții care, la fel de încredințați de însemnătatea misiunii lor, n-ar fi putut fi dezbinați de nicio forță din lume.

Kogălniceanu își scoase *pince-nez*-ul și începu să-i șteargă tacticos sticlele aburite.

— Dacă Înălțimea Voastră își cunoaște menirea sfântă, de ce nu înăbușă din fașă intențiuni criminale care l-ar putea împiedica de la marile împliniri?

Cuza se ridică de la birou. Făcu câțiva pași prin cabinet, apoi se opri sprijinindu-se în mâini, cu toată greutatea, de spătarul unui scaun.

— Nu mi-e teamă de complot, pentru că nu mi-e teamă de moarte. Iar scopul meu, neluând măsuri imediate și oficiale împotriva briganzilor din opozițiune care-mi vor capul, este să-i compromit definitiv. Aceasta ne va netezi calea pentru adoptarea reformelor care ne interesează.

— O lovitură de stat ne-ar netezi calea, fără a risca viața Înălțimii Voastre. E momentul cel mai potrivit, căci a sosit de mult vremea unui act de mare autoritate față de opozanți.

— A sosit vremea, Mihalache, dar n-a sunat ceasul. Rezultatele unei lovituri de stat pripite, când momentul n-a fost socotit cu toată atențiunea, sunt îndoielnice. Ca totdeauna, adăugă zâmbind blând, te dovedești nerăbdător ca un bidiviu nărăvaș. Înflăcărat de patimă, devii năprasnic și chiar necugetat.

Un val de sânge vopsi chipul ministrului. Înăbușindu-și clocotul, respiră adânc înainte de a vorbi:

— Unui domn îi este permis tot afară de insultă, pe simpla rațiune că insultatul nu-i poate răspunde!

Vodă începu să râdă cu poftă.

— Poți să-mi răspunzi. Ți-a vorbit acum nu Principele, ci doar vechiul și bătrânul tovarăș de tinerețe, colonelul Cuza.

Casele din București ale lui Todiriță Zăvoianu se aflau pe Podul Mogoșoaiei, peste drum de Teatrul Bossel și giuvaiergeria lui Resch, la capătul unei curți lungi și înguste, ocrotite de un zăplaz de sulițі înfipte în brâu de piatră.

Înăuntru, spre deosebire de conacul din Zăvoieni, Todiriță încă nu-și isprăvise opera de anglicizare și odăile arătau cam anapoda, harababură de lemnărie amestecată. Vizitatorii se simțeau zăpăciți, se închipuiau în dugheana vreunui negutător de mobile, și Ionică Miclescu își povățuise prietenul să anine prețuri la cele bodroanțe, spre a nu stârni încurcătură. Sălășluiau în cămările înalte, într-un laolaltă smintit, sofale și mescioare turcești, covoare scumpe de Smirna și Ispahan, iatagane din Damasc, jilțuri și console, cu belșug aurite, servicii de ceai din cel mai scump porțelan englezesc, lămpi pântecoase și sfeșnice grele, candelabre și pendule din același Albion.

Barbu Cantuniari își anunță vizita pentru ceasurile 4 ale după-amiezii. Dădu grăbit binețe gazdei și nelipsitului Ionică Miclescu și începu a străbate casa, încăpere cu încăpere.

Todiriță îl urma nedumerit – „după ce tot cercetezi, bre, creștine?" –, în vreme ce Miclescu se prăpădea de râs:

— Todiriță nu-i hapsân la prețuri, pun și eu o vorbă bună... Cumperi cu toptanul, Barbule, ori cu de-amănuntul?

Cantuniari însă își vedea de ale lui, deschidea uși, reteza odăi, le scormonea din ochi, scotocea cămări și ocnițe. Rosti scurt:

— Privata!

Todiriță râse, închipuindu-și, în sfârșit, că a priceput:

— Păi, grăiește omenește! Nu trebuia să străbați atâtea poște ca să mă întrebi de comodități.

Îl trase fericit de-a lungul mai multor odăițe și deschise, plin de importanță, o ușă de lângă iatac, ascunsă de o draperie din brocart albastru, brodată cu papagali. Cămara avea o cadă, o gaură în pardoseala de cărămidă arsă și o mățăraie de țevi, spânzurate pe zid, așa, de-o frumusețe, pesemne, judecând după hârdaiele mari umplute cu apă, vasul de noapte din porțelan acoperit cu o broderie și o stropitoare uriașă.

— *My bathroom*[1], rosti plin de importanță Todiriță și gușa i se revărsă umflată de satisfacție peste gulerul tare.

Sala de baie constituia unul din permanentele motive de satisfacțiune ale Zăvoianului cel tânăr, căci, într-adevăr, nu se aflau cinci case în București care să dispună de asemenea ciudățenie. Oamenii, chiar cei înlesniți, aveau lavabou în iatac, vas de noapte cu scaun tot acolo, dosit în spatele unui paravan, iar vara coborau în grădină. Puțini se spălau pe de-a-ntregul, cei mai mulți cu jumătatea.

Barbu Cantuniari ciocăni amuzat cu unghia în țevi:

— Și chiar funcționează?

Miclescu râse:

— Funcționează Stan cu stropitoarea...

Todiriță deslusi:

— Mai sunt mici defecțiuni, dar neamțul mi-a promis că, în câteva zile, înlătură toate neajunsurile. Căile care duc la civilizațiune, dragii mei, au și ele neajunsuri.

Cantuniari dădu scurt din cap:

— Îmi convine!

---

[1] „Sala mea de baie“ (lb. engl.).

Todiriță se holbă:

— Ce-ți convine?

— Las' că-ți explic.

— Să-i spun lui Stanley să te aștepte? Casa-i încă vraiște, te descurci anevoie.

Barbu ridică din umeri râzând și o luă înainte spre salonul aflat la celălalt capăt al conacului. Ionică Miclescu se așeză comod pe un divan. Puse picior peste picior și își admiră botina fină de glanț.

— Și acum, *mon vieux*, să auzim oferta!

Todiriță își înlesni oleacă legătura care-i sugruma tare grumazul încins.

— Dintâi să-i poruncesc feciorului de vutci, și agită un clopoțel.

Stan își arătă în aceeași clipă, de parcă ar fi pândit la ușă, chipul de lună roșcovană, fericit nespus. Ca totdeauna, zâmbetul îi despica obrazul de la o ureche la cealaltă, iar mâinile atârnau grele, tot roșii, din mânecile livrelei cu bumbi de argint.

— Poruncă, milărd!

— Ceainicul și tipsia cu cele cuvenite pentru grog.

— De care să fie răchia? Din cea șofranie cu zahăr, ori vinarsul lui jupân Leiba din Zăvoieni? Din aceea te-ai țucsuit mai asară domnia ta, când viersuiai cât te ținea glasul...

— Grog am spus, Stanley! urlă Todiriță.

Stan ieși nedumerit, dar fără să-și piardă buna dispoziție.

Ceilalți râdeau cu hohote. Miclescu respiră adânc:

— Ce ai cu bietul Stan, Todiriță? Îl smintești de tot.

Zăvoianu săltă autoritar arătătorul:

— Johnny! Te rog mult să nu te amesteci în metodul meu de educațiune.

Cantuniari se ridică:

— Vă arde de pozne! Todiriță, uite despre ce-i vorba!

— Toată atențiunea din parte-mi! zise gros Zăvoianu. Johnny! Te rog să fii serios!

— Împrumută-mi pentru câteva zile folosința acestei case.

Zăvoianu își răsfrânse a mirare buzele pline:

— Nu sunt sigur că am priceput... Vrei să fii o vreme oaspetele meu? Și un an, *mon cher!* Toată viața!

— Mi-ajung câteva zile, zâmbi Barbu. Câteva zile în care să o am complet liberă la dispoziție.

Miclescu explică râzând:

— E limpede. Îți cere câteva zile în care să lipsiți cu desăvârșire și tu, și slugile! Îi pui cheia în mână și tragi la otel.

— Nu chiar așa. Nu trebuie să tragă la otel.

— Da..., făcu încurcat Todiriță, incapabil în genere de refuzuri... Sigur... Casa, după cum vezi, nu s-a fost încă rânduit... Mi se pare ciudat.

Cantuniari îi puse mâna pe umăr:

— Tocmai pentru că nu s-a fost rânduit îmi convine de minune, căci scopusul meu presupune și oleacă de deranj despre care, dacă încuviințezi, vom vorbi... Todiriță, rațiuni majore, rațiuni de stat mă silesc să-ți cer acest serviciu. Și aceleași rațiuni mă împiedică să-ți deslușesc pricinile. Mă bizui mult pe sentimentele tale, adăugă gâdilindu-l, de bun și onest cetățean.

Zăvoianu țâșni din jilț cu o mână în sus, precum oratorii romani:

— Iluștrii mei amici, rațiunile majore, domnia... Iată un sanctuar sfânt pentru orice ființă, suflare românească, iată altarul unde eu cutez... da... să aprind smerite lumânări. Căci civilizaţiunea...

Din spatele uşii începură ţămbalele lui Stan, care asigurau fondul muzical.

Cantuniari coborî în grabă, urmat de Ionică Miclescu. Un ger ţeapăn învăluise priveliştea, întreg oraşul, în sticlă. Scârţâia sub tălpile ghetelor, se aninase pe cuşme, în bărbile şi mustăţile trecătorilor. Fanarele lui Cuza şi luminile de la Capşa şi Hugues - întunericul zornic îmbrobodise seara de iarnă - străluceau rece, în văzduhul limpede şi îngheţat.

— Amarnic ger, se cutremură firavul Miclescu, săltându-şi gulerul de vidră.

— Ce daraveli naţionale te smulg de lângă lord Zăvoianu şi Stanley, al său scutier?

— Vreau să arunc un ochi pe taraba lui jupân Manole de la Elitei. Aştepta marfă de soi, din Viena.

— Ce vrei să-ţi iei? întrebă întru totul distrat Cantuniari, cu ochii după o sanie.

— Un lanţ de ceas şi m-ar interesa o păreche de butoni.

— Atunci mergem împreună şi te las în Lipscani.

Găsiră sanie în Piaţa Teatrului. Muscalul, băut bine spre a îndura frigul, urni brusc caii, şi cei doi se prăvăliră unul peste celălalt.

— Mai uşurel, gaspadin, râse Cantuniari, că ne răstorni în şanţ.

— Ba în poală de muiere nurlie, conaşule. Îi singurul pocinog la care mă pricep. Unde porunciţi?

— Ne duci dintâi pe Lipscani... La Bijuteria Elitei.

Înveliţi în blănuri, respirau anevoie aerul. Îi usturau nările şi gâtlejul. Cantuniari rosti de după şalul gros de caşmir:

— Ai primit vreun semn de la baroană?

— Te-aş fi vestit. Mi-e că socoata coanei Vasilena a dat greş de astă dată. Am îndrăcit doar mândruţa.

— Nu crez... Şi-apoi, mai bine îndrăcită, decât nepăsătoare. Fie şi numai pentru a te îngenunchea, şi tot caută să dea ochi cu tine.

— Până una, alta, din pricina voastră i-am pierdut pe Cezara Bolta şi pe Comino. Mi-a spus Todiriţă c-au dat o reprezentaţiune extraordinară.

— Ei, l-ai pierdut tu şi pe Rodriguez...

Miclescu făcu ochii mari. Avea ambiţiunea de a nu lipsi de la nicio mondenitate mare. Întrebă cu ciudă:

— Rodriguez?! Aista cine mai e?

— Nu ştiu, făcu simplu Cantuniari.

— Eşti neserios.

— Aşa pretinde şi mama. Iar Cezara mai dă ea spectacole. Uite că am ajuns!

Intraseră în Lipscani. Ca totdeauna, uliţa era înţesată de omenire, părea că frigul trudeşte zadarnic asupra deverului, căci dughenele nu duceau lipsă de muşterii. Neguţători de castane coapte jucau în ciubote pe lângă grătarele încinse, nu prididеau să umple cornetele din hârtie de jurnal şi coşuleţele slujnicelor trimise de stăpâni să ia câte o „măsură" întreagă.

În faţă la Sabego, magazin de blănuri, patronul, ovrei şmecher, scosese un băiat de prăvălie care poftea trecătorii „la o ceaşcă de ceai fierbinte, fără alte obligaţiuni". Din vitrină îmbia un samovar pântecos, care dădea în undă.

Miclescu începu a se descotorosi din blănuri.

— Ionică, mai aştepţi până poimâini, nevăzut şi neauzit.

— De ce până poimâini?

— Joia are baroana zi de primire. Te înfiinţezi seara la ea.

— Nu cutez să mă duc nepoftit. Ţi-am spus că era supărată. Şi nu mi-i de un afront, ci că-ţi strică ţie socotelile.

— Trimiţi la amiezi un comisioner de la Pohr, buchetierul, cu un coş de camelii. Mă rog, nu trebuie eu să te învăţ cum se impresionează damele, şi o înduplecі să te invite.

Ionică Miclescu îi îndreptă o căutătură subţire:

— Ascultă, Barbule, la o urmă de ce m-ai vârât pe mine în urzeala aceasta, mai cu seamă că mă socoţi un fluieră vânt şi bute netot?

— Aici te înşeli, zâmbi cald Cantuniari. Că o ţineţi tot într-un carnaval şi tu, şi Todiriţă, că alta, în afară de cai, vinuri şi dame, pantaloni pepita şi bude *english* n-aveţi în cap, da! Dar netot nu eşti şi nici vină nu porţi că ai parale mai multe decât poţi cheltui.

Miclescu se strâmbă, smucindu-şi cioculeţul bălan.

— La o adică, de ce nu faci tu pe trubadurul? Te-am întrebat şi deunăzi, în salonul coanei Vasilena. Făţos eşti, june eşti, mai mintos şi robace decât noi eşti, pari anume alcătuit pentru asemenea slujbă.

Barbu clătină din cap cu prefăcută amărăciune:

— Mă întristezi, Ionică... Îmi pusesem toate nădejdile în tine şi-mi răspunzi cu zeflemea.

Miclescu săltă din umeri:

— *À d'autres!*

Barbu râse:

— Păi, bine, măi, mintosule, cum să mă duc eu, carele mă întâlnesc în fiece zi pe sălile ministerului cu Grănişteanu, şi ştie ce hram port, să-i espionez ibovnica?

Miclescu cârti, numai spre a avea ultimul cuvânt:

— Socot drept o mișelie toată cestiunea! Ați ajuns să iscodiți până și iatacele oamenilor. Un gentilom adevărat n-ar proceda astfel.

— Probabil că nu sunt un gentilom adevărat, și păcatul mișeliei trece-l în răbojul meu.

Sania ieși din Lipscani, traversă strada Colței și intră în ulița Radu Vodă. Aici, într-o clădire cu un singur cat, se aflau circumscripția de Roșu și unul din birourile lui Cantuniari. Barbu strecură o privire printre gratiile sălii unde adăstau arestuiții din acea zi, pungași de uliță sau „de mână mică“, cum le spuneau ipistații, podărese cu sulimanul stricat de frig și așteptare „la cutiuță“, câțiva bețivani, adormiți în zăpadă și culeși de gardiști să nu le smulgă înghețul potcoavele, alții, vagabonți care se lăsaseră anume prinși.

„De ce umblați, mă, brambura?“, întreba fără rost ipistatul de serviciu.

„Scuzați, dar la Otel Dâmbovița n-au primenit așternuturile și nu ne priește“, răspundea câte unul mai clonțos. Ipistatul dădea din umeri. Adevărat, la asemenea vreme nu-i dulce somnul sub podurile Dâmboviței. Înjura însă „pentru căci nu se poate fără un oarecșice de autoritate“.

— ...Otelul mă-tii de coate-goale! Vara hăimăniți și petreceți, și iarna umblați mofluzi după oții. La beci!

În așteptarea osândei, atâtea și atâtea zile de mititică, pârliții jucau stos, pietricica și barbut, povesteau de-ale lor – câte nu văzuseră și trăiseră fiecare, Doamne! – se căutau de păduchi sau dormeau. Mai nerăbdătoare „să termine cura la băi“ se dovedeau totdeauna halotcele, căci pierdeau întâlnirile *arănjate*, adică mușteriii cu abonament... Erau mai obraznice decât ceilalți arestuiți, se înjurau în parte cu gardienii și cu ipistații, nu le era frică. Aveau parale și prieteni afară, știau unde și cum să ungă.

Barbu intră în biroul lui, o încăpere modestă cu o singură mobilă mai acătării, un fotel de piele aflat în spatele mesei de lucru. O sobiță de tuci împrăștia căldură umedă. Îl chemă pe Dumitrescu, și ipistatul pitic se ivi cu plecăciune „nemțească“: țeapăn, își înfigea doar bărbia în piept, cu o mișcare atât de bruscă, încât Cantuniari se aștepta de fiecare dată să-și frângă ceafa.

— Am onoarea să vă salut, don' căpitane!

Pe obraz se mai vedeau urmele unghiilor lui Kio. Barbu le arătă cu vârful condeiului:

— Ce-a zis coana Lisaveta? A făcut încredințare adeverinței?

— Făcut! S-a executat și m-a escortat la vacă!

— La vacă?!

— Da, să trăiți. Să mă lingă. Limba de vacă tămăduiește la exact daunele de fizonomie.

Cantuniari râse:

— Bravo vouă! Nu știam...

— Permiteți să vă dau raportul?

Nerăbdarea piticului era vădită și Barbu deveni curios. Își ridică sprâncenele, făcându-i semn să vorbească. Ipistatul explodă:

— Ați avut dreptate, don' șef, dama e infamă!

Cantuniari surâse:

— Asta ar fi concluzia! Ia-o cu începutul, Dumitrescule.

— Cu începutul, să trăiți. Persona în cauză a fost luată în observațiune de către subsemnatul...

Se întrerupse și, pentru a-și da importanță, scotoci în pantalonii de țivil, creți ca ai mahalagiilor și așa cum fusese deprins să poarte în târla lui taică-său, măcelarul procopsit, şi scoase un carnet cu învelitoare neagră. Răsfoi notiţele aşternute cu condei bont şi citi cu glas limpede:

— ...În a cincisprezecea zi a lui dechemvrie, anul curent, ceasurile 11 ale dimineţii...

Închise carnetul, lăsându-şi degetul semn între pagini. Continuă clipind mărunt şi umezindu-şi mereu buzele:

— ...civila a părăsit domiciliul în sanie tocmită, dimpreună cu franţuşca. Au oprit la Riegler, unde a coborât slujnica. A lăsat vorbă pentru zece indiene şi cincisprezece caracuri patroanei. Şi-au urmat drumul. La Otel Bulevard, au făcutără la dreapta. La Vilacrosse, a coborât dama, singură.

— A dat drumul saniei?

— Nu, să trăiţi. A rămas şantanista. Persoana în cauză a intrat în pasaj. S-a plimbat o ţâră pe la vitrine şi na, beleaua, i-au făcut cu ochiul bibilurile de la Ţucără.

Fruntea lui Cantuniari se încreţi:

— Cine dracu-i ăsta?

— Un neamţ calic, ţine dugheană chiar lângă Fintex, ăl cu ştofele...

— Şi Zucker ăsta ce negustoreşte?

Pe chipul ipistatului se aşternu nedumerirea:

— Sarsailă să-l pieptene! Boscârţe muiereşti, tinicheluri, pamblici şi alte mofturi... Închise un ochi şi spuse pe un ton conspirativ: Acilea vine un ce, care, nu-i aşa, nu se poate să nu-ţi atragă atenţiunea...

— Zi, fiule!

— Dugheana-i pârlită, în vitrină mai mult golătate, ce mai, negustorie de falit! Ce caută dama în asemenea stabiliment?

— A zăbovit mult?

— Aş! Cât a cumpărat niscai sârme, ca nişte spelci. Dar nu erau spelci... Le văzui şi-n vitrină...

— Mai departe...

— Când a ieşit din pasaj, tocmai trecea unu' cu flaşneta. I-a tras papagalul un oracolu. L-a citit, a râs şi p-ormă l-a aruncat... Ăsta e!

Scoase din carnet planeta, un fluturaş tipărit.

„Ai speranţă spre o norocire prin împlinirea unui maritagiu strălucit cu un june plin de geniu şi cari va aduce toată satisfacţiunea şi fericirea. Fereşte-te de rubinuri, de călugăriţă în dimineaţa de vineri şi de mâncare cu nuci. Vei trăi nouăzeci şi trei de ani, dacă vei şti să te fereşti de boli şi duşmani la treizeci şi trei..."

— Da, făcu amuzat Barbu. De mirare asemenea naivităţi la baroana de Gunsbourg. Ciudat!

— Asta-i, don' căpitane! se pocni peste genunchi ipistatul. Şi persoana a tras încă un oracolu, dar p-ăla nu l-a mai azvârlit.

— Ştii cine-i flaşnetarul?

Dumitrescu dădu din umeri:

— Nu l-am văzut niciodată...

— Ar fi trebuit să-i iei urma...

— O ţineam p-a damei, conform exact dispoziţiunilor dumneavoastră. Şi mai e un ce, don' căpitane, vă spui că civila-i doar perversiune şi s-a 'nodatără cu streinii. Iar cu Ţucără ăsta trebuie că e ceva şi mai subversiv...

Cantuniari îl ţinea în priviri, cântărindu-i fiecare vorbă. Dumitrescu era un caraghios cu limbajul lui de fantezie, dar deloc nătâng şi cu un ochi pe care te puteai bizui.

— Azi-dimineață, doar că la ceasurile 12, iar pleacă dama de la domiciliul din Fântâna Roșie și, ca-ntr-o fatalitate, o trage iar ața la neamț. Dau și eu buzna în dugheană și prind câteva vorbe...

— E! Care vorbe? întrebă Barbu ațâțat.

Ipistatul își desfăcu brațele:

— Cu părere de rău, don' șef, dar nu pricep nemțească decât chiusdihand[1], că avem un vecin, unul cu pană la pălărie, cam capiu, așa o gratulează pe nevastă-mea. Zice că-i din Silezia.

— Zi mai departe!

— Persoana a cumpărat o pereche de mănuși și, ca să nu li se pară oareșicum, am luat și eu niște cozondraci... Doar că eu unul sunt deprins cu brâu...

— Trece-i la cheltuieli.

Dumitrescu respinse ofensat:

— Se poa', don' șef? Suntem și noi proprietari, mâncăm din blidele noastre, toate de un fel, nu adunate de pe la parastase... A zis Lisaveta că-și rânduiește niște jartele. Eu, țâșni în picioare, permiteți ca să raportez, am isprăvit.

— N-ai isprăvit, Dumitrescule! Pânda baroanei o iau Garniță și Ionescu. Dumneata bați Bucureștii și din omăt ori iarbă verde mi-l găsești pe flașnetar. Crezi că poți să-l recunoști?

Ipistatul se împieptoșă:

— Și flașnetarul și insecta, don' căpitane, c-avea beteșug la un picior.

— Cine? Ăla cu minaretul?

— Ba, insecta. În loc de patru gheruțe, numărai trei. Îi lipsește pintenașul.

---

[1] Corect: *Küss die Hand* – „Sărut mâinile“ (lb. germ.).

— Ești dat dracului, Dumitrescule! râse Barbu.
— Dacă ordonați dumneavoastră, să trăiți, don' căpitane!

Mon adorable ami, toutes les fois que vous m'écrivez, je m'imagine que vous n'avez pas lu mes lettres[1]. Oare am pierdut cu totul considerațiunea ta? Mă disprețuiești într-atâta încât să-ți aprinzi țigaretele cu scrisorile mele, înainte de a le citi măcar? Nu-ți bănuiam rafinamente de *goujat*[2], cu maniere de crai de mahala. Căci ce altă concluziune pot trage? Te avertizez că se petrec lucruri grave, *le général* îmi spune cu certitudine că lovitura de stat este un fapt hotărât, chestiune de zile, *et tu fais sourde oreille*[3]. O altă certitudine: complotul vostru a fost mirosit, iar asupra membrilor coteriei nu există îndoială. Dacă ție nu-ți pasă și ai abandonat această cursă, ai cel puțin obligațiunea să mă pui în gardă. Indignarea mă sufocă! Mi-am sacrificat toate principiile de dragul ambițiunilor tale, sunt cel mai devotat soldat al tău, dar pe toate le primești cu inconștientă indiferență. Deși ți-am atras atențiunea că au fost puși agenți pe urmele mele, sunt espionată și în propria mea casă, nu ai luat niciun fel de măsuri, nu mi-ai dat un singur sfat util. Mi-ai promis o coroană - *oh, là, là*, nu-s prea departe acele zile! - dar văd că, înainte de a mi-o dărui, nu faci decât să mă compromiți. Dacă aceasta se numește dragoste, mă lipsesc! Ultimul bărbat, nu mai vorbesc dacă se pretinde a fi un gentilom, apără, la nevoie jertfindu-și

---

1 „Dragul meu amic, de câte ori îmi scrii, am impresia că nu mi-ai citit scrisorile" (lb. fr.).

2 „Mojic" (lb. fr.).

3 „Faci pe surdul" (lb. fr.).

propria-i viață, reputația femeii iubite. Ce pot să cred atunci despre cel care o maculează cu bună știință?

Deviază a-mi răspunde, căci nu știu ce să mai cred, mă torturează tot felul de idei. Nu pot lupta pentru o cauză pe care o presimțesc pierdută. Iar pentru mine e pierdută, indiferent că în scaun rămâne C. ori vine un «escu», un «eanu» ori vreun obscur «von», de vreme ce am pierdut dragostea ta.

Și totuși... *Soyez persuadé que, malgré ma réputation et le soin de mon bonheur, je ne cesserai jamais de m'intéresser à vous.*

Ta L.[1]

Constantin Suțu alungă cu muchia palmei scrisoarea. Hârtia azurie zbură, șovăi o clipă în aer și căzu pe covorul gros din fața biroului.

Iritarea crispa trăsăturile căzute ale lui Suțu, adâncea ridurile pornite de la aripile nasului, îi scotea în evidență gura proeminentă, încăpățânată.

— O, *chéri!* Iar te văd cu bot de lup! E un hazard sau îți premeditezi indispozițiile?

Suțu se ridică în picioare:

— O migrenă obișnuită.

— Și, tot ca de obicei, când am lume...

Pe chipul Irinei Suțu, distins și destins, stăruia un surâs ironic. Surâsul se accentuă la vederea scrisorii căzute pe covor:

— *Une lettre d'amour!* În locul persoanei, m-aș simți grozav de ofensată dacă scrisorile mele ar fi tratate cu atâta neglijență. Crede-mă, *c'est pas du tout poli*[2]...

---

[1] „Fii convins că, în ciuda reputației mele și a grijii pentru fericirea mea, nu voi înceta niciodată să mă interesez de dumneata. A ta, L" (lb. fr.).

[2] „Nu-i deloc politicos" (lb. fr.).

O ridică înaintea lui și, fără a-i arunca o singură privire, o azvârli neglijent pe birou.

Prințul roși. Încercă unul din rarele lui zâmbete.

— Fleacuri...

— Sunt convinsă... Totuși, fii atent... Ești la vârsta marilor prostii. Și nu mai zâmbi... Ți-am atras de atâtea ori atenția că nu te avantajează. Semeni cu un cămătar care suferă de colici la stomah...

Era înaltă, mlădioasă, și rochia de moar - un model copiat după o toaletă a împărătesei Eugenia, marea frumusețe a Europei și *arbiter elegantiae* între aceleași hotare - îi sublinia splendid zveltețea. Colierul greu de smaralde părea un soi de rapel subtil, un *souviens-toi*, un *remember* cochet al prințesei care avea ochi imenși, verzi, cu adevărat de neuitat.

Suțu își măsură soția cu o privire de proprietar mulțumit. Irina era decorativă, plină de tact și, deși cu indiferență, îi slujea bine interesele. Recepțiile ei erau frecventate de *tout Bucarest* și de personajele marcante din lumea diplomatică. Victor Place, de exemplu, consulul Franței la Iași, deși susținător al lui Cuza, era unul din oaspeții asidui ai Palatului Suțu. Se puteau deci înnoda relațiuni și amiciții interesante, culege știri, sesiza pulsul politic al momentului. Femeile, în general, sunt însă nebune! Cum își putea închipui Lelia, această condotieră cu oarecare stil, desigur, dar tot aventurieră, frunză în bătaia vântului, stăpânită de evenimente și nu stăpânindu-le, că va lua vreodată locul Irinei? Lelia, prințesă Suțu! Ridicol! Lelia, pruncul de aventură al Saftei Mavrocordat, Doamnă a țării! „O zecundă, să-mi trag sufletul de râs!"

Doar că Suțu nu râdea niciodată.

Totuşi, relaţiunea se cerea menajată, baroana era utilă, aducea bune servicii, părea anume croită pentru slujba încredinţată. Oamenii, chiar dacă sunt nişte gogomani ca Grănişteanu, nu-şi răsuflă secretele în orice aşternut, nu toate sărutările sunt bună cheie tainiţelor ce se cer bine păzite.

Luă scrisoarea Leliei ca pe o hârtie oarecare şi o aruncă direct în cămin.

— O! se sperie prinţesa. Ce grozăvie! Din impoliteţe în impoliteţe! E ceva care nu merge, prietene?...

Noroc că Irina nu era geloasă...

Într-adevăr, prinţesa, soiul de femeie care se simte excepţional în propria-i piele, nu-şi temuse niciodată soţul. Chiar în cei dintâi ani de căsătorie, când încă se mai simţea îndrăgostită de Suţu. Stăpână pe ea, conştientă de propria-i valoare, trecea cu indiferenţă suverană pe lângă toate neplăcerile. Ce-i drept, o soartă generoasă i le mătura de pe covorul de roze pe care păşea cu graţie.

Inteligentă şi cu mult bun-simţ, îşi rezema soţul în tot ce întreprindea doar de dragul urzelii. Combinaţiunile politice constituiau un joc mult mai captivant decât mausul, whistul, lancelotul. În fond, considera cu indulgentă ironie fumurile crăieşti ale prinţului şi, din când în când, temându-se că se compromite prin ridicul, se amuza să-i reteze din elanuri, aducându-l la realitate.

— *Mon ami*, mi-e teamă că politica nu-ţi prieşte. Eşti galben, nervos şi cu siguranţă ţi-e atacat ficatul. Mă întreb ce se va alege de tine ajuns împărat.

— Când mi-oi pune coroana, o să fiu *rose, comme les roses*.

— A, nu te văd deloc. *Pas du tout!* Nici pe mine, de altfel. Mi-ar deranja coafura.

Din stradă, străbătând ferestrele și grosimea perdelelor, se auzi o flașnetă. Suțu își aținti urechea. Da, aria Floriei... Irina îl privi zâmbind:

— Presupun că nu zăbovești mult. Lumea începe să sosească.

— Numai câteva minute, prințesă. Câteva minute.

Irina Suțu râse și-i întoarse apoi spatele. Faldurile de moar unduiră, rochia părea alcătuită din valuri de apă dezmierdate de adierile serii.

— Ce relațiuni, *mon Dieu!* Te ancanaiezi, prietene.

7

Ulicioara se desprindea de Podul Calicilor[1] cam pe la mijloc și se cățăra pe un gorgan carele aparținea unui cupeț, Arionoaei. Strada de mai târziu avea să-i ia numele, dar pe atunci se chema, nu se știe de ce, Șoldani. Poate de unde toate casele fuseseră ridicate cu șoldul la uliță, dar pretutindeni, în București, ca și în târgurile mai moțate ale Principatelor, construcțiile tot asemenea se săvârșeau. Cât ar fi fost de fățos conacul, cu marchiză elegantă, scară simandicoasă în evantai, cu lei ori alte dobitoace, îndeobște zăvozi hidoși, răi, cu mulți colți și gurile căscate, încremeniți în dreapta și stânga, sub ciuperca de lumină a fanarelor arăbești de la intrare, nu putea fi zărit decât costiș, dintr-o singură latură.

Nedumeririi de azi – de ce să camuflezi asemenea măreție dobândită cu risipă de cheltuială? – viețuitorii de atunci, de mult călătoriți, cu lespezi și statui ori morminte desăvârșit

[1] Calea Rahovei.

uitate la Belu și Sfânta Vineri, i-ar fi răspuns cu altă nedumerire. „Cum de nu pricep urmașii cestiune eminamente simplă? Terenul îi scump, fața la uliță se plătește, se construiește în adâncime..."

Excepție făceau desigur palatele simandicoșilor, precum Suțu, Ghika, Greceanu, Vanicu și altele, destule.

Aici, pe strada Șoldani, între curți năpădite de viță-de-vie și cârciumărese, se afla o coșmelie ceva mai răsărită, cunoscută în mahala drept conacul Corneascăi. Corneasca a bătrână închisese de mult ochii, rămânând moștenitor un prunc făcut la vârstă coaptă, Dimitrie.

Aprigă fusese soarta cu acești Cornești! Dacă te luai după hrisoave, rădăcinile se cățărau departe, până în vremea lui Vodă Mircea, dar cel dintâi cu stea în frunte, desțelenind norocul neamului, fusese Iordache, mare căpitan în oastea lui Mihai Vodă, alături de Buzești, Calomfirești, Florești... Apoi, vreme de două veacuri, ursitoarele tot opintiseră la înălțarea neamului. Sub Vodă Matei erau mari vornici, cu moșii întinse în Oltenia, și nici domnia lui Șerban Cantacuzino nu le fusese nepriincioasă. Dar după cum căpitanul Iordache dăduse cep norocului, peste două sute de ani urmașul său, tot un Iordache, mare spătar, avea să-l sece mai repede decât ai stinge o lumânare. Căci adevărată vorba, un an ți-e de trebuință să urci la deal, dar într-o clipă ai venit la vale.

Căuzaș al agăi Bălăceanu, cel care uneltea când cu nemții, când cu turcii împotriva Brâncoveanului, Iordache, mare spătar, căzu dimpreună cu hainul, fiind descăpățânați într-aceeași zi. Vorba vine, căci fuseseră spânzurați amândoi dinaintea conacelor lor. Adică aga, la hudubaia dumnealui, unde mai apoi

Vodă Brâncoveanu avea să ridice Hanul Constantin Vodă[1], Iordache spătarul, tot astfel, în mahalaua Gorgani[2], unde își ridicase cea mai arătoasă casă din trei mahalale.

Aici se părea că norocul Corneștilor ostenise. Neamul n-a mai izbutit niciodată să se înalțe, însoțirile s-au fost făcut fără hiritiseală de ursitoare bune, paralele îi ocoleau, croindu-și albii pe alte uliți, dar parcă și vlaga secase; ori că muierile nu zămisleau, pântece sterpe, ori pruncii se prăpădeau înainte de a se desprinde de poalele maicăi.

Tot strângându-se, din Gorgani ajunseseră în mahalaua Calicilor. Despre slava de odinioară a Corneștilor nu mai zvonea nimeni, afară de pergamentele ferfenițite aflate în chichița lăzii din iatac.

Mahalagiii știau doar că „se țin boieri, țapeni, cu băț proptit în barbă, nu ți-ar răspunde la un bună ziua ori un oarece..."

Când muri, Corneasca a bătrână împlinise optzeci de ani, iar sărăcia intrată în neam peste o sută. Se trăgea dintr-o familie mai răsărită - tată-său fusese serdar - și avea și oleacă de zestre: câteva dughene în mahalaua Scaune, o felie de vie și casele din Șoldani. Se hotărâse să întocmească bordei cu Cornescu, biet calemgiu la Arhivele Statului, golaș ca un șoarece de biserică, înduplecată de teama cosiței albe împletite în bătătura părintească. Sărise de douăzeci și cinci de ani, era slutișoară, din gură nu-i curgea miere și nici nu-i mirosea a flori. Își mai legase ochii, cercând să se amăgească singură cu seminția aleasă a Corneștilor. Fusese o însoțire silnică, dar lină. Muierea era deșteaptă, plină de vlagă, și-a ținut toată viața

[1] Fostul local al Poștei Centrale.

[2] Zona din jurul bisericii Gorgani, între Cișmigiu și Dâmbovița.

bărbatul sub poruncă; calemgiul, cuminte, firav, cruțător și tot cu ochii în ciubote. Și-a dat sufletul degrabă, tânăr încă, în liniște, după cum și trăise.

Din cei patru prunci ai Corneștilor răzbise peste vârsta crudă doar Dimitrie, om acum la vreo cincizeci de ani și carele nu izbutise să se înalțe peste starea părintelui său. Era ampliat la Vamă, dar ce folos, nu izbutise să se anine cu dinții de vatră, căci dacă ar ști toți să facă parale, le-ai găsi în țărână și ar ridica oamenii scară la cer să culeagă stele.

„N-am minte nici de armean, nici de grec, nici de ovrei!", se gândea conul Dimitrie, în zilele puține când bea câte un degetar de rachiu. După moartea bătrânei, zestrea se cam risipise. Adevărat că și de ceasul rău nu te poți rupe cum nu te poți rupe de umbră! O dugheană luase foc, o a doua fusese tâlhărită; le rămăseseră prăvălia din Sfântu Gheorghe, casele și fata de măritat. Din simbria Cornescului, se plângea coana Anthița, „abia ne-ajunge să plătim dările și, ia, așa, mai rărișor, să tăiem o găină dumineca".

Cornescu repetă rușinat: „N-am cap de negustor. Îți trebuie și aci, ca în orice meșteșug, oarece însușiri..."

„Și mai vreai concesiunea la sare!", râsese otcupcicul Ocnelor, vechi prieten al familiei și căruia Dimitrie Cornescu îi ceruse dreptul de trecere a sării peste Dunăre. „Cum socoți să te înfrunți cu bandiții ăia? Toți, de la cel din urmă vameș și până la comandir, sunt tâlhari puși pe rușfeturi și procopseală, izbutesc a te fura și cu mâinile legate!..."

Cucoana Anthița, un boț de femeie măruntă, robace, neliniștită ca un bondar, cu tulpanul verzui alunecându-i veșnic pe-o ureche, îl bombănea întruna. Avea un dar dumneaei de a înnegura toate cele și de a întunerici soarele că, doar ascultând-o, îngropai omul de viu, vedeai vifornița pe zi senină, iar până în sară, cu siguranță necazurile aveau să se bulucească spărgând uși și ferestre. Când n-avea cine o asculta – fata ori bărbatul fiind duși de-acasă – un bun tot avea, nemăcinându-și nemulțumirile cu vecinii care o credeau supusă, blândă și răbdurie, bodogănea pereților. De atâtea ori spusese aceleași vorbe, că le îngâna și în vis, și în toată clipa, ca pe o rugăciune rostită cu gândul în altă parte.

„Nu mi-e de mine, tot mi-am trențuit viața! Un săculete de oase, azi-mâini mă duci cu pălăria în mână la țintirim... Nici de dumneata n-o să fie bine... Citii la gazetă că Stigi[1] de la Finanțe zice că n-avem buget, dar ampliați câți păduchi în coada zăvodului! N-are buget, asta e! Unde o fi bugetul ăla eu una nu știu, dar știu ce ne-om face fără simbrioară! Un juvăț se mai găsește, stejaru-i colea, în fundul curții... Da' ce te faci cu fata? Aici să-mi răspunzi dumneatale! Frumoasă, nu! Zestre, nu! Relațiuni s-o ajute, s-o împingă, să-i găsească un destin, iar nu! Să-și țină viața cu acul? Mai bine o strânge Dumnezeu! Dac-a ajuns până și Popeasca a vezitiului să-și cumpere mode din Lipscani și du pe Macca! Închiz ochii și o văz pe biata fie-ta! Bătrână, zăcașă, c-așa ați fost în neam, pirpirii și netrebnici de vlagă, ajunsă la mila bisericii. Tot un bine că n-oi apuca s-o mai trăiesc și pe asta! Mai vine poimâini și ăla cu rata la clavir, uite ce vă lipsea, că d-aia nu s-a măritat fata, că n-are țambal! Nu și-a schimbat pălăria bună de cinci ani, nu cunoști ce ține pe cap, că-i colac de parastas ori o pisică moartă, dar ce-ți pasă, avem muzici!..."

---

[1] Dr. Ludovic Steege, ministrul Finanțelor.

Conu' Dimitrie încerca s-o îmblânzească. Nu-și pierdea firea, nu se supăra.

— Ai și matale puțină răbdare, Anthiță. Lucrurile s-or îndrepta și până atunci nu-i departe. O să ai și matale mode, și slujnice, și echipagii, și Masinca noastră zestre de prințesă. Nu te măcina, veninul îți apasă ficatul...

Atâta aștepta coana Anthița:

— Răbdare! De douăzeci de ani asta aud! N-am mâncat la dumneata atâta pâine, cât răbdare! La asta știu că mă poftești, ba și cu lăutari! De-aia luași țambalul...

— Rogu-te, nu te mânia!

— Să nu mă mânii! Să am răbdare, c-o să scoață dumnealui cârnați de aur și pumni de diamanticale din drăcăriile și tinichelăria din șopron! Unde-i comoara? Arată-mi și mie măcar un bob de mărgăritar și te-oi crede! Așa, țin și eu sub pat coroana lui Roș-Împărat!

Cornescu surâdea cu tristețe:

— Dumneata poftești să-ți arăt comoara. Ea se află în invențiunea mea. Așteaptă doar s-o desăvârșesc, și nu vei avea mâini destule să culegi mărgăritarele.

— Mai bine ai inventa parale! Invențiune! Te cunosc și portarii de la Război de cât le-ai tocit preșurile. Iacovache ți-a râs în nas, după cum ți-a râs și Florescu[1].

— Minți înguste, Anthiță.

— C-a dumitale-i cuprinsă de nu te mai încape căciula!

— Vezi, Anthiță, dumneata nu vrei să pricepi că doar o societate care încurajează invențiunile poate progresa.

Muierea sări arsă:

---

[1] Em. I. Florescu, ministru de război în guvernul Kretzulescu.

— Ce-mi tolocănești mie despre progres? Ce-mi pasă mie ce-o fi în suta de ani când eu, cocoana Anthița Corneasca din ulița Șoldanilor, nu-mi pot urni fata din bătătură acum și ne săturăm trei inși dintr-un ou!

O fecioară firavă, cam deșirată, cu chip și glas sălciu, se strecură neauzită în odaie. Se adresă, ca de obicei, cucoanei Anthița:

— Mamiță, întreabă un domn de tata.

Cucoana strecură o privire ață prin perdeluța ușii ce da spre săliță și citi oaspetele dintr-o clipire: „Gras om! Boieros!“ Se răsuci spre Masinca:

— Poftește-l în odaia bună.

— Dar nu-i foc...

— Las' că-i îmblănărit destul. Vrei să ne vază toate troacele? Bine că avem clavirul. Uite că tot e bun la ceva!... Stai! Zi-i Frusinei să-și țesale lațele alea și să-și schimbe șorțul! Să ia basmaua mea a veche! Îi în antreiaș, pe ladă...

Și lui Panait Balș îi fu de-ajuns tot o singură căutătură pentru a desluși strâmtoarea în care trăiau Corneștii.

„Ăștia-s pârliți tare! Le cântă crivățul și în vatră și pe plită, se satură cu greieri și brebenei...“

În odaia cea bună a Corneștilor se vedea multă trudă la gherghef și la război, cu acul ori iglița, cusătură și scorțuri în tot locul, iar încolo, nevoință. O masă rotundă pe un picior, două canapeluțe și câteva scaune îmbrăcate în cit roșu, o cutie tapetată cu scoici colorate, o sobă mută și, minunăție, un clavir.

Tot dintr-o privire, înghiți făptura sărmană a amploiatului de la Vamă. Firav, stângaci, cu gâtul nevoiaș ițindu-se prea lung din gulerul de carton, pildă desăvârșită a sărăciei cinstite, trudnice și fără de noroc.

Ieşeanul Balş era un bărbat hotărât, direct, îndrăzneţ. Credea despre el şi se spunea că dispune de o mare putere de convingere. Mai era socotit drept un adversar primejdios, căci ataca în forţă, se năpustea cu capul înainte, precum zimbrii. Se apropie cu mâna întinsă, jovial şi familiar:

— Domnul Cornescu?...

— Da... Să... Vă rog. Cu cine am onoarea?

— Mă numesc Panait Balş. Da' nu mă pofteşti să şăd?

— Cum nu? se fâstâci Cornescu. Vă rog...

Şi începu să împingă fără noimă toate scaunele.

— Cu voia matale, zâmbi larg Balş, oi sta pe canapeluţă, căci mi-i mai larg.

— După vorbă, rosti Cornescu intimidat, păreţi a fi moldovean.

— Chiar aşa. Moldovean get-beget, din Ieşi.

Cornescu îşi aminti că-i gazdă:

— Un filigean?

— Ci nu mai deranja damele! Om be aldat' cafeluţă, da' mai dinainte om deşerta dimpreună o bardacă, două din tămâioasa me, de la Jiţăni... Doar să se lege toate aşa cum le-am chibzuit eu, şi ştiu că bine ar fi!

Dimitrie Cornescu, tot mai nedumerit, îngână:

— Să v-ajute Dumnezeu!

— Dumnezeu ajută, da' şi omul trebuie să-ţi ţipe necazurile.

Cornescu dădu sceptic din cap:

— Ţipă mulţi, domnule Balş, dar nimeni nu le pune în blid.

— Depinde, depinde... Ia-n ascultă, coane Dimitrie, că veni vorba de nevoi! Câtă simbrie ai matale de la ofticoşii ceia de la Vamă?

Își deschise blana, și Cornescu rămase cu ochii la lanțul gros de aur care i se lăfăia pe pântece.

În cap, gândurile se zbuciumau: „Ce-i cu ăsta? De unde mă cunoaște? De ce-i pasă câtă leafă primesc? De unde pică?“ Nu cuteza însă să întrebe nimic, se simțea sfios, ca odinioară dinaintea dascălului de la Școlița Poinărescu, ca astăzi, om bătrân, în fața comandirului. Celălalt îl lua repede, strângea frâul, băga pinteni, nu-i lăsa vreme să chibzuiască. „Metod sigur și absolut.“

Cornescu își umezi buzele și râse încurcat:

— Cincizeci de lei pe lună... La Paști și Crăciun, câte o gratificație. Asta, când bugetul are parale... Se mai întâmplă și altfel... Să răbdăm fără leafă două-trei luni.

Panait Balș își izbi palmele, consternat:

— Cum se poate, coane Dimitrie? Cum te descurci matale cu cincizeci de firfirici? Iacă încă una din infamiile guvernului, încă unul din rezultatele politicii tiranului! Iată ce-a săvârșit Unirea! Asasinarea națiunii prin pauperizare.

Cornescu îngână:

— Nu ne-a fost moale nici sub Bibescu, nici sub...

Balș, luat o clipă de patimă, se revizui:

— Așa-i, coane Cornescule, multe mai sunt de îndreptat în țărișoarele aceste... Da' parcă mi-a deschis o demoazelă...

„Te pomenești“, gândi Cornescu, „c-a venit să mi-o ceară pe Masinca...“ Și inima începu să-i bată. „Cam gros, cam trecut, da' și fata a-nceput să se cam treacă. Baremi își face și ea rândul...“

— E copila noastră, Masinca...

— Și de ce n-o măriți, coane? Acum îi vremea ei, cât îi boboc abia înflorit. Să-i găsim un băiet bun, colea, și eu li-s naș!

Roşu purpură, Cornescu îşi plecă privirea:

— Ei, domnule Balş, nu se mărită fetele aşa, cu trusău de scaieţi... Vorba din popor: Zestre? Cum să nu? I-am dat toţi iepurii din sat!

— Ha! Ha! Ha! râse Balş. Da' mare pehlivan mai eşti, coane Dimitrie! Dacă-i vorba numai pi-atâta, îi facem şi zestre.

— Cum? Din lâna de la broască? Oi fi eu pehlivan, dar şi Domnia Voastră vă ţineţi de anecdote.

— Ba grăiesc serios. Şolticăriile le-oi deşerta odată cu butâlcile de tămâioasă. Uite, coane Cornescule! Eu îţi număr cinci mii de franci dacă încheiem târgul. Rostuieşti o zestre frumuşică, ba îţi mai rămâne şi matale şi madamei Corneasca să vă cârpiţi nevoile.

Cornescu, ameţit, se agăţă de masă şi rămase cu gura căscată. Înghiţi uscat şi rosti anevoie:

— Ce târg? Care târg?

— Îmi vinzi un nemţăşug di cela, scornit de matale, şi mi-i arăta cum trebuie mânuit. Bun înţăles, dintâi îi faci dovada. O prubă, îţi dau paralele şi *au revoir*, nene, cum grăiţi aici, în Muntenia, nu mă cunoşti, nu te cunosc.

Dintâi, o bucurie sălbatecă cuprinse făptura amploiatului. Deci truda nu-i fusese zadarnică, de vreme ce zvonul ajunsese până la ăi mari: în sfârşit venise şi ziua când cazna i se răsplătea. Avea să vadă şi Anthiţa că tot nătângul le scoate din nevoi, el, prostovanul, cu drăcăriile lui avea să mărite şi fata. Dar parcă într-aceeaşi clipă i se furişă în suflet o spaimă rece.

— Ei, ce zici? încercă să profite Balş, văzându-l tulburat din cale-afară. Bem aldămaşul?

— Domnule Balş... Vedeţi dumneavoastră, aici e vorba despre o invenţiune...

— Nu-ţi fie teamă, nu gândesc să ţi-o fur. Invenţiunea rămâne a matale. Eu cumpăr o singură piesă.

— Altceva... E o invenţiune tare primejdioasă. Nu o pot vinde unei persoane private... Înţelegeţi... Cestiune de vieţi omeneşti. Dacă veneaţi din partea Ministerului de Război, nici că mă sinchiseam, ba vă sărutam dreapta cu recunoştinţă, ca unui părinte.

Balş dădu din umeri dispreţuitor:

— Cei de la Război sunt nişte neghiobi. Şi n-au nici parale. Nu le arde de invenţiuni, când n-au plătit de şase luni o soldă!

— Cine v-a vorbit despre „pozna" mea?

Balş îşi răsfrânse buzele pofticioase:

— Un oarecine din minister... Îi părea rău de matale, ştie în ce strâmtoare te zbaţi şi cât de obtuzi sunt generalii noştri. A vrut să te servească. Acuma, coane Dimitrie, fă-ţi socoata, sfătuieşte-te şi cu madama Corneasca, dar nu zăbovi, că vremea dă brânci.

Se ridică şi începu să-şi încheie blana, ca omul care a spus tot ce a avut de spus şi la tocmeală nici nu gândeşte.

— Staţi puţin... Cum să vă spun?... De unde ştiu eu ce inten ţiuni aveţi? Poate puneţi la cale – iertată-mi fie vorba proastă – o... crimă! Nu vreau să fiu părtaş la nicio nelegiuire. Sunt sărac, dar somnul mi-e lin şi netulburat, chiar pe perină tare.

Balş îi întinse mâna:

— Nu vei avea nicio pricină de somn rău dacă îţi vei ţine legământul de tăcere şi discreţiune absolută. Răspunsul mi-l dai în două zile.

Tonul era tăios şi hotărât. În capul lui Cornescu toate se învălmăşeau.

— O clipă, musiu Balş... Staţi... Să vedem...

— N-am ce sta, *mon cher*, și nici ce vedea. Mai limpede de atâta nu pot grăi: îmi dai scula, îți dau cinci mii, nu mi-o dai, ziua bună, nu ne cunoaștem și scuze pentru deranj. Sărutăm mânuța madamei Corneasca și grațioasei demoazele!

Nu ieși bine ieșeanul, și coana Anthița, dimpreună cu fata, dădu năvală în salonaș.

— Phii! Galant om! Filotim om! Bogat om! Îți pune pe tipsie cinci mii de franci de parcă ar lepăda o arămioară...

— Vezi, făcu Dimitrie, cu un rest de bucurie, bucurie știrbă și ștearsă, și dumneatale mai râdeai de tinichelurile mele!

Se simțea tulburat, dar mai presus de toate înspăimântat, cu oasele moi și inima strivită, legată în patru noduri.

Cucoana Anthița zâmbi cu îngăduință:

— Așa-i omul! Dacă s-a tot deprins cu ponoase, nu mai crede în foloase!

— Și ce de politețuri! îndrăzni și Masinca. Se vede cât de colo că-i boier mare!

Cornescu îndreptă o privire tristă spre fiică-sa. Cât de rar o vedea veselă, cât de rar îi străluceau ochii! Desigur, îi dănțuiau acum dinainte priveliști de sărbătoare, trusoul de prințesă, oștirea de berbanți franțuziți, cu melon cenușiu și floare la butonieră, ținând rând să-i sărute vârful degetelor. În salonașul cu mobilă nouă, adusă numai de la Lux, din Pasajul Macca, ea, în rochie de tafta *vert-grenouille*, căci îi bălană, cântă la clavir, între sfeșnice aprinse. Lumânările sunt din cele scumpe, de ceară albă...

Și așa, cu ochi luminoși, îmbujorată de emoție, părea mai drăgălașă, trupul sărăcuț dobândise dintr-odată viață.

Cucoana Anthița nu-și mai găsea locul, zumzăia de colo-colo prin odaie cântărind pereții și mobilele, frecându-și palmele uscate și muncite:

— Uite o noapte în care n-o să dorm și eu de bucurie, căci din cele năpăstuite de necazuri s-au măcinat destule... Dintâi, schimbăm troacele, că destul mi-a crăpat obrazul din pricina boscârțelor... Păstrăm doar scoarțele și cadrele din Călindarul Albina...

— Și văsăraia, mămiță...

— Bun înțeles! N-am două farfurii să fie surate... Mâine dimineață mergem în târg să vedem cum și ce fel!

Observă brusc tăcerea lui Cornescu și-l cercetă mirată:

— Da 'mneata ce stai mut, de parc-ai fi înghițit un cartof fierbinte! Îți pică și dumitale odată pleașcă nevisată, și-n loc să te bucuri ca tot creștinul, te holbezi de parcă ți-ai prohodi toate neamurile. Nu zău, Masincă, dac-am pomenit asemenea nație de om!

Cornescu clătină din cap cu tristețe:

— Nu la asemenea izbândă am visat eu, cucoană Anthiță!

— Da' de care? Vreai muzici militare, ca la Vodă?

— Invențiunea mea gândeam să slujească nației, și nu unor persoane private care urzesc gânduri de uciganie.

Corneasca își înfipse mâinile în șolduri. Tremura din tot trupul, și scufița rămăsese spânzurată de conciul din vârful capului.

— De unde știi 'mneatale cine și ce gânduri urzește? Te pomeni că azi-mâni iei pâinea de la gura Siminei, cărturăreasa din Covaci!

Bărbatu-său o privi năuc:

— Cum de unde știu? La ce crezi că slujește invențiunea mea? Îi ticluită să ferfenițeze, jur-împrejur, tot ce-i făptură sau oarece obiect!

— Atunci să-i ferfenițeze dracului! Ce-ți pasă dumitale, de vreme ce ăsta ți-a fost scopul când ai ticluit-o?

Blândul Cornescu își ieși din fire:

— Cum ce-mi pasă, femeie? Adicătelea să nu-mi pese că-s părtaș la moarte de om? Eu am născocit-o pentru la un caz de rezbel, nu ca să-l omor pe un Cutărescu de nu mi-a greșit nica! Și mai te duci la biserică, și în toată dimineața te sfințești cu anafură. Halal!

Corneasca, vânătă de mânie, căută în jur un lucrușor mai ieftin - ochi la iuțeală o căprioară de ghips câștigată la o tombolă - și-l azvârli de podele:

— Fire-ar al dracului de viață, și de norocul meu, și de-al cui m-a făcut! Se putea să nu zdruncini dumneatale bucuria omului? Să i-o lași întreagă? Să am și eu o zi bună în douăzeci de ani?

Masinca începu să plângă:

— Mămiță... te rog...

— Ce mă rogi?! Nu te uiți la tătâne-tău? Îi bun de legat fedeleș și de pus sub lăcată la Sărindari! Auzi! Face dumnealui moarte de om! Poate că duc dracului scula în turcime... Sau ți-o fi și de păgâni!

Cornescu șopti cu capul între umeri:

— Și aceia tot suflete omenești!

— I-auzi! Da' când taie și spânzură la creștini, și pun focăraie Bucureștilor, și jefuie, și... Ce mai! Să isprăvim discuțiunea, facem clăbuci de pomană!

— Părintele meu, Stroe Cornescu, îngână bărbatul neașteptat de îndărătnic, avea o vorbă.

Cucoana Anthița își înfipse mâinile în păr și-l întrerupse:

— Iar mă iei de la Adam Babadam! Părintele dumitale Stroe Cornescu! Ce mare scofală a făcut și ăla? Ți-a lăsat un cufăr de pergamenturi, o ladă de păduchi și un butoi cu vânturi! Dacă nu era mamă-ta mai bătătarnică, ați fi ajuns să scociorâți după un dumicat în gunoaiele oamenilor.

Dimitrie Cornescu își îndreptă spinarea. Un firicel firav de demnitate tresări în făptura umilită și rosti cu glas tremurător:

— Cucoană Anthiță, se află un hotar la toate!

— Taman așa zic și eu! E un hotar și în neghiobie. Târgu-i încheiat, ai să iei paralele! Îs destule de cârpit în bordeiul ăsta!

Bărbatul își ridică ochii înlăcrimați:

— Că iei asupră-ți păcat de moarte nu gândești? N-ai să mai ai zi senină, și nici somn din pricina mustrărilor.

— Ba oi dormi pe patru perini! hohoti Corneasca. Mustrări să ai dumneatale, că vrei să-ți lași fata pe drumuri, fără crac de nădrag!

— Mămiță! scânci speriată fiică-sa.

— Ce-i, Masinco?

— S-o îndura Dumnezeu și de mine...

— Până la Dumnezeu, nu se îndură tat-tu! Cine gândești, Cornescule, să ți-o ia așa, golătate?!

Dimitrie Cornescu își trecu degetele peste fruntea năpădită de o sudoare rece:

— S-au mai măritat ele și fete fără zestre. Uite... chiar Aglăița a Ioneascăi.

— Aha! Una din puzderie, că nu știu cum s-a fost născocit lumea cu bărbați numărați, iar noi, muierile, umplem pământul. Aglăița! Mersi de parexamplu! Aia-i zână poleită, s-o faci icoană, rară floricică. S-asamănă fie-ta cu ea?

Masinca sări de pe scaun și ieși hototind din odaie. Cornescu se uită trist la nevastă-sa:

— Acum ce o mai zdruncini și dumneata? Ce vină are biata?

— Eu o zdruncin? Dumneatale, cu nourii din căpățână. Ia numără-i repejor cinci mii de frănculeți în palmă, și-ntr-o clipă clămpăne la țambal, veselă cintezoi.

Dimitrie Cornescu coborî capul în piept. Avea să-i numere... Frănculeții. Își scoase redingota cu gesturi obosite și își puse dulama groasă cu care lucra în șopron.

Cucoana Anthița își îndreptă scufia și dădu năvală în iatacul fetei.

— Usucă-ți ochișorii, Masincă... Tac-tu a trecut în șopron... Zic să gătim astă-seară, că mâine dimineață suntem în târg... Ci lasă păcatelor de smiorcăială, cobești a necaz, nu zău... A rămas niște carne de ieri... Facem o tocăniță...

Fata se ridică din pat și își îndreptă părul la oglindă, cercetându-se cu ochi plânși. Coana Anthița rosti generoasă:

— Lasă, draga mamei, că ești și tu frumușică destul...

Cucoana Catinca Rosetteasca părăsi Ruginoasa cu fălcile zdruncinate de mânie și profețind Elenei jale, faliment și pierzanie. Mânia îi era sporită și de aceea că îi ținuse piept pentru cea dintâi oară și cu necunoscută îndărătnicie, împotrivindu-i-se până la capăt.

Când sania pieri pe porțile parcului, Elena Cuza și Zoe Manta răsuflară ușurate. Zoe, cu îngăduinți de prietenă veche, binecuvântă drumeții, dar tot slobozi obida:

— Nu, că prea-i din cale-afară de asupritoare și cucoana Catinca!

Doamna oftă și porunci de îndată foc în toate încăperile castelului.

— Mă disperează ca la mine în casă să nu folosesc toate odăile. Dacă aș putea să mă rezumez doar la patru-cinci cămări, ar însemna că n-am nevoie de celelalte.

Cât ai clipi, se auzi toporul robotind harnic în curtea din spatele castelului, iar slugile, scăpate de hățurile coanei Catinca și cunoscând blândețea Doamnei, trebăluiau vesele, întrecându-se a-i împlini orice ar fi poftit.

Cu o broboadă scumpă pe umeri, Elena stătea într-un jilț, lângă cămin, privind ațintit flăcările care zvârcoleau limbi albastre și roșii.

Cercetându-i făptura colțuroasă, nemișcată, Zoe își zise că seamănă cu o statuie. O statuie a durerii cum văzuse ea în Italia, la Villa Borghese. Aceeași încremenire, aceeași resemnare născută din neputință, dintr-un simțământ de zădărnicie. Destinu-i neclintit, își croiește singur albia, nu-l răsucești după voie, după cum nu întorci ziua de ieri.

— Câte ceasuri să fie? întrebă Doamna, deși micul orologiu se afla pe polița de marmură a căminului. Parcă i-ar fi fost silnic să-și ridice privirea.

— Acuși bate de 6.

— Ce repede se întunericește iarna! Pe o parte îi bine... Ziua trece mai repede.

Zoe Manta înfipse acul în gherghef și se așeză de cealaltă parte a căminului, în fața Doamnei.

— Cât gândești să veghem în sihăstria aceasta, Elenuță?

Doamna își ridică privirea adâncă, neguroasă:

— Ți-i urât, Zoe... Ai dreptate. Cât sunt de egoistă să te țin aici, în pustietate, lângă mine.

— *Tu sais bien! Il ne s'agit pas de moi*[1]... Și iartă-mă, dar nu-l înțeleg deloc pe Cuza. Dintâi se împotrivește, și pe bună dreptate, să te pornești la drum, iar acum îți poruncește să înduri iarna de la Ruginoasa. N-are nicio noimă, zău așa!

Elena Cuza surâse nesigură:

— Nu-mi poruncește. Mă îndeamnă doar să chibzuiesc, să cântăresc îndelung și să hotărăsc. Se va supune întru totul deciziunii mele. Și aceasta o pot face în deplină liniște și singurătate, departe de camarilă și coterii, de influențe streine. Mai ales acestora din urmă mă roagă să nu mă supun. „Viitorul nostru e în mâinile domniei tale, Elenă."

Zoe Manta, deși blândă și stăpânită, sări în picioare:

— Atunci, alung-o imediat pe mizerabila ceea de Obrenovici!... De vreme ce-ți dă mână slobodă, nu văd la ce mai stai pe gânduri!

Doamna zâmbi:

— Te prefaci a nu înțelege, Zoică. Sunt liberă să hotărăsc asupra despărțeniei noastre, nu s-o alung pe această femeie, carele, mai norocoasă decât mine, i-a zămislit doi prunci.

Zoe Manta încercă să nu se dea înfrântă:

— Norocoasă, dar compromisă! *Ses enfants – des pauvres bâtards*[2], iar ea, vorba slugilor, o țiitoare!

— Dar princiară, zâmbi slab Doamna.

— Tot țiitoare! Cât despre separațiune! E prima oară că vii cu asemenea idei! Cred că nu vorbești serios.

Elena Cuza clătină capul:

---

[1] „Doar știi! Nu-i vorba despre mine" (lb. fr.).

[2] „Copiii ei – niște bieți bastarzi" (lb. fr.).

— Mă gândesc de mult la această soluțiune. Căsnicia noastră nu este și n-a fost niciodată ceea ce ar fi trebuit să fie. Merită să corijezi o greșeală, chiar dacă-i oleacă târziu...

— Eleno, se sperie Zoe, ți s-au fost tulburat mințile! Ce obții separându-vă? Însăși religia noastră creștină se împotrivește despărțeniei. Nu-i îngăduit omului să desfacă ce a legat pentru vecie Dumnezeu!

Doamna râse scurt, arătându-și dinții mărunți.

— De aceea dă Vlădica atâtea dezlegări pentru despărțenii?

— Vlădica! La o urmă, și acela-i doar un om și nu odată a călcat canoanele. Și-apoi, gândește-te la scandal, Elenă! Ce pildă dați voi, prima păreche a Principatelor, întregii țări? Sunt lucruri care nu se fac...

— *Mais si, ça se fait parfaitement!* Ce-a făcut mai acum douăzeci de ani Bibescu? S-a lepădat de Brâncoveancă, a despărțit-o pe Marițica Văcăreasa de Ghika și s-au cununat cu un fast de-au speriat Bucureștii!

Zoe Manta avu un gest de silă:

— Bibescu, geambașul acela!

— Era ori nu Domn al Țării Românești? Așa că, draga mea, dintr-acestea se fac mereu și se vor mai face.

— Nu te poți înjosi într-atâta, Elenuță. Nu-ți e îngăduit să intri în gura plebei și a mișeilor! Să te sfârtece mahalagiii și precupețele, să faci din drama ta o distracțiune publică, să înceapă să bată telegraful în toată Europa scandalul de la Curtea domnească a Bucureștilor! Gândește-te, Elenă, gândește-te bine, te conjur!

Doamna oftă adânc.

— M-am gândit într-atâta, încât am ostenit... *L'éclat!*[1] Da, e teribil, mă înfior, dar, după o vreme, lumea uită. Se întâmplă alt scandal, și interesul oamenilor se epuizează pentru cel vechi, foarfecă alte vieți, alte biete făpturi omenești. Și tu...

Se întrerupse și își mușcă buzele subțiri, fin desenate, dar reci, fără viață.

— Eu, ce? făcu Zoe. Nu-ți curma vorba. Te-ai gândit la Manta, nu?

— Iartă-mă, draga mea prietenă, spuse Doamna aplecându-se și prinzându-i cu afecțiune mâna. N-am vrut să stârnesc suvenire care știu că te dor.

Zoe Manta își scutură zulufii de pe frunte:

— Nu mă mai dor, și ție ți-e îngăduit orice. Voiai să spui că și fuga lui Manta a fost la vremea sa un scandal. Și că și acela s-a uitat. Eram însă tânără și altfel îndură junețea. Iar de uitat nu s-a uitat. Fii încredințată, Elenă, că ori de câte ori întorc spatele ori se grăiește despre mine într-un salon, „titlurile" mă însoțesc ca într-o carte de vizită: „ceea lepădată de bărbat", „fimeia pe care o părăsit-o Manta ca pe o păreche de ciubote netrebnice", „văduvoaia fără răposat" și alte asemenea. Oamenii-s necruțători și, de dragul unei vorbe de haz, te sfârtecă fără milă. Succesul unui *mot d'ésprit* contează mai mult într-un salon, și-ți asigură mai multă considerațiune decât dacă ai înzestra o duzină de orfane sărace.

Elena Cuza ridică din umeri a neputință:

— Aceasta-i lumea, Zoică. Și să ne naștem a doua oară, în altă lume, nu stă în puterea noastră s-o săvârșim. Nu-i sunt de niciun folos lui Alecu și nu voi să-i fiu piedică. Alt soi de soață

---

1 „Scandalul!" (lb. fr.).

i-ar fi stat bine alături, cu alte însuşiri. Soarta m-a voit Doamnă, dar nu m-a şi croit astfel.

— Dacă soarta te-a hotărât principesă, supune-te!

Elena Cuza zâmbi stins:

— Poate că acum s-a răzgândit.

Afară se auzeau lupii urlând. Doamna şopti cu gândul aiurea:

— Se lasă iar cu viscol...

Baroana Lelia de Gunsbourg primea lume în fiece joi, după terminarea spectacolului - era o mare iubitoare de teatru şi operă italiană - oferind oaspeţilor, ale căror echipagii umpleau curtea caselor din Fântâna Roşie, un supeu rafinat.

La aceste sindrofii invitaţii se împrăştiau prin saloanele mari, grupându-se după vicii şi preferinţe. Jucătorii de cărţi - patimă adusă în Principate la începutul veacului de ofiţerii lui Kiseleff şi devenită molimă - ocupau două încăperi. În salonul cel mare, conduri de atlas şi botine cu glanţ zugrăveau în arabescuri de o clipă polca, cotillonul sau cadrilul; vârstnicii, oameni serioşi - pântece, ceafă, pleşuvie şi gută - comentau ultimul discurs al Kogălniceanului, pamfletele din *Românul* şi *Steaua Dunării* şi alte daraveli politiceşti.

Favoriţilor, baroana le acorda câte un sfert de ceas de *tête-à-tête* într-un salonaş mai retras, cu privelişte spre sala de bal.

Poetul Vasile Alecsandri îşi plimba ochii prin încăpere, apreciind-o ca un cunoscător. Om al epocii sale, boierul din Mirceşti gusta luxuriantul decoraţiunii, risipa de ţesături scumpe, caşmiruri, damascuri şi brocarturi, şalurile indiene şi de Damasc azvârlite şi pretutindeni aninate, abundenţa de mobilă grea, plouată cu intarsuri şi ciorchini grei de aurărie.

Se aflau singuri în salonaș, fiind miercuri. Poetul urma să plece la Paris, și Lelia de Gunsbourg îi acordase favorul unui rămas-bun intim.

Într-o rochie de catifea grea, cenușie, cu horbota bogată de Valenciennes și claia de bucle ruginii strânse în spelci à la Mademoiselle de Fontanges, ibovnica lui Ludovic al XIV-lea, amândoi de mult statorniciți în lumea umbrelor, baroana îi semăna poetului cu o floare înväpăiată. Îi sărută mâna galant și i-o spuse în stihuri, ațintind-o cu privirea strălucitoare:

— „Ești frumoasă, doamna mea, dulce-ncântătoare / Ca o floare vie, căzută din soare. / Lumea-namorată și de doruri plină / Te slăvește în taină ca pe o regină."

Lelia își dădu capul pe spate și râse gâdilată:

— Fermecător! Poete, ești o adevărată primejdie! *Entre nous*... Ți-a rezistat vreo cucoană până acum?

Alecsandri continuă să zâmbească:

— Iacă socoteli pe care nu le-am făcut. Știu doar că, la urechile zânei răutăcioase din carele aș fi dorit să-mi fac pe veci stăpână, suspinele mele n-au ajuns.

Baroana râse cochet:

— Cum?! Un poet ca dumneata n-a știut să-și tălmăcească simțămintele?

— Marile simțăminte ucid inspirațiunea.

— *Tiens!* Eu știam că dimpotrivă, și așa crede toată lumea.

— Cei care nu fac stihuri, poate...

Lelia începu să se joace cu ciucurii de aur ai cingătorii. Îi îndreptă o privire vicleană:

— Și, în consecință, suferi? N-ai deloc figură de înamorat înfrânt. *Chagrin d'amour*... Nu-ți seamănă deloc.

Alecsandri se lăsă pe spatele jilțului și oftă adânc:

— Aceasta-i marea mea nefericire, scumpă baroană. Nimeni nu-mi dă crezare, mă confundă cu gâzele de aur, cu veselii clopoței de argint și fluturii jucăuși din stihurile mele...

— Chiar și eu?

Poetul surâse, amabil, gentil, râzându-și parcă de el și de toate:

— În primul rând, domnia ta.

O cascadă de râs zgudui făptura baroanei.

— Te pomenești că eu sunt zâna cea răutăcioasă! Oh! *Menteur!* Dar ce importanță are, de vreme ce minți fermecător...

Poetul schiță din jilț o reverență:

— V-am spus, scumpă baroană, că nimeni nu-mi aude vaietul inimii. Mi-a rămas resignațiunea.

— Și... te-ai resignat?

— *Perseverare diabolicum*, spuneau străbunii noștri romani. Eu socot totuși că în viață există și porți inexpugnabile... De aceea, plec!

Baroana râse:

— Mă iei drept o codană, poete? Pleci pentru că te trimite Vodă în misiune la Paris, nu pentru că tânjești în București oftând de inimă albastră.

Alecsandri își ridică ochii în tavan:

— Din păcate, e prea adevărat!

Izbucniră amândoi în râs și conu' Vasile îi sărută din nou mâna. Lelia de Gunsbourg deveni visătoare:

— Cât te invidiez! Riviera, Nisa, Mediterana...

Ochii poetului sclipiră:

— Mediterana! Vechea mea dragoste! „Nimic nu e mai frumos, mai atrăgător, nimic nu absoarbe gândurile cu o mai deplină încântare ca privirea acelei întinse albăstrimi a Mediteranei..."

— Ce minunat ai exprimat simțământul meu! Când sunt pe Riviera, încerc exact aceleași emoțiuni.

Alecsandri își căută locul în jilț:

— Lăsând șaga, baroană, ce te împiedică să faci un voiaj, *à la recherche du soleil*[1]?

— Nu mă încumet pe asemenea vreme să călătoresc. Și, dacă totuși m-aș încumeta, interesele mă cheamă la Paris.

— Paris! Îmi pare sincer rău pentru dumneavoastră, baroană. Eu unul nu am încotro, silindu-mă slujba, dar Parisul la astă vreme e terifiant. Mi-a rămas mai cu seamă tipărită în minte o seară urâtă, o seară rea, o seară neagră ca păcatul greu...

Ochii poetului cercetau amintirea:

— Locuiam la un otel englezesc pe malul Senei... Stabilimentele ținute de englezi sunt mai confortabile decât cele pariziene, iar de curățenie... Începu să râdă. Cred că francezii au un singur vrăjmaș: săpunul...

— Așa e, râse baroana. Croitoreasa mea, Mlle Legrand - cunoști *la maison de haute couture* din rue de la Paix - îmi istorisește de fiecare dată că, spre rușinea ei, trebuie să admită că, dintre toate clientele, francezele au *dessous*-urile cele mai neîngrijite și subsuorile cele mai rău mirositoare...

Sensibilul Alecsandri, rafinat și imaginativ, avu o schimă de silă și își duse batista parfumată la nas.

— O, iartă-mă! Sunt amănunte oribile, dar în focul discuției... Te rog, urmează-ți povestirea!

---

1 „În căutarea soarelui" (lb. fr.).

Poetul dădu din mână:

— Nu-i mare lucru de spus... Simple impresiuni, vedenii de coșmar. De la ferestrele mele nu zăream decât un ocean de aburi sub care zăcea Parisul înfundat și înecat, căci fanarele nu dădeau decât o lumină palidă ce mărea grozăvia întunecimii... Treceau umbre de trăsuri, umbre de oameni, umbre de călăreți care apăreau și dispăreau producând o fantasmagorie dintre cele mai curioase. Copacii desfrunziți se înșirau ca niște schelete negre cu brațele ridicate spre cer și implorând o rază de soare... Deodată!...

Baroana se aplecă și-i prinse mâna, cu sufletul la gură:

— Ce?! Ce s-a fost întâmplat?

Alecsandri, chip sumbru, glas sumbru, ridică brațul cu gestul cunoscut al vestitului comediant Comino:

— Deodată, un strigăt năprasnic înjunghie noaptea!

Lelia scoase și ea un țipăt ușurel și își duse mâinile la gât.

— *Mon Dieu!* O crimă!

— Apoi... s-a auzit un al doilea răcnet... Și mai teribil!

— Pentru Dumnezeu, încetează! Am palpitațiuni. Deci, ai asistat la o crimă!

— Dimpotrivă! Măgărița cumetrei Michon, din vecini, fătase, iar *monsieur l'âne* se bucura.

— Cum?

— Simplu. Răgea.

Lelia își dădu ochii peste cap, iar degetele gingașe pianotară pe dantela de la piept:

— Afurisitule! Văd bine că știi să produci emoțiuni... Când ai de gând să te pornești la drum?

Poetul își mângâie mustața groasă. Rămăsese subțirel, în ciuda vârstei, căci la patruzeci și doi de ani nu se mai putea numi tânăr, talia avea grație, poziția, cu cotul rezemat leneș de brațul jilțului, era plină de eleganță, piciorul se deslușea fin în gheata din piele de Rusia. Alecsandri făcea figură bună în cele mai pretențioase saloane ale Europei. De altfel, gândi baroana, nu putea fi decât seducător un bărbat primit de cele mai proeminente personaje ale vremii sale: împăratul Napoleon al III-lea la Paris, Victor Emanuel la Torino, Cavour... Tot la Paris, întreținea relațiuni cu protipendada artistică, literații Canini, Angelo de Gubernatis, Veggezzi-Ruscalla, Domenico Muti...

Suspină fără a lua seama: *Dommage qu'il est chauve*[1]...

— Oftați, baroană?

Lelia zâmbi și spuse altceva:

— Da... Mă gândeam că toată lumea interesantă pleacă... Arnăutu - la Roma, junele Ghika e în Schwitzera... Acum dumneata...

— Exagerațiuni, zâmbi măgulit poetul... Farmecul Bucureștilor nu stă în trei personaje... Mai sunt atâția alții...

Baroana făcu botișor:

— Cine? Dă-mi un singur exemplu!

— Nenumărate. Începu să caute: Să zicem Iorgu Pătrașcu...

— Parvenitul acela! *Merci!* Credeam că merit mai mult!

— Manolache Ghika, un bărbat cu mult spirit...

— Gros ca o balenă. Mă indispune!

— Atunci Vic Sturdza... Are chic și e un rezistent dansator.

— Paiață!

— Sunteți nedreaptă, râse Alecsandri. Lui Ionică Miclescu ce cusur îi mai găsiți?

---

[1] „Păcat că e chel..." (lb. fr.).

Continua să zâmbească, pe chipul perfect ras nu se citea nimic altceva decât jovialitate, expresia de salon unde se poartă conversaţiuni graţioase, uşurele, flirt de amabilităţi. În spatele măştii însă îi pândea reacţiile, atent la cea mai sensibilă tresărire a căutăturii.

Lelia păru o clipă descumpănită. Îl privi dintr-o parte, clipind doar mai des:

— *Monsieur* Miclescu... Îi sunt recunoscătoare, mi-a adus-o pe Kio, dar, pe Dumnezeu, alt merit nu-i găsesc. *Un poupon*[1] cu fizionomie de îngeraş.

Alecsandri îşi desenă pe chip cea mai izbutită expresie de nedumerire, apoi izbucni în râs:

— Miclescu *un poupon?* Cea mai extraordinară anecdotă pe care am auzit-o!

Baroana încruntă sprâncenele fine:

— Ce e de râs?

— O, continuă Alecsandri pe acelaşi ton, am să i-o istorisesc şi lui. O să-i placă! Miclescu, Don Juanul temut de toţi bărbaţii cu neveste tinere şi arătoase din Principate... Da, da, *chère madame*, chiar din Principate! Căci Ionică îi pogorât din Moldova doar de puţini ani... Miclescu-Casanova, căruia cocoanele noastre cu fete de măritat nu-i deschid salonul, ferind inimioarele şi cinstea odraslelor! Miclescu, de dragul căruia două dame s-au sinucis, iar altele, nu mai ştiu câte, şi-au părăsit căminele! Miclescu, zic dară, un *poupon!* Un îngeraş! *Vraiment ça c'est plus fort que tout!*[2]

---

[1] „Prunc dolofan“ (lb. fr.).

[2] „Asta-i mai tare ca toate“ (lb. fr.).

O grimasă aproape insesizabilă strâmbă într-un colț gura Leliei. În ochi i se citea atenție încordată; fără să-și dea seama degetele mâinii stângi cântau la clavir pe brațul canapelei.

— Este desigur una din glumele dumitale obișnuite, Alecsandri! Râse: Nu cred nimic din ce mi-ai înșirat!

Poetul avu un gest incert: „Cum vrei!"

— Eu sunt cel mai surprins... În București, acest *curriculum vitae* sentimental - ridică arătătorul subliniind - doar *resumé*, a devenit un fel de secret al lui Polichinelle... Este folclor, isprăvile lui, puse în romanțuri de lăutari, storc lacrămi în toate mahalalele!

Lelia de Gunsbourg îl priveaațintit, de parcă ar fi încercat să cântărească: Glume? Născociri? Care-i scopusul? Poetul se întrebă, la rându-i, vag îngrijorat, dacă nu manevrase nedibaci, prea înălțându-l pe Miclescu în Olimp, megieș cu Apollo și Paris, un Hercule al alcovurilor îndantelate...

— În definitiv, ce urmărește Casanova ăsta al dumitale, de care - mă faci să mă rușinez - n-am auzit?

Alecsandri râse:

— Nu el urmărește, scumpă baroană. E urmărit...

— Aha! făcu baroana ațâțată. Iar el rămâne nepăsător dinaintea atâtor inimi răpuse?

— Nepăsător! *C'est une façon de parler*[1]. Nu poți trece pe lângă o floare frumoasă fără să încerci tentațiunea de a o culege. Iar la celălalt colț de uliță surâde și îmbie alta și mai frumoasă.

Lelia de Gunsbourg redeveni dintr-odată vioaie și zâmbi cochet. Poetul o urmărea cu ochi plini de căldură și sinceritate, zicându-și că baroana cârmește brusc, schimbându-și politichia.

---

[1] „E un fel de a vorbi" (lb. fr.).

— M-ai făcut curioasă... Da, da... Chiar foarte curioasă.

Alecsandri îi îndreptă privire lungă:

— De mi-e îngăduită întrebarea, aveți de gând să-l seduceți?

Baroana îl privi sfidătoare:

— *Pourquoi pas?* Tot mă plictisisem în Bucureștii aceștia mohorâți... De ce taci? Nu mă crezi în stare să cuceresc un mic dâmbovițean cu succese de duzină?

Poetul surâse îngăduitor:

— N-aș numi succes de duzină o prințesă a Casei de Bavaria, o contesă italiană sau o fiică a Romanovilor, printre altele...

Abia se stăpâni să nu-și muște buzele. Prea îl umflase pe bietul Miclescu, trecându-i la răboj odraslă din târla țarilor. „Dacă mai vâr și Bizanțul, îmi rămân doar Fenicia și Cartagina!" O cunoștea însă prea bine pe baroană, îi plăceau numele zornăitoare, îi zvâcnea întreaga făptură doar adulmecând aromă de steme și coroane.

— Nu mă tem de legende! râse baroana, și ochii îi sclipiră, întunecând solitarii din urechi. Și mai gândesc că, în ochii domniei tale, n-am prea mare preț.

Alecsandri se grăbi să-i sărute mâna:

— Ce nedreptate îmi faceți, scumpă baroană! Pentru mine sunteți *la donna assoluta*, mai frumoasă ca luna care vă luminează, de-a dreptul magnifică.

Lelia i-o reteză aproape mânioasă:

— Oprește orchestrul de complimenturi! Ce-ai vrut să-mi spui?

— Să vă pun doar în gardă, scumpă prietenă. Amicul Miclescu este inexpugnabil, deoarece inima lui, întreaga sa ființă sunt dăruite pe vecie altei femei, iar cheia de la alcovul acestei alte femei n-o va avea niciodată. Iată pricina pentru care n-o poate uita.

Violența ambițiunii, orgoliul, curiozitatea lacomă transformară chipul diafan al Leliei într-o torță arzândă:

— Cine-i femeia?

Alecsandri păru încurcat:

— O știm doar câțiva amici intimi.

— O voi ști și eu!

Poetul avu un gest de neputință:

— Mă dau înfrânt, domniei voastre nu-i poate rezista nimeni.

— Aceasta vom vedea! Cine-i?

Boierul din Mircești rosti răspicat, după clipă cântărită cu socoteală:

— Înseși prima damă a Europei, Eugénie Maria de Montijo de Guzman, contesă de Teba, soția celui de-al III-lea Napoleon, împărăteasa tuturor franțujilor...

— Și așa mai departe! ridică din umeri baroana.

Era impresionată, dar știa să se stăpânească. Alecsandri, cu coatele rezemate în brațele jilțului, își împleti degetele cu aerul celuia care, la toate cele spuse, socoate că nu mai e nimic de adăugat.

— Ciudate gusturi au bărbații, vorbi ca pentru ea singură Lelia. Nu zic, Eugenia nu-i slută. Dar umerii aceia prăbușiți până în dreptul sânilor... În loc de o pereche, par două... *En fin!* Am clevetit destul despre acest *monsieur* Miclescu. Să-i dăm pace în adorațiunea lui depusă la piciorușe împărătești... *À propos*, am auzit că are o *pointure*[1] de grenadir voinic... 41? 42?

---

[1] „Număr la pantof“ (lb. fr.).

— Sunteţi scânteietoare, râse Alecsandri... Dar mi-e teamă că v-am răpit prea multă vreme de la graţioasele dumneavoastră îndeletniciri.

Baroana se ridică zvârlugă, fulg de păpădie. Strălucea din nou, zâna încântătoare, vioaie, delicios de spontană, pe care o admira tot Bucureştiul.

— Mi-ai făgăduit ceva pentru album!

Vasile Alecsandri se înclină adânc:

— Onoarea e a servului.

Fără a aştepta inspiraţiune, aşternu pe pagina cu muchii aurite din condei zornic:

Adio, rămâi ferice!
Şterge din inima ta
Pe cel ce adio-ţi zice
Deşi-n veci nu te-a uita.
Te-am iubit cu dor fierbinte
Ş-astfel te iubesc, că vreu
Să văd stins din a ta minte
Întreg suvenirul meu!...

8

Nae Dumitrescu, ipistatul de la Roșu, dezmierdat de nevastă-sa, coana Lisaveta, Piculeț – „Atâta măsoară dumnealui, Dumitrescu, doi coți și un pic" – se trezi de dimineață cu socotelile făcute.

„Ai să mi-l scoți pe flașnetar din pământ, din iarbă verde, de unde îi ști..."

„E simplu, don' căpitane! Dacă cetățeanu-i din breaslă, adicătelea silit să plimbe minavetul ca să scoață de o pâine, îl dibui lesne la Grădina cu cai! Acolo țin vad toți milogii – floricele, castane coapte, bragă, acadele, bigi-bigi – de-și zic micul comerț. Sâmbăta morților nu-i, că mergeam la Moși, nici vară, ca să-l cercetez în Cișmigiu. Una la mână! A doua la mâna ailantă, dăm cu un presupus că insu-i iscoadă și face conspirațiune. Atunci flașneta și insecta trebuie ca să ne inducă în eroare, cum ar fi o costumațiune de bal masché! Și iarăși atunci ăsta, vreau să zic delinventul, îi doar corier, nici că-i pasă de vânzare, deverul lui e, mă înțelegi... Cestiunea-i că degeaba bat ulițele, ăla se prezentează la ceas și loc de pe cum au luatără, cum să zic, înțelegere..."

— Ce faci, nene, vorbești singur? Nu ești sănătos la ceafă!

Coana Lisaveta puse tipsia pe masă și se cruci de Doamne ferește! Ipistatul răscoli blidele cu privire lacomă. Castronul cu ciorbă aromea îmbietor, în tigaie mai sfârâiau încă jumările și cârnații. Mânca țeapăn de dimineață, căci „omul știe când pleacă, dar întorsul doar Dumnezeu îl hotărăște, iar pe stomahul gol funcțiunile, cum să zic, nu funcționează..."

Muierea se rezemă de sobă cu mâinile încrucișate sub șorțul de nanchin. Îl mânca din ochi, dar nu se arăta: „Bărbatului să nu-i cauți în coarne, că după aia umblă el după măciucă la altă catrință..."

Întrebă morocănoasă:

— Mai vreai, bre?

Ipistatul își umplu o bărdăcuță cu țuică galbenă, uleioasă, și o răsturnă pe gât cu o mișcare bruscă.

— De-un combustibil, mă-nțelegi! A revedere să dea Dumnezeu și sărut mâinile, coană Lisavetă.

— Zăbovești mult?

Nae Dumitrescu își încheie bunda cu un aer preocupat.

— Vezi dumneatale, ăsta-i un ce la care nu poa' să răspunză nimenea!

— Atunci umblă sănătos...

Pe drum - dimineața încă mai trudea să spele văzduhul de negurile nopții - Dumitrescu își cumpără tutun și foiță de țigară.

„Deci", recapitulă el, „degeaba bat ulițele, mă duc de-a dreptul la soluțiune. Adicătelea, la tiparniță, don' căpitane", i se adresa în gând lui Cantuniari care, probabil, la ceasul acela se mai afla cu nasul în plapumă. „De ce tiparniță? Iar e simplu! Delinventul își rostuiește de undeva oracolurile... Am planeta lepădată de cucoană?... Am! Cestiunea-i rezolvată!"

Cele mai însemnate tipografii din București, inventarie Dumitrescu, erau cele ale lui Ispirescu, Conduratu și Göbl. „Dar ăștia-s firme serioase, mă-nțelegi, nu se țin de fleacuri... Cercetez dintâi la ăi mai sărmani, ca alde Weiss ori Cucu..."

La *Slova gintei latine*, o maghernită pe ulița Gabroveni, îl întâmpină însuși patronul, jupân Weiss, un omuleț roșcovan, cu chipul plouat de pistrui. La vederea ipistatului, se îndoi în nenumărate temenele, iar de atâta zâmbet, fața i se umplu de crețuri.

„Ai zice că ăsta moare de fericire", își zise ipistatul, „parcă l-ar fi găsit pe fra-su!"

— Să trăiți, domnu' comisar, ce onoare! Se adresă unui ucenic, un clăpăug de vreo doisprezece-treisprezece ani. Măi, băiete, șterge scaunu' lu' don' Dumitrescu...

„Hm! Ovreiu-i iscusit, îmi cântă la dairea", zâmbi ipistatul totuși gâdilat...

— Ei, cum merge afacerea, domnu' Weiss?

Tipograful bătu superstițios în lemn:

— Mai mult stă decât merge, concurență mare, dar se poate și mai rău.

— Că vorbiși de concurență... Trecui înainte pe la Cucu. Ține închis, ce-i cu el?

Jupân Weiss își prinse capul în mâini, parcă îngrozit:

— Don' comisar, Cucu ăsta-i așa un fel de om, că eu n-am văzut așa noroc! Când îl cauți, e în sărbători! Așa un Dumnezeu mi-ar plăcea și mie... Șase duminici pe săptămână și pe urmă intră în Crăciun ori Paști, ori joia verde, albastră sau galbenă...

— Ce spui, dom'le?! se miră Dumitrescu. Chiar așa?

— Paroldoner! Eu i-am zis, domn' Cucu și nene Ilie... Eu nu mai pot de mușteriii matale! Bună ziua, ori seară bună, toți la mine, la ușă, că unde-i Cucu? Când deschide, un' s-a dus, când se întoarce? Unde-i marfa? I-am zis, domnu' Cucu, pune un aviz, să știe clientul cum și ce fel...

— Ei, și?

— „Bine, jupâne", zice, „pui aviz..."

Tipograful se opri privindu-l drept în ochi pe ipistat.

— Parcă nu văzui aviz... își aminti Dumitrescu.

Ovreiul izbucni:

— Păi, cum să-l vezi? Știi matale ce-a făcut banditu'?! L-a agățat așa de sus, că acum vin mușteriii să-mi ceară o scară, ca să-l citească.

Nae Dumitrescu râse cu poftă:

— Ei, lasă că le mai aranjezi și dumneatale! Și, la o urmă, ce-ți pasă? Doarme Cucu, saltă deverul lui Weiss.

Tipograful dădu scârbit din mână:

— Așa dever cât îmi pică mie de la Cucu, dușmanii mei să aibă! De bogăție îmi iese părul prin căciulă...

— Asta-i negustoria... conchise Dumitrescu filosofic. Ascultă, domnu' Weiss, am venit să mă înconversez cu dumneata într-o cestie gravă. Te știu om serios.

— Serios, domnu' comisar, d-aia nu-s mai procopsit.

Ipistatul păru mulțumit de răspuns. Își deschise carnetul cu coperte negre și scoase cu două degete oracolul aruncat sau poate pierdut de Lelia de Gunsbourg.

— Ăsta-i din prăvălia dumitale?

Tipograful apucă planeta și o îndepărtă mult de ochii încrețiți de efort.

— Bătrânețea, domnu' comisar... Uite, nu-mi mai ajunge mâna...

— Domnu' Weiss, nu încerca să câștigi timp... Mai acum o lună ceteai prea bine și te-am văzut lucrând fără ochelari... Da ori ba!

Patronul rosti atins:

— Don' comisar, dar așa, de un secret profesional, mata ai auzit?

Nae Dumitrescu zâmbi larg:

— Știi că ești crohmolit, jupâne?! Mă luași ca la Universitate, secreturi profesionale. Da' de o tipografie închisă pentru caz de materiale conspirative, care bat în guvern și domnie, nu-i așa, mata ai auzitără?

— Am auzitără de la musiu Kogălniceanu de libertatea presei, răspunse Weiss, colțos și important.

Ipistatul se prăpădea de râs:

— Te ții de mucalitlâcuri? Ce jornal serios scoți dumneata? Ce gazetă națională? Mă și întreb la ce mai ții dugheana asta!

Jupân Weiss se roși, jignit până în adâncul inimii:

— Și dacă eu vreau s-o țin așa, de o frumusețe, ai mata ceva contra?

— Nu te aprinde, jupâne, vorbesc în enteresul dumneatale. Planeta s-a fost tras aici, în tiparnița Weiss.

— Ei, și?

— Persoana e sub acuzațiune de conspirație. Dumneata, dacă-o acoperi, ești, pardon, carevasăzică complice și carevasăzică trădător. Și, la caz de trădare, trebonalul nu se uită la rușfeturile dumitale, nu te scoate din putină nici musiu Costa-Foru, ăl mai advocat, și te văz – cum mă vezi și cum te văz – tăind sare la ocnă, cu drept de vizită odată în an, de nu te lasă madama Weiss pentru minte şi chimir mai procopsite. Cine-i persoana?

Weiss căscă ochii mari:

— Care persoană?

Ipistatul se ridică oţărât:

— Domnu' Weiss, eu te-am tratat, nu-i aşa, indelicat şi cu pardon, dar văz că dumneata nu cunoşti la manieră, şi-mi treci cu ibişirul pe sub nas. Cum care persoană? Flaşnetarul cu planetele trase de dumneata...

Weiss, muiat, bombăni ceva despre oamenii care nu vorbesc de-a dreptul şi răspicat şi începu să răsfoiască un registru ferfeniţit.

— Are un papagal scurtat de un deşt, îl ajută Nae Dumitrescu.

Lui Weiss îi sări muştarul:

— Da' ce crezi matale, că eu stau să număr deştele de la toate dobitoacele de pe uliţă?!... Ăsta-i!

— Care?

— Unu' Tase Pandele.

— Domiţiliu! Adică, nu-i aşa, unde-şi are casa?

— Am auzit şi noi de domiţiliu... Pă uliţa Franţeză, la optişpte bis.

— Alta mai ştii?

Weiss se uită capiu la ipistat, apoi se hlizi:

— Da! Îi place marinata de stacoji şi izmana prăzulie. Iu nu fac poliţie cu muşteriii, don' Dumitrescu. Asta-i slujba dumitale... Ce are Dumnezeu cu mine eu nu ştiu! Parcă pot să ştiu? Clienţi, gologani nu-mi trimite, dar mă plouă, în schimb, cu persoane şi întrebări fine! Aşa de fine, că nu înţeleg nimic. Şi tu, se adresă clăpăugului, nu te uita la mine, ca să înveţi cum se prăpădește bunătate de timp și se pierd parale! Ci mai stai? Sta-ți-ar norocul!

Casa de pe ulița Franceză la optsprezece bis era fățoasă, arătând oarece dare de mână. Avea zid de piatră, acoperiș cu țiglă roșie, o curticică îngrijită, iar la ferești, perdele bogate trudite cu iglița.

Chiar peste drum se afla Cafeul chantant al lui Pațac. Stabilimentul avea artiste – patru cântărețe germane în fustulițe tiroleze de două palme – și era mult frecventat de chefliii Bucureștilor. Aici, de pildă, petrecea în fiecare seară dimpreună cu câțiva prieteni Pantazi Ghika, fratele lui Ion Ghika, un bine-cunoscut al boemei bucureștene, mare iubitor de bere, crenvurști cu hrean și cuplete cântate în nemțească.

Și tot aici se înființă spre orele prânzului Barbu Cantuniari, gândind să se familiarizeze cu meleagul – mișcările casei cu numărul optsprezece bis, obiceiuri, locatari și vizitatori – din spatele ferestrelor late ale cafenelei.

În local – puțini mușterii, deverul lui Pațac începând odată cu înserarea. Altfel, casa părea liniștită, cu obiceiuri bine statornicite și o slujnică, femeie trecută de prima tinerețe, dar – i se păru lui Barbu – strașnic de robace. Într-un singur ceas, o văzuse întorcându-se de la piață încărcată catâr, apoi rânind zăpada din curte și spărgând lemne și, în sfârșit, deretecând cu nădejde în odăile din față.

Stăpâna se lăsase zărită doar câteva clipe în camizol și scufă de noapte cu bogăție de panglici și horbotă. Din informațiunile culese de ipistat, știa că se numește Eleonora Ionescu, văduvă de comersant – răposatul lucrase în marochinărie și galanterii – rentieră; ca să nu moară de urât în cogeamitea hudubaie, închiria două odăițe. Toate acestea le aflase ipistatul de la vardist și din vecini. Pe persoană n-o contactase însă, respectând dispozițiile lui Barbu. De domnul Tase nu se știa mare lucru, deoarece coana Eleonora îi închiriase de curând. De mirare însă că un ifiifliu din ăsta de bătea ulițele cu papagalul avea parale pentru casă cu lux, fiind bine știut că Ioneasca era lacomă la chirie mare, dar dacă e să vorbim cu dreptate, are și pă ce să pretinză: odăi călduroase, procopsite, te 'năbuși de scorțuri și perini, atenansc bune... Alteia i-ar fi și frică să-și vâre în casă un coate-goale – feri-ne, Doamne! îi mai vâră într-o noapte mâna în gât s-o scuture de parale și ce icusari și mahmudele o fi ținând în ladă... E femeie de coraj, îi plac covrigii calzi și ghiu-demul la o halbă fără guler... De măritiș să n-auză, e păcat că n-o să tot aibă treij'd-ani, dar nici așa să bagi femeia cu sila în biserică, ca să ai dup-aia ce umbla pe la dicasterie după despărțenie. Și, la un adică, de ce să nu pretinză, e persoană evghenisită[1], se poartă în corset, are trei ani la pensionul lui Manalotti, colea, lângă Curtea de Apel. Nu face pentru orice calic...

Când Barbu Cantuniari se hotărî să-i bată la poartă, se pornise înserarea. Slujnica vârî cu precauțiune un nas prin crăpătura ușii, zăticnită într-un lanț. Barbu desluși că o caută pe stăpână-sa. Un glas țâșni dinăuntru. Simțeai urechea și ochiul mereu atente la mișcările casei:

— Cine-i musiu, Savetă?

Slujnica răspunse morocănoasă.

[1] Nobilă.

— După dumneatale cercetează, cocoană, zice că-i de la catarafie[1]...

Eleonora Ionescu se ivi într-o clipită, abia izbutind să-și îmbumbe capoda de neglije. O simțeai mânioasă Bistriță:

— Iar ați venitără? Numai ce plătii rupta[2], alte dări nu am pentru ca să plătesc... Am vorbit și cu musiu Cristache, sameșul[3]. Ruptașul e învoit de biruri... Pății întocmai și-n anul celălalt și-am primit îndreptare...

Barbu Cantuniari arboră un zâmbet de nespusă admirație. O cerceta uluit, parcă pocnit cu leuca, cucerit dintr-o privire.

— N-am venit pentru dări, ci pentru alt soi de deslușiri.

Muierea îl cântări din ciubote până în creștet, „nobil la fizic", și se muie dintr-odată:

— Atunci poftește înăuntru și scuzați de un pardon... Setiun eror[4]. Am zis că sunteți de la percepție... Toți bandiții s-a grămăditără la Finanțe!

— Eu tot la Finanțe am slujbă, surâse Barbu.

Muierea îi râse în nas:

— Cenușer[5], mai știi! N-ai dumneatale obraz de amploiat carele să umble cu harțaloagele din ușă în ușă, că nici eu. Se umflă în gușă: Vezi, Doamne, am trei ani la Manalotti, iar răposatul, har Domnului, nu m-a ținut cu nasu-n vatră, m-a tot scos în lume...

— Avea cu cine se făli, aprecie galant Barbu.

---

[1] Corect: catagrafie – recensământ.

[2] Dare personală ce se plătea în raport cu starea materială a fiecăruia.

[3] Funcționar mijlociu în Departamentul Finanțelor.

[4] Corect: *C'est une erreur.*

[5] Copist prost.

Eleonora Ionescu râse. Era durdulie, cârnă, toată numai gropițe, ochii jucăuși îi sclipeau de șiretenie.

— Ești dumneatale cavaler și pus pe... Zi d-a direptul, ce daraveli te mânară la alde Ioneasca?

— D-a direptul să fie, surâse Barbu. V-am deslușit că sunt de la catagrafie... Dumneavoastră dați odăi cu chirie.

Eleonora Ionescu săltă din umeri:

— Ce, sunt singura? Trebuie să cer învoire? Îs casele mele de zestre, musiu, că răposatul mi-a mai lăsat două rânduri în Vergului, a fost filotim la viața lui și norocul l-a avut tot filotim, dar scurt de mosorel, n-a avut zile... fincă asta e, odăile mele. Cui ce-i pasă ce fac cu ele?

— Dar, bineînțeles, madame Ionescu... Pe noi ne interesează doar să cunoaștem rostul cetățenilor, domiciliul, hramul fiecăruia, unde să-l cauți, unde-l găsești. Suntem o națiune civilizată – își aminti cu un zâmbet de obsesiunea lui Zăvoianu – nu trăim în pădure.

Eleonora Ionescu îl privea cu buzele țuguiate de neîncredere:

— Și ce poftiți de la mine?

— Câte odăi dați cu chirie?

— Acum doar una, că muieri nu primesc.

— De ce? întrebă amuzat Cantuniari.

— Care n-are nici măcar o cocioabă a ei e calică rău, îți umple casa de păduchi și nici nu plătește la exact. Bașca se vâră în oale, fură din blide, ponoase cât sărăcia!

Barbu zâmbi, copleșit de ocale de înțelepciune.

— Câtă dreptate aveți...

— Acu', urmă, îl am p-ăsta cu flașneta, Pandele...

Cantuniari își plimbă ochii prin încăpere cu prefăcută mirare. Casă de mahalagii, dar cuprinsă, mobilă bună, de nuc, solidă să-ngroape trei generații, puzderie de bulendre.

— Un flașnetar? La dumneavoastră? În asemenea casă ortomană?

— Na, beleaua! L-am luat de chiriaș, nu de bărbat! Om cumsecade, curat, liniștit, a plătitără pe trei luni înainte, ce-mi pasă de unde rostuiește paraua? Atâta am pus pentru o condițiune, să nu-mi zuruie minavetu-n casă, că mă doare capul, și nici în brânci cu vecinii nu vreau s-ajung!

— Înțeleg...

— Nu știu pentru cât înțelegi dumneata, însă am priceput că musiu Pandele a fost el un cineva, dar că pesemne a scăpătat... Cunoaște manieră și are relațiuni care poartă lux... Și p-ormă se citește că-i deprins la traiul bun. Să te uiți la el în odaie, fiece lucrușor la locul lui, ține curat, nu-i pogorât din fân și baligă...

— Ţî, ţî, ţî! se miră Barbu. M-ați făcut curios.

Văduva îi arătă o ușă.

— Poftește de vezi... Că nici așa, să dai cu paru-n om doar că i-a cotit norocul pe altă uliță.

Barbu abia luă în seamă lucrurile aflate în orice cameră cu chirie pentru pungi mai chivernisite: patul cu tăblii pictate, învălit în macat, șifoniera cu oglindă și trei uși, etajerele ticsite cu nimicuri, lavaboul de porțelan, masa cu acoperitoare de pluș și ciucuri lungi, măturând scoarța, scaune, un paravan dinapoia căruia se afla scaunul de noapte, un calendar de perete cu poze, scos de gazeta *Steaua Dunării*. Ochii îi căzură de îndată pe gheridonul dintre ferești, pe care se afla un sipet deschis. Înăuntru, pe cinci rânduri și pe culori - rozalbe, pentru codane, azurii pentru cavaleri, şofraniu ca portocala pentru vădane şi cireşii pentru militari – se afla marfa lui musiu Pandele, planetele. La margine, în al cincilea rând, oracoluri albe.

Cantuniari râse şi luă unul.

— Oracoluri albe... Din acestea n-am văzut. Te pomeneşti că s-or fi născocit şi pentru călugăriţe...

— Ei! făcu Ioneasca dând din umeri şi îndreptând fără de trebuinţă, ca muierile cu mâini neastâmpărate, câte un lucruşor din odaie. Boscării de-ale lor.

Oracolul avea zimţuri aurite, dar era netipărit, şi Barbu băgă de seamă că tot asemenea era întreg şirul de planete albe. Celelalte, colorate, cuprindeau obişnuitele profeţii de iarmaroc. Fără a fi luat în seamă de Eleonora Ionescu şi cedând unei porniri nedesluşite, strecură în buzunar câteva planete albe. Cine ştie?!

— Ei! exclamă muierea. Avui ori nu dreptate? Nu spun că are şi abonament la jurnal, face Lisaveta focul cu ele, ce mai, soro, ăsta nu-i fasole-n post şi postu-i cât anul!

— Aşa-i, madame Ionescu, încuviinţă Barbu. Frumoasă odaie! Parcă aş trage şi eu în gazdă la dumneavoastră.

Ioneasca îl cântări iar cu privire de geambaş:

— Nu spui nu... Mai socoteşte-te şi dumneata şi dacă ne-om înţelege...

— Eu aşa trag nădejde... Să nu uit, când daţi ochi cu chiriaşul, ziceţi-i să treacă pe la ocârmuire să-i vedem conturile de comersant ambulant şi să-i hotărâm darea... Da' să nu zăbovească...

„Dacă i-aş fi cerut discreţiune, ar fi bătut darabana înainte de a apuca Pandele să păşească în curte... Aşa, s-ar putea să nu intre la idei."

Barbu își luă rămas-bun, sărutând cu mare reverență mâna grăsuță cu mai multe inele în formă de floricică. Ioneasca, săltând *poignet*-ul așa cum învățase la pension, mulțumi grațios:

— Mersi de onoare, musiu, faceți de un cavaler...

...*Depuis que je Vous connais, je n'ai rien dit, rien pensé, rien fait, rien voulu qui ne fût pas une preuve de dévouement pour Vous.*[1] Au trecut peste douăzeci de ani și nu m-am schimbat. De aceea azi, după îndelungată chibzuință, socot că fapta trebuie să-mi fie la fel de sinceră ca inima și judecata. N-am dreptul să vă stau în cale, trebuie cu discrețiune și dignitate să plec din viața Voastră. Am decis separațiunea și despre aceasta i-am informat pe mama și pe fratele Theodor... Să ne lepădăm de suvenire împovărătoare și să privim cu cutezanță înainte. Nu trebuie a Vă mai aminti că, de Vă veți afla - Cerul să Vă ocrotească! - în clipă de restriște, Vă puteți bizui pe simțămintele mele, puteți dispune de întreagă ființa mea...

Scria Elena Doamna din Ruginoasa.

Vodă Cuza, prăbușit în patul cu baldachin de brocart auriu, tremura scuturat de friguri într-un iatac cu două sobe încinse, sub plăpumi de atlas umplute cu puf de gâscă, între cărămizi fierbinți și săculețe cu nisip încins.

Suferea de mult de friguri, accesele cuprinzându-l la perioduri exacte, dar în ultima vreme parcă se întețiseră. Și astma îl căznea mai ales iarna, iar boala de inimă... Prefera să nu se

---

[1] „De când vă cunosc, n-am spus nimic, n-am făcut nimic, n-am dorit nimic care să nu însemne o probă de devotament față de Dumneavoastră" (lb. fr.).

mai gândească. Era o năpastă a neamului, asuprindu-i pe toți, de tineri. Mamă-sa, Sultana Cuza, se afla mai toată vremea zăcașă, dar, trăind la Galați, nu pomenea despre crizele care o țintuiau patului cu săptămânile, spre a-și menaja feciorul. Cuza tot afla însă, avea slujitori anume năimiți să-i dea de știre în tot momentul despre orice necaz al cucoanei Sultana.

La aproape patruzeci și patru de ani, câți număra în acel dechemvrie al lui 1863, Vodă se simțea slăbit, împovărat de vârstă și cu sfârșit apropiat. Nu credea în magi și vrăjitori, în cele scrise în stele ori în palmă; palma nu și-o arătase nimănui, nici măcar Célinei, vestita cărturăreasă a Parisului, frecventată de însuși împăratul Napoleon, vizitată și de Alecsandri cu teamă nemărturisită, de frații Brătianu și de atâția alții.

Profețiile acestora, nefericite ori bucuroase, le socotea drept năzbâtii și potlogării. Credea însă în inima sa, în sentimentul acela tulburător, carele ține de imponderabilul, de substanța cea mai intimă din ființa cuiva și care trage clopotele, vestind drumul cel lung, drumul cel din urmă... „Îl simt și dobitoacele, când se retirează în bârloguri spre a-și da în tihnă ultimul suspin, cum de nu l-ar simți omul? Omul, cea mai desăvârșită creatură a Ziditorului!"

Ziditorul, căruia îi înălța, acum, o singură rugă: „Îngăduie-mă, Doamne, atât cât să pot împlini aspirațiile și năzuințele acestui neam asuprit și căruia îi datorezi îndreptări și soare necernit. Un cer fără corbi ori vulturi streini, fără semilună iscoadă hulpavă, un cer pe care să strălucească odată, pentru vecie, și steaua bieților români..."

Lepădă cu inimă grea scrisoarea Doamnei și se uită, mereu zgâlțâit de spasme, pe raportul șefului Siguranței, Valentineanu, care, peste măsură de îngrijorat, avertiza (a câta oară?) asupra iminenței complotului:

> ...Consulul general al Italiei, cavalerul Anibal Strambio, a rostit aseară, la serata doamnei Oteteleșanu, către domnia sa, domnul ministru de Externe N. Rosetti-Bălăneanu: «Domnule ministru, țara voastră stă pe un vulcan; regret că sunt consul, nu pot să vă spun mai multe...»
>
> Tot ieri, la dejun, consulul rus, baronul de Offenberg, îl previne pe domnul ministru de Interne că un complot împotriva Înălțimii Voastre este pe cale de a se desăvârși...
>
> În astă dimineață, tânărul transilvan Gheorghe Dogărescu, corierul domnului Cezar Bolliac, îmi vestește în persoană iminența complotului și chiar a unui atac asupra palatului.
>
> În gazeta vieneză *Die Presse*, ca și în jornalul parizian *La Patrie*, sunt strecurate aluziuni la viitoare și categorice schimbări în viața Principatelor.
>
> Mai adaug, Alteță, ca pe un amănunt carele mie mi se pare plin de significație, acela că prefectul Poliției Capitalei, domnul Beldiman, este antrenat în fiece seară de indivizi cunoscuți ca simpatizanți cu opoziția la prelungite partide de cărți și *lăsat să câștige*. Nu aduc nicio acuzațiune domniei sale, domnului prefect, dar în circonstanțele date, faptul pare singular și poartă pecetea unei manevre machiavelice, al cărei scopus încă nu se lasă cetit...

Vodă lăsă să-i scape raportul din mână. „Exagerațiuni! Aista-i Valentineanu, de când îl știu, alarmist.“

Strânse lângă piept cărămida încă fierbinte și închise ochii, străduindu-se să adoarmă. După somn bun, mâine avea să se afle în puteri, frigurile desigur vor fi încetat, căci li se împlinea sorocul. Patru zile, atâta îl căzneau, după carele, parcă luate cu mâna, osteneau. De dimineață îl va chema pe Mihalache. Trebuie regulate programele reformelor. Vor începe – zâmbi în gând Vodă – cu „spolierea“ monastirilor... Act de dreptate și reparație, căci, de veacuri, peste un sfert din pământul Principatelor fusese spoliat și exploatat de egumenii greci ai mănăstirilor închinate „Locurilor sfinte“. În urechile lui Alexandru Ioan răsună, cu vigoare de clopot, propriu-i glas:

„Toate averile mănăstirești din România sunt și rămân averi ale statului...“

Va urma fără întârziere censul... desigur pământ... Țăranii... Apoi... Râse sleit: Apoi statuia... Poate Uitarea... Și apoi...

Apoi, adormi.

Simțea privirea generalului ațintind-o cu neliniște și, ca să-și ascundă iritarea, Lelia de Gunsbourg culese câteva boabe de struguri din pomiera de argint. De câteva zile o stăpânea aceeași stare – nemulțumire și o mânie adâncă, pe care o simțea clocotind în străfundurile ființei sale. Făcea eforturi să surâdă, să nu izbucnească, să pară aceeași femeie seducătoare, cochetă, veselă, fără griji: femeia cuceritoare, trecând în pas de valț prin viață, din triumf în triumf. Inimile lepădate la condurii ei, mai multe decât firul ierbii...

Iorgu Grănișteanu întrebă cu voce mică, temătoare:

— Oare apasă ceva sufletelul turturicii, ori îi părere?

Baroana se crispă. „Turturică! Porumbiță!“ Toți amploiații mărunți, toți vardiștii, frizerii și băieții de prăvălie își dezmierdau la fel ibovnicele și midinetele. Porumbiță, inimioară, guriță, scumpă garofiță. Tandrețea ieftină, vopsind dulce-grețos cântecele de mahala. La instrucțiunea lui, generalul ar fi putut găsi expresii mai delicate, de o inspirație mai nobilă.

Respiră adânc și nările îi vibrară ca la armăsarii cei nărăvași:

— Părere, generale! Mă apasă vremea... Prea aspră! Am petrecut multă vreme în Italia și m-am dezobișnuit. Dacă ninge de Crăciun, îmi ajunge.

Iorgu Grăniștianu încercă să zâmbească. Emise plat:

— După vremea rea, răsare și soarele.

— Ce original! se strâmbă baroana.

Generalul simți că asudă. Încercă, neîndemânatic, să schimbe conversația și s-o îndulcească:

— Am trecut azi pe la Rech. Am văzut acolo o păreche de paftale minunate.

— Și? De ce nu le-ai luat? Îi potrivit dar de Crăciun pentru cucoana Anastasia.

Generalului îi dădură lacrimile:

— De ce mă necăjești, îngerașule? Cunoști doar că am o singură inimă și aceea bate numai pentru tine... Nu le-am cumpărat, pentru că am fost în *embarras de choix*... Erau bătute cu smaragde, dar o altă păreche, la fel, avea rubine. Am voit să-ți cunosc gustul...

Baroana râse răutăcios:

— Iată o dilemă! De ce nu le-ai cumpărat pe amândouă?

Iorgu Grăniștianu se holbă – o singură păreche costa două mii de galbeni! Jertfă grea pentru un buget controlat minuțios de nevastă. Își depăși eroic perplexitatea și zâmbi larg:

— Ai dreptate, porumbiță, nătângul de mine, nu mi-a trecut prin cap.

— Acum îți trece!

Lelia de Gunsbourg râdea cu toţi dinţii. Semăna în clipa aceea cu o jivină, o fiară care-şi arată colţii, dar generalul nu băgă de seamă. Era frumoasă ca ziua, strălucitoare ca un cer de luceferi.

— Bun înţeles... Nici vorbă... Mâine, până în seară, ai să-ţi încingi cu ele mijlocul. Iar eu voi avea prilejul să mă minunez cât îi de subţirel.

Într-o clipă îi fu la picioare. Burduhănos, cu genunchii înnodaţi de varice şi înţepeniţi de gută, înlăcrămat şi cu ochi de câine bătut, ar fi stârnit râsul; mamă-sii, dacă l-ar fi văzut - plânsul.

— *Mon amour bon*, imploră... Spune-mi cu ce te-am supărat... Ursul tău este neîndemânatic, dar ştii bine că te adoră. Dacă am greşit, mă supun oricărei penitenţe. Doar să nu mă nedreptăţeşti. Porunceşte... Fac tot ce pofteşti!

Lelia ridică din umeri:

— Mă plictiseşti...

Generalul tresări ca biciuit:

— Lelia... Tu nu mă mai iubeşti...

— Mereu aceeaşi istorie! făcu baroana. Mă iubeşti!... Te iubesc!... Dar vreau să mai aud şi altceva.

Iorgu Grănişteanu încercă să râdă:

— Ai dreptate, *chérie*... Eu am vină. Adorându-te, am uitat să fiu amuzant.

„Când dracu' ai fost?“, îl întrebă Lelia în gând.

Generalul se aşeză iar în fotel, scormonindu-şi mintea după novele interesante. Lelia îl asculta cu o singură ureche.

— ...Sezonul, de altfel, se vesteşte strălucitor... Serata Irinei Suţu a fost de-a dreptul epatantă. Puteai întâlni acolo *tout Bucarest*, tot corpul diplomaticesc...

Baroana tresări. Suțu!... Îi ardea de serate simandicoase, alături de nevastă-sa, regină și stăpână absolută... Pentru ea, Lelia, nu se afla vreme de un răvășel... „M-a uzat și acum mă azvârle la pubelă ca pe o treanță, o nemernică și netrebuincioasă *ordure!*"

Simțea că pocnește de mânie, durere și vanitate biciuită.

— Ai fost și tu?

Generalul păru să se scuze.

— Politicește, facem desigur parte din partide adverse, dar există anumite obligațiuni sociale. Anastasia îi vară cu prințesa, deci cestiune de familie... A fost grandios, Suțeștii au știut totdeauna să primească și nu se scumpesc... Barem, Château Yquem-ul a fost princiar...

— Lume interesantă?

— Păi, nu ți-am spus, porumbiță? Tot protipendul moțat. Lipseau – râse – doar Cuza și membrii guvernului... da, da... vom avea un sezon unic. La palat se prepară două mari baluri pentru Ajunul de Crăciun și noaptea Sfântului Vasile. Se zvonește despre surprize vieneze, muzici talienești, Doamna va înzestra două duzine de orfane alese din familii de uvrieri și țărani săraci... Vor arde brazi și se vorbește chiar de focuri bengale în Piața Mare și la Sfântul Gheorghe.

Lelia îl cercetă ironică:

— Cum rămâne cu lovitura de stat?

— Nu pricep...

— Ei asta-i! Mi-ai împuiat capul că Vodă pregătește *un coup d'État* nimicitor pentru opozițiune și văd că în schimb organizează baluri și serbări populare. Devii ridicul, generale, cu informațiunile dumitale de fantezie!

Grănișteanu, roșu de confuzie, spuse fâstâcit:

— *Chérie*, Vodă nu mă are în confidență... Ți-am spus ce știam... Ce știe toată lumea... Și toată lumea, toate ministerele comentau același zvon: Vodă și Kogălniceanu pregătesc o lovitură de stat.

— Ce înțelegi prin toată lumea? A scris în gazete?

Generalul râse ca în fața unei copilării evidente:

— Evident, nu mă refer la conțopiști și amploiați. Înțeleg capii de minister, adjuncții lor, politicienii serioși...

Lelia de Gunsbourg râse disprețuitoare:

— Serioși! Cine-i serios în țara asta? Se pregătește o lovitură de stat, iar peste două zile sau două ceasuri ne comandăm toalete de bal! Triste figuri!

Grănișteanu râse, convins că-i face plăcere:

— Tu nu știi, porumbiță, că la noi *tout finit par des chansons?*[1] Chiar astăzi am trecut pe la Finanțe și la Interne. Peste tot liniște, se așteaptă cu nerăbdare Crăciunul, cu gândul la petreceri aproape că nu se mai lucrează. L-am auzit chiar pe Kogălniceanu spunându-i lui Iacovache și lui Papiu-Ilarion de la Justiție că, imediat după sărbători, Vodă are de gând să plece la băi pentru trei ori chiar patru săptămâni. Înțelegi, adăugă râzând, prea a trecut multă vreme de când *la pauvre* Obrenovici îi singură la Ems...

Baroana îi îndreptă o privire ascuțită:

— Ai auzit chiar tu?

— *Parole d'honneur!* Mai mult, conu' Mihalache plănuia și el un *petit congé*. Oscila între Ieși, unde casa părintească răscumpărată necesită unele reparațiuni, ori Florica, moșia Brătienilor...

---

[1] „Totul se isprăvește cu cântec" (lb. fr.).

„Ciudat!“, își spuse baroana, dar, spre a-și ascunde interesul, minți un căscat discret dinapoia palmei trandafirii.

Grănișteanu, grijuliu în a-i preveni orice intenție, se interesă cu tandrețe uleioasă:

— Îngerașul meu e obosit?

— Nu mă simt în apele mele... Poate că m-a prins o răceală... Nu-ți face griji.

— Cum să nu-mi fac?! Te rog să fii atentă... Ai doftorii? Prafurile lui Drasch sunt strașnice, îți iau junghiul dintr-o suflare. Să chem slujnica să te tragă și să ințețească focul. Nădușești bine și...

Baroana îl întrerupse plictisită:

— Da, da... așa am să fac... Redeveni tandră și își ridică mâna, ducând-o spre buzele generalului: Fii liniștit, *chéri*... Pe mâine...

Grănișteanu, fericit de schimbarea din dispoziția Leliei, îi sărută amândouă mâinile:

— Așa, draga mea... Mâine! Când aduc paftalele, să te găsesc voinică și sănătoasă! Promis?

Lelia de Gunsbourg era o femeie hotărâtă: deciziunile ei erau rapide și știa a le împlini cu îndărătnicie și fără scrupule. De la țelul propus n-o puteau întoarce nici Vodă, nici Dumnezeu Tatăl, nici iadul. Poate moartea...

Poseda mai ales o anume trăsătură care o singulariza, deosebind-o de mai toate muierile veacului și de lumea din care făcea parte. Cu îngrijită instrucțiune – dascăli buni, aplicație, o Europă forfecată de multe călătorii – primită în cele mai nobile case din republicile italiene, din Francia și Englitera, cunoștea în chip desăvârșit acele nenumărate canoane ale celei mai subtile și grațioase etichete, vestita etichetă a Versailles-ului secolului al XVIII-lea.

Ceea ce însă o particulariza era dezinvoltura cu care știa să se descotorosească de acel „asta se face“ sau „nu se face“, atunci când i-o dictau interesele; scandaliza cu aplomb, înfrunta cu zâmbet strălucitor, ignora cu grație figurile încremenite de consternare. Din acest punct de vedere, era surată bună cu Marițica, Doamna lui Vodă Bibescu, repauzată cu trei ani în urmă la Paris, și cu Maria Obrenovici, insolenta rivală a Elenei Cuza. Și poate că acestea o întreceau în cutezanță, căci insolența lor sfidase, sfida dintre zidurile unor palate princiare.

A doua zi, spre prânz, după un somn bun (luase o gămălie de opiu pentru a-și adormi visele), Lelia de Gunsbourg, într-o blană somptuoasă de vulpi negre și în cea mai strălucitoare sanie din București, trasă de patru armăsari ca păcura în valtrapuri sângerii, intră în curtea Palatului Suțu.

Era din partea ei un act de uluitoare îndrăzneală; nu făcea parte dintre intimii casei, n-o cunoștea în persoană pe prințesa Irina, nu fusese poftită niciodată la palat, și mai puțin în amiaza aceasta a lui dechemvrie 1863.

Poznă a întâmplării, din curte ieșea tocmai sania prințesei Irina plecată într-una din vizitele „de după prânz“ ale vremii. Cele două echipaje aproape că se ciocniră. Femeile se cercetară cu hulpavă curiozitate, dar bine stăpânită. Despre discreția reacțiilor – buna creștere poruncește camuflarea emoțiunilor de orice fel – primiseră amândouă învățătură temeinică, încă din anii cruzi ai prunciei.

Baroana salută abia înclinând pădurea de bucle roșietice, care se revărsa nestăpânită pe blana neagră; prințesa Irina răspunse la fel, săltând amuzată o sprânceană.

Scena fusese surprinsă de Suțu, aflat la fereastră, și care, încremenit, fără a mai apela la serviciile feciorului, îi ieși în întâmpinare. Își struni față de slujitori consternarea și mânia și o pofti în cabinetul dumnealui.

— Doamnă! izbucni. *Est-ce possible?*

Lelia de Gunsbourg îi azvârli o privire înväpăiată:

— După cum vezi, prințe, e foarte posibil.

Suțu scrâșni din măsele. Se asigură că ușa e bine închisă și trase draperia ascunsă de portiere. Baroana îl cercetă ironic:

— Ți-e teamă să nu te audă slugile? Urechi lipite de gaura cheii! Credeam că Palatul Suțu e mai stilat.

Prințul ignoră observația. Întrebă glacial:

— Cred că vă dați seama, doamnă, de proporțiile imprudenței dumneavoastră.

— Am destulă imaginație.

— Și-atunci? Vizita dumneavoastră este pe cât de indezirabilă, pe atât de condamnabilă. Venind aici, dăunați conspirației, mă puneți într-o situație imposibilă față de prințesa Suțu.

— Până mai deunăzi, rosti baroana fierbând și adoptând tonul lui Suțu, dovedeați mai multă indiferență față de doamna prințesă. Indiferență care mergea până la excluderea ei din planurile dumneavoastră de viitor.

Prințul avu o mișcare de recul. Ar fi azvârlit-o pe ușă afară, ca pe o slugă, dar îi mai era într-o oarecare măsură utilă, și apoi, femeia se dovedea o nebună primejdioasă, în stare de cele mai necugetate acte. Declară ceva mai îmblânzit:

— Și atunci, ca și acum, te-am rugat să ai răbdare. Sunt situațiuni care nu se rezolvă într-o zi ori două. E atât de greu de înțeles, Lélie?

Baroana râse răutăcios:

— Aha! Am redevenit Lélie... Impresionante piruetele dumneavoastră, prințe! Răbdare!

Se apropie ca o pisică uriașă, sălbatică. Se opri un pas în fața lui și-l privi în adâncul ochilor:

— Limpede și răspicat! Când ai de gând s-o mazilești?

Sutu își înfipse unghiile în palme. Chipul osos părea de rocă:

— Nu sunt obișnuit să mi se vorbească în felul acesta.

— Nici eu nu sunt obișnuită să fiu tratată ca o zdreanță de care te-ai folosit, apoi o azvârli în canal. N-am habitudinea de a suporta relațiuni senior-serv! Când eu sunt serva!

Prințul o conduse până la canapea și se așeză în fața ei, pe causeusa din mijlocul imensului cabinet.

— Să discutăm liniștit ca între oameni maturi, Lélie! Ce te nemulțumește?

— Ha! Ha! râse tare baroana. Ce mă nemulțumește? Începu să vorbească precipitat, avalanșă de cuvinte, ofensă și revoltă, fără a-și lua răgaz să respire: De o săptămână nu am un rând de la tine în afara răvașelor conspirative, te avertizez că am intrat în atențiunea Siguranței, iar tu dai indiferent din umeri! Ce mă nedumerește, *parbleu*, asta le întrece pe toate! Nu pot da ochi cu tine, îmi eviți alcovul, după ce m-ai prostituat, transformându-mă în unealta ambițiunilor tale politice, dai recepții somptuoase, unde tu și nevastă-ta păreți mai uniți ca oricând, și chiar sunteți, mi-o spun intimii voștri, și mă întrebi, ai nerușinarea să mă întrebi despre motivul indignării mele?!

— Ești o femeie deșteaptă, Lélie... Toate acestea sunt măsuri de precauțiune dictate de importanța unei acțiuni atât de primejdioase.

— Și după aceea?

Prințul dădu din mână și râse silit:

— După aceea! Doar am mai discutat. Nu văd de ce nu ai încredere în mine.

— Eu văd foarte bine.

— Un prinț Suțu are un singur cuvânt, declară pompos.

Baroana îi râse în nas:

— Poate da sau poate nu! Când voi fi prințesă Suțu, voi studia hronicul familiei voastre. Până atunci, permite-mi să mă îndoiesc.

Prințul își răsuci inelul cu stemă. Gura aspră devenise subțire ca o ață:

— În definitiv, ce dorești?

Lelia surâse dulce:

— Garanții, *mon cher prince!*

— Garanții? întrebă sincer uimit. Ce fel de garanții pot să-ți ofer? Și în ce sens?

— În sensul că, odată complotul izbutit, chiar a doua zi vei depune cerere de despărțenie la dicasterie.

Suțu avu unul din rarele lui hohote – de fapt, unul singur – de râs:

— Și cum pot să-ți garantez asemenea înțelegere intimă?

Baroana îl privi lung, lăsând să treacă câteva clipe înainte de a răspunde. Suțu consideră greșit pauza și se grăbi să adauge:

— Vezi?! Nici tu nu cunoști conținutul unei atari garanții.

— Oare? Vei scrie acum, aici, o mică epistolă. Adresată mie. O epistolă în care, desigur, fără a folosi termeni grosolani, suntem între oameni de lume, *n'est-ce pas*, vorbești despre unele cusururi ale doamnei prințese, carele ți-au devenit insuportabile. *Par conséquent* și ținând seama de dragostea ce-mi porți, ai hotărât să ceri separațiunea... Urmează semnătura întărită de sigiliu!

Suțu simți că-i vine amețeală. O privi uluit:

— Cunoști un singur bărbat normal care ar semna o asemenea scrisoare?

— De ce nu, de vreme ce e decis să-și onoreze promisiunea?

— N-am pomenit ceva mai compromițător.

— Compromițător pentru o persoană neleală. Altfel, odată făgăduiala împlinită, voi arde scrisoarea în fața ta.

Prințul începu să se plimbe agitat prin cabinet.

— Ești nebună! Da, da, hotărât, nebunie curată! Între noi astfel de angajamente! Gândește-te cât de greu va apăsa acest legământ asupra vieții noastre comune!

Lelia de Gunsbourg îl urmărea zâmbind cu răutate:

— Îți dai seama că însăși ezitarea ta răspunde cel mai limpede îndoielilor mele?

— Propunerea mă jignește adânc. N-am întâlnit pe nimeni care să mă trateze cu atâta neîncredere.

— Cuza are încredere în tine? râse baroana. De ce nu te simți ofensat?

— O întrebare ridiculă! Amesteci chestiuni care n-au nicio legătură între ele.

Baroana se ridică strângându-și blana în jurul trupului. Întrebă cu privire și glas uscat:

— Scrii sau nu scrii? Am lume diseară și mă grăbesc.

Prințul se bâlbâi:

— Sunt un bărbat de onoare, un gentilom, nu-mi pot denigra soția.

— Față de cine?

— Chiar și față de tine. Nici măcar un burghez n-ar proceda atât de necioplit.

— Deci... nu!

Se răsuci pe toculețele botinelor și se îndreptă cu pași hotărâți spre ușă. Prințul o apucă de braț:

— De asta ai venit? Ca să mă șantajezi?

— Numește-o cum îți place. Am vrut să știi că n-am îngăduit nimănui în viața mea să-și bată joc de mine. Și dacă s-o fi născut vreunul care s-o facă, acela în orice caz nu e – scuipă vorbele – altețа sa prințul Constantin Suțu. Complimentele mele distinsei tale doamne.

Prințesa Irina se întoarse acasă pe la ceasurile 6 seara. Era îmbujorată de ger, falnic de frumoasă – maiestuoasă ca de obicei – și strașnic de binedispusă.

În salonul cu sobă vieneză de porțelan rose, unde când nu aveau alte treburi obișnuiau să aștepte invitații la dineu, Suțu citea gazeta, aruncându-și mereu ochii spre pendulul înalt, cățărat pe patru colonete de marmură, de asemenea rozalbe.

La intrarea prințesei se ridică și o salută evident neliniștit.

— Acasă? se miră Irina. La ora aceasta? Mă porți din surpriză în surpriză.

Suțu îi sărută mâna:

— Scuză-mă, draga mea, că am primit o doamnă care nu ți-a fost prezentată. Dar circumstanțele acute pe care le trăim ne obligă la gesturi mai puțin obișnuite, chiar neconvenabile, aș zice.

În ochii verzi, superbi, ai Irinei o veselie nebună își înfipse torțele sclipitoare:

— Ți-a trebuit mult timp ca să-ți prepari acest discurs? *De toute façon*[1], bag de seamă că progresezi. Metresele te vizitează acasă, în plină zi, pe poarta cea mare. Sau poate că *cette petite dame* ignoră că există și o intrare pentru slugi?

Departe de a fi mânioasă, se exprima astfel dintr-o aroganță înnăscută, dintr-o trufie ce făcea parte din însăși ființa ei, din conștiința unei superiorități absolute. Iar scandaloasa cutezanță a baroanei, ca și încurcătura evidentă a soțului o amuzau enorm.

— Iartă-mă, draga mea!

— Eu te iert, râse, dar fii atent tu să nu te compromiți. De la o vreme, frecventezi o lume bizară, întreții relațiuni cu tot soiul de creaturi.

Jignit - pentru acuzația adusă lui și nu pentru calificativele acordate Leliei -, respinse timid:

— Să nu amplificăm. În definitiv, baroana de Gunsbourg este primită în cele mai selecte case și ține un salon distins, unde nu se pătrunde ușor.

Sprâncenele fine ale Irinei se arcuiră a mirare și râse din inimă:

— *Oh, là, là!* Vasăzică micuța își permite și selecțiuni? Din ce în ce mai amuzant! Se răstoarnă lumea! Dacă numai jumătate din ce am auzit despre ea, nu-i niciun ceas, în salonul Vasilenei Cantuniari, ar fi adevărate, până și ultimul burghez i-ar închide ușa.

— Vasilena Cantuniari nu s-a sfiit să i-o deschidă, și nu o dată!

---

[1] „În orice caz“ (lb. fr.).

— Ia te uită! observă la fel de veselă Irina Suțu. Te ține la curent cu toate mondenitățile ei? Și, pe urmă, Vasilena e o amatoare de curiozități, o originală, așa a fost dintotdeauna. Îi stă bine... Și, mai presus de toate și în orice situațiune, rămâne *une grande dame*...

Suțu încercă să se justifice:

— Crede-mă, Irène, întrețin cu doamna de Gunsbourg simple relațiuni de afaceri. Ne este utilă și...

— Te rog, nu mă interesează afacerile tale, atâta vreme cât reputațiunea îți rămâne intactă... Să nu uit! La dineu vine și Kronprinzul...

— Deci, frac!

— Ce părere ai? Să pun rochia neagră cu pasmanterie de aur sau toaleta de brocart *bleu-lumière*?

Prințul găsi prilejul să fie galant:

— În amândouă ești la fel de magnifică.

Prințesa îi râse în nas:

— Caraghiosule!

Ieși unduioasă, fredonând o șansonetă la modă. Suțu privi în urma ei ușa închisă:

„Cum poți părăsi o asemenea femeie? Inteligență, spirit, tact, frumusețe princiară, grandoare și nobilă obârșie, toate în același paneraș..."

N-o iubea, dar nu cunoștea frunte pe care să stea mai bine viitoarea coroană a României.

9

Stan, feciorul, făcea ordine în cabinet. Era o încăpere vastă cu dulapuri-bibliotecă înalte, câteva mescioare risipite pe lângă jilțurile adânci și trei orologii englezești în așa fel potrivite, încât muzicile să nu se încalece. Astfel, ceasurile zilei, în casa lui Todiriță Zăvoianu, erau cântate și auzite distinct, melodiile înșiruindu-se una după cealaltă.

Ionică Miclescu, trântit pe o sofa adâncă din piele răsurie de Cordoba, își plimba somnoros privirea în lungul rafturilor de cărți. Erau de-a dreptul impresionante; abundau legăturile de preț, piele scumpă și catifeluri, ornamente de aur, argint și fildeș, incunabule cum nici în casa lui Kogălniceanu nu întâlneai cu sacul.

Când văzuse biblioteca Zăvoianului, poetul Alecsandri căzuse în admirațiune perplexă:

— Nu te știam, bre, așa cărturar! Ai o comoară aici, să te pizmuiască până și Universitatea din Berlin!

Todiriță se umflase cimpoi și rostise pompos.

— De, poete, nu toți ne aflăm sub oblăduirea muzelor, nu-i așa... Inspirațiunea e un ce, pentru că, vasăzică, sunteți artiști, dar asta nu înseamnă că noi, iștilalți, nu progresăm. Urlă: Pentru că, nu-i așa, cultura înseamnă civilizațiune și civilizațiune fără cultură nu poate ca să existe!

Alecsandri dezmierdase din priviri titlurile, legăturile scumpe. Se oprise cu ochii măriți de surpriză:

— *Evanghelierul slav de la Homor - 1473*. Ce vorbești, bădie?! Cum ai pus mâna pe un asemenea cap de operă?

Întinse mâna și scoase cu evlavie volumul din raft. O clipă rămase mut de uimire, nepricepând ce se petrecea, apoi izbucni într-un hohot de râs homeric. Între copertele scumpe nu se afla nimic și tot astfel se întâmpla cu celelalte volume care umpleau odaia. Legăturile erau imitațiuni scumpe, meșteșugite cu artă de un potlogar din Firenze, signor Bettini, și carele umpluse de cărți scumpe, goale, multe biblioteci simandicoase din Europa.

Alecsandri auzise de ideea, strașnic de productivă, a florentinului, dar o socotise drept năzbâtie de domeniul fanteziei de anecdotă.

— Bată-te mântuirea, Todiriță! Umbli cu cioara vopsită. Uite boscărie la care nu m-aș fi gândit! Cărturariu de carnaval!

Zăvoianu cel tânăr, împieptoșându-se, purtase răspuns înțepat, repezit de pe cel vârf al Ceahlăului:

— Aducerea-mi aminte nu mi-i săracă! Mă înșel oare sau la conacu-ți din Mircești am văzut cu adevărat, aninată în salonaș, o cadră, o copie după Rafael? Care-i osebirea? Domnia ta îți împodobești casa cu poze, eu unul cu hrisoave! Nu cred ca aceasta să-mi pricinuiască vreo scădere și strașnic mă mir că n-ai priceput, nu-i așa, că asta trebuie să pătrundă în toate bordeiele.

— Cestiune de civilizațiune, râsese Alecsandri.

Ionică Miclescu își îndreptă privirea către Stan. Mereu zâmbăreț, strângea pe o tipsie de argint cupe goale și scrumelnițe pline.

„Ăsta", își zise, „trebuie că râde și când plânge. Și în somn, tot într-un chicotit o ține!..."

Concert de zurgălăi năpădi curtea, vestind oaspeți. Todiriță se desprinse de fereastra de unde pândea strada și porunci gros:

— Stanley, a sosit conu' Barbu. Introdu-l!

Ochii îi căzură pe tava plină-ochi:

— De când ții slujbă de fată-n casă, Stanley? Unde-i Frusina?

— La tat-su în Pantelimon, c-o fătat, Înălțimea Voastră milărd...

— Cine? Frusina?

Stan se hlizi, vesel nespus:

— Nu, milărd, văcuța lui badea Ciocălău, ista, tat-su, i-o îndreptat cuvânt să vină degrab', căci s-o întâmplat minunăția lumii! Jițica are coadă cu două țarțamuri...

— Ce-s alea? se holbă Zăvoianu.

— Ista, canaf, milărd, doi ciucurași di tătă frumusățea, unul tuciuriu, celălalt bălan. Poate te-i îndura, conașule, și m-oi îngădui și pe mine să trag o fuguță până la ista, Ciocălău, căci despre asemenea năzdrăvănie, doar la Zăvoieni, dacă Lumânarea ta ține minte, când s-a fost întâmplat că cloța cea neagră a Gheorghiței, văduna din capul satului, cea cu pricina de la Ieși, de l-o ținut pe Mitriță al Dumitrei a lui Sararu, străjerul de la Ulmeni, care s-o tăiat în junghere cu băietul cel slab de minte al morarului, un bețiv și un răoan...

— Ai isprăvit?! urlă Todiriță.

— Da! făcu fericit Stan. Cloța ceea...

Cantuniari deschise ușa:

— Ce faceți, vă certați? Se aude din uliță.

Stan râse încântat:

— De-amu, conu' milărd Barbu s-o introdus singurel, numai că cloța cea neagră a Gheorghiței, vădana din capul satului, a scos un pui cu trei picioare!

— Alecsandri, spuse Cantuniari, ți-a netezit cărarea, dar, a recunoscut și dânsul, s-a cam lăsat purtat pe aripile fanteziei și, dus de val, ți-a cam gogonat isprăvile, înălțându-te peste măsură. Te poți descurca, socot, jucându-l pe ăla modestul. Poveștile lui Alecsandri – exagerațiuni de poet.

Todiriță Zăvoianu emise din gât:

— Poeții sunt fala oricărei nații civilizate. Civilizațiunea antică...

Miclescu îl întrerupse nervos:

— Ne-ai smintit, Todiriță, cu progresul și civilizațiunea. Civilizează-te cât poftești, dar dă-ne pace să răsuflăm. Se întoarse aferat către Cantuniari: Cum adică m-a înălțat peste măsură?

Barbu îi puse mâna pe umăr și-i zâmbi cu toată afecțiunea:

— Măi, Ionică, eu cunosc câte și minunate cochete ai în panoplie. Poftești să treci alăturea și o prințesă Romanov, și o alta de Bavaria, n-ai decât! Poți băsni astfel ce culoare de calțavete[1] ține strănepoata lui Soliman Magnificul, pe carele

---

[1] Jartiere.

ai plimbat-o în caiac de aur pe Bosfor, nu-i nici anul! Atâta doar că baroana nu-i nătângă și te poate lesne dovedi cu mărunțișuri la care nici nu gândești.

Todiriță Zăvoianu se holbă:

— Ce vorbești, *mon cher*? Te-ai ținut cu o prințesă Romanov?

Ionică Miclescu dădu din mână plictisit:

— *Parole*, Todiriță, nu te-am văzut niciodată așa nătâng! Ți-ai scos cușma și ți-au ciugulit vrăbiile sub țeastă!

— V-oți încontra altă dată, râse Cantuniari. Ionică, bagă de seamă! Poți tăifăsui cu baroana câte în lună și în stele, de altfel ea o să diriguiască așa cum o știm conversațiunea, dar bagă de seamă la cele politicești. Atâta trebuie să înțăleagă că ții partea domniei, iar cu Vodă te afli în bună amiciție încă din anii juneții. Încolo, cum te-or duce lumina și înțelepciunea.

— Să-i vorbești despre civilizațiune! propuse Todiriță Zăvoianu. Aceasta face o bună impresiune, dovedind elanuri și minte propășită. Ridică glasul, imaginându-se în fața baroanei: Gândiți-vă, doamnă - doar o clipă de meditațiune! - la durerile și patimile trecutului! Civilizațiunea, iată drumul pentru înălțarea țării și a nației.

Schimbă brusc tonul, revenind la normal:

— Cred că va fi copleșită de puternice emoțiuni. Acestea sunt soiul de cuvinte ce stârnesc vibrațiuni teribile în orice inimă română, carele bate românește, într-o făptură română! Repetă încântat de potrivire: Inimă română în trup român! Acestea le-oi însemna, spre neuitare, la diferite ocaziuni.

La plecare, Stan se înclină adânc, frânt din brăcinari:

— D-apăi, milărd Barbu și matale milărd Ionică, *meposmaji*...

— Ce vrea ăsta cu posmagii?

Miclescu ridică din umeri:

— Nu-s posmagi, sunt omagii. Adică *mes hommages.* Todiriță îi bun de Socola...

— A! Îi puse amândouă mâinile pe umeri. Ține minte, Ionică! Indiferent de ce om dobândi de la baroană, grijă mare să ai de una! Să nu simtă cu niciun preț urzeala. *Bonne chance!*

Abia la a doua întâlnire avea să afle Lelia de Gunsbourg cam în ce bălțișoară se scaldă Miclescu. Adică acea bălțișoară în care poftea Barbu Cantuniari să-și imagineze baroana că Ionică se scaldă.

Împrejurările îl ajutaseră. În cea dintâi joi, când fusese poftit la Lelia, Miclescu făcu succes neașteptat. Elegant - acea eleganță inimitabilă a juneții celei mai înalte societăți pariziene - subțirel, cu mustață suliță și părul bălan cârlionțat pe la tâmple, neîntrecut dansator și partener de nădejde la stos și whist, Miclescu cucerise întreaga societate. La răbojul însușirilor, Barbu Cantuniari mai socotise că Ionică nu era nătâng, avea siguranța și desăvârșirea în maniere a omului voiajat, nu era lipsit de spirit. Vorbele lui prindeau un adaos de farmec datorită graiului moldovenesc. Cucoanelor, mai cu seamă, li se părea absolut *charmant* să-l audă pe junele acesta franțuzit de la orhideea de la piept până în vârful botinelor și care se exprima în cea mai savuroasă pariziană vorbind o moldovenească neaoșă, dulce și nealterată, folosind în mijlocul celei mai elegante fraze cuvinte precum ciubotă, cușmă, m-o agrăit, șoltic, curechi de Bruxelles.

Iar Ionică, știind ce-i stă bine, din vechi experimenturi, anume își presăra graiul, ploaie de confeti, cu moldovenisme picante. Și, har Domnului, moșia Zăvoienilor, unde hălăduise ca prunc, avea cu ce înzestra grai hâtru și poznaș.

Lelia, fără să aibă aerul, îl ținuse toată soareaua în priviri, urmărindu-i cea mai mică mișcare. Spre marea surpriză a sindrofiei, fu luat în seamă, ba, mai mult, îi avansă gentilețuri Elenuța Ghika, socotită cea mai strălucită partidă a sezonului. Împlinise nouăsprezece ani, era frumoasă zână, bogată de ți se ura să-i faci socoteala avuției și pretențioasă de parcă s-ar fi tras din înșiși sfinții împărați, de-i erau patroni, Constantin și Elena.

Ionică valsă, cochetă, jucă cărți, nu neglijă pe nimeni, iar față de baroană fu politicos, plin de complimenturi și admirație, dar nu insistent. Baroana rămase cam descumpănită, înciudată și, în timp ce Rose o descotorosea de spelcile care-i țineau cocul, se întrebă dacă pălăvrăgeala lui Alecsandri nu o fi cuprinzând cumva mai mult adevăr decât își închipuise ea.

Iritarea Leliei era sporită și de ultima întrevedere cu prințul Suțu. I se părea acum, față de indiferența politicoasă a lui Miclescu, că înregistra un al doilea eșec, într-o carieră amoroasă care cunoscuse doar triumfuri. Aprinse candelabrul, înconjură cu sfeșnice aprinse toaleta-cabinet și se cercetă cu patru perechi de ochi, căutătură ascuțită, vânând cel mai mic cusur, și spaimă cât să răpună alte patru inimi:

„Oare să mă fi trecut?“

Rose, camerista, citindu-i parcă grija, surâse liniștitor:

— Niciodată doamna baroană n-a fost mai frumoasă.

Lelia tresări: „Ce privire pătrunzătoare are fata asta!“

— Spui drept, Rose?

— Sunteți ca o flacără, ochii au o strălucire... Așa strălucesc lacurile de munte în bătaia soarelui de iarnă. Te orbesc... M-am născut în Pirinei, doamnă, și știu ce vorbesc...

Baroana se simți emoționată:

— *Merci, Rose, merci... Vous êtes vraiment une très brave fille.*

Și își apropie și mai mult chipul de oglindă. Nu, în privința aceasta nu trebuia să-și facă idei. Niciun creț nu prindea coada ochilor, pielița obrazului avea frăgezimea nenufarilor, părul care o învăluia în mantie princiară până aproape de călcâie lucea satinat... Un medic vestit îi spusese, la Paris, că sănătatea omului se cunoaște pe păr și pe mâini... Ele îți pot vesti, cu mult înainte de a cădea zăcaș, că boala ți s-a cuibărit în trup...

Peste trei zile, baroana îl pofti pe Miclescu la o soarea intimă. „Vom fi *en petit comité,* vom putea sta de vorbă mai confortabil, fără a fi stingheriți. Sper, *monsieur* Miclescu, ca daravelile de moșie să vă îngăduie o dezertare de un ceas ori două..."

Daravelile îl îngăduiseră. Ionică băgă de seamă încă de la început că muierea se străduiește, mânată de țel anume, să-l cucerească, pentru ca apoi, de bună seamă, să-l îngenunche. Lelia desfășură tot arsenalul de machiaverlâcuri ale cochetei de înaltă clasă, cu praxis bogat, sigură de farmecele sale, mlădioase ca o pastă moale, căci ele o slujeau potrivit intențiilor și împrejurărilor: fu în aceeași seară scânteietoare, spirituală, dulce-inocentă. Sub aerele de copiliță lăsă însă să se străvadă, ca o tulburătoare promisiune, văpaia muierii roșcovane, bucuriile îmbrățișărilor.

Ionică, nici el înțărcat la ultima ploaie, simți manevrele și savantlâcul și, în sinea dumnealui, se întreba în ce măsură e un personagiu atât de însemnat, încât baroana să depună caznă, cheltuind toate mijloacele seducțiunii pentru a-l fermeca. Nu se știa alt decât Miclescu, rentier, „băiet dulce și plaisirist..."

Nu suferea de deşertăciunile îngâmfării, fusese bine dăscălit de Cantuniari şi Alecsandri, dar mai exista încă un amănunt care-l feri de neghiobii. Lui Ionică nu-i plăceau muierile bătăioase, iuşcă, seducătoarele de profesiune, frumoasele cu experienţă, care-şi ridicau poalele de catifea ori brocart singure, arătându-şi gambele, cât de fine, mai mult decât se cade. Îi plăcea să le despoaie el, avansurile îi aduceau dezgust, cele care muiau inima Miclescului erau damele gingaşe, flori delicate, cu obraji care se îmbujorau lesne din pricina sfielii, privirile plecate, cu gene tremurânde, muierile pe care le cucerea el având nevoie de ocrotinţa lui. Bărbatului, dacă nu-i prea molatic ori vierme de mătase, îi place să fie cucoş, stăpân, puternic şi halal femeilor care înţeleg adevăr de când lumea şi ştiu a se mlădia în aşa fel, încât omul de lângă ele să trăiască mereu cu această credinţă. „Nu-i pleoşti creasta", spun bătrânele, „ba, dimpotrivă, făleşte-o mereu cât îi de falnică şi cireşie, şi rob supus îţi va fi toată viaţa..."

Vasilena Cantuniari era una din aceste muieri înţelepte. Gracilă, supusă, blândă şi, chipurile, lipsită de apărare ca o copiliţă, făcuse în viaţă doar ce poftise, iar bărbaţii care o adoraseră şi încă o mai adorau îi stăteau veşnic sub poruncă. Azi şi în veci – cât ţine vecia omul deasupra pământului.

Lelia de Gunsbourg era însă din altă seminţie. Domina, ea îşi alegea ibovnicii, la lumina zilei, ştia a dezmierda cu o floare, dar şi gârbaciul îl avea în toată clipa la îndemână.

Ceea ce nu desluşise Miclescu – şi nici n-ar fi avut cum – în „politica" baroanei era pricina ascunsă. Lelia, rănită de conduita prinţului Suţu, dorea cu orice chip să-şi dovedească sieşi că a rămas aceeaşi femeie puternică, de irezistibil farmec. Pomelnicul cochetelor înşirat de Alecsandri, girat într-un fel de înfățișarea plăcută a Miclescului, succesul absolut de la trecuta soarea, cucerirea Elenuței Ghika o încredințaseră că Miclescu merita sedus. Nu era un june oareșcare, flaneur pe Podul Mogoșoaei, ci un personagiu redutabil. Pentru a-l fascina, trebuiau înlăturate rivalele de ieri și de azi, și ele redutabile. Înrobirea unui astfel de bărbat îmbogățea un palmares de victorii, îți îngăduia să-ți cercetezi, din nou, chipul cu privire senină în lumina crudă a unei dimineți de vară.

Mânioasă pe Suțu însă și mult grăbită să se încredințeze că Lelia de azi e aceeași cu Lelia de la douăzeci de ani, depuse prea mult sârg, căzu în exagerațiuni, se avântă cu o impetuozitate care, pierzând farmecul spontaneității, deveni stridentă.

Miclescu, speriat de atâta avânt și scârbit, da înapoi.

— Dragilor, cum avea el să istorisească a doua zi amicilor Barbu și conului Vasile din Mircești, dacă mai zăboveam oleacă ar fi aflat singură ce culoare port la calțavete. Nu mai știam, bre, pe unde s-o cotigesc, mă simțeam fecioară în noaptea nunții cu ursit silnic și urât. *Des moments atroces, inoubliables, je vous assure*[1]...

Alecsandri îl cercetase cu mirare:

— Ai reacțiuni neașteptate și bizare, *mon ami!* Baroana e una din cele mai chipeșe muieri ale vremilor noastre.

— Falnic și uliul, răspunse Ionică Miclescu, dar porumbița tot se sperie când o năvălește. Tot asemenea m-am simțit eu. Porumbiță, și încă din cele albe nea.

— Am trăit cândva ceva asemănător, spuse poetul, la Veneția. Era însă de înțeles! Juna frumusețe nu era frumusețe și nici jună. M-am salvat destul de jalnic – pretutindeni după

[1] „Momente groaznice, de neuitat, vă asigur“ (lb. fr.).

aceea eram întâmpinat cu zâmbete pline de tâlc – băsnindu-i despre voiajurile mele în Orient.

Todiriță Zăvoianu ridică arătătorul și bubui:

— Trebuia să-i vorbești despre civilizațiune! Nu poți să spui, Johnny, că nu ți-am atras atențiunea! Este o cestiune care nu dă greș și i-ai fi abătut gândurile de la, nu-i așa... puteți ca să mă înțelegeți.

Barbu Cantuniari râsese.

— Așa procedezi tu, Todiriță?

Situația creată însă îi avantaja. Baroana, stârnită, își pierduse cumpătul, îl asedia pe Miclescu de două-trei ori pe zi cu invitații și răvășele liliachii, unde declarațiunile de amor erau străvezii.

„Nu mi-aș fi închipuit că cineva mă poate impresiona astfel..."

— Ce naiba i-ai zis? întrebase Barbu.

Ionică săltase nedumerit din umeri. Nu-și amintea să fi rostit un singur cuvânt strălucitor. Mai degrab' păruse nătâng.

„Nu am o inimă de marmură", declara baroana în alt biletel. „Vă interesează atât de puțin gândurile, suferințele mele? Simt în dumneavoastră un prieten căruia m-aș putea încredința cu toată sinceritatea..."

Rose, camerista, observase starea de tulburare a baroanei. Cu cutezanță de slugă veche, nu odată în anume momente prietena stăpânei căreia îi cunoștea secretele cele mai intime, întrebase zâmbind:

— Doamna iubește din nou?

Lelia tresărise. Nu știa dacă simțământul care o poseda era dragoste, dar trebuia să recunoască, măcar în inima ei, că Miclescu o interesa. O interesa foarte mult... Poate, îngrijorător de mult.

Pe Suțu nu-l iubise. Fără să fie bătrân, bănuia că nu fusese niciodată tânăr, era *embêtant*, consuma politică și în pat. Nu făcea dragoste, își făcea datoria; cu aceeași conștiinciozitate își lustruia unghiile sau își îndrepta barba. Ibovnica lui adevărată era ambițiunea. Dar tot ambițiunea o determinase și pe Lelia să-i devină metresă. Coroana României, iată o miză pentru care merita să înduri îmbrățișările unui sac de oase mirosind a țintirim. Dar un sac cu stemă!

Dezamăgită în iluziunile ei, rănită în orgoliu, Lelia îl ura acum...

— De fapt, ajunsese la concluziuni Alecsandri, ce am izbutit până acum?

Stătea în jilțul cel mai apropiat de cămin. Se simțea bine, îi era cald și își prepara cu plăcere luleaua. Cantuniari se ridicase și începuse a măsura spațiul liber al odăii cu mâinile la spate.

— După cât se pare, amicul Ionică a ajuns la țintă mai repede și mai sigur decât ne așteptam. Așa cum se arată, baroana s-a înamorat, îi gata să-i ciugulească din palmă. Izbândă de preț, doamna de Gunsbourg având larg acces la vârfurile opoziției. Iar o muiere când iubește, adăugă pe gânduri, e în stare de multe. Neînchipuit de multe.

Miclescu își aminti frântură din conversațiunea purtată cu Lelia. Pentru a se făli cu relațiuni importante, de unde culegea știri de sursă sigură, povestise despre petrecerile pe care palatul le pregătea pentru sărbători. Ionică agățase nada:

— Palatul gândește pesemne la o surpriză, căci e cea dintâia oară când aud novela.

— Când ai cunoștințe, râsese Lelia, nu există surprize, iar novelele sunt vechi. Nu vă interesează politica, *monsieur* Miclesco?

— Mărturisesc că nu. Deși vremile m-ar obliga la mai mult spirit cetățenesc, eu îmi recunosc neputința de a îndrepta lumea. Mă mulțămesc să rămân în contemplațiune.

— Poți contempla și o alergare de cai, dar îți dorești să câștige unul singur.

Miclescu zâmbise:

— Cuza este favoritul meu.

— Îl iubiți atât de mult?

— Ca pe un frate. Cred în înțelepciunea și în adevărul lui, în onestitatea idealului căruia i se jertfește, mi-e prieten de când mă știu...

Baroana păruse impresionată de înflăcărarea lui Ionică. Rostise moale, cu privirea pierdută în depărtări:

— Frumoase simțăminte, *monsieur* Miclesco, și care vă onorează. Cuza... datorită dumneavoastră... Cine știe! *Les amis de mes amis...*

În trei zile, Nae Dumitrescu, ipistatul, izbuti să descâlcească potecile flașnetarului. Calicul avea programă de la care nu se abătea. Dimineața, către ceasurile 9.30, părăsea locuința din ulița Franțeză, cu minavetul atârnat în curea, pe după gât.

Papagalul, zgribulit de frig, mai picotea cu ciocul înfundat în penele decolorate, parcă spălate cu sodă. Saveta, slujnica madamei Ioneasca, îi deschidea poarta morocănoasă, petrecându-l cu aceeași urare bombănită:

— Umblă sănătos! De nu vii până în sară, bine o să-mi pară! De nu vii deloc...

Restul se rătăcea în zgomotele uliței. Pandele răspundea printre dinți, în turcește. Ipistatul nu-l auzea, dar o deslușise după mișcarea buzelor.

Flașnetarul o dădea pe Lipscani, intra în bodega lui Mutu, de fapt Stănilă, un oltean a cărui gură mergea mai abitir ca moara lui Assan, unde înghițea la iuțeală două rachiuri. La ceasurile 10 ajungea la Palatul Suțu. Aici dădea drumul la minavet, cu ochii zgâiți în ferești. Aștepta cam la cinci minute, până se ivea o slujnică și îl vâra în curte. Dacă nu-l băga nimeni în seamă, pleca și se mai întorcea odată, spre seară. În ziua când era primit, după aceea se ducea glonț în ulița Fântâna Roșie; aici, la baroana de Gunsbourg, lucrurile se petreceau aidoma.

Ipistatul conchisese încântat: „Ți-am zis eu, dom'le!? E corier pe chestie de conspirațiune! Aci e cu caz de pușcărie."

La 6 seara, Pandele, cu slujba terminată, își încheia ziua la Șapte Frați, un birt de la poalele Mitropoliei, unde piețarii – mai ales olteni și bulgari – goleau, una după alta, oalele cu vin, ca să-și stingă arșița din gâtlejuri. Căci tarabele gemeau de ghiudemuri iuți, plăcinte cu carne și brânză, ardeiate și sărate cumplit; pe grătare sfârâiau pastrama de capră și cârnați la fel de năprasnici. Deasupra tejghelei atârnau șiruri de țâri, trandafiri oltenești zăceau în vrafuri. Cheful era ațâțat de balaoacheșii care ziceau din diblă și pe gură de foc și inimă albastră. Când isprăveau cheful – obiceiul casei – mușteriii dădeau cu oalele de pământ, zdruncinând noaptea mahalalei cu bubuituri.

Către miezul nopții, Pandele se întorcea acasă. Deși bea vârtos, nu se cunoștea pe el, se ținea drept, pașii îi erau siguri chiar pe ulițele lustruite de geruială. Nae Dumitrescu îl admira:

„Ehei! Conspiratistul nu duce bărdaca la favorite, dar ține la udăturică!“

În cârciumă, remarcase ipistatul, flașnetarul stătea singur. Avea masa lui, cam în calea patronilor, la intrarea în cuhnii, și nimeni, nici măcar lăutarii, nu se apropia de el. Sâcâit într-o seară de un cupeț mai ciupit, flașnetarul nici nu clipise. Nea Gogu, crâșmarul ăl bătrân, îl îndepărtase cu o singură mână.

„Devine că e curios!“ Dumitrescu rămăsese pe gânduri și își continuase investigațiile. După trei zile, mai scotocind și prin arhive, îi ținea viața în palmă.

Madama Ioneasca, gazda, îl citise bine. Tase Pandele se trăgea din lume mai subțire. Era fecior de arendaș ortoman, școlit, și, la moartea lui tătâne-său, boierii Zamfirești îi încredințaseră aceeași slujbă. Moștenise slujba, dar nu și însușirile părintelui. Fie că nu se afla la fel de dibaci, fie la fel de cinstit, după niște ani Zamfireștii îl dovediră cu potlogării de mii de galbeni. Se lepădase de tot avutul și izbutise să scape de ocnă, pierzându-se în lume. Era însă gol prepeleac. Rătăcise o vreme prin Moldova, apoi se întorsese la București. Hăituit de cârmuire, trăia ca popândăii, căutând borți sigure. Vagabond și chimir ififliu - la poliție nu se cunoștea în ce împrejurări - ajunsese, după o vreme, între oamenii de casă ai lui Suțu. N-avea o îndeletnicire anume - argat, rândaș, fecior ori amploiat la cancelaria prințului - și nu locuia în aripa slugilor de la palat. Dumitrescu îi dibuise bârlogul, o căsuță curățică în Copăceni, unde Suțeștii aveau moară. Se afla sub oblăduirea prințului care îi asigura traiul zilnic, încredințându-i, după câte înțelegea ipistatul, „slujbe secrete cu un ce, carevasăzică suspect“.

Conştiincios, Nae Dumitrescu făcu cercetări şi la Copăceni. Casa i-o îngrijea o moşneagă tare de ureche. Încolo, nu ţinea gospodărie cu acareturi, vite în bătătură, păsări. Merindea şi-o rostuia cumpărând de pe la muierile din sat ori i-o trimiteau caldă, în ulcele, de la han. „Om cumsecade", spuneau sătenii, „da' cam într-o joi şi o doagă!" La început, socotiseră că-i vreo iscoadă de-a boierului, dar mai apoi se lămuriseră că-i curat lacrimă, însă pustnic şi ciufut de felu-i. Vara trândăvea mai toată ziua în hamac, cetind ocale de cărţi, iarna făcea acelaşi lucru la gura sobei. Nu-i plăcea să fie descusut, nu descosea, ocolea orice făptură pe două picioare. Nici după catrinţă nu umbla, deşi, fără a fi tânăr, se afla oricum bărbat în puterea vârstei. Din când în când, pierea nălucă. Nimeni nu-l vedea nici la plecare, nici la întors. După o vreme, o săptămână ori o lună, se ivea din nou.

Acesta fu raportul pe care-l prezentă ipistatul lui conu' Barbu Cantuniari.

— Don' căpitane, încheiase, vă rog ca să-mi permiteţi să-l iau eu la dărăcit, căci pot ca să vă spun că mă pricep la soiul de om.

Cantuniari râsese:

— Eu nu mă pricep?

Dumitrescu se prefăcu speriat:

— Scuzaţi, nu pot ca să vă jignesc, dar dumneavoastră sunteţi prea indelicat ca între lume subţire. Pe pitpalaci precum Pandele, însă, mandea ştie să-i pieptene.

Barbu, amuzat, îi desluşi ce urmărea să obţină de la flaşnetar şi îi dădu mână liberă.

„Dintâi şi în primul rând", decise Dumitrescu, „trebuie vârât în sperieţi!"

A doua zi, la ceasurile 9 ale dimineţii, trimise un vardist în uliţa Franţeză. Anume îl alesese nămilos, cu mustaţă şi privire înfricoşătoare şi cu gura cusută. Omul nu ţinu seama de bodogănelile slujnicii, nici de ţipetele şi ocările madamei Ioneasca, proprietara, care, încă neridicată din aşternut, cu părul pus pe moaţe de jurnal sub scufa de noapte, se stropşea că „va ridica răclămaţie pentru inviolaţiune de domiciliu..."

Vardistul intră peste chiriaş. Pandele tocmai îşi hrănea papagalul şi se pregătea de plecare. Se uită speriat la omul cârmuirii şi mâinile începură să-i tremure. Îşi umezi buzele şi întrebă cu glas slobozit parcă din gâtlej de sticlă:

— Sunt arestuit? Pentru care pricină?

Vardistul răspunse scurt:

— Aceasta ţi-o spune-o don' ipistat Nae Dumitrescu. Nu zăbovi, că don' şef nu-i deprins s-aştepte la toţi zgârie-diblă!

Ioneasca sări:

— Cum poţi ca să jigneşti un cetăţean onest? Da' las', musiu, că mai e ea o lege în ţara asta! Nici aşa, pentru ca să vă bateţi joc de oameni ca-n sat fără câini. Don' Pandele, să stai pe poziţiune, că ajung la Vodă, dar nici ca să ne jignească orice ţopârlan galonat.

— Cucoană! se oţărî mugind vardistul. Pune cep la meliţa aia, căci te poftesc în camizol la poliţie şi fără invitaţiune! Zât!

— Zât lu' mă-ta, mitocane!

Dar vardistul n-o mai luă în seamă, dispunând scurt către Pandele care da să-şi treacă peste gât cureaua flaşnetei:

— Lasă orchestrul acasă, că mergi la poliţie, nu la bâlci.

Ca să impresioneze, Nae Dumitrescu îl aştepta în „cabinetul" lui Cantuniari de la circumscripţia de Roşu. În capul lui, încăperea care mirosea a hârţoage, igrasie şi şoareci era impozantă, iar jilțul de piele, o culme a eleganței și a confortului rafinat. Era îmbrăcat la opt sute și un pol. De dimineață îi ceruse Lisavetei straiul de „ginerică și pompe funebre". Băgase de seamă că delincvenții, dacă pe uliță se sperie de uniformă, aduși în stabilimentul poliției, sunt impresionați de haina civilă. „Trebuie că-i grangur mare", își ziceau, „de vreme ce își ascunde gradul și hramul."

Ipistatului îi fu de-ajuns o singură privire ca să priceapă că flașnetarul e pierit de frică. De altfel, dacă n-ar fi fost atât de speriat, omul lui Suțu ar fi pufnit în râs. Dumitrescu, „un cot și un pic", cu picioarele atârnând în aer – două palme bune îi despărțeau încălțările de dușumea – își da aere de personaj important și rostogolea priviri pe care le socotea înfricoșătoare. Era caraghios nespus. Porunci scurt:

— Delivent Pandele, stai jos!

Închise ostentativ cel mai gros dosar pe care-l găsise în cabinet și, muind condeiul în călimară, scrise ceva la întâmplare, cu slove mari și apăsate. Flașnetarul îi urmărea fiecare mișcare cu neliniște crescândă.

— Don' șef, este o confuziune... Poate ca să spună și madama Ioneasca, femeie serioasă...

— Ce să-mi spună?

— Mă încurcați cu altul...

Nae Dumitrescu râse strâmb. Deschise la întâmplare dosarul și se prefăcu a citi:

— Anastase Pandele, născut, carevasăzică, în Tupilați, la 12 ale lui făurar 1819. Tatăl – Grigore, mama – Dumitra... Îi azvârli o privire nimicitoare. Este, musiu? Nu ești ăla?

— Este, se bâlbâi flașnetarul.

— Păi, atunci ce-mi umbli mie, dom'le, cu chestii din ăştia? Aici este o instituţiune serioasă şi democrată, nu umblăm c-o fi, c-o păţi, îl încurcăm pe nea Stan cu badea Bălan! Şi bagă de seamă la cum vorbeşti, că te bag la injurii în ezerciţiul funcţiunii, de parcă n-ai avea destule belele, dar ăştia sunteţi, v-o căutaţi la soare cu lumânarea!

— Cu iertare, don' şef, îngână flaşnetarul, n-am vrut să vă supăr, omul prost, vorbă proastă.

— Gura! De ce nu te-ai prezentat la invitaţiune?

— N-am avut vreme ieri.

— Ce spui, musiu? Adică a-nnebunitără bucureştenii, nu mai poate fără baliverneles şi insecta dumitale?

— Să vedeţi... madame Ionescu...

— Gura! Îmi pasă de Ioneasca ca de ploaia de-anul trecut!

— Lăsaţi-mă să vă explic...

— Ce să-mi esplici, dom'le? Că dumneata eşti tâlhar de drumu' mare? Că dă cinci ani te-ascunzi pentru ca să nu faci ocnă? Păi, cine crezi c-o face în locul dumitale? Soacră-mea? Statuia din capul Podului? Dă ce nu te-ai prezentat la ocnă? Zamfireştii zice că poliţia e neghioabă, n-are vasăzică la o capacitate şi lu' musiu Pandele nici că-i pasă, bate uliţele bimbaşă cu minavetul după gât. Hoţeşte galbenii cu sacul şi butea, dar ocnă nu-i place pentru ca să facă!

Flaşnetarul, doborât, ţintuia duşumeaua. Tresăriri, poate hohote de plâns stăpânit anevoie, îi zgâlţâiau întreaga făptură.

— ...Nu! urmă din ce în ce mai montat ipistatul. Ocnă nu face musiu Pandele, că nu-i place, da-i place în schimb să facă conspiraţiune şi trădare...

— Don' şef! Eu...

— Dumneata, ce? Crezi că nu știm cum devine cu alde Suțu și suversivii dumnealui? Adică, ce zici: că dacă are așa, la un chef, poate ca să se puie cu domnia și cu Vodă? Bătu cu palma în dosar: Avem acilea toate actele de conspirațiune. De ajuns ca să vestim gâdele să frece frânghia cu sopon...

Pandele își ridică privirea înlăcrămată:

— Iertați-mă, don' șef... Eu nu știu nimic... n-am de unde să știu... Duc câte un răvășel de colo-colea... Cum să mă înfrunt eu cu domnia? Pentru o bucată de pâine, don' șef... Cum să intru la o idee de conspirațiune? Mi-am zis că-s daraveli d-amor... Nu mă nenorociți, don' șef...

Era doborât, pe chipul cu trăsături șterse se citeau spaimă și disperare.

„E prăpădit rău!“ aprecie ipistatul. „Plânge pământul sub el... Aferim, coane Suțule, de simbriaș suversiv! Cum poate cineva pentru ca să se încurce cu asemenea nație de ins! Un nemernic și pă d'asupra și baligă!“

Nae Dumitrescu își mai măsură odată victima și intră direct în chestiune:

— Uite, musiu Pandele, ca să nu zici că-s om al dracului și că noi, ăștia de la cârmuire, avem capete pătrate, adicătelea cușma după căpățână!...

Flașnetarul ridică privirea. În ochi i se aprinsese licăr firav de nădejde. Clipea des, în așteptare.

— Și nici inimă pentru ca să tai geamuri cu ea... Îți dăm ocaziunea ca să te mai speli de păcate, că și sfinții părinți tot asemenea zice, că omul dacă se căiește, iertare primește. Cestiunea este dacă pot să am încredere că acilea nu mergem pă paroldoner...

Flașnetarul își duse mâinile la piept; părea gata-gata să cadă în genunchi:

— Jur, don' șef! Pe mormântul lui taică-meu, carele a fost om de onoare.

Dumitrescu dădu din mână:

— Lasă-mă, nene, cu fleacurile ăștia, țintirim și răposați. Eu vorbesc serios. Slujba nu-i grea, dar tre' să-mi fii cu credință la absolut.

— La absolut, don' șef!

— Dacă te prind cu cioara vopsită, îți promit eu, Nae Dumitrescu, ipistat la Roșu, că cu lacrimile stropește mă-ta o moșie de dă rod fără strop de ploaie.

— Don' șef, nu vă înșel.

— Care înșală și fură la un stăpân nu-i miel alb nici la al doilea! Te avem la mână, musiu Pandele, și acum nu ne mai scapi.

— Porunciți!

— Beleturile, începând de azi, nu le mai duci matale la destinațiune, până nu treci înainte pe la subsemnatul. Ai priceput?

— Da, don' șef!

— Despre conversațiunea noastră, nu-i sufli cuvințel lui boier Suțu și nici altuia, nici măcar insectei de pe minavet. Nu încerca pentru ca să dispari, că cărările nu ți le mai hotărăști singur.

— Cum o vrea Dumnezeu, șopti obidit flașnetarul.

— Ba cum poftesc eu, domnul ipistat Nae Dumitrescu!

Se simțea mare, puternic și înălțat dintr-odată în propriii lui ochi. Ar fi dorit nespus să-l vadă acu', în strălucit ezercițiu al funcțiunii, cucoana Lisaveta.

Madam Anthița Corneasca înfipse acul în cusătură și o lepădă parcă mânioasă pe un scaun:

— Degeaba! Îmi tremură mâinile, de parcă le-ar bate vântul. Nu mai am răbdare și pace bună!

Masinca, fiică-sa, alegea printre sculurile de mătase din coșulețul de lucru. Își ridică privirea zâmbind. De câteva zile îi stăruia în ochi o bucurie nouă, obrajii îi prinseseră oleacă de culoare, trupul se mișca mai vioi, întreaga făptură căpătase viață.

„A-nflorit la gândul zestrei“ își zise maică-sa, „da-ncolo, tot urâțică biata, tot deșirată ca și bunică-sa, alcătuită parcă tot din coceni de păpușoi...“

— Mămiță, și eu o țin într-o teamă... Nu-mi vine a crede, dar simt că se lasă cu bine... Și-n bobi tot de bine dă...

— Să te-audă Dumnezeu, fată, dar mai dintâi să te auză sărăcia asta de tat-tu! Cât îi de sucit...

Fata o privi speriată:

— Bine, dar a zis că le dă nemțășugul... Am văzut și cutia... Îi pe masă, în salonaș.

— Știu... Dar am așa, o îndoială... Eu îl cunosc pe Cornescu, văz prin el ca prin sticlă. Simt că a pus ceva la cale... Își înfipse dintr-odată mâinile în cap: Bătu-l-ar Dumnezeu să-l bată, că n-am pomenit așa ins secret! Că așa-i într-o familie! Stă creștinul de vorbă cu muierea, ascultă la un sfat, c-o fi așa și pe dincolo, le sucim, le socotim, că d-aia-s două minți... Dar ăstuia i-a cusut mă-sa gura, o deschide doar să înghiță!

Dimitrie Cornescu își vârî capul pe ușă.

— Cu ce ți-am mai căşunat, cucoană Anthiță?

Corneasca abia așteptase să izbucnească:

— Mi-a căşunat că de două zile te holbezi năuc la tavan, ții secret, da' la oala cu smântână tot ai umblat.

— Vorbești în dodii, nu pricep nimic...

— Ba una, urlă Corneasca, s-o pricepi și bine! Dacă nu-mi vii cu cinci mii de frânculeți numărați, viață bună cu mine nu mai ai! Da' ce zic eu viață bună? Nu mai intri în casă, legăturica ți-o pun colea, la poartă, și du-te-n lumea dumitale! Așa să știi!

— Doamne, Dumnezeule! se tângui Cornescu. O zi bună nu pot avea și eu în casa asta! Cine dracu' m-a blestemat?

— Te-a blestemat fetișoara asta, că-ți bați joc de viața ei, când poate și ea să-și facă un destin! Că pe mofturile și fumurile dumneatale nu ți-o scoate nimeni din bătătură! Doar ce-am făcut două ori trei târguieli mai acătării, c-au și început să pice pețitorii. Madama Stănculeasa, care întorcea capul pe uliță când mă zărea, ieri-seara își deznoda spinarea în temeneli... Azi, pe „rouă nescuturată", ne zgâlțâia porțile coropișnița de Mândroaia, înălțând-o pe fie-ta până-n luceferi de chipeșă și gospodină ce-i...

Își schimbă glasul maimuțărind-o pe Mândroaia:

— „Frumoasă, hărnicuță, zestre!... Îi găsim noi un destin bun, madam Corneasca!" Oare când o țineau pe-asta șalele de măritatu' lu' Masinca? Auz? Norocu' n-are uliță și număr de bordei, ca să-l cauți când poftești dumneata! Așa că vâră-ți mințile în cap!

— Mămiță! o întrerupse fata dintr-odată speriată. Taci, c-a venit domnu' Balș!

Corneasca se repezi spre ușă șuierând:

— Ai grijă ce și cum... Nu te prosti... Că eu nu știu multe...

— Hai, mamă...

Panait Balș pătrunse măreț, gras, jovial, mirosind a ger și flori de toamnă, acoperite de zăpadă.

— Gata suntem, jupâne?

Cornescu dădu din cap, arătând spre cutia învelită în hârtie groasă. Ieşeanul se dădu instinctiv un pas înapoi.

— N-aveţi teamă, surâse Cornescu. Singură nu-i primejdioasă.

— Dumneata ştii mai bine... Carevasăzică, asta-i scula.

— Asta, domnule Balş.

— Rămâne să-i facem pruba şi... Se bătu cu palma peste pieptul paltonului: Paralele sunt ale dumitale. Jumătate acum, dacă invenţiunea se dovedeşte vrednică, ceilalţi două mii cinci sute când îmi dai scula comandată. Cinstit târgul, jupâne?

Afară îi aştepta una dintre săniile prinţului Suţu, mai puţin arătoasă.

— Băneasa! porunci scurt Panait Balş şi se înfundă între blănuri.

— Alteţa Sa vă aşteaptă în seră.

Feciorul, bătrân, stilat, în livrea prăzulie cu ceaprazuri de argint, îl descotorosi de paltonul greu, căptuşit cu blană de jder. Cunoscător al casei, Panait Balş nu aşteptă să fie condus şi pătrunse într-un coridor lung, care făcea legătura cu cealaltă aripă a palatului. Aici se afla sera, o cuşcă spaţioasă, cu pereţii şi bagdadia de sticlă. Din pricina formei, o cupolă, bucureştenii denumeau palatul Circul Suţu. Era una dintre cele mai frumoase sere din Capitală şi de care se îngrijea însuşi prinţul, mare iubitor de flori şi unul dintre cei mai remarcabili botanişti ai vremii sale; amănunt ignorat, în general, şi însuşi Suţu nu făcea caz de vocaţia lui pentru grădinărit. Prinţesa Irina afirma râzând că preocupările de jardinier constituie singurul detaliu vulgar din personalitatea lui Suţu.

Avocatul Balş îl găsi ascuns în pădurea de lămâi, portocali şi chitri, aranjând din foarfece un ghiveci cu cinci amarillis splendide.

— Iar scarchini buruienile celea de omizi? Ci lasă-le, păcatelor, că avem altele mai arzătoare!

O tresărire nervoasă însufleţi o clipă chipul de lemn al prinţului. Îl contrariau interpelările brutale, jovialitatea trivială a ieşeanului, un ton prea direct îl insulta.

Balş îşi scoase batista. Ca toţi oamenii graşi, năduşea vârtos şi, în atmosfera supraîncălzită a serei, rarefiată, avea impresia că se sufocă. Dar a-l rupe pe Suţu de buruieni era lucru mare, aşa că avocatul recurse la trucul pe care-l ştia infailibil: luleaua. Şi, într-adevăr, doar ce o zări, prinţul lepădă foarfecele, grăbindu-se până a nu scăpăra Balş amnarul.

— Trecem în cabinet...

— Bine zici! Aista-i iad. Mai ceva ca la baia turcească.

În hol se întâlniră cu prinţesa Irina. Îşi trăgea mănuşile, gata să plece. Balş o salută volubil, înclinându-se pe atât cât îi îngăduia trupul gros:

— Sărut mânuşiţele, cucoană Irină! Phii! Dar chipeşă mai eşti! Nu-ţi fie de deochi! Din zi în zi, mai însorită, mai înflorită... *Parole* dacă-l pricep pe Suţu! Cu asemenea floare gingaşă în grădină, la ce mai dezmiardă sfrijiturile celea din străchini?

Irina Suţu râse. O amuzau jovialitatea grasă a moldoveanului, gentileţurile de urs. La fel de distinsă ca şi bărbatu-său, avea în plus umor, gusta, în limitele *bonton*-ului, desigur, şi nu din partea oricui, apropourile picante, anecdotele decoltate.

Îi atinse uşor obrazul cu degetul înmănuşat.

— Tot crai, *monsieur* Balş. Să ştii că, dacă nu te cuminţeşti, îţi ridic o pâră la cucoana Aretia...

— Răutăţi de acestea nu faci matale... Inima, precum şi chipul, tot trandafir...

— Ia seama la spini! râse Suţoaia. Rămâi la cină, *monsieur* Balş. Contez pe mata... *Au revoir, mes amis...*

În cabinet mirosea a tutun fin Gold Cairo şi a cedru. Prinţului îi plăcea aroma, şi slujitorii aveau poruncă să azvârle în foc câte un vreasc, două din lemnul scump.

— Ei, începu Suţu, cum stă cestiunea cu... Cornescu, parcă aşa îl cheamă.

Panait Balş îşi freca mâinile:

— Straşnic! Ţi-o spun cinstit, *mon cher*, nici nu mă aşteptam la o invenţiune atât de teribilă! Când te uiţi la nefericit, nu lepezi două parale. Zici că-i paracliser.

Prinţul se aşeză picior peste picior. Elasticul trecut pe sub talpa ghetei îi ţinea pantalonul întins perfect pe pulpa subţire. Întrebă pe nas, uşor ironic:

— În ce constă, *mon cher*, teribilul acestei invenţiuni? Nu cumva te avânţi?

— Te-am chemat la experiment, de ce n-ai venit?

Suţu avu o schimă de dezgust:

— Ştii bine, Balş, că am zgomotul în oroare.

De fapt, evita orice act care l-ar fi putut compromite. În caz de eşec, ancheta care ar fi reconstituit itinerarul complotului s-ar fi împiedicat de numele Suţu – gândea prinţul – doar în mod întâmplător. Implicat ar fi doar din principiu, aşa cum, tot din principiu, vor fi implicaţi Brătienii, Rosettachi, Pano, Ştirbey, Ion Ghika.

— O născocire satanicească! Desenă cu mâinile: Atâtica-i cutioara, cât să vâri în ea două pălării de damă. A depus-o în mijlocul omătului, o învârtit un șurubel, și apoi am luat-o amândoi la sănătoasa.

— V-a văzut cineva?

— Dumnezeu și Sfântul Gheorghe, că acela-i cu tunurile! Cine să ne vadă, în câmp, la Băneasa?... Ista, Cornescu, își scoate ceasornicul și începe a socoti. Zice: Încă o minută, musiu Balș. Astupați-vă urechile! Zic: *Mon cher*, la grămăjoara de parale pe care o plătesc, vreau să aud totul...

Avocatul se ridică și începu a se zbuciuma prin odaie, în focul istorisirii:

— Bre! Nu-mi isprăvesc bine vorba, și o bubuială năprasnică îmi farmă urechile, pământul prinde a se zgâlțâi și mă trezesc ditai uriașul cu nasul în omăt. Când m-am dezmeticit, vezitiul opintea să intre sub sanie de spaimă. Cornescu râdea: „V-a plăcut? Acum să vedem pe câtă stricăciune ne putem bizui“, și-o ia înainte. Zic: „Nu mă duc, bădie, dacă mai face odată?“ Să n-o mai lungesc, scula farmă totul în jur. Am numărat cam trei stânjeni de omăt spulberat și topit ca de focăraie, pământul răscolit parcă arat cu te miri ce plug, iar gropnița adâncă să-ți intre un ins, de-a-n picioarelea!

Suțu îl cercetă curios:

— Chiar așa?

— Întreabă-l pe Ilie, vezitiul. Clănțănea toaca din măsăluțe. „Ți-e frig, bre, de-ți aud dinții?“ „Ce frig, conașule? M-o zdruncinat Scaraoțchi, colo, în câmpul Bănesei, și nu-mi mai vin în fire...“ Așa că, *mon cher*, succesul e asigurat! Mă gândeam la amărâtul ăla de Cornescu... Cinci mii de franci! Păi, neamțul ori franțuzul i-ar plăti pe drăcovenia lui saci de aur!...

— Lasă-l pe Cornescu... Acuma... Da... Să nu ne pripim!

Îi arătă spre birou, unde se aflau trei gazete franțuzești împăturite corect: *Le Constitutionnel, Le Pays* și *Le Nord*.

— Le-ai citit?

Balș ridică din umeri:

— Aceleași fleacuri! Bibescu și Știrbey își închipuie că pe Cuza îl smulg din Scaun cu răvașe de plăcintă.

— Egzagerezi ca totdeauna. Niciodată atacurile împotriva Principelui n-au fost atât de vehemente. Găsesc că situațiunea ne favorizează!

— Adică?

— E foarte simplu. Am putea proceda în așa fel, încât opoziția de la Paris să fie considerată autoarea complotului. Violența acuzațiunilor și a langajului sunt inadmisibile... Evident, din punctul de vedere al lui Cuza. Să-ți cetesc câteva rânduri...

Deschise *Constitutionnel*-ul și căută un pasagiu subliniat cu cerneală roșie.

— Ești atent?... Deci, „a sosit ora fericită pentru națiune când vom dobândi un principe străin, precum au cerut-o divanurile ad-hoc... A sosit ceasul când Cuza silit este să-și culeagă roada păcatelor, să-și plece capul sub greutatea lor. Ce a făcut el de la 1859, cum a condus trebile țării ca să o pună pe calea progresului? Cârmuirea lui a semănat doar anarhie și dezmăț. A dezlănțuit patimi murdare, a vârât în capul țăranului nostru muncitor și onest ideea că toată cauza răului de care suferă țara este proprietarul. În loc să caute mai întâi la a înfrăți spiritele, a lumina pe ambele părți, a face mai întâi institutele necesare, Cuza, dimpreună cu vătaful său, Kogălniceanu, îndeamnă la nesupunere și la revoluțiune..."

— Și etc..., îl opri Panait Balș, plictisit. Aista-i condeiul Bibescului. Nici geambașul nu mi-i prea drag, așa că, dacă-i putem pune în spinare o crimă frumușică, eu unul nu m-oi supăra.

Suțu aruncă jurnalul peste umăr, fără să se uite unde nimerește.

— A rămas deci pentru 26?

— În principiu, 26, dragă prințe! Iar până atunce nu ne vom mai vide! Legătura o ținem prin... minavet, spre a nu bate la ochi... A! Nu uita, coane! Pregătește-ți ținuta și decorațiunile adecvate! Funeralii naționale, după cum se cuvine, nu?

— Să nu ne pripim, mormăi Suțu... Aș fi preferat, dezigur, o soluțiune mai umană...

— Când ai de-a face cu fiarele, vorba celuia de la gazetă, încarci flinta!

Prințul părea îngrijorat, asediat de scrupule:

— Nu s-ar putea introduce cutia aceea în palat? Am evita numărul mare de victime.

Balș reteză văzduhul cu un gest hotărât:

— Exclus! E înconjurat de oamenii lui, care nu pot fi cumpărați. N-avem voie să riscăm. Cât am fi noi de boieri veliți și răsveliți, aista ne scurtează de căpățâni în Piața Mare! Dar și fără aceasta, vremea ne zorește! Din informațiunile mele, popilor le-a și pus de mămăligă, îi calicește încă în ist an...

— Înseamnă că rămânem la varianta Théâtre Bossel...

— Hotărât! Nu o scapă Cuza pe di Rhona în *Fermecarea șerpilor!* Ai citit anunciul din gazete? „Danț egiptean cu costum național de harem, executat pentru prima oară înaintea Maiestății Sale sultanului și viceregelui din Egipet.“ Zăcaș să fie și vine de-a bușilea ca s-o vază pe artistă despuiată.

Prințul oftă:

— Nu mă împac cu ideea atâtor victime, persoane inocente... Și în zi sfântă...

Balș râse nepăsător:

— Își leapădă potcoavele o mână de inși, dar salvăm o națiune întreagă. Adăugă rânjind: Vom griji să nu ne aflăm în benoare și loji nici noi, nici cucoanele noastre. Deși, adăugă după o clipă de gândire, eu parcă m-aș duce... Să fiu sigur!

Vasilena Cantuniari, în rochie de tafta șoricie și cu un șorțuleț de dantelă, în picioare dinaintea șevaletului, picta violete pe un evantai de mătase. La tot a doua pensulă, se dădea un pas înapoi și își culca alene căpșorul blond-lunar pe un umăr, cântărind efectele de culoare. Nimerise un violet-cardinal, de care se simțea încântată, și-i trecu prin minte – năstrușnicie – ca, la spectacolul cu di Rhona, să-și picteze pe decolteu una ori două floricele aidoma.

— Lenuș! porunci slujnicei. Ridică mai mult portierele, căci prea îi beznă.

Lucra doar la lumină de zi, iar dimineața de iarnă era posomorâtă, cu cer căzut, tuflind acoperișurile orașului. O ninsoare bogată umpluse ulițele de copii. Zburau prin aer bulgări de zăpadă, săniuțele se împiedicau în ciubotele trecătorilor, pe la colțuri și în ogrăzi apăruseră moșii de zăpadă, aromea văzduhul a cârnații Ignatului, a vanilie, a castane coapte.

Vasilena îl auzi pe Barbu coborând și râse încetișor. Zburda pe scări, sărind câte trei trepte, și fluiera șansoneta la modă *L'oiseau vert*. Într-un fel, rămăsese băiețașul de zece ani care se dădea în vânt după zahăr candel și o temea pe Baba Hârca.

În asemenea clipe, îl simțea cel mai aproape de inima ei și ochii, panseluțe brumate, căpătau luciri de rouă.

— Sărutăm dreapta, măicuță! Arăți ca o subretă de operă italiană! Dar ce matinală ești!

Vasilena îi întinse obrazul, fără a-și desprinde ochii de evantai.

— M-a trezit ninsoarea... *Il neige à gros flocons.*[1] Ca în pozele din Switzera...

— Te-a trezit ninsoarea! râse Barbu. Ce fantezie ai tu, *maman!* Nu hărmălaia din uliță, nu zăvozii, nu zurgălăii! Fulgii de zăpadă!

— Mă pot trezi și cei din păpădie...

— Dacă ți-i suflă în obraz o răsuflare aromată Fin Tabac Cairo, te cred...

— Țț! E prea cazon.

— *Pauvre général!* suspină Cantuniari. Chiar nu-i dai nicio șansă?

— Te obrăznicești, surâse Vasilena. *À propos*, vii acasă la dejun?

Barbu o privi mirat. Maică-sa nu punea întrebări, viață independentă și fără obligațiuni fuseseră contractul și înțelegerea imediat după întoarcerea lui de la Paris, nu depindeau deloc unul de celălalt.

— De ce mă întrebi? *Trebuie* să vin?

Vasilena își trecu după urechi o buclă scăpată din ace.

— Eu așa cred. S-a anunțat conu' Mihalache...

Barbu căscă ochii de mirare:

— Cine?! Marele capelmaistru?!

---

[1] „Ninge cu fulgi mari“ (lb. fr.).

— Eu nu cunosc expresiile voastre, se strâmbă ușor Vasilena. Dejunează la noi Mihalache Kogălniceanu.

— Ia te uită! Ți-a pomenit ceva de mine?

Vasilena îl privi în față râzând:

— Poți pune rămășag pe ultima centimă că nu persoana mea îl interesează.

— O, *maman!* Ești o mică ingrată! Toată lumea mă asigură că rămâi cea mai încântătoare femeie din Principatele Unite.

Vasilena îi mâzgăli cu pensula vârful nasului.

— Dar nu și cea mai inteligentă. Câți ți-au dat asigurări în privința asta?

— Cum poți vorbi așa?

Vasilena Cantuniari râse:

— Esențialul, *mon ami*, este să te simți bine cu tine însuți. Sau cum zice Marghioala, *notre cuisinière*, „să-ți fie ghini în șiubotele tali..." Nu vine aici Mihalache Kogălniceanu, prezidentul Consiliului de Miniștri al lui Vodă Cuza, ca să facă politică cu cucoana Vasilena a Talianului.

Spre deosebire de Cuza, strălucitor în societate, sufletul sindrofiilor, de o galanterie seducătoare, adorat de femei, Kogălniceanu, totdeauna serios, important, caustic și de o franchețe brutală, le speria. Sperie în general preocupările majore, împovărătoare, covârșitoare, care nu mai lasă timp și loc râsului, flirtului, amuzantelor frivolități.

Pe cucoana Vasilena însă, eternizată și fericită într-o lume a ei, n-o speria. Îl primi cu mult natural, fără ostentație, grațios absentă. Așa cum era ea de obicei, așa cum se comporta cu toată lumea. Într-un fel, „nimic nu-i important, în schimb, totu-i încântător". Și, într-adevăr, Vasilena găsea în orice prilej de încântare: „Ce frumos ninge!... Ce soare radios!...

E minunat să te plimbi prin ploaie, să simți stropii pe obraji!..." În schimb, fugea iepurește de chipuri ofilite de suferință, își astupa urechile să n-audă vaiete, închidea ochii când hâdul își arăta doar umbra.

„Nu vă îmbolnăviți", le spunea prietenelor, „căci nu vin să vă văd zăcașe, nu muriți, nu frecventez țintirimele..."

Kogălniceanu, pentru care muierile nu însemnau alta decât gospodărie și copii, avea o curtoazie greoaie, iar mondenitățile îl plictiseau. Se înțelegea de minune cu nevastă-sa, Catinca Jora, „o plăvană cu nas plângăreț, înfipt într-o lună plină", după spusele Irinei Suțu.

„Pe cât de scânteietor la tribună", își zicea Vasilena, „pe atât de *assomant* într-un salon. Dacă nu-i vorba de națiune și ideal, bun înțeles..."

Conversația prinse culoare când prim-ministrul îl pomeni cu căldură sinceră pe răposatul conu' Iordache Talianu, „bărbat vrednic, însuflețit de nobile sentimente și mare amoare pentru patrie, și bag de seamă că și fecioru-său îi calcă alăturea, cu cinste".

Știindu-l gurmand, cucoana Vasilena poruncise dejun îngrijit și îmbelșugat. Conu' Mihalache mânca vârtos, asudând asemenea. O făcea însă cu eleganță și atât de savant, încât nu se băgau de seamă cantitățile uriașe pe care le înghițea. La sfârșit, tamponându-și fața asudată, mulțămi pe puncte:

— Sărut mâna, cucoană Vasilena, ești eminentă gospodină! De, moldovencele noastre... O masă ca aceasta merită o decorație!

Barbu își stăpâni zâmbetul – mamă-sa nu știa cum arată bucătăria, nu pășise nici cu gândul pe acolo –, dar Vasilena râse deschis.

— Decorația i se cuvine Marghioalei și are să fie bucuroasă de asemenea cinstire.

— Ciorba – excelentă, pateul – magnific, fileul de somn – perfect, mușchiul – ireproșabil, șarlota – un cap de operă!... Bravissimo!

Vasilena se ridică:

— Lichiorurile și cafeluța vă așteaptă în cabinetul lui Barbu...

Fiu-său se interesă zâmbind:

— Ne punem smokingurile, *maman*?

— Nu-s atât de sensibilă ca Todiriță... De altfel, îmi place aroma de tabac.

Conu' Mihalache se uită la amândoi nedumerit.

— Zăvoianu cel tânăr, deslușì Cantuniari, a introdus în casele dumnealui obiceiul din Englitera...

— A! se dumiri conu' Mihalache. Zănaticul cela! S-a izbit lui tătâne-său! Doar că boier Grigore sărea casa, aista opintește asupra plopului... Despre care obicei vorbeai?

— La isprăvit de masă – dejun ori cină – spre a nu afuma cucoanele, făpturi gingașe, nesuferitoare de mirosuri proaste, domnii trec în cabinet ori bibliotecă. Aici își schimbă straiele – adică pun smoching – și fumează după poftă.

Când au stins lulelele, leapădă smokingul, se îmbracă la loc cu veșmintele neafumate, iar damele n-au a suferi aromă de tiutun...

Kogălniceanu își roti ochii prin cabinet. Se opri dinaintea cărților înșiruite de-a lungul pereților, îngână de câteva ori „interesant, interesant... O bibliotecă de cărturar... De, feciorul lui conu' Iordache...", apoi se opri brusc în pozițiunea lui caracteristică: în mijlocul încăperii, bine înfipt pe picioarele rășchirate, cu mâinile la spate și bărbia repezită înainte, precum un zimbru, ori, ar fi zis Zăvoianu, un buldog.

— Cantuniari, am venit aici pentru a purta o discuțiune cu dumneata, feciorul prietenului meu Talianu, slujbaș merituos al Siguranței, om de încredere al Domniei.

Barbu surâse ușor:

— Mama a ghicit-o înaintea mea...

Kogălniceanu îi azvârli o privire surprinsă. Nu-i plăcea să fie întrerupt.

— Da... desigur... După informațiunile mele - intru direct în temă, n-avem vreme de conversațiuni, menuet de gentilețuri - Vodă urmează a fi victima unui complot. S-a mai complotat și altcândva, dar se pare că, de astă dată, briganzii sunt mai hotărâți, mai organizați, mai desperați în a-și atinge țelul infam. Și iar din surse subterane, aflu că vampirii gândesc să acționeze cât de curând. Ce măsuri ați luat pentru ocrotirea Principelui? Pentru a asigura securitatea vieții Măriei Sale?

Barbu încercă să se eschiveze:

— Paza palatului a fost întărită. Cincizeci de oameni ai Siguranței veghează în punctele cele mai importante ale orașului, garda lui Vodă...

— *Parbleu!* îl întrerupse prim-ministrul. Ce știți concret? Pe cine suspectați? În ce fază se află canaliile?

Ochii mari, întunecați, străluceau ca doi cărbuni aprinși. Barbu își coborî pleoapele. Spuse încet, dar răspicat:

— Iertați-mă, Excelență, dar despre acestea nu mi-e îngăduit a vorbi.

Kogălniceanu încleștă pumnii. Declară vânăt de mânie.

— Cantuniari, înainte de orice sunt ministrul de Interne al acestei țări, iar dumitale, amploiat în departamentul meu, șef suprem.

— La ordine, Excelență. Oprelıștea vine din partea Măriei Sale. Vodă e cel care mi-a poruncit totală discrețiune și rapoarte strict personale.

Măselele Kogălniceanului scrâșniră:

— Știam...

— Dacă v-a spus-o și Alteța Sa...

— Nu, mârâi Kogălniceanu. Alteța Sa nu mi-a spus nimic. Îl cunosc însă pe colonelul Cuza, iar pe acesta trebuie să-l apărăm împotriva lui însuși. Bănuiam că aceasta îi va fi porunca. Și de aceea am venit în salonul coanei Vasilena și nu te-am chemat în biroul meu.

Sprâncenele lui Barbu se ridicară a mirare.

— Spre a apela la simțămintele dumitale de persoană privată. Cetățean cinstit, doritor de bine... Crede-mă, Cantuniari...

Deveni patetic, confidențial - nimic nu impresionează mai mult auditoriul și nu-l cucerește decât confidența individului socotit inaccesibil - cald, convingător.

— ...Crede-mă că de o lună sunt fără somn, fără prânz, numai ca să pot face ceva. Opozanții sunt puternici, au fonduri și reazăm strein, au nume și trecut, de unde nu lipsesc coroanele, vrăjmașii cearcă a mă scobori în ochii lui Vodă, camarila e trează, pândește, corupe, conspiră!!! Iar Măria Sa... Râse trist: Măria Sa e îndărătnic. Se socoate stăpân pe destinul său. Socoate că are îndeajunsă vlagă pentru a se apăra! Singur! Pentru că nu se simte singur. Știe că poporul îi stă alături...

— Poporul îl iubește, Excelență, șopti Barbu.

Kogălniceanu râse scurt:

— Îl iubește! Te cred! Când colonelul Cuza a fost ales Domn de Adunarea de la Ieși din ianuar 1859, am avut cinstea să fiu purtător de cuvânt al unei nații oropsite. Eram doar glasul care i se închina: „Tu, Măria Ta, fii bun, fii blând, mai ales pentru aceia pentru cari toți domnii trecuți au fost nepăsători sau răi..."

Aducerea aminte aduse lacrimi în ochii ministrului. Era un pătimaș și, nu odată, în timpul discursurilor, cuprins de înflăcărare și de sincere sentimente, i se întâmplase să se simtă răpus de emoțiune. Vorbi cu spatele întors:

— Este bun, este blând, blajin cu durerea necăjiților. A luptat și luptă cu îndârjire pentru a putea „ajunge la acele timpuri glorioase ale națiunei noastre când Alexandru cel Bun zicea imperatorilor din Bizanț că «țara noastră nu are decât sabia sa!»".

— Da, Excelență, îngână Barbu, neștiind ce să spună.

Kogălniceanu se răsuci pe călcâie. Se uită lung la Cantuniari și începu să râdă încetișor:

— Și acum te întrebi ce poftesc de la domnia ta. Sau că m-am lăsat mânat de mania discursurilor.

— Ordonați, Excelență!

Conu' Mihalache îi împunse pieptul cu arătătorul:

— Cu Vodă Cuza răpus, pier nădejdile întregii noastre națiuni. Pentru decenii, pentru secole, pentru vecie - exageră voit - aceasta doar viitoria o va ști. Avem obligațiunea de a-l ocroti! De a ne jertfi pentru el. Căci și el, prea conștiincios națiunii române, e gata a-și sacrifica tronul, persoana sa, numai să-și apere țara de orice pericol!

Barbu îl privi în ochi:

— Ce trebuie să fac, Excelență?

— Ce *nu* trebuie să faci! Mistere cu mine!

Ridică mâna oprindu-l să vorbească și începu să se plimbe prin încăpere cuprins de agitație.

— Da, da, Cantuniari... Știu! Poruncă! Porunca lui Vodă! Firesc! Nu-ți cer decât o mică indiscrețiune! Să mă ții la curent cu măsurile și inițiativele sale. Vodă este un cutezător din familia marilor oșteni! Dar aceștia sunt și nechibzuiți. Istoria le spune după aceea eroi! Dacă au izbândit! Dacă Fortuna însă nu le-a surâs... Pe omul cu adevărat mare nu-l interesează soclul și nici colonelul Cuza nu se dorește dăltuit în marmură. Îl dorește însă națiunea! Căci el, Vodă Cuza, îi va întregi crezul și nădejdile. Pentru ea, pentru națiune, Vodă Cuza trebuie să izbândească! Să fie ocrotit! Chiar împotriva lui însuși!

10

Slova elegantă a Kogălniceanului, subţire, uşor aplecată şi clară, îi juca dinaintea ochilor. Doamna îşi duse batista la ochii împăienjeniţi. Zoe Manta o privea neputincioasă. Nici ea nu se afla într-o zi prea bună. Îl visase pe Anton, pelerin rătăcitor, bătându-i la uşa iatacului. „De-acuma m-am întors. Ce? Credeai altfel?" O bucurie uriaşă îi năpădise făptura, sugrumând-o. Se trezise înainte de a-i cădea în braţe.

Zoe ştia că-i vis. Şi că visele arareori se împlinesc aidoma pozelor zugrăvite de somn. Dar simţea cu toată fiinţa ei că trebuie să plece... I-o şopteau glasuri rătăcite în toate unghe-rele, zeci de braţe nevăzute se întindeau spre ea, cu rugăciune, inima bătea doar una: Du-te! Du-te!

Niciodată vreo aşezare nu-i fusese mai urâtă ca Ruginoasa în aceste zile de iarnă. Vifornită, urlete de lup, în urechi mereu vuietul pustiului, vaiete nedesluşite în noapte. Cine le slobo-zea oare în încăperile goale ale castelului? Aseară, după ce suflase în lumânare, simţise atingerea unor degete de gheaţă pe frunte... Groaza îi zăticnise urletul... După aceea, visase... Să fi murit Anton? Mâna aceea rece pe fața ei, o ultimă dezmierdare? Rămasul lui bun?

Suspinul o cutremură:

— Urmează, Elenuță.

...îmi iau îngăduința de a apela la Măria Voastră, în virtutea unei vechi prietenii ce o port colonelului Cuza încă din pruncie. Apelez la Măria Voastră, Doamnă a țării și sfântă mumă a românilor, la înțelepciunea și simțămintele Voastre nobile pe care nu odată le-ați dovedit în momente de răscruce! Apelez la Domnia Voastră, soția lui Alexandru Ioan Cuza, bizuindu-mă pe buna influență ce ați avut-o totdeauna asupră-i. Situația de fact îi gravă, efervescența coteriilor, atmosfera încărcată, primejdioasă patimilor dezlănțuite, reclamă toată bunăvoitoarea și dreapta atenție a Măriei Voastre și în primul rând prezența Voastră la București, unde vom putea lucra în cea mai strânsă împreună înțelegere.

Există situațiuni în viața noastră când interese majore ne impun a le uita pe cele de persoană privată. Doar spiritele cu adevărat superioare cunosc și îndeplinesc porunca. Măria Voastră, Doamnă, ne-ați arătat cu discrețiune și eleganță - doar două din nestematele care vă luminează cununa - că faceți parte dintre aleși.

Vă îndrept, dară, umilă și fierbinte rugăciune: reveniți degrabă, fericiți-ne cu prezența Voastră blândă și senină, nu ne lipsiți de judecată cumpănită și povață înțeleaptă. Capitala, palatul vă așteaptă, nicio persoană displăcută nu va întuneca bucuria revederii. Facă-se ca sfintele sărbători ale Nașterii Mântuitorului să le călătorim dimpreună. Cu aceste simțăminte, am onoarea de a rămâne, Doamnă, al Măriei Voastre, prea umilul, prea supusul, prea devotatul Vostru servitor,

M. Kogălniceanu

Elena Cuza lăsă să-i cadă scrisoarea pe covor. Privea aţintit flăcările din cămin. Învăpăiate, mătăniile de sidef, pe care le dezmierda neîncetat, cu degete nervoase, păreau rubine.

— De ce taci, Zoe? Tu ce spui?

Zoe Manta îşi muşcă buza inferioară.

„Fără tact, ca de obicei! Ăsta-i Kogălniceanu. Brutal când ţinteşte neapărat şi la ceva anume..."

— Ştiu ce te supără, continuă Doamna cu un zâmbet trist. Aluziunile dezagreabile la neînţelegerea dintre mine şi Alecu...

Zoe Manta dădu din mână:

— Cât despre acestea!... Nici nu trebuie să te gândeşti...

— Atunci?

— Dac-ar fi după mine, ne-am face cuferele şi am lua de îndată calea Bucureştilor. Cu toată instrucţiunea lui, Kogălniceanu e necioplit cu damele... Dar de bunele sale intenţiuni nu se îndoieşte nimeni. Îl iubeşte pe Vodă, iar pentru tine are extraordinar respect.

— Ştiu... ştiu... dar...

— Ce, dar?

Doamna o privi cu îndoială:

— Înseamnă să trec peste voinţa lui Alecu. El îmi scrie să rămân la Ruginoasa.

— Spre a te cruţa, nu pentru că nu te doreşte. Îi mai liniştit să te ştie departe în momentele acestea de învrăjbire. Socot însă de datoria ta să-i fii alături. Kogălniceanu spune desluşit că la Bucureşti îi fierbere mare.

— Ce pot face eu?

— De vreme ce te cheamă și, din câte știu, e cea dintâi oară când cutează a-ți scrie fără știința lui Vodă, înseamnă că se așteaptă la evenimente de la care nu trebuie să lipsești. Așa văd eu situațiunea. Tu?

Doamna suspină și tăcu vreme îndelungată. În încăpere se auzeau doar scrâșnetul butucilor din cămin, foarfecele pendulei ciopârțind timpul, clopoțitul cald al mărgelelor de fildeș. Vorbi într-un târziu, când Zoe Manta nu se mai aștepta la niciun răspuns:

— Știi, Zoică, la ce mă gândeam? Anevoie să fii în același timp Doamnă și femeie... Râse a neputință: De mult trebuia să-mi smulg inima din piept.

Zoe Manta avu un gest de nerăbdare:

— Ce-ai hotărât? Plecăm?

Elena Doamna nu răspunse. Continua să privească focul dând încetișor din cap. Poate nu auzise.

În casele Zăvoianului cel tânăr era zarvă mare. De câteva zile, tâmplari, dulgheri, meșteri zugravi și tapițeri forfecau odăi, programa *english* a conului Todiriță cu ceasuri exacte fusese dată uitării, la cuhnii se robotea doar pentru meșteri și slugi, stăpânul luându-și mesele în târg. Casa vuia de ciocane și ferăstraie, sobele duduiau, spre a grăbi uscatul lucrărilor de zidărie, răsunau cântecele slujnicelor care râneau cu măturoaie lungi molozul și murdăria cea multă. Viersuiau și meșterii pe întrecute, șuguiau cu muierile, tot râs și voie bună. Conu' Todiriță li se părea cam sucit, dar avea mână largă, nu se scumpea la câteva parale, butoiașul cu țucsuială nu seca și, firește, bărdace care să plângă nu se aflau. Bucuros de hărmălaie și vesel nespus se afla Stan, feciorul. Existența *english* a stăpânului i se părea cam prea țeapănă și, neavând altă treabă decât să ducă tipsiile de colo-colo și să deschidă ușa, la o vreme se simțea cuprins de urât. Nefiind trândav din fire, îi lipseau caznele gospodarului, rânitul la vaci, țesălatul cailor, păsăritul, munca la țarină. Ceilalți slujitori râdeau de el că-i țărănoi și prostan, dar Stanley nu se supăra, ci se veselea dimpreună cu ei, ba, având simbrie mai mare și fiind becher, îi cinstea în fiece duminică, după slujbă, cu câte o butâlcă de vinars.

Mai descumpănit fusese conu' Todiriță. Luni ce trecuse, Barbu îl ridicase din așternut și, nelăsându-i răgaz nici a-și îndrepta barba, îl luă fără introducțiuni:

— Todiriță, fiule, ca onest cetățean și bun patriot, așa precum te cunoaștem, ai promis a ne pune casele la dispozițiune pentru puține zile. Trei ori patru, poate cinci! Dacă nu te-ai răzgândit...

Zăvoianu ridică mâna ca la jurământ:

— Onoarea Zăvoienilor nu s-a lăsat vestejită de vampiri care, nu-i așa, pentru a-și mulțămi rancunele personale se pun de-a curmezișul și – asta e! – combat în patrioți.

Barbu Cantuniari surâse. Smintit el, Todiriță, și cu mintea sucită, dar îl simțeai sincer până în adâncul sufletului, nimic nu-i era mai străin de fire decât perfidia, iar pentru prieteni și „scumpa, sfânta națiune" s-ar fi jertfit în toată clipa, fără umbră de șovăială.

— Gândești frumos, Todiriță. Cestiunea îi însă că se cam lasă cu deranj.

— Ei, bravos! râse Zăvoianu. Ce, dau eu cu târnul? Har Domnului, slugi, cât oaste de brotaci la baltă stătută!

Cantuniari îl privi dintr-o parte.

— Da' ziduri dai jos?

— Aiasta cum devine? se holbă Todiriță.

— Devine..., oftă Cantuniari, deși se simțea sigur de rezultat.

Todiriță, în afară de faptul că ar fi jertfit totul pentru interesele domniei lui Cuza, era trăsnit și se dădea în vânt după boacăne pe care el le socotea originalități. Un gentleman îi obligatoriu și un original.

— Devine, reluă Barbu, că ai zece ori unșpe cămări numa' la *rez-de-chaussée*...

— Ale voastre sunt, fiule! mugi Todiriță.

— Dar noi n-avem nevoie decât de una singură.

Zăvoianu rămase cu gura căscată.

— Bre, Barbule, eu nu-s beat, căci doar ce m-am scuturat de fulgii din perină. Nu pricep nimic. Îți sunt de trebuință zece odăi ori una, cui ce-i pasă? Mie, nu!

— Una singură, dar mare. Pe șleau, Todiriță. Din întreg *rez-de-chaussée*-ul tău, trebuie să scoatem o singură sală mare. Ca de teatru.

— Teatru?! Da' ce chibzuiești a organiza acolo? Alergare de cai?

— Nu, Todiriță. Chiar teatru. Cu scenă, benoare, loji și foteluri. De staluri ne scutim. Și om avea și public...

Zăvoianu își dădu drumul la loc în așternutul mototolit.

— Iacă, una ca asta n-am mai auzit!

Se uită instinctiv în jur, deprins să-l aibă pe Miclescu alături, gata să-i deslușească neghiobiile și năstrușniciile altora.

— Un gentleman... Uită dintr-odată incurile *english* și redeveni feciorul lui conu' Grigore: Ce-o să zică tataia, Barbule?

Boieri și ne-am apucat a deschide în casele noastre café-chantant? Boscărie? Poate ca să ne discrediteze prestigiul.

— Ăsta să fie beteșugul! râse Cantuniari. Da' Maria Antoaneta n-avea teatru la Palatul Trianon? Da' Medicis? Da' Maria Tereza la Schönbrunn? Au ăștia n-au fost obraze subțiri? Ce? Pui preciuri la bilete? Faci act de cultură și civilizațiune!

Dintr-odată, chipul Zăvoianului se lăți în zâmbet de fericire:

— Așa-i, bre! Act de civilizațiune! Iaca pildă cu câți ani ne-a luat-o înainte Europa! Se ridică din nou și începu să strige: Civilizațiunea, domnilor, lovește cu desconsiderare în opiniunile retrograde, pentru că progresul este o cestiune care nu poate să nu lupte, fiindcă controlul suprem este națiunea care nu dezarmează... *Aux armes, citoyens!*

Dindărătul ușii se auziră țambalele lui Stan.

— Ce-i, bre, bobleticule?

— Ba's eu, Stanli, se hlizi feciorul. Am zis că faceți discurs! Și, p-ormă, m-a oprit conu' milărd Vasilică pe Pod, că zicea că se duce până mai încolo, la nu știu ce daravelă ori o fi vreo cocoană, o cheamă Randa ori poate Manda și încă Randavu[1]... că am ținere de minte, dar taman atunci m-o oprit și Florica, ciuma ceea de găinăriță, de-mi zise că cuscră-său îi zăcaș de brâncă și nu poate cloștele să mai ouă de farmece – își înghiți saliva – că i-o zvârlit copită arsă de măgar înțărcat la cotețe și gardistul zice descurcă-se cum or ști, că de cumetre și necazuri îi sătul, i-a chicat părul și i s-or terfegit nădragii, iertați, la șezut...

— Stanley! urlă Todiriță. Gura! Ce ți-a zis conu' Vasilică?

---

[1] Corect: *Rendez-vous* (lb. fr.).

— Hă! Hă! Hă! râse feciorul, ducându-și mâna la gură. Cică vine să vadă iarmarocul nostru, milărd și coane Todiriță. Mai reflectă o clipă și, înclinându-se spre Cantuniari, adăugă: Milărd și dumneavoastră, coane Barbule!

— Și zi așa, milord Vasilică, zâmbi Barbu, bezele de rămas-bun, trăistuța în bastonaș și... valea!

Alecsandri, în șubă de vulpi și cușmă cu urechi, se așeză direct pe canapea.

— Ci leapădă-te de straie! porunci Zăvoianu. Îi doar cald destul.

Poetul dădu din cap:

— Mi-i numai bine! Și-apoi nu-s pus pe taifet, sunt în zor, ca înainte de ducă.

— Când pleci?

— Imediat spre prânz. Cuferele îs gata la otel, așteaptă doar a fi încărcate.

Încă una din ciudățeniile conului Vasile! Avea sumedenie de prieteni la București, toate casele îi erau deschise cu zâmbet și flori bardului Mirceștilor, dar dumnealui, deprins din junețe cu confort și programă fără obligațiuni, trăgea totdeauna la Otel Hugues, unde aprecia curățenia, saltelele și plăpumile de puf, merindea aleasă.

Cantuniari zâmbi:

— Te lasă inima să pleci fără că cunoști sfârșitul... piesei? Taman tu, autore de teatru?

Poetul își tampona mustața din care începuseră a ieși aburi.

— Când îmi alcătuiesc piesele, nu le cunosc dinainte finita. M-ar cuprinde plictisul ca pe orice spectator carele știe dinainte ursita și fortuna eroilor. Oricum, însă, n-aș fi putut zăbovi. Vodă mă mână la Paris cu mesagiu zornic către Napoleon. Și-i lesne de gâcit că, în circonstanțele prezente, cu cât ajung mai repede la sprijinitorul cel mai puternic al prințului, cu atât mai ferice pentru noi.

Todiriță Zăvoianu își drese glasul:

— Iată o declarațiune, frate Alecsandri, carele-ți face cinste! Simțul datoriei este mașina progresului! El stă deasupra celorlalte ambițiuni, care venalitatea și corupțiunea opozanților ne împiedică să ajungem la civilizațiune. Așa că, frate Alecsandri, du-te cu bine!

— Mulțămesc, surâse ironic conu' Vasile.

— Cale bună și drum neted ca celuia din poema Bolintineanului... Răcni: „Pe un cal ce mușcă spuma în zăbale / Printre zi și noapte, el își face cale... / Și în umbra nopții armăsaru-i zboară / Ca o închipuire albă și ușoară!..."

— ...între stele Luna-i cântă la vioară, râse Alecsandri. Să lăsăm șaga. Barbule, doream să te văd înainte de a mă urni la drum. Dețin o informațiune de ultimă oră.

Cantuniari îi îndreptă o privire încordată. Nu întrebă nimic, așteptându-l să vorbească.

— O fi gogoriță ori ba, aceasta urmează s-o deslușești tu. Complotiștii vor folosi pentru asasinarea lui Vodă o mașinărie, ceva nou, o invențiune puternică și vicleană. Zvonul spune că spulberă și distruge tot, la ceas dinainte rânduit.

— Cum vine asta?

— *Mon cher*, după cum știi, eu am fugit de la Școala Politehnică! Atâta am priceput că instrumentul e iscusit, merge după ornic. Dacă poftesc uciganie și prăpăd la ceasurile 11, să zicem, apoi acestea atunci se vor întâmpla după poruncă, fără a fi și eu de față. Las scula la loc potrivit și aștept trăgând din lulea în celălalt capăt de târg.

Chipul lui Barbu se întunecă. Ochii păcurii cercetau departe, peste cușma poetului, încercând parcă să întrevadă dimensiunile prăpădului.

— Dacă nu-i o născocire din Jules Verne, situațiunea mi se pare foarte gravă! Mișelia nu poate fi ocolită, ticăloșii nu pot fi împiedicați și dovediți. Se uită în ochii lui Alecsandri: Știu că nu iubești indiscrețiunile, dar circonstanțele ne iartă. De unde ai novela? Persoana-i serioasă? Cine-i?

Poetul răspunse scurt:

— Victor Place. Mi-a șoptit-o chiar azi-noapte, la supeul Oteteleșenilor.

Cantuniari rămase pe gânduri: „Place... Consulul lui Napoleon la Ieși. Franțuzul nu numai că prezintă garanții de seriozitate, dar îi și un simpatizant ardent al lui Vodă, susținător înfocat al tuturor ideațiunilor noi de progres..."

— Văd că te-am pus pe gânduri, rosti Alecsandri. O persoană prevenită...

Cantuniari își scutură luleaua în scrumelniță.

— Nu știi... Născocirea... Cel ce a făcut invențiunea îi român ori strein?

— Nu cunosc, dragul meu, și nu văd cum ai putea afla...

— Ar fi o cale... Ministerul de Război.

Poetul se ridică și își luă rămas-bun. Todiriță îl îmbrățișă călduros; o îmbrățișare de urs care făcu oasele lui Alecsandri, în ciuda blănii, să pârâie. Încercă să-și ascundă emoțiunea – Zăvoianu era sentimental –, dar avea ochii umezi.

Pe sală, Stan, feciorul, cu gura până la urechi, îi făcu închinăciune adâncă:

— Milărd și coane Vasilică, drum bun! Și nu uitați să luați tiutun / că Stanli, feciorul / Vă urează noroc cu urciorul!

Se uită la Alecsandri cu ochi strălucitori, roșu la obraji și mândru nevoie mare. Adăugă modest:

— Acestea eu le-am ticluit...

Alecsandri râse cu poftă:

— Bravo, Stane! Bag de seamă că tu și stăpână-tu vă întreceți în a face stihuri... Rămâi sănătos și mulțămesc de urare iscusită.

Îi strecură un napoleon de aur și plecă râzând.

„Bobletici amândoi... *mais charmants.*“

Irina Suțu își privi mâinile fine pe care străluceau două smaralde magnifice. Deși în *robe de chambre* și cu părul prins doar în câteva ace, era tot maiestuoasă, impozantă, inaccesibilă.

„Pe prințesa Suțu“, o caracterizase Victor Place, fin cunoscător al femeilor prin nație și vocațiune, „nu ți-o poți închipui în intimitate. Ai impresia că nu-și scoate niciodată coroana.“

Suțu, îngândurat, pianota pe brațele fotoliului. Era una din rarele clipe când se aflau numai ei într-o încăpere, fără a fi pe punctul de a primi ori de a pleca într-o vizită.

Pe buzele prințesei stăruia un surâs malițios:

— Printre altele, *mon ami*, începu, cred că nu ești prea abil...

Suțu tresări:

— La ce te referi?

— La conduita ta față de micuța baroană...

Prințul avu un gest de iritare:

— Iar începem? E o istorie terminată.

— Din punctul tău de vedere, probabil... Din al ei, te asigur că nu! Tu nu cunoşti femeile... Râse: Nu eşti îndeajuns de suplu pentru aceasta.

— Te cunosc pe tine, mi-e suficient.

Prinţesa îşi lăsă capul pe spate şi râse, hohote distincte:

— Încă o dovadă că nu mă înşel. Dar nu despre mine este vorba... Tu nu ştii de ce este capabilă o femeie blesată. Devine mai atroce, mai teribilă decât o fiară. Iar tu ai rănit-o în tot ce este mai profund: în orgoliul ei. Şi are un orgoliu drăcesc, crede-mă.

— Irène, discuţiunea mi-e profund dezagreabilă, lipsită de bun-gust.

— Adevărat... Părinţii noştri nu discutau între ei despre amanţii lor. Încă unul din rezultatele progresului.

— Te rog... Doar ţi-am explicat...

— Şi am înţeles.

— Atunci? Ce-ţi pasă de orgoliul blesat al baroanei?

— Îmi pasă de interesele tale. Această Lélie va încerca să se răzbune, să te distrugă. Dacă ar putea să te sfâşie, n-ar ezita o singură clipă.

Suţu o privi neliniştit:

— În fond, ce ştii?

— Tot ce mă interesează să ştiu. Pe o fiinţă ca această tigroaică n-o poţi abandona după capriciu, ca pe-o midinetă ori o slujnicuţă, fără consecinţe. E de-ajuns s-o priveşti. Deci, prietene, important nu e ce ştiu eu, ci ce şi cât ştie ea. Mă refer, bineînţeles, la aventura voastră complotistă.

Îi privi o clipă chipul descumpănit şi zâmbi:

— După figura ta, înţeleg că ştie destul.

Suțu dădu excedat din mâini. Se îndreptă nervos spre cămin și, rezemându-și gheata de grătar, întrebă cu spatele întors:

— Ce pot să fac?

„Așa, într-un picior, seamănă cu o barză... Sau cu o umbrelă. Amândouă însă distinse..." Îi veni să râdă.

— Ce pot să fac?

— Îmblânzește-o.

Suțu se răsuci:

— Cum?

— Promite-i, dă-i... *En fin*, nu-i cunosc pretențiunile. În orice caz, jivina trebuie adormită, acum, cât poate mușca. Până la data conspirațiunii.

— Imposibil! izbucni prințul. Irène, te rog eu, nu te mai gândi la afacerea asta...

Prințesa dădu din cap ca un cal nărăvaș:

— De ce imposibil?

— Pentru că are pretențiuni aberante.

— *Par exemple?*

Suțu era prea enervat ca să se mai stăpânească:

— Vrea s-o ung prințesă Suțu! Doamnă a României! De ajuns?

— *Tiens!* surâse... Numai atâta? Micuța vizează sus! Și, în fond, *mon ami*, ce te împiedică să-i făgăduiești chiar și coroana Bourbonilor?

Suțu o privi scurt. Irina se amuza în chip vădit și asta-l enerva. „Sapristi! Aș fi preferat o scenă! Dar dacă asta te distrează, n-am decât să merg până la capăt!"

— Promisiuni! N-o socoti imbecilă. Pretinde drept garanție o scrisoare compromițătoare, care să te denigreze și, în același timp, să conțină intențiunile mele ferme de a o lua în căsătorie. Scrisoarea trebuie pecetluită, bineînțeles, cu sigiliul meu.

— Atât de departe ați ajuns? Drăguț! De mine nu ține deloc seama... Dar nu contează! Are o cutezanță și un *toupet* admirabile! Și de ce nu-i dai scrisoarea?

Prințul se holbă și rămase cu gura căscată, nu tocmai distins.

— *Tu es folle?!*

— *Pas du tout. À la guerre, comme à la guerre.*

— Dar, respinse sufocat prințul, aventuriera aceasta nu se va sfii să afișeze peste tot scrisoarea! O va publica în toate gazetele, n-o să mai putem scoate capul în lume! O, precis nu-ți dai seama ce vorbești! Sunt lucruri care nu se fac și nu se iartă în lumea noastră!

Se plimba agitat, trăia, avea în fața ochilor scandalul în toată enormitatea sa.

— Liniștește-te! Scopul scuză mijloacele. Și nu-ți dau o noutate. Dacă ieși victorios din această aventură, zâmbi sarcastic, și ajungi Domn... E ridicul să-ți explic ce poate face Vodă, pentru a astupa gura unei demimondene compromise. Dacă pierzi, oricum ne așteaptă pribegia. Și aceasta este o idee cu care trebuie să te obișnuiești, să fim preparați din timp, așa cum au făcut-o familiile noastre și altădată. Deci, fă-i compunerea aceea, fără ezitare *et sans retard*...

Suțu își privea soția, nevenindu-i să-și creadă urechilor. Parcă acum o descoperea și, într-un fel, își zicea că-i mai periculoasă decât Lelia.

— Ce mai aștepți? Ai acordul meu ferm.

Prințul șovăia.

— Nu știu cum mă va primi. Simt că nu mai are deloc încredere în mine.

— Oblig-o să aibă. Oferă-i, de pildă, informațiuni concrete în legătură cu complotul. False, desigur, dar nu grosier false. Un fals abil. Și *à propos* de falsuri... Pretinde ca scrisoarea să fie sigilată?

— Da.

— N-ai decât să folosești pecetea pe care o folosea bunicul vostru - zâmbi - când își lua angajamente nu tocmai onorabile. Se află în casa ta de bani, într-o casetă de marochin verde.

Suțu o privi câteva clipe zăpăcit, apoi începu să râdă. Se apropie și-i sărută mâna cu efuziune.

— Ești neprețuită, Irène. Cu adevărat demnă de o coroană princiară!

Prințesa surâse leneș:

— Nu deveni sentimental... Nu-ți vine deloc.

— Trebuie să cred că te-ai speriat?

Baroana îl privea sarcastică, jucându-se cu scrisoarea prințului. O cercetase în treacăt, și-acum o aruncă neglijent pe o consolă.

Suțu se crispă. Indiferent de intențiunile ce se ascund sub vorbe, conversația trebuie să rămână amabilă, tonul politicos. Felul brutal în care Lelia preciza o chestiune ori alta, totdeauna prea directă, prea în ofensivă, îl enerva, venea în contradicție cu toate normele de conduită care i se administraseră încă din leagăn.

Câtă deosebire față de Irene, regală, subtilă, desăvârșită, impecabilă până în vârful unghiilor poleite!

„N-am cunoscut-o pe Irène... *C'est le comble!*[1] Cred că m-am îndrăgostit de nevastă-mea!"

Lelia îl primise ascunzându-și surpriza și satisfacția, decisă să-și joace bine cartea, să nu se lase „rulată". Îi supraveghea orice mișcare, cea mai mică tresărire a feței, se simțea ea însăși ca o pisică flămândă, pândind gaura unui șoarece.

Prințul se cenzura și el atent. Încerca să fie natural, degajat și, cât îi permitea natura, în limitele caracterului Suțu, vesel și amuzant.

Constatase cu oarecare surpriză că Lelia nu-l așteptase, ca de obicei, trântită pe canapeaua Madame Recamier din budoar, într-una din savantele ei rochii de casă, sugerând rafinamente de harem. Era într-o toaletă sobră, lăsând să se vadă doar gâtul și mâinile, deloc fatală astăzi și cu dinadinsul seducătoare, ci, mai degrabă – prințul încerca să-și formuleze impresia – da, mai degrabă femeie de afaceri. Se simțea contrariat, dar în același timp încerca un sentiment de ușurare. Ținuta, atitudinea Leliei nu invitau la intimități. Impulsurile prințului erau în genere sărace, inspirațiunea amoroasă fiindu-i condiționată de un complicat concert de preliminarii.

— Speram să te găsesc mai binedispusă.

— Sunt foarte binedispusă. Te întreb doar dacă te-ai speriat. Când ne-am văzut ultima oară, păreai un iepuraș încolțit.

— M-ai luat pe neașteptate, *chérie*. Dacă ai fi mai puțin impetuoasă, ai înțelege că unele decizuni nu se pot lua pe loc, cer un timp în care să te obișnuiești cu gândul... Să reflectezi.

Lelia de Gunsbourg zâmbi:

---

[1] „Asta-i culmea!" (lb. fr.).

— Și ai reflectat?

— După cum vezi.

— Deci, mă iubești. O dragoste irezistibilă!

Sutu râse stânjenit, arătând spre consolă.

— Ți-am dovedit-o, nu?

Baroana își mușcă buza cu dinții lați și albi:

— Nevastă-ta știe?

Prințul avu impresia că l-a pocnit o cărămidă în țeastă: „Hotărât, toate femeile sunt nebune!"

— Ești veselă! Îți arde de glume. Păru ofensat: Credeam că te fac fericită. Nu-s modest deloc, dar... așa-mi închipuiam.

— Sunt foarte fericită. De ce nu mă săruți?

Suțu, în general stângaci – era prea țeapăn, prea protocolar, când „îmbrățișa" cerea permisiunea înainte, iar după aceea săruta mâna – o luă în brațe solemn. Greața provocată de buzele Leliei îl făcu să se clatine.

— Sunt cam obosit, scumpa mea. Tensiunea, emoțiunile sunt prea puternice, dar curând totul se va fi isprăvit, slavă Domnului!

Baroana îl privi printre gene:

— Cât de curând, *mon cher?*

Suțu își reprimă tresărirea de bucurie. Întrebarea Leliei îl ajuta să-și strecoare în chip firesc informațiunea. Declară grav:

— *Chérie*, ești zingura perzoană care o află, în afară de cei implicați, desigur. Nu mai trebuie să-ți atrag atențiunea asupra secretului absolut! Atentatul va avea loc pe 28 curent.

Baroana păru speriată:

— Așa curând? Dar unde? Cum?

— Pe Podul Mogoșoaiei... O persoană foarte sigură va trage cu pistolul asupra lui Cuza.

— Cum îl aduceți pe Vodă acolo?

Suțu râse:

— Va veni singur. Când vrei miere, te duci la... albină. Râse încântat de propriu-i *mot d'ésprit:* Mai ales când Albina e și... *décolletée...*

Ipistatul părea și el nedumerit:

— Ce pot să vă spun, don' căpitane? Ăsta, adică Pandele, nu minte.

— Ești încredințat.

— Eu sunt. Nu poate ca să mintă! Îi ținem umbra, de nu pune oamenii geană peste geană. Plimbă flașneta aia din Colței până la Fântâna Roșie, îi trage o muzică, mai așteaptă... Stăpânii-s muți, nu adie o perdea, porțile ferecate! După înțelegere, omul pricepe că n-are ca să zic poștă și pleacă în damblaua lui. Îi ținem umbra și la alde Șapte Frați. Stă singur de vorbă cu sticla, n-are o altă necesitate de conversație.

Barbu își trecu palma peste bărbia bine rasă.

— Ce părere ai, Dumitrescule? Să fi schimbat curierul?

Ipistatul își micșoră ochiul stâng, semn că pricepe unde bate Cantuniari:

— Adică, scuzați de un pardon, să fi mirosit opozanții vânzarea ăluia? Poate ca să fi mirosit, pen' că iscoadă tocmită la două tabere s-a mai văzutără. Îl țineți minte pe Ulcică din ulița Târgoviștei[1]? Slujea și la muscal, și la tiroleji, și la șalvaragii.

— Dă-l păcatelor pe Ulcică, altele ne ard acuma!

— Ordonați!

Barbu râse amar:

---

[1] Azi, Calea Griviței.

— Aia e că nu știu ce să ordon! Certitudini nu avem, ci doar presupuneri. Adevărat, cunoaștem urzitorii, dar nu și uneltele. Dacă născocirea aceea năprasnică nu-i basm, unde și cum o dibuim? Bănui că vor încerca să-l răpună pe Vodă la unul din spectacolele Albinei di Rhona.

— Pardon de indiscrețiune, de ce?

Barbu își ciupi ușor obrazul... „Hm! De ce?"

— Pentru că se grăbesc. Să nu apuce Vodă să legifereze reformele făgăduite. Din pricina bolii, Vodă nu părăsește palatul. Iar acolo nu se pot strecura, cel puțin în cestiunea aceasta garantez. La spectacol însă se va duce. S-a anunțat și-n gazete... Dar în care anume zi vor da lovitura? Iacă ce trebuie să aflăm, „cu necesitate", cum zici dumneata.

— Șantanista dă doar trei scene, pot ca să vă spun, că-mi vine gazeta acasă, după abonament. Pe 26, 27 și 28 corent.

Barbu pocni din degete:

— Ei, asta e! Când? În care zi dinăste trei?

— Da' ce, Vodă se duce la toate panaramele?

— La toate, surâse Cantuniari. În fiecare zi se joacă altă panaramă - un vodevil, o farsă cu danțuri și o comedie, reprezentațiune extraordinară, unde-și dau concursul și artiștii noștri Magheru, Botez, Gestian, Pratto, în fine... Biletele s-au fost reținut dc o lună.

— Etete, drăcie! se miră ipistatul fără să se știe de ce. Don' căpitane, nu face pentru ca să intrați la griji. Aflăm noi ziua conspirațiunii.

— Trag nădejde, Dumitrescule. Pe Pandele nu-l scăpați în continuare din ochi. Eu mă duc la Ministerul de Război. Poate dibui acolo persoana inventatorului. Asemenea născocire, chiar dacă a rămas simplă propunere ce s-a fost îngropat într-un dosar de arhivă, nu se poate să nu lase urmă cât de măruntă. Ce mai face coana Lisaveta? întrebă îmbrăcându-și blana.

Nae Dumitrescu zâmbi încântat.

— În fiece dimineață vă prezentează complimenturi. Doar că eu, scuzați de un pardon, uit să vă țin la corent... Altfel, vrednică, cinstită, onorabilă.

Prima persoană pe care o întâlni la Ministerul de Război fu generalul Iorgu Grănișteanu. Era roșu în obraji, binedispus, ochii îi străluceau după „micul întăritor luat la Hugues, căci, oricât ai fi de oștean, geruiala n-o răpui cu spada..."

— Ce faci, *mon cher*? Nu te mai vede omul pe nicăiri!

Barbu îi strânse mâna întinsă:

— Vă salut, domnule general. Treburi...

— Treburi?! se miră Grănișteanu sincer. Ce treburi? Țara-i liniștită, opoziția a amuțit, se anunță un sezon extraordinar, Vodă ne-a promis sărbători feerice, așa că ce treburi aveți voi acum, la Siguranță? Jucați ghiulbahar și... *dolce farniente!* Îl bătu amical pe umăr: Las' că vă știu eu pe voi, șmecherilor! Vă văitați, ca să vă ascundeți căscatul de după somn prea îmbelșugat!

— Așa e, domnule general, surâse convențional Barbu.

Grănișteanu era de fapt un ins nevinovat, naiv, sincer. Nefiind însă prea isteț, își închipuia anevoie că nu toți oamenii îi seamănă. Un destin amabil îl ferise de decepțiuni; până azi, la cincizeci și cinci de ani, nu cunoscuse încă ipocrizia, trădarea, hainia semenilor. Lelia de Gunsbourg avea să-i mânjească cu dohot imaginea trandafirie asupra existenței, dar în dimineața mohorâtă de iarnă, acolo, pe treptele ministerului, încă n-o știa. Iar zvonurile despre liniștea și binele ce domneau într-un București paradiziac i le strecurase anume Siguranța pe diverse căi, pentru a o deruta, la rându-i, pe baroană.

— Știu că nu-i așa, Taliene, râse generos generalul, Siguranța îi mereu trează, dar îmi place să șuguiesc. Totuși, mai găsește-ți vreme și de petrecere... *Des petits amusements...* Asta nu face rău nimănui și mâini-poimâini te pomeni că ți-ai prăpădit tinerețea, fără a lua seama, și nu știi pe ce uliță s-o mai cați. Îi întinse mâna cu aceeași cordialitate: Ne vedem desigur la reprezentațiunile italiencei... Aud că va fi ceva magnific!... Și sărutăm dreapta cucoanei Vasilena. Îi ducem dorul...

Barbu coborî în arhivă. Se afla în beciurile ministerului și, de fiece dată, se rătăcea în labirintul de dulapuri înalte, ticsite de dosare, care brăzdau în șiruri încăperea uriașă, încercând să dea de Ciolac, șeful serviciului. Degeaba strigai, bătrânul era fudul de urechi, chiar dacă nu de-a binelea. Surzenia însă nu și-o recunoștea, punând-o pe seama unei concentrațiuni totale, în care-l scufunda truditul la dosare. Până la urmă îl găsi, gălbeior, boțit, cu *pince-nez*-ul alunecat spre vârful nasului lăcrămos și mânecuțe negre de serj până la coate. Oriunde l-ai fi întâlnit, gândea Barbu amuzat, nu l-ai fi putut lua drept altceva decât era: amploiatul-șoarece de birou, mohorât, modest, truditor, neînsemnat, devotat slujbei până la fanatism. Individul umil despre care nu-ți puteai deloc închipui la ce visează și ce face el acasă, în timpul liber.

— Bun găsit, nene Ciolac!

Bătrânul îl privi peste ochelari și zâmbi știrb:

— Vă salut, musiu Cantuniari.

— Ce mai faci?

— Mulțumesc de politeț, dar nu pentru daravelile mele ați venitără dumneavoastră și cum că ce fac junghiurile madamei Ciolac. Ce poftiți?

Barbu râse. Ăsta era bătrânelul. Direct, nu-i plăcea vorba lungă și te lua repede cu timpul măsurat, ca să nu-ți vorbească despre ale lui. Ziua de lucru i se părea prea scurtă și dorința lui supremă era să apuce, până a ieși la pensie, să facă ordine deplină în harababura ce-o găsise în minister. Până acum câțiva ani, lucrase la Departamentul Finanțelor.

— Nene Ciolac, mă interesează autorul unei invențiuni cam năstrușnice.

Bătrânul dădu din umeri:

— Toți nebunii la noi, musiu Talianu... pardon, Cantuniari, da' eu așa v-am apucat neamul.

— Zi cum îți vine la îndemână, râse Barbu.

— Cum vă spuneam, ca acilea năzbâtii n-am mai pomenit! Eu zic că n-au inșii ce face, n-au griji! De perpetumobile nu mai vorbesc. E săptămâna și perpetul! Altu' a născocit *viteaza marmită*, o strachină pe roți să hrănească oștenii în marș, adicătelea să nu-și tragă ăia sufletul nici când îmbucă, altu' a venit cu *cortelul antischijă*... Într-o mână umbrela, în cealaltă flinta!

— Ei bine, îl întrerupse Barbu, eu am venit pentru altă drăcovenie. E vorba de o sculă care explodează la ceas anume rânduit, fără a fi stăpână-său de față... Cred că...

Bătrânelul îl opri:

— Gata, musiu, știu despre cine-i vorba! Un amărât, Cornescu, slujbaș la Finanțe. Trudește la năzbâtia aia de vreo cinșpe ani... Îi trăsnit rău, altfel om ca toți oamenii, cuminte, la locul lui, cu frica lui Dumnezeu și a nevesti-sii... Că ține pitici sub căciulă, sărmanul nu are vină. Stați numai să vă scoț dosarul...

În stradă, Barbu opri cea dintâi sanie fără mușterii:

— Ulița Șoldani, jupâne!

— Nu cunoaștem, coconaș, spuse vizitiul peste umăr.

Trupul gros îl împiedica să se răsucească.

— Calea Craiovei[1], că de-acolo nimerim lesne.

— Nici Craiovei nu cunoaştem!

— Calea Craiovei sau Podul Calicilor! Ce naiba, omule, se miră Barbu, ce mai ţii biciul ăla în mână dacă nu cunoşti târgul?!

— Calicilor cunoaştem...

...Acest testament olograf scris în întregul său, datat şi subscris de mine, s-a făcut astăzi în Bucureşti, la 20 în luna Decembrie 1863 calendarul nou sau 7 Decembrie calendarul vechiu, în patru exemplare asemenea, din care unul îl voiu încredinţa preaiubitei mele soţii Elena Doamna, unul Preasfinţiei Sale Arhiepiscopul Calinic Miclescu, Mitropolit al Moldovei şi Sucevei, unul căpitanului Efrem Ghermani şi unul se va găsi în portofelul meu roşu care se deschide cu numerele 5 5 5 5.

Orice dispoziţiune şi testament anterior acestuia sunt şi rămân desfiinţate.

Al. I. Cuza

Vodă vârî exemplarele într-o mapă pe care o ascunse într-un sertăraş secret al biroului, încuie şi răsuflă uşurat, cu sentimentul că s-a lepădat de grea povară.

Deşi slăbit de boală, suflând greu din pricina astmei, clătinându-se pe picioarele nesigure, Alexandu Ioan nu se gândea la moarte. „Dar măsuri de precauţiune sunt totdeauna necesare. Viaţa omului“, filosofă în gând târându-se spre pat,

---

[1] Calea Rahovei.

„ca oul în mâna copilului, flacără în bătaia vântului. Iar dacă ţi-a fost drag cineva şi ceva, apăi dragul acesta nu osteneşte nici după ce ţi-ai dat ultima suflare. Şi parcă altfel pleci la drumul cela neştiut, drumul ce nu duce nicăieri, ştiind că pe toate le-ai orânduit şi lăsat în urmă cu înţelepciune şi inimă dreaptă."

Şi dacă Dumnezeu i-a hotărât sorocul, ochii îi închidea liniştit. Avusese grijă să-i asigure zile tihnite Elenei Doamna, viitorul nevârstnicilor Alexandru şi Dimitrie, dar mai presus de toate îi poruncise Kogălniceanului cu limbă de moarte cum avea să opintească pentru binele naţiei. El era cel sortit să continue opera lor abia începută, să deştelenească mai departe drumul spre culmile visate încă din juneţea lor. Nu-i încredinţa niciun exemplar din testament, temând spaima şi durerea lui Mihalache, să nu-i dea încă o pricină de a se împotrivi deciziunii sale de a înfrunta cu fruntea sus, dinaintea întregii ţări, complotul opoziţiei. Vodă râse încetişor. Ca mulţi oameni superiori şi mari bărbaţi de stat, Mihalache era superstiţios, dădea crezare semnelor pe care le răstălmăcea în păcuriu. Când auzea de moartea vreunui apropiat, se trăgea cu discreţiune de marginea de sus a urechii – cum îl învăţase mumă-sa când era mititel, adică să crească mare, deci să trăiască – la cuvântul testament bătea în lemn, marţea nu ţi se urnea la drum nici mânat cu biciul, toate zilele de 13 erau rupte din calendar; pe zi de 13 nu-şi părăsea locuinţa, nu lua nicio deciziune însemnată şi, deşi hulpav, mânca de post...

Cuza îşi strânse halatul de brocart căptuşit cu blană în jurul trupului şi se aşeză în jilţul de lângă cămin. Închise ochii. Trebuia să se destindă, să alunge pe cât îi sta cu putinţă orice urmă de suferinţă şi mai ales de slăbiciune. Apelă la vechiul său sistem de concentrare şi, peste câteva minute, chipul, deşi încă tras, deveni limpede, neted, ochii își recăpătară însuflețirea plină de scânteie și viață care îi fermeca pe ceilalți.

Acum putea să-l primească pe feciorul Talianului.

Barbu cerceta făptura lui Vodă cu inima strânsă de durere. Îl neliniștea desigur figura stoarsă de boliște, dar, mai cu seamă, îl impresionau mâinile Domnului. Fine, prelungi, cu venele bulbucate, atârnau de o parte și de alta a jilțului, stoarse de vlagă; mâini din care viața se alunga cu picurișul.

Una din rarele bucurii de care are parte un principe este dragostea nefățărită a supușilor săi. Istoria cunoaște puțini dintre aceștia, căci cel ce stăpânește într-o mână ține sceptrul, în cealaltă cnutul. Iar omul nu-i câine să lingă ciubota stăpânului, după ce i-au fost fărâmate oasele. Oameni blajini în scaune crăiești s-au fost întâmplat arareori. Puterea – spre a o dobândi și apoi a o păstra – presupune tărie de vârtute, iar aceasta e însoțită mai totdeauna de brutalitate, nemilă, lipsă de scrupuluri, crez fanatic într-o idee, dar cel mai repede în sine însuși, Ursitul, alesul între aleși. Cine nu împărtășește crezul e înlăturat din drum fără cruțare.

Alexandru Ioan Cuza făcea parte dintre cei puțini. Nu odată avusese ocaziunea să constate dragostea pe care i-o dăruia poporul său: plugari, târgoveți, o parte din boierimea țării – luminații – îi închinau cele mai nobile simțăminte, Alexandru Ioan era steaua lor, norocul unui popor urgisit, depozitar de idealuri și nădejdi, părinte și cârmuitor blând. Cuza nu urcase treptele tronului retezând capete, nu-l păstra cu flinta, barca lui nu plutise niciodată pe o mare de sânge și lacrimi. De aceea nici nu simțea teama. Teama – visul rău al tuturor tiranilor autocrați, stăpâni nemiloși ale căror ideal și obsesiune, cum spunea Mihalache Kogălniceanu, sunt preamărirea numelui și persoanei lor, nu fericirea nației... Și bieții nu-s de pizmuit! Trăiesc la rându-le tirania spaimei de o dreaptă răzbunare. Teroarea ei.

Vodă Cuza se preumbla nestingherit pe ulițele Bucureștilor, în strai de colonel, însoțit doar de un aghiotant ori de franțuzul Baligot de Beyne, șeful său de cabinet, intra în prăvălii și locante, stătea de vorbă cu oamenii, le asculta păsurile, șuguia cu ei, primea cu plăcere cafeluța oferită de vreun târgoveț mai îndrăzneț în modesta sa gospodărie.

Neuitată avea să rămână în mintea bucureștenilor și a lui Cuza primirea entuziastă pe care i-o făcuse poporul cu patru ani în urmă, când sosise în Capitală ca Domn al Principatelor Române. Tocmai dincolo de Otopeni, călăreți cu leute tricolore îl întâmpinaseră cu buchete magnifice de flori, de se minunase însuși Vodă de asemenea codru înflorit în miezul lui făurar, iar de la Pădurea Băneasa așteptau pe amândouă părțile șoselei zeci de mii de oameni. Arcuri de triumf erau presărate pretutindeni, iar cel mai mare fusese înălțat la intrarea în oraș.

Scria gazeta *Naționalul* din 24 februarie:

Mai este trebuință a vorbi despre marele entuziasm ce fu duminică?... Pana... nu poate descrie acel entuziasm. Numai aceia ce au văzut acele zecimi de mii de oameni ce împlea strada Mogoșoaia de la barieră până la Mitropolie și mai multe poște înainte de București, acele ferestre și acoperișuri de case garnisite de lume, acele stindarde și decorații care împodobeau toate casele, acele strigări nebune de entuziasm și veselie, acele buchete ce curgeau pe Prinț, acele arcuri de triumf ce se zăreau din distanță în distanță, în fine, acea iluminație splendidă și generală, precum nu a mai văzut Capitala noastră, trebuie, zic, să se fi văzut toate acestea pentru ca să poată cineva simţi bine toată mărimea acestei sărbători.

Amestecat în mulţime, Barbu avea obrajii plini de lacrămi. Nu era singurul. De bucurie plângeau peste o sută de mii de oameni ieşiţi să-l întâmpine pe Cuza Vodă, care împlinea un vis străvechi al românilor. Se afla pe Podul Mogoşoaiei, înţesat de lume. Ferestrele şi acoperişurile erau ticsite, fâlfâiau steaguri, cântecele şi clopotele celor o sută treizeci de biserici ale Capitalei umpleau de sărbătoare văzduhul. În faţa teatrului fuseseră ridicate piramide de brazi verzi cu lumini colorate, un mare portret al lui Cuza străjuit de zeiţe - Justiţia, Abundenţa, Gloria - domina piaţa, şaluri scumpe, ghirlande de flori şi desene mitologice aluzive la unirea ţărilor şi gloria domnitorului fuseseră atârnate de ferestre şi balcoane. Domnul, în uniformă azurie cu ceaprazuri de aur, vestă sângerie şi cizme înalte de glanţ, zvelt, chipeş, zâmbitor, le păru tuturor arhanghel pogorât din ceruri.

Impresionat peste măsură, copleşit de aceeaşi stare de beatitudine care cuprinsese mulţimea, Barbu îi jură în gând „arhanghelului" credinţă vecinică... Nutrea un singur vis: să-l poată sluji, serv umil gata la orice jertfă...

— Doar n-oi fi plângând, Taliene!

Vodă îl cerceta sincer înveselit:

— După cum te arată chipul, mi-ai şi pus grâul la fiert.

Barbu scutură din cap, ruşinat de a fi fost surprins, de a nu-şi fi putut stăpâni emoţia.

— Alteţă! V-am spus-o şi rândul trecut. Vă asumaţi un risc prea mare... Nu-mi permit să dau poveţe Înălţimii Voastre...

— Dar? râse Cuza. Acum urmează necesarmente un dar! Nu te sfii!

— Cutezanța nemăsurată, preanobilă însușire, nu-i totdeauna leac și nici soluțiune. Mari generali...

Cuza îl întrerupse:

— Ai luat meteahna Kogălniceanului. Acela ține discursuri și în iatac.

— Măria Ta! Putem dovedi complotul și pe autorii lui fără să vă primejduiți viața.

Vodă dădu hotărât din cap:

— Nu, Cantuniari. Hotărârea mea e de neîntors. Conspiratorii trebuie dovediți nu mie, prim-ministrului, poliției, ci întregii țări. Voi fi acolo, printre oameni, arătând că nu mi-e teamă, pentru că nu mă știu singur, pentru că trebuie să fiu alături de poporul meu în toată clipa, dar dintâi și dintâi la primejdie. Căci ei nu pe Principele Cuza vor a-l asasina, ci idealurile și viitorul nației. Da! Trădarea trebuie dovedită, dar fără a ne face însă iluziuni că-i pe veci răpusă. Vom câștiga însă un răgaz pentru împlinirea marilor nădejdi...

Rămase tăcut o clipă, apoi începu să râdă:

— Te mustram de discursuri și iacă am început și eu a ține cuvântări! Rămânem înțăleși, dară...

— Voia Măriei Voastre, se înclină oftând Barbu.

— Cât despre cele destăinuite Kogălniceanului...

Îl privi lung. Barbu își simți obrajii năpădiți de ocară și rușine și plecă ochii.

— ...pentru indiscrețiune și poruncă nesocotită, de-amu, te-om certa altă dată... În zile mai bucuroase...

11

Păcatul cel mai mare al prinţului Suţu, socotea Irina, nevastă-sa, era opacitatea, o anume îngustime pe care o dovedea în relaţiile sale cu oamenii. Spre deosebire de străbunii săi, Draco, originari din Egipt, poposiţi la Constantinopole în veacul al XVII-lea, oameni cu o inteligenţă suplă, adaptaţi vremii lor, cu un minunat simţ al orientării şi al contactului uman, strănepotul Constantin era obtuz, încorsetat de principii, total rătăcit în păienjenişul relaţiilor sociale.

Prea mare boier – os de domn! – dispreţuia sângeros orice fiinţă de stirpe mai puţin nobilă, încredinţat că rangul şi calităţile spirituale sunt pe aceeaşi măsură, se însoţesc în chip necesar. În înfruntările sale politice dovedea aceeaşi rigiditate de idei, pricină pentru care îşi desconsidera apriori adversarii.

„Nu-i crede pe alţii mai proşti decât tine“, îl avertiza mereu prinţesa Irina. „Dacă-l cheamă Popescu, nu înseamnă că-i neapărat un neghiob.“

Suțu ridica din umerii țepeni, osoși, parcă sculptați în lemn, declarând arogant, pe nas:

— Un Popescu! Un Ciomârtan! Un Paraschiv! Plebe, *ma chère*. Plebe și pleavă! Inteligența este productul rafinat al unui șir de generații care au gândit și au ținut condeiul în mână. Mintea are și ea tradițiunile ei...

Prințesa Irina își ascundea zâmbetul, reflectând la tradițiunile și rafinamentul lui jupân Diamantaki, înaintașul Suțeștilor, „un lăptar norocos", carele cu două veacuri în urmă izbutise să facă parale.

Deși născută dintr-o prințesă Mavrocordat, pe Lelia de Gunsbourg Suțu o considera tot țoapă. Dintâi că mamă-sa fusese o aventurieră – și în aventură prințul nu vedea cutezanță, agerime, spirit mlădios, ci doar „sminteală și lipsă de zeriozitate" – iar tatăl Leliei, de a cărui noblețe nu era deloc sigur, fusese un paladin ceva mai subțire, căci oricum altceva era să fii un malotru[1] din Francia și alta de pe malurile Dâmboviței.

Și o țoapă – *lex!* – nu se putea măsura cu un descendent al faraonilor. Trăia intens această convingere – nu doar față de Lelia, bineînțeles – dar, distins până în vârful unghiilor și dincolo de ele, nu o articula în cuvinte decât față de nevastă-sa sau persoane foarte intime, desigur, tot de sânge albastru.

Pe Lelia, deci, o nesocotea de pe poziții patriciene, fapt la care mai adăuga o eroare: disprețuia în general femeile; nu le cunoștea, după cum observase prințesa Irina, și, mai ales, nu o cunoștea pe Lelia.

---

[1] Mitocan.

În schimb, baroana cunoștea oamenii, având intuiția aceea rară, înnăscută, a naturii umane și care face uneori ca ochiul unui copil de zece ani să fie mai pătrunzător decât al unui sexagenar; pe Suțu îl citise până în străfundurile ființei sale. De altfel, prințul avea o personalitate rectilinie, lipsită de sinuozități, rigidă ca și înfățișarea sa. Dacă individualitatea ar fi avut culori, Suțu ar fi fost doar negru, sau alb, sau verde, fără niciun fel de nuanță. Pe scurt, baroana îi precizase încă de la începutul relației lor coordonatele principale ale caracterului: egoism sălbatic, inteligență mărginită, nemăsurată îngâmfare, ambiție mistuitoare.

Nu-l știuse însă și escroc. Scrisoarea compromițătoare îi stârnise de la început îndoială. Un asemenea act nu făcea parte din „aparatul" de viață a lui Suțu și fusese convinsă că, înfruntând orice risc, prințul nu va accepta să ofere o garanție care în lumea sa echivala cu o sinucidere pe plan social. Și atitudinea lui în timpul vizitei trăda o nesiguranță, ceva *louche*, o intenție subterană.

Fără să stea pe gânduri, în aceeași zi, verifică autenticitatea pecetei.

„Caraghiosul!", râsese baroana înveninată. „Își închipuie că are de-a face cu un copil mic!"

Îi arătase epistola lui Rech, giuvaiergiul de pe Podul Mogoșoaiei, furnizorul Casei domnitoare și al întregului protipend. Baroana era una din clientele bune, și neamțul o servise cu toată solicitudinea. Pecetea nu era valabilă, lipsindu-i din cel de-al treilea câmp gheara de leu...

Lelia părăsise prăvălia cu un zâmbet rău: *En garde, monseigneur!*

Nu putea pretinde că e frig în odaie. Dimpotrivă, aerul din iatacul Leliei i se părea mai înăbușitor ca într-un harem. Harem! Figură de stil, bun înțeles, căci niciun picior de ghiaur nu pătrunsese vreodată în lăcașurile de desfătare ale sultanilor și nici măcar de credincios, dacă nu fusese descotorosit de anume detalii fizice. Două sobe de porțelan duduiau, arome felurite – flori, hârtie de Armenia, lemn de tec, tămâie, esență de tuberoze – îmbălsămau puternic încăperea, până la migrenă.

Ionică Miclescu, într-un halat bogat de cașmir (al cui o fi? Îl schimbă la fiece ibovnic?), puse pe umerii Leliei un șal spaniol care o învăluia în întregime. Baroana îl privi surprinsă. Își știa trupul fără cusur, iar efectul de somptuoasă mantie al părului despletit era desăvârșit și sigur. Despuiată și despletită – era un privilegiu pe care toți amanții știuseră să-l aprecieze și să-l onoreze.

— Nu-ți place?

Ionică Miclescu își coborî genele frizate. Îmbujorat ca după somn, bălan și cârlionțat, părea un copil.

— O! exclamă înduioșată Lelia. Băiețelul meu e pudic! *Mon Dieu! Vous autres, moldovalaques!*[1] Atâta candoare la cel mai vestit Don Juan al Principatelor! Nu mă așteptam...

Ionică bombăni alintat:

— Nu-i vorbă de candoare... Mă tulburi... Și nu te lua după tăti legendele.

Ionică nu era desigur cel Casanova, frânge-inimi, pe care-l zugrăvise Alecsandri baroanei, dar nici neînțărcat nu rămăsese. Nu-i plăceau însă „dragostea de pehlivancă" a Leliei, scamatoriile în amor, sataniceasca știință a dezmierdărilor, care-i

---

[1] „Dumnezeule! Voi, ăștia, moldovlahii!" (lb. fr.)

purtau gândul la anume case din Paris, unde, pentru atâția și atâția franci, îți cumpărai mângâierile cu ceasul.

„Deosebirea-i că nu cumpăr – ba-s cumpărat! Și nu-i cu ceasul, ci cu noaptea; cât despre lux, marile curtezane, ca Dridri Pompon ori Louise Marckaud, n-o întrec..."

Lelia se apropie de samovarul rusesc, o piesă uriașă de argint masiv. Turnă ceaiul în ceștile fragile, un porțelan străveziu cu păuni de aur. Lichidul verde avea adâncimea smaraldelor.

— Indian? întrebă Miclescu spre a răsuci vorba.

— Da. Îl iubesc mai mult decât pe cel chinezesc.

— Cu aista o doftoricești pe Kio?

— Kio! râse baroana. Ce idee!

— Spuneai că-i guturănită.

— Kio, rosti Lelia cu glas alintat, îi o ființă gingașă, deprinsă cu meleagul însorit, se înfruptă doar cu poame rare, ca și stăpână-sa.

— Firește, făcu Ionică neștiind ce să spună.

— Și când te gândești că ei îi datorăm fericirea noastră. Îi strecură printre gene o privire subțire: Știi, chiar m-am gândit mult la istoria aceea...

Miclescu ridică sprâncenele:

— ...și am rămas cu o îndoială, urmă baroana. Întâmplarea parcă a fost iscată anume...

Ionică simți că îngheață, dar se strădui să surâdă.

— Sigur că a fost o situațiune premeditată. Tâlharii urmăreau recompensa. Și au obținut-o.

— Așa socoți? întrebă Lelia.

Vorbea în doi peri, dar și Ionică făcea pe cela naivul, căruia nici prin gând nu-i trece idee de șarlatanie.

— Cum altfel? Câte parale o cerut șatrariul, atâta o primit.

— Și recompensa ta?

Ionică își aminti de o scenă galantă surprinsă într-un salon din Paris. Luă ceașca din mâna Leliei și-i sărută delicat vârful degetelor.

— Iată recompensa mea. Sunt cele mai frumoase mâini din București.

— Mincinosule! surâse Lelia. Dar ești drăguț...

— Iar matale - magnifică.

Lelia își înfășură șalul mai strâns în jurul trupului. Sub pleoapele mult coborâte se zărea doar o ață, strălucitoare.

— *A quoi penses-tu?*

Baroana își ridică privirea. Luciul era atât de puternic, încât Ionică Miclescu avu impresia pentru o clipă că ard: ochi de Lucifer.

— La recompensa ta...

— *Mais c'est ridicule, chère amie*, păru indignat Miclescu. Argații umblă după recompense!

— Dacă te gândești bine, surâse Lelia, toți argățim pe undeva.

— Ba, pardon! *Eu* pe nimeni și niciunde! Har Domnului, a avut grijă babaca să nu-mi plângă chimirul. Iar cine are parale și minte destulă ca să se bucure de ele nu face sluj nici la Vodă.

Baroana râse:

— Chiar la Vodă mă gândeam... E un bărbat șarmant, iar eu am o slăbiciune pentru acest soi de oameni...

— I-ai pus gând rău? Ce te faci cu madame Obrenovici?

— Eu vorbesc serios acum... Mi-e simpatic Cuza, iar pe tine te iubesc...

— Afurisit să fiu dacă înțeleg...

Lelia urmă visătoare, fără să-l privească:

— Mi-ai spus mai deunăzi că ți-e prieten. Iar *les amis de mes amis*... Sunt în măsură să-l ajut... Un mic-mare serviciu...

Miclescu o cercetă cu ironie vădită:

— Femeile frumoase îs în genere mai darnice cu dandanalele.

— Ești prea tânăr pentru apoftegme, dragul meu. Mai ales că nu totdeauna sunt și înțelepte. De la persoane de mare încredere am aflat că, la sfârșitul acestei luni, se va atenta la viața lui Vodă.

Ionică dădu din mână a lehamite și începu să râdă:

— Comploturile împotriva lui Vodă au ajuns basmul cu cocoșul roșu! În fiece săptămână auzi de un altul.

Baroana se încruntă:

— Nu-ți cer să mă crezi, ci doar să-l informezi pe Cuza. Pe el și nu pe altcineva, și cu toată discrețiunea cuvenită. Crima au de gând s-o înfăptuiască la una din reprezentațiile Albinei di Rhona. Mai mult ca sigur, pe 26.

Suțu îi spusese 28. Putea fi deci încredințată că atentatul va avea loc la oricare alt spectacol al italiencei, în afară de cel de marți, 28 dechemvrie. În total, Albina avea trei spectacole, pe 26, 27, 28.

— Cine-i autorul? Ori poate-s mai mulți...

Părea că o ia în glumă, încordarea i se citea însă în vibrațiunea nărilor și nervozitatea cu care își masa mașinal grumazul.

O flacără neagră reteză privirea baroanei.

— Prințul Constantin Suțu. Nu-i singur... Trebuie să-ți dau detalii.

Zăboviră până târziu. Zorile băteau cu degete albastre la fereşti, smulgând petalele florilor de gheaţă.

Înainte de a-l aborda pe Dimitrie Cornescu, Barbu dăduse târcoale coşmeliei din uliţa Şoldani. Casa fusese cândva arătoasă: avea zid de piatră, odăi multe, curte mare, acareturi. Vremea însă şi sărăcia o măcinaseră. Câte nu se cereau drese? Acoperişul ştirb – olanele parcă anume fuseseră smulse – zidurile leproase, mâncate de igrasie şi cu tencuiala sărită, treptele ciobite, îngeraşii de ipsos ciungi de o aripă ori de amândouă.

Cucoanele Cornescu nu-i făcură o impresie mai prosperă. În făptura madamei Anthiţa, uscăţivă, iutacă, şuie, aducând cu o salcă plângătoare, Barbu desluşi toată drama unei existenţe acrite de lipsuri, trăind zi de zi aceeaşi obsesiune: păstrarea hramului de cocoană în mahala, cu preţul unor sângeroase economii. Câtă trudă şi fantezie, gândea Barbu Cantuniari, cheltuite la lumina lămpii cu gaz, pentru ca pălăria de acum cinci ani ori rochia cea neagră de canavăţ din trusoul fostei demoazele Anthiţa – ehei, unde mai găseşti ştofele de altădată? – să pară, dacă nu noi, măcar mai altcum decât trenţele ponosite care spânzurau pe ea şi pe fie-sa. O panglică de satin colea, un nod de catifea dincolo, un guleraş de horbotă, o centură nouă păreau să le mai împrospăteze şi, oricum, aveai cu ce ieşi la biserică. Mode nu puteau să-şi facă, asta o ştia şi Masinca, fata, care de trei ani, de când îşi ridicase coadele în vârful capului, purta aceeaşi pălăriuţă de pai florentin. În fiece primăvară schimba doar florile. Anul trecut fuseseră roze, în celălalt cicoare şi maci, acum chibzuia la buchetel de violete.

Era urâtă, biata, ștearsă și, deși încă foarte tânără, îi citeai de pe acum în ochi spaima celibatului, foamea după un bărbat, oricum o fi el, strâmb, bătrân, dar să-și facă și ea rândul, acolo...

Și, totuși, Corneștii, își zise Barbu, dăduseră peste ceva parale. Cucoanele fuseseră zărite în câteva rânduri încărcate de târguieli, iar mai alaltăieri, spuneau vecinii galbeni de pizmă, ditamai chervanul lui Feller – negustorul de pe Podul Târgului de afară[1] – le umpluse ograda de mobilă: salon nou plin de bronzuri, două crivate cu tăbliile pictate cu Ochiul Domnului, sofale, șifoniere și câte altele... „Și era ea cucoana Anthița țâfnoasă și fudulă – pe găurile de la zdrențe, vezi bine, pe ce alt? – dar acum umblă cu nasul pe sus, grozăvenie, zici că i-a înfipt cineva ciomag sub bărbie și cercetează doar după cuiburi de barză..."

„Astea sunt flămânde rău și, după post de o viață, nu lasă pe nimeni să le smulgă blidul de la gură", gândi Barbu și decise să-l caute pe Cornescu la Vamă, unde se afla impiegat.

Pe bietul Cornescu îl încercau toate deodată: era surprins, speriat, mândru, circumspect.

— Ciudat, rosti pipăindu-și mustața rară, asudată de emoție, că v-ați amintit de invențiunea mea. Sunt ani de când bat scările ministerului... Încă de sub domnia lui Vodă Sturdza. Urechi surde, chicoteală, batjocură... Iată interesul de care vorbeați dumneavoastră dovedit de cârmuire pentru sciință și inventatori. Ehei! Să fi trăit eu în Francia ori în Switzera, nu mai zic în Englitera...

Barbu, care îi dădea dreptate în sinea lui – cunoștea nepăsarea și neîncrederea dregătorilor pentru tot ce-i product

---

[1] Calea Moșilor.

și născocire românească, în afară de merinde și udătură – căuta justificări:

— Domnule Cornescu, nu încape comparațiune. Mai mereu ne-am aflat între marile imperii și poftele lor.

Cornescu dădu din umeri. Ținea capul în piept, slab, jerpelit, neajutorat. Semăna cu un cocostârc trist, cu penele ciugulite de molii.

— Așa o fi, cum ziceți dumneavoastră, spuse mecanic. Eu ce treabă am?

Expresia chipului era limpede: „De ce nu mă lăsați în pace? Ce vreți de la mine, că eu nu mai vreau nimic de la voi..."

Barbu îl privi lung câteva clipe. Tuși dregându-și glasul:

— Musiu Cornescu, te invit să discutăm ca între bărbați. Onest, deschis! Înțeleg că ai trăit rău, în sărăcie și deziluzie, deși ți se cuveneau lauri și belșug. Dacă poți, iartă.

Cornescu clipi mărunt. Ochii lăcrămoși păreau căptușiți cu mătase purpurie:

— Și dacă nu pot?

— Aceasta mi-o vei spune la urmă.

— Ce doriți de la mine?

— Să deschizi ochii! Să vezi dintâi limpede cum stau lucrurile, și apoi să chibzuiești și să hotărăști. Știm că ți-ai vândut invențiunea. Dreptul dumitale, mai ales că atâta amar de vreme ai fost nesocotit și disprețuit. Noi doar atâta avem a te informa: cine a cumpărat-o și în ce scop! Sau poate le cunoști și pe acestea?

Cornescu își ridică în sfârșit capul. Buzele îi tremurau.

— Nu știu nimic...

Cantuniari râse satisfăcut.

— Așa precum am bănuit. Scula ți-au plătit-o opozanții, adică inimicii lui Vodă. Țelul... îi lesne de ghicit.

— Vor să-l...

— Exact, domnule Cornescu. Du-ți ideea până la capăt. Opoziția intenționează o lovitură de stat și, în primul rând, să-l asasineze pe Vodă Cuza.

Cornescu se bâlbâi:

— Pe Vodă? Chiar pe Vodă? Nu se poate!

În mintea lui Cornescu prinseră toate a se vălmăși, poze de calendar grecesc: Vodă într-un lac de sânge, hecatombă, ziduri fărâmate, focăraie... Chipul Masincăi... Ciripitul din ultimele zile... Modele noi încercate în fața oglinzii de la șifonieră... Cucona Anthița cu ace de gămălie între dinți prinzând colea un tiv, o funtă... Aroma de lemnărie nouă din casă... Aromă de sânge...

— Nu se poate..., îngână din nou.

— De ce? N-ar fi primul „regicid" din istorie. Nu mai ești un om tânăr, domnule Cornescu, ai trăit niște domnii și chiar dacă sub Vodă Alexandru Ioan I sărăcia nu ți-a fugit din casă, căci nu se pot împlini toate între două răsărituri de soare, poți face unele comparațiuni. Și trebuie oare să-ți deslușesc ce ar însemna pentru întreaga nație întoarcerea reacțiunii? Las conștiința dumitale să decidă...

În odaia sa de la Otel Englitera, avocatul Panait Balș citea gazeta *Naționalul*, adusă odată cu micul dejun. Îi plăcea să mănânce bine de dimineață și cuprinse cu o privire mulțumită, de găman, conținutul tipsiei: salam de Sibiu, tobă de limbă, șuncă afumată și coaptă în cocă, hribi de Rusia, caș de Groyer, pâinițe fierbinți din făină de secară. Balș săltă capacul teierei, și aroma ceaiului îi dezmierdă nările. Turnă o măsură bună de rom englezesc și sorbi fericit din ceașcă. Începu să mănânce, parcurgând distrat gazeta rezemată de sticlă. Ochii i se opriră asupra „anunciului foarte important“ încadrat în chenar zigzagat, spre a atrage toată atenția:

> Teatrul Bossel anunță cu regret că, din cauza stricăciunilor produse de viscol la acoperiș și hornuri, nu poate găzdui, până nu se vor fi făcutu reparațiunile necesare, reprezentațiunile extraordinare ale domnișoarei Albina di Rhona. Anunțăm pe cititorii noștri că ele vor avea loc în casele domnului Tudor Zăvoianu din strada Mogoșoaiei la nr. 30, carele a avutu grațioasa generozitate de a pune scena sa privată la dispozițiunea domnilor și doamnelor artiste, precum și onor publicului. Mai anunțăm că rezervațiunile pentru locuri se fac la Grand Hotel Broft[1], fără preciuri. Absolută gratuitate! Onor publicul e invitat de dl Zăvoianu...

Avocatul simți că se îneacă. Cu ochi bulbucați, citi a doua oară anunțul. Mototoli nervos gazeta și se repezi la ușă:

— *Garçon!* Pentru bărbierit. Răpidi!

Era a doua oară în viața lui – împlinise cincizeci și cinci de ani – când renunța la o masă, când se ridica de la o masă, lăsând în urmă-i blidele pline și neatinse. Cea dintâi oară fusese acum patru ani, la Ieși, când în 5 ianuarie – blestemată fie cea zi și afurisenie pe capul celor ce-au iscat-o și fericit-o! – aflase de alegerea lui Cuza ca Domn al Moldovei...

---

[1] Azi, Hotel Continental.

N-avu răbdare să aştepte bărbierul şi se rase singur, sub ochii garsonului care privea desperat lăcăraia din jurul lavaboului. Din cauza grabei, avocatul se tăie la bărbie şi încă în vreo două locuri, având, har Domnului, obraji încăpători. Şterse briciul de ştergarul pluşat şi-l zvârli în capul garsonului:

— Treci pe la restaurant, că eu n-am vreme, şi porunceşte pentru prânz... Ai ţinere de minte?

— Am, îngână băiatul.

— Să te văd! Borş rusăsc cu cap de miel, ciulama de hribi şi langustine milaneze - ştie cela despre ce-i vorba - şi-n rest, ce-o mai fi pe carta stabilimentului!

Îşi lipi foiţă de ţigară pe obraji spre a curma sângele şi aşternu în grabă câteva rânduri pe o planetă albă. Flaşnetarul avea s-o poarte, într-aceeaşi dimineaţă, la Palatul Suţu.

Panait Balş se strâmbă. Nu punea el mare preţ pe judecata şi politichia prinţului, dar se aflau în aceeaşi partidă, angajaţi în acelaşi joc, pe viaţă şi pe moarte, împotriva uzurpatorului. Încolo...

Avocatul pături oracolul pufnind cu dispreţ: „Minte puţină, cât o lăsat magariul pe unde o păscut, fumuri, buruieni la gavanos şi... dreptu-i, cocoană nostimă s-o sorbi în cupă de argint. Uite cine vrea să împărăţească România! Dar s-ajungem până acolo!"

Panait Balş nu mai porunci sanie. Avea de retezat doar podul, de-a curmezişul, şi nimerea de-a dreptul la locuinţa Zăvoianului.

— Suciţi oameni şi noi, moldovenii, bre Todiriţă! Carevasăzică, ieşeni, vecini de moşie - aice Zăvoienii domnilor voastre, în coastă, Poienii mei - prieteni vechi, dar prilej de întâmpinare găsim la București. Ce face conu' Grigore, cum o duci mătăluță?

Îl cerceta cu drag, să-l mănânce dintr-o căutătură, cât era Todiriță de nămilos, râdea numai soare, om hâtru, cumsecade și „moldovan de-ai noștri, din cotul ista de Siret, ori Trotuș".

Zăvoianu cel tânăr cerca a-și ascunde surpriza: vecini, treacă, deși îi despărțeau Vidrele, moșioara Paulienilor, dar prieteni vechi... „Poate cu tataia", gândi Todiriță, deși nu-l auzise pe conu' Grigore pomenind de cine știe ce prieteșug cu vreo rămurică a neamului Balș.

— Nu l-am văzut de multă vreme, urmă ieșeanul curgându-i de pe buze lapte și miere. Acela bărbat cu care Moldova noastră se mândrește! Falnic, vrednic, bun gospodar. Dar aud că veacul și-l petrece mai mult pe la București.

Todiriță îl asculta fermecat:

— Matale pesemne nu știi, dar tataia s-o mutat di tăt la București. O lichidat la Ieși...

Panait Balș clătină capul cu amărăciune:

— Uite așa, de patru ani, se scurge biata Moldovă! Tot ce o fost mai de soi o trecut Milcovul. Praful se-alege de Ieșii noștri. Aceasta a izbutit Unirea...

Todiriță, deși avea bună creștere – la Eton înghițise mai multă papară decât alivenci, și nici tată-său nu-i dezmierdase spinarea cu flori – și cunoștea că nu se cuvine a te pune de-a curmezișul vârstnicilor și nici să le tai vorba, de data aceasta nu mai îndură:

— Coane Panaite, pricep că matale ai rămas în partida separatiștilor, dar poți pentru ca să-mi dai voie să nu fiu de acord. Unirea este, ca să spun, cea mai însemnată înfăptuire de progres și care, mă înțelegi, a deschis calea noastră spre civilizațiune.

Fără să-și dea seama, se ridicase, iar glasul creștea mereu. Avocatul dintâi se uită chiorâș, „ce vrea zăludul ista?", apoi chipul prinse o expresie de nemărginită admirație. După chip, își zugrăvi și vorba:

— Ce spui, băiete? Nu știam că în feciorul lui conu' Grigore zace asemenea politician! Phii! Păi, mătăluță la tribună ești o comoară! Chichero! Demostene! Un spadasin al retoricii. Să vii la noi să ti formăm... *Parole*, vorbesc fără șagă... Kogălniceanu, „privighetoarea Moldovei!" Aș! Moft! Anecdotă! Costa-Foru! Caraghios! Nicolae Fleva! Un maimuțoi! Un Vasilachi! Vorbesc serios, te luăm la noi, până nu te înhață caracudele!

Încurajat, Todiriță mugi una din frazele dumnealui balon:

— Căci o nație fără civilizațiune nu poate ca să existe! Și dacă nu poate ca să existe, vasăzică înseamnă că poate să moară!

Dincolo de ușă răsunară țambalele lui Stan. Balș, necunoscând deprinderile casei, se holbă:

— Aiasta ce-a mai fost?

Todiriță explică ceva nedeslușit cu mâna. Stan intră după obicei: bucuros nevoie mare, cu mâinile roșii, atârnând grele din mânecile livrelei:

— Milărd coane Todiriță, cela cu lințoliile vă poftește la șcenă...

— Cine, bre?

Stan înghiți în sec. Își rostogoli ochii, încercând să se facă înțeles:

— Cela... Șpițerul... da' nu-i șpițer...

— A! se lumină Todiriță. Tapițerul...

Stan dădu din cap fericit:

— Îhî!

— A isprăvit de drapat păreții?

— O isprăvit. O aninat lințolii în toată hudubaia... Amu, trudește la oghial... Mămuță! Ce mai oghial! Io zic că are la vreo sută de coți. Să'nzăstrezi trii sate!

Todiriță îl mustră:

— Aceea-i cortină, nărodule!

— Hă! Hă! Cum vrei matale milărd, făcu Stan concesiv.

Zăvoianu cel tânăr redeveni gentlemanul important și autoritar.

— Poți să pleci, Stanley. Spune-i tapițerului să-și urmeze treaba! Vin eu mai târziu.

Lui Panait Balș îi licăreau ochii de râs.

— Prostovanul ista sigur îi di pi la noi... Da' ce-am auzit? Că ți-ai făcut teatru la domițiliu! Bravo! Strașnică idee!

— De, coane Panaite, dacă noi, clasul superior, nu suntem în pas cu progresul, cum putem ca să luminăm poporul? Civilizațiunea e un *ce* fără de care nu se poate ca să fii nici onorabil, nici onest, nici ce mai! Civilizat!

Avocatul bătu din palme încântat:

— Brava! Eminent!

Todiriță îi zâmbi: „Ce om fin! Ce om nobil! Opiniunile politice nu-l împiedică să fie precum este: un bărbat de elită!"

— Că veni vorba de teatru, îi întrerupse gândurile Balș... Am cetit anunciul din *Naționalul*... Ce-a pățit Bossel, bădie?

— Natura, coane Panaite! Nu poți ca să lupți cu stihiile.

— Chiar așa furtună ați avut? La Ieși o fost vreme miloasă. Geruială, nămeți, dar nu prăpăd... Îi făcu cu ochiul: Șmechere!

Te-ai și grăbit să-ntinzi nadă italiencii... Bine faci, că odată-i omu' tânăr... Iar dameza, nimic de zis, îi șanticler...

Zăvoianu cel tânăr roși făclie:

— Pardon, coane Panaite, nu-i ce crezi matale... Eu, pentru artă, nu-i așa... arta și civilizațiunea... Da, apropo, mata nu-ți rezervezi un loc-două?

Balș păru să se codească, de, ca omul jenat de prea multă amabilitate:

— Știu că ai cerere mare și multe obligațiuni... Nu voi deloc să te împovărez.

— Adevărat, amatori sunt destui - cine nu vrea s-o vază pe Albina di Rhona în natural? - iar sala-i mititică, dar pentru matale nici nu poate ca să încapă alte preferințe.

Panait Balș îl bătu familiar pe uăr.

— Ești feciorul lui conu' Grigore, leit poleit! Eh! Moldova noastră, săraca! Zici că-mi dai atunci vreo două beleturi...

— Îmi pare rău, cucoane... O vorbă avem.

— Și dacă m-oi obrăznici...

— Ești șarmant, coane Panaite, ești șarmant, râse Todiriță. Obrăznicește-te!

— Te-oi întreba, atunci, dacă-mi dai *Ausweis*, cum zice neamțul, pentru tăti reprezentațiile șanticlerei ori doar pentru una singură?

— Pentru tăti tri, bădie, că tot vorba neamțului: *Alle gute Dinge sind drei*[1].

Se despărțiră cu făgăduieli entuziaste și încântați unul de celălalt.

„Un adevărat gentleman moldovean!", gândea Todiriță.

---

[1] „Toate lucrurile bune sunt în număr de trei" (lb. germ.).

„Mare bovină!“, își zise Panait Balș, îndreptându-se spre otel. „Numai că nu rage...“

„Moțat boier!“, se hlizi Stan, cercând între dinți paraua de aur lepădată de Balș. „Dar și milărd conu' Todiriță al nostru îi tare falnic! Și mai cu seamă amu avem și șcenă...“

— Am venit pentru ca să livrez marfa, don' căpitane!

Ipistatul țeapăn, în poziție de drepți, se uita la Cantuniari cu ochi strălucind de mulțumire. Ciubotele lăsau lăcoviște pe covorul din cabinetul lui Barbu. Nerăbdător, zorit să-și vadă șeful, nu se scuturase îndeajuns.

— Găinarul, adică ăsta, Pandele, a venit pentru ca să se prezinte acum un ceas, cu oracolu' de față, adresant domnu' advocat Balș cu domițiliu la Otel Hugues. Destinațiunea, cunoaștem...

Barbu deschise planeta albă. Câteva rânduri așternute cu slove de tiparniță:

„Schimbat loc reprezentațiune în Casa Zăvoianu de pe Pod. Tiranul e foarte bolnav... Rămâne pentru 26. Leapădă-te de scrupuluri. Amintește-ți de cruciați și de Inchizițiune. Iar 26 nu-i tocmai ziua nașterii Mântuitorului...“

Barbu rămase pe gânduri, frecând ușor între degete oracolul. 26 decembrie... Lelia de Gunsbourg dăduse ca dată certă tot 26 decembrie, iar Miclescu era încredințat că baroana, din pricini pe care nu le cunoștea, nu umblă cu vicleșuguri. Mai mult, Ionică declarase cu modestie:

„*Mon cher*, dacă aș fi oleacă mai păun de felul meu, aș zice că-i toată o flacără, torță arzândă și numai amoare.“

„Vezi să n-ajungi tu scrum și cenușă.“

„Ei, o griji el băietul să nu i se întâmple una ca aceasta. Nefiind fudul dară, nu pretind că trădează conspirațiunea de dragul meu. Sigur sunt însă, ca de sfântul soare, că plătește poliță grasă lui Suțu. Nu-ți pot descrie ura voluptuoasă care-i cuprinsese întreaga făptură când i-o vândut numele..."

Cantuniari strânse la loc planeta, grijind să păstreze urmele primului păturit.

— Unde-i Pandele?

— Așteaptă ordine, la Roșu. Poartă oracolu' la destinațiune ori nu-l poartă?

Barbu șovăi o singură clipă, apoi îi întinse planeta:

— S-o ducă. Și chiar repede, să nu simtă Suțu vreo mașinațiune. Atrage-i încă odată atenția să ne transmită, fără zăbavă, orice informațiunc deține.

— L-am dăscălit eu destul, pentru ca să dea bici cailor.

Cantuniari îl privi zâmbind:

— Șaua-i pusă pentru toți, Dumitrescule!

— Am înțeles, don' căpitane. Dau zor!

Barbu pufăi din lulea, frământat de gânduri. „Balș ăsta e un vulpoi iscusit. Știe că Vodă-i bolnav - nu-i un secret, de o săptămână nu l-au zărit nici ulița, niciobișnuiții palatului - și că probabil nu va asista la toate reprezentațiunile italiencei... Dar măcar la una singură tot va veni, și-atunci... Bineînțeles va veni la cea dintâi, îndeobște fastuoasă, mai ales că-i și zi de mare sărbătoare. Și, consacrație, principii participă la primul spectacol al unui mare artist. Cu prudență, însă, Balș face rezervațiune la Todiriță pentru câteșitrei..."

Două aspecte îl încurcau pe Barbu, făcându-l să se simtă ca un cal împiedicat: dorința, de fapt poruncă a lui Vodă, ca demascarea uneltirii și a autorilor să se petreacă în public, datul în vileag să fie evident, scandalos și neîndoielnic. Apoi... nesiguranța pe care o încerca față de Cornescu. Ce conduită avea să aleagă? Era oare om de nădejde? Îl simțea slab, sfâșiat de simțăminte contradictorii, nu lipsit de conștiință, dar victima neajutorată a celor două Cornești, madama și demoazela; două mahalagioaice cu minte de cloță, urâțite și sătule de sărăcie. Barbu îi oferise bani, spre a-l despăgubi cumva - firește că opozanții îi plătiseră o sumă frumușică - a astâmpăra lăcomia muierilor și gâlceava din casă. Cornescu refuzase, nu făgăduise nimic, și lui Barbu i se păruse că nu-i în toate mințile.

Nu auzi ușa capitonată a cabinetului deschizându-se, dar simți parfumul inconfundabil al maică-sii: *Mille nuits, mille fleurs.*

Vasilena intră suplă, în cațaveică de catifea brumărie căptușită cu vulpi albastre. Obrajii împrospătați de ger păreau de porțelan. Îi aruncă o privire fugară:

— Ai necazuri, *mon petit?*

Barbu clătină din cap zâmbind:

— Plictiseli obișnuite.

— Nu vreau să adaug nimic la ele, spuse Vasilena scoțându-și mănușile din piele de Suedia. Am trecut pe la Pohr să comand răsadurile acelea de camelii.

— Interesant, făcu Barbu fără chef.

— Nu trebuie să-ți bați joc de mine. M-am întâlnit cu Irène Suțu...

Barbu întoarse iute capul. Vasilena râse:

— Mi-a spus în treacăt că vor veni la spectacolul Albinei di Rhona de pe 26, m-am gândit că asta ar putea să te intereseze. *Au revoir, mon ami*, și încearcă să ghicești mai bine intențiunile oamenilor.

— Stai, *maman*, o opri Cantuniari. Un moment! De ce ți-a precizat ziua când va merge la teatru?

Vasilena ridică din umeri:

— Mi-a spus-o *en passant*, te asigur. A venit firesc vorba... Di Rhona e evenimentul sezonului.

Barbu se întunecă la față. Nu mai înțelegea nimic. Dacă Suțeștii vor să vadă italianca pe 26, înseamnă că atentatul nu va avea loc în niciun caz atunci. Nu-s nebuni doar să riște a sări în aer dimpreună cu celelalte victime. Desigur, mai există și o socoată perversă: „Tocmai pentru că ignoram orice idee despre vreo conspirațiune criminală, nebănuind că viața noastră se află în primejdie, am intenționat să venim la teatru. Din nefericire, prințesa a fost indispozată..."

Barbu își luă capul în mâini. Bolborosi singur, îndelung, până își dădu seama că e într-o sâmbătă cu tic-tacul pendulului de bronz:

— 26?... 27... 28?... Și iar: 27?... Poate totuși 26... Sau?

Zoe Manta se despărți de Elena Doamna pe strada Știrbey Vodă, unde opri o sanie de piață. Era sleită de frig și nesomn, după drum anevoios de două zile. Avea în ochi, în întreaga făptură, o înfrigurare căreia nu i se putea împotrivi.

Chipurile, avea la București daraveli însemnate, ce nu îndurau amânare. La Ruginoasa, deslușea, nu pomenise nimic, nevrând a o necăji pe Elena, dar de vreme ce tot s-au întors, amânarea nu-și mai avea rostul.

Elena Cuza zâmbise trist, prefăcându-se a o crede. Cunoștea bine daravelile și drumurile Zoicăi. Visul cela blestemat cu Anton, hâțânându-i ușile, nu-i mai dădea pace. De-acum, avea să străbată Bucureștii în lung și-n lat, cerând vești despre Manta pe la toți prietenii. Dacă pe ea n-o găsise – și amarnic se mai mustra că-și desfăcuse gospodăria încropită cu bărbatu-său în strada Ulierului –, de bună seamă Anton avea să colinde după știri pe la neamuri cât de depărtate și cunoscuți.

„Dragostea, bun lucru, rău lucru“, gândea Elena Doamna în urmă-i. Cât era de cumpănită și înțeleaptă Zoe în toate zilele, când era vorba de Manta, i se aprindea sminteala ca amnarul. Își rătăcea bunul-simț, logica, și ea, roaba etichetei, uita de orice conveniență.

Ajunse la palat pe seară sinilie. Opri garda de la onoruri și dădu porunci pentru calabalâcul dumneaei și al Zoicăi. Zăbovi în iatac cât să-și lepede voalul de călătorie, să-și frecționeze tâmplele cu oțet și apă de roze, să-și dezghețe oleacă mâinile.

Slujitorii palatului, luați pe neașteptate, o cercetau năuci. Împotriva oricărui ighemonicon, Doamna nu-și vestise sosirea, ba interzisese aghiotantului domnesc de serviciu, Dumșa, să-l informeze pe Vodă.

— Nu e nevoie să mă anunți, rosti liniștită, îndreptându-se spre apartamentele Principelui.

Dumșa căscă ochii perplex:

— Ordinul Înălțimii Sale... ăăă... eticheta...

— Nu de la dumneata am a deprinde rânduielile domnești!

Deși mereu stăpânită, vorbind ca totdeauna aproape în șoaptă, erau în ființa Doamnei o hotărâre, o siguranță nouă, o fermitate care îngheța.

Rămase în prag, statuie drapată în negru, încercănată, cu părul ce începuse a încărunți acoperit de un fanșon care-i cădea pe umeri. Vodă întoarse capul și tresări:

— Elena!

— Eu.

Doamna îi cântărise dintr-o privire făptura trudită de suferință.

— De ce nu mi-ai dat de veste că ești bolnav?

— Bolnav! Metehnele mele cele vechi, și nu-i pentru prima oară. Iar doftorii și leacurile nu lipsesc. Zăcași să dea Dumnezeu.

Încerca să ia lucrurile în glumă, pentru a-și ascunde iritarea.

— Te-am rugat să rămâi la Ruginoasa.

— Rugăciune ori poruncă?

Vodă o privi surprins. N-o recunoștea pe Elena cea blândă, parcă ar fi avut-o dinainte pe soacră-sa, Catinca. „A început să-i samene“, observă cu neplăcere.

— Delicatețea ne obligă a-i spune rugăminte.

— A, *la pilule dorée*...

— Atunci, poruncă, dacă-ți place mai bine.

Elena Cuza, palidă ca o moartă, ridică fruntea:

— Doamna țării nu primește porunci!

— Nici de la Vodă?

— Nici de la Vodă, dacă ele sunt slobozite împotriva binelui său.

Surprins, Cuza o privi câteva clipe și începu să râdă, sincer înveselit:

— *Mon ange gardien!* Ce idei ți-au mai trecut prin minte?

Revenise la tonul obișnuit, îngăduitor și amabil, dintr-odată iar blând. Doamna abia își stăpânea lacrimile.

— Am socotit de datoria mea să-ți fiu alături în clipe de răscruce. De te-aș fi știut scăldându-te în bine, rămâneam la Ruginoasa, după cum plănuisem. Dar când aflu că securea îți stă la nicio palmă deasupra capului...

Își duse batista la gură, pentru a-și înăbuși hohotul de plâns. Impresionat, Vodă o prinse de mână.

— Vasăzică istoria complotului a ajuns până la Ruginoasa. Cine ți-a dat informațiunea?

— Ce importanță are, de vreme ce primejdia există? Cât de nemernică să fiu și nesimțitoare pentru a trece cu indiferență pe lângă asemenea știri teribile?

Cuza n-o asculta, căutând cu gândul:

— Pentru a trece peste dorința mea, socoti, cucoana Catinca a opintit, desigur, dar de convins a te întoarce... Da! Ăsta-i desigur Mihalache! Hm! Tribunul nostru a început a se amesteca oleacă prea mult în trebile mele! Azi mă tutelează, mâine mă pune sub interdicțiune! Poimâini, ce mi-o mai face?

Elena Doamna dădu din cap:

— Nu fi nedrept față de cel mai credincios prieten al nostru. Știu că mulți încearcă să-l scadă în ochii tăi, dar numai pentru a vă dezbina. El ți-i slujitor loial și devotat, și nici Dumnezeu, iertată să fiu, nu l-ar putea sili să-și întoarcă fața de la tine.

— Bine, bine, zâmbi Cuza, n-am de gând să-l descăpățânez, dar cât de bune i-ar fi intențiunile, n-are voie să-mi nesocotească vrerile.

— Ba da! Spre norocul tău!

— Curioasă logica femeilor!

— Noi judecăm și cu inima...

Cuza o privi trist:

— Inima nu-i bună povățuitoare. Bine că Dumnezeu nu v-a hărăzit a sta la cârma noroadelor...

Elena Doamna își șterse obrajii:

— Și Victoria a Engliterei?

— Albionul cunoaște tradițiunea reginelor. Dar în afară de Mary Stuart... Zâmbi poznaș: Ce, Victoria-i muiere?

Se ridică din jilț și își luă narghileaua de pe consolă. Elena Doamna găsi că slăbise mult, dar, după vioiciunea mișcărilor și sclipirea ochilor, își dădu seama că, și de astă dată, criza trecuse. Doar că de fiece oară rămânea mai șubred, mai vlăguit.

— Iadul e pavat cu bune intenţiuni, spune Dante parcă... N-am dorit să pleci la Ruginoasa, dar de vreme ce ajunseseși acolo, am socotit bine să rămâi. Am vrut să te menajez, să te știu departe de griji și necazuri. Cine-i legat la ochi nu vede, cine nu cunoaște nu oftează. Te-aș fi întors, zâmbi, chiar cu sila și cu oștirea - *manu militari* - îndată ce tulburarea s-ar fi mistuit...

Inima Elenei Doamna bătea de emoție: „Te-aș fi întors..."

— Am crezut că dorești separaţiunea... Mi-am închipuit... Am venit în întâmpinarea dorinței tale... E odios să te impozezi în viața cuiva.

Vodă o privi stors de milă. Își simțea ochii umezi, căci niciodată nu putuse trece nesimțitor pe lângă durerea cuiva. Iar Elena, sufletul acesta atât de nobil și de generos, merita cel mai puțin să sufere. Rosti cu duioșie:

— Nimeni nu mi te-a impus, Elenă! Eu te-am statornicit în viața mea și acolo vreau să rămâi până la urmă.

Lacrimi limpezi scăldară obrajii sălcii ai Doamnei. Îngână cu glasul sugrumat de plâns și fericire:

— Dacă minți, Alecule... E cea mai frumoasă minciună din viața ta.

Spectrul Mariei Obrenovici, poposit din depărtări, stărui o clipă în încăpere, apoi pieri singur.

12

Niciodată, de când își aminteau moșnegii că trăiseră ori auziseră la rându-le de la bătrânii lor, nu pomenise Bucureștiul asemenea Ajun! Dar parcă se și orânduiseră toate ca să izbutească frumoase ca într-un vis de pruncie.

Dintâi, vremea era minunată. De pe la prânz se pornise o ninsoare molcomă, învăluind într-o mantie mirifică tot orașul. La 10 ceasuri începuseră a răsuna ulițele de cântecele și strigătele colindătorilor, la tot pasul te întâmpinau stele și vicleimuri, clopoței de argint.

Lumini colorate risipeau împărătește în nămeți rubine și smaralde, safire, nestemate de toate culorile, iar în fața Palatului Domnesc ardeau piramide de brazi, după obiceiul străbun.

Cinci sute de oaspeți primiră Vodă Alexandru Ioan și Elena Doamna la Palatul Domnesc. Toți membrii corpului diplomaticesc aflați în țară, chiar și Excelența Sa Ali Pașa, ministrul de Externe turc, în trecere prin Principate; spre veselia generală, dreptcredinciosul, uitând poruncile Coranului, se înfruptă mai abitir ca ghiaurii din cârnații și caltaboșii de porc, cât despre udăturică, vârî mulți viteji sub masă.

Mai fuseseră poftiți, desigur, toți marii dregători, miniștrii, prefecții de județe, ispravnicii, directorii de ministere, apoi numele răsunătoare ale boierimii românești, unii urmași ai fostelor familii domnitoare.

Dorință a lui Vodă, spre a arăta că nu amestecă domnia cu cele creștinești datine și că în Principatele Unite opiniunile politice sunt slobode, fuseseră poftiți și opozanți notorii precum Brăiloiu, Lenș Nicolescu, un Bibescu, prințul Suțu.

Deși surprinși și circumspecți – „te pomeni“, râsese verde unul din Știrbey, „că ne pregătește un ospăț precum Alexandru Lăpușneanul!“ – totuși veniseră, căci invitațiile crăiești nu pot fi nesocotite decât dacă te afli pe năsălie sau cu o ciubotă în groapă.

Prințul Suțu se eschivase totuși. Nu din fudulie, de astă dată, dar păstra unele canoane de boierie, iar ipocrizia – dacă ar fi acceptat invitația – i se părea deja inadmisibilă, monstruoasă: „Te invită persoana, ciocnești cupe de șampanie și, în același timp, ascuți securea care-l va răpune. Oribil!“

Când fură aprinse focurile bengale, iar pe cer izbucniră jerbe de artificii, perechea domnească împărți daruri delicate tuturor oaspeților. Niciodată nu păruseră amândoi mai plini de strălucire. Vodă era desăvârșit ca prestanță și eleganță virilă, adevărat principe european. Elena Doamna, în mare toaletă de moire alb, o crinolină magnifică cu panglici de atlas purpuriu, stropită cu perle rozalbe, era impunătoare, chiar grațioasă, și pe obrajii smezi stăruia tot timpul o lumină nouă.

„Și tot niciodată“, comentase consulul Victor Place, „cuplul princiar nu mi s-a părut mai unit...“

Kogălniceanu, surprins – gândea același lucru și aproape cu aceleași cuvinte – dădu din cap: „Da, semne bune anul are...“

După ospățul rafinat și pantagruelic, Vodă dimpreună cu Doamna deschiseră balul. Orchestrul era vienez, dar nu lipseau nici lăutarii vestiți ai Bucureștilor: Angheluș, celebrul muscalagiu, Pădureanu Surdul, de la Berăria Strobel, Ochi Albi, Ionică Dinicu, cel al cărui nume avea să fie dus cu cinste mai departe, peste ani, de fecioru-său, Grigoraș.

Astfel găsi prilej Lelia de Gunsbourg să se apropie de Vodă. Generalul Grănișteanu îi procurase invitația, dar, păzit cu strășnicie de cucoana Anastasia, se mulțumea doar să-și roadă mustața privind danțul de artistă al baroanei, piruetele involte, vioiciunea și grația mișcărilor. De altfel, era regina serbării, într-o toaletă de tafta *grenouille*, cu dantele de aur pe poale și stropită toată de diamanticale.

Vodă o privea cu admirație:

— Sunteți o dansatoare desăvârșită, îi spuse în timpul unui vals, cred că n-aveți pereche nici printre artistele Operei din Paris... Mă întreb, adăugă măgulitor, ce ne va arăta în plus di Rhona...

Lelia surâse modestă, plecându-și pleoapele ca sub povara genelor bogate și lungi.

— Sunteți prea bun, Alteță... vă mulțumesc. Vă mulțumesc și pentru delicatul dar al maiestăților voastre. Nu m-am bucurat atât de mult la un Ajun de Crăciun, din vremea copilăriei mele...

— Mă bucur, făcu Vodă încurcat de atâta efuziune.

Valsul se terminase. Vodă se înclinase elegant, dând să se retragă.

— Mi-am permis să vă fac și eu un dar, suflă repede baroana. Nu... Nu spuneți nu!... L-am încredințat, spre a fi în deplină siguranță, apăsă, șefului dumneavoastră de cabinet, monsieur Baligot de Beyne...

Dispăru ușoară, lăsând ridicată una din sprâncenele lui Vodă.

Balul se isprăvi abia în zori. Clipe frumoase, strălucitoare, rămase pe veci tipărite în amintirea multora, noaptea trecuse ca o părere. Apoi și cea dintâi zi...

În zorii zilei de 26 decembrie, Stan, feciorul Zăvoianului, ieșind în curte dimpreună cu mai mulți argați – care cu lopeți, care cu târnăcoape –, cercetă cerul și se hlizi:

— Hă! Hă! Moșu' Ningău a ostenit! De-amu, râniți la omăt, c-o poruncit cuconu' Todiriță potecuță netedă ca-n palmă!

El însuși luă o lopățică și o cârpă și curăță caseta de sticlă năpădită de zăpadă, care se afla aninată de gardul de fier. Înaltă cam de trei coți, înăuntru se afla un afiș pe măsură, să vadă și să cetească oricine:

ALBINA DI RHONA
Marți, 26 Decemvrie 1863
Mare reprezentațiune brilliantă de gală.

Executată pentru prima oară înaintea
MS PRINCIPELE ALEXANDRU IOAN I
ȘI A MS DOAMNA ELENA.

Domnişoara di Rhona va escela
mai cu osebire prin incredibilele sale
producţiuni mimice şi de danţ din Eghipet şi Japonia.

Domnul Comino se va distinge
prin miraculoasele sale imitaţiuni.

Cu concursul domnilor artişti
de la Teatrulu Naţionalu...

Începuse zarva în casa lui Todiriţă Zăvoianu. Zarvă fusese ea, har Domnului, de aproape două săptămâni, dar acum, în ziua reprezentaţiunii, fierbinţeala îi cuprinsese pe toţi, simţeau că îşi pierd capul. Însuşi cuconu' Todiriţă, îndeobşte calm şi măsurat, căci învăţase a-şi struni emoţiunile acolo, pe unde şcolise, se simţea înfrigurat peste cât îi e îngăduit unui gentleman.

Casa vuia de preparaţiuni, n-aveai timp de un căscat, că te chema clopotul de la poartă. Tapiţerul şi ucenicii dumnealui băteau ultimele cuie şi grijeau de eleganţa faldurilor, îndreptând ici, ridicând colo, meşterii zugravi mai trăgeau câte o pensulă de aur pentru a ascunde de ochi fugar vreun neajuns, un anume Bohl, cu prăvălie pe Lipscani, grijea de iluminaţie. Şi iar se auzea clopotul! În toată clipa soseau comisionari cărând pachete fel şi fel şi, mai către amiază, cel din urmă veni şi Pohr cu două sănii de flori.

Stan, feciorul, care era prea fericit de vânzoleală, dar îi plăcea să se vaite ca gospodinele cele bune şi gureşe din Moldova când frământă aluatul în Vinerea Mare, „Măiculiţă, Doamne! Câte am făcut şi câte mai am de dres!“, la vederea florarului, rămăsese cu gura căscată:

„Sfinte Pahomie și tu, Prea Cuvioasă Paraschivă! Mi-a fost dat s-o văd și p-aiasta în lună de gerar! Grădina lui Maica Domnului!“

Veni, mai către chindie, și bufetul de la Capșa, la care Todiriță chibzuia să poftească oaspeții în antract. Era orgie de bucate, curcani fripți și tot soiul de zacuști, galantine și pateuri, prepelițe, sosuri și brânzeturi, maldăre de cofeturi, vinuri dulci, șampanii, dar și udăturică țeapănă.

Lui jupân Grigore Capșa, ajutat de trei bucătari și de vreo patru băieți la toate, îi trebuiră cinci ceasuri numărate pentru rânduiala cu chichirez și fasoane a muntelui de bucate pe tipsii, în platouri, coșulețe, cupe, tot blide cheltuielnice – îți luau ochii atâta argintărie și cleștar – și al căror rost Stan nu-l deslușea „nici chicat cu ceară. Că-i de lemn blidul ori di porțolan, nu mă ține junghiul. Plin să fie și să-ncapă destul...“

Zăpăceala era sporită de slujnice. De două zile, nu mai lepădau din mâini măturile și târnul, se încurcau printre picioarele meșterilor ocărând negrija, slinul și îngălăciunea, întinatul cu dinadinsul. Numai ce isprăviseră ungherul cela, și răpănoșii iar îl gunoiseră.

Cel mai zăpăcit dintre toți se afla însă Todiriță. Simțea furtună în căpățână, de parcă venise Siretul mare, și tot slobozea porunci pe care le răzgândea după zece minuturi. Se sculase cu noaptea în cap, adică la ceasurile 11 ale dimineții. De obicei, nu intra în papuci înainte de prânzul cel bun, căci primul lucru pe care îl lepădase, odată cu straiul de școlar, fusese trezitul la 5 dimineața. Din programa spartană de la Eton, rămăsese credincios doar exercițiunilor gimnastice și spălatului cu apă rece. Când Stan spărgea pojghița de gheață din hârdaie, îl asemăna pe stăpânu-său cu Sfântul Ioan Botezătorul.

Todiriță nu-și vedea capul de trebi, dar oaspeții tot nu-i dădeau pace. Cel mai mânios era pe Johnny. Miclescu, îndrăgind liniștea, confortul, iatacul bine rânduit – aici era frate bun cu poetul Alecsandri – se speriase de harababură și trăsese la casele dumnealui. Pe Todiriță îl vizita de două-trei ori în zi, dar nu zăbovea mai mult de un ceas. Pentru cea dintâi oară se răstise marele și blândul Todiriță la suavul, gingașul Ionică pe care-l socotise, de când se știa, frățiorul șoltic și dezmierdat al domniei sale:

— Ce faci? Vii în inspecțiune? Ci leapădă-mă păcatelor! Gândeam să mă ajuți, dar, în loc, pui omătul la fiert! *Parole*, Ionică, nu mă așteptam la atâta lipsă de... de...

— Civilizațiune! îi suflă Miclescu și, tuflindu-și cușma, își văzu de treburi.

„L-am dezmierdat prea din cale afară!“, suspină Todiriță, dar vreme de filosofat n-avea, sosind mereu alți gură-cască.

Barem Barbu Cantuniari venise numai până acum de trei ori, vârându-și nasul peste tot. Mai cu seamă da târcoale lojii princiare. Nimic de zis, pentru răgazul scurt pe care-l avusese la dispoziție, Todiriță, neprecupețindu-și paralele și credincios apoftegmei că un meșter bun te costă mai puțin decât unul nătâng, izbutise lucru mare. Loja, cățărată pe o estradă, era elegant înveșmântată cu pluș sângeriu și brocart de aur. Pe pântecele balconașului se lăfăiau o acvilă și zimbrul, iar înăuntru, Zăvoianu rânduise patru jilțuri Louis XIV pentru Domnul, Doamna și cei doi aghiotanți.

Nu se simțea improvizațiunea decât la privire înadinsă, ceea ce era mai mult decât s-ar fi putut nădăjdui. De fapt, pentru tărăboiul iscat în casele lui Zăvoianu, Barbu avusese mai mult de luptat cu Vodă decât cu Todiriță. Cuza, delicat ca totdeauna, nu voise a inoportuna cu tevatură și cheltuială. Barem, dacă Zăvoianu ar fi acceptat să fie despăgubit... Nu, boier Zăvoianu nu voia, era darul lui către Vodă. Iar argumentele lui Barbu învinseseră. Sala Bossel și Teatrul Național nu prezentau garanție de securitate. Prea multe intrări, ieșiri, păienjeniș de culoare și atenanse ce nu puteau fi supravegheate. Riscul lui Vodă era oricum mare... Prea mare. Nu mai trebuia îndesat sacul cu genunchele.

Cuza zâmbise:

— Să-ți dai duhul la o reprezentațiune de teatru n-ar fi lucrul cel mai rău... Pleci dincolo cu zâmbetul pe buze...

— Nu cred că-i o satisfacțiune, cuteză Barbu, știind că în urmă lași jale și amare lacrimi.

Zăvoianu îl surprinse scotocind pe sub scaune, pipăind pereții subțiri sub straiul de catifea.

„Altul“, își zise, „de-mi face inspecțiune!“

Se opri la poalele lojii, urmărind manevrele lui Cantuniari care se afla în genunchi, cu spatele întors. Todiriță își drese vocea și întrebă cu glas bubuitor:

— Ce faci, bre? O cauți de păduchi?

Barbu râse, urmându-și cercetările.

— Ai ghicit!

Tot pe la prânz, se ivi așa, ca într-o preumblare și de n-am ce face, avocatul Panait Balș. Ca de obicei, îi trase un orchestru de măguleli, „ci să-ți spun, bădie, tăt târgul zvonește numai di soareaua matale, îi chișcă nerăbdarea ca acei țânțari“, apoi, „ca de o curiozitate“, intră să vadă teatrul. Avu și aici prilejul să se minuneze cu exclamațiuni de soprană: „Phii!

Strașnică trebușoară, bădie! Zici că te afli pe puțin la Odeon ori Gymnasium din Paris..."

Scotoci și dumnealui prin lojă „să pot spune celor nepoți c-am pășit și eu odată în benoară crăiască", se interesă de exituri căci, ferească Sfânta de focăraie, la atâta stup de lumânări și candelabre...

— Avem luminație cu gaz aerian, coane Panaite. Lumânările le-o pus Bohl de o frumusețe, vasăzică, și un natural.

— Ehei, bădie! De ajuns o singură chibritelniță la o pădure întreagă.

Dădu Dumnezeu și plecă și aista. La ceasurile 5, cu ore trei înainte de reprezentațiune, poposiră și artiștii. Altă nebuneală! Instrumenturi muzicale, trâmbiți, dible, scripci, mandoline și piculine - avea ce pizmui Feder, negustorul de muzici de pe Pod - un clavir, și iar o scripcă înaltă și lată cât un urs. Apoi, cufere, cufărașe, cutii, lădițe și legături, un iarmaroc întreg!

Albina di Rhona, însoțită de două cameriste, umpluse o sanie de calabalâc. Era o iușcă de muiere, cât o fătucă mai răsărită, s-o vâri sub capacul de la ceasornic. Din blana bogată se zăreau doar născiorul poznaș, stropit de câțiva pistrui, și ochii neastâmpărați, cu gene lungi și răsucite. Puse de îndată stăpânire pe odaia pregătită anume pentru dânsa de Todiriță și începu a ploua cu porunci: încă două oglinzi, mereu hârdaie de apă clocot, samovare proaspete, tăciuni pentru fierul de călcat, jăratic pentru drot și ștergare, de golise scrinul de albituri al Zăvoianului.

— Du-i, bre, făcu Todiriță sleit, și, la o adică, dai o fugă până în Lipscani și mai iei vreo zece duzini. O fi având muierea parastas.

Stan – i se zărea doar nasul borcănat din maldărul de pânzărie – râse fericit:

— Aferim, milărd și coane Todiriță! Măcar de-am avea o șcenă în fiecare zi.

Își ciuli urechile. Din odaia italiencei străbătea muzică. Albina își exercita glasul: *Visi d'arte, visi d'amore...*

Sănii și echipagii, care de care mai falnice, stăteau ciotcă în curțile Zăvoianului, iar Podul Mogoșoaiei, sugrumat din două părți – dinspre Sărindari și Piața Teatrului Național – abia mai răsufla. Ipistații și vardiștii se străduiau să țină oleacă de rânduială și să păstreze slobodă măcar o potecă, cât să se poată strecura doi călăreți mergând alăturea.

Reprezentațiunea fusese anunțată pentru ceasurile 8 ale serii, dar de *bonton*, în capitala Principatelor ca și la Paris, era să întârzii cam jumătate de oră.

Protipendul cel mai ales umpluse sala Zăvoianului. Di Rhona și artiștii care priveau prin „spionul" cortinei erau uimiți de bogăția straielor, de oștirea de muieri chipeșe în cele mai șic toalete pariziene, de strălucirea uniformelor bogat înfiretate, de ocalele de diamanticale.

În așteptarea Domnului și a Doamnei, se făceau conversație, schimb de vizite în loji, cucoanele se devizajau prin lornioane, se râdea, se vorbea cu glas tare într-o atmosferă de bucurie, agitație, surescitare. Firește, la ordinea zilei era succesul dimineții al Guvernului Kogălniceanu. Secularizarea se afla pe buzele tuturor. Un grup în fracuri – după pântecele impozante, chelii și glasurile răsunătoare, antrenate, ghiceai politicienii – comenta înfierbântat legea. Nimeni nu argumenta, se auzeau doar sentințe:

— Turcii nu vor tolera... Ierarhii greci sunt tari, dom'le! Îi reazămă rușii!...

— Anglia se opune. Buwler a luat poziție!

— Cine-i ăsta, nene, să ne dicteze nouă?

— Parcă el? Stăpână-sa, Victoria Rex...

— Nu se poate trece peste opiniunea unei națiuni întregi! Legea a fost votată cu nouăzeci și trei de voturi contra trei...

— Napoleon îl sprijină pe Vodă...

Se aflau de față Beldiman, prefectul poliției, Valentineanu de la Siguranță, ministrul Rosetti Bălănescu de la Externe, poetul Bolintineanu de la Instrucție Publică și alții... Întreg Cabinetul Kogălniceanu.

Premierul însă stătea retras în loja dumnealui, dimpreună cu nevasta - cocoana Catinca - și câțiva avocați, glorii ale colegiului bucureștean: Bosianu, jurisconsultul cu cea mai mare autoritate din țară, Costa-Foru, Boerescu, Take Giani și Cantili, profesor de drept penal la Facultatea de Drept. Se discuta însă cu glas scăzut, Kogălniceanu vorbind cel mai puțin. Discursurile îi plăceau doar la tribuna Camerei.

Tot în rezervă stăteau opozanții și simpatizanții acestora din familiile Știrbey, Golescu, Ghika, Sturdza, Nicoleanu.

Avocatul Panait Balș făcea conversație inofensivă și politețuri la celălalt capăt de sală unor cucoane în vârstă. Spre deosebire de Suțu, ținuse să fie de față la „moartea tiranului". Prințul, prudent, rămăsese acasă. Și tot din prudență, o sanie încărcată doar cu odoare, aur și hăinărie strict necesară aștepta înhămată în curte, gata de ducă... În caz de eșec, va lua singur drumul pribegiei, urmând să se găsească mai târziu cu prințesa la Roma ori Florența.

Tot făcând complimenturi, Balş nu-l slăbea din ochi pe Dimitrie Cornescu. Părea ciudată prezenţa omuleţului mititel, în redingotă neagră, modestă, clipind mărunt, ca o pasăre în spatele ochelarilor cu rame de fier, în mijlocul acestei grandori... „Ca un cioroi văduv în turmă de păuni", îşi zise Balş, „dar noroc că nu-l bagă nimeni în samă..."

După cum nimeni nu lua aminte la pachetul frumos învălit pe care-l ţinea pe genunchi. Vreun dar pentru di Rhona... La spectacole, artista primea cele mai năstruşnice cadouri: flori, codri de flori, cofeturi, giuvaiere, bibelouri...

Scula trebuia rânduită cu cincisprezece minute înainte de exploziune. Momentul avea să-l aleagă Balş...

Tot spre Cornescu erau aţintite şi privirile lui Barbu Cantuniari. Emoţiunile îi dădeau crampe şi, fără să-şi dea seama, scrâşnea mereu din măsele.

Mamă-sa, Vasilena, îl bătu uşor pe mână şi-i şopti:

— *Mon petit*, începe lumea să se uite la tine.

Tulburat, dar din alte pricini, era şi generalul Grănişteanu. Se uita mereu spre fotelul rezervat Leliei de Gunsbourg, care continua să rămână neocupat. „Să se fi întors junghiul porumbiţei?... Face mereu imprudenţe, uită cât îi de gingaşă..."

Ţinut însă în lanţ – cucoana Anastasia nu-l lăsa slobod – nu putea să se intereseze, să trimită, la o adică, un comisioner, să facă întrebare în Fântâna Roşie. Şi-i venea s-o strângă de gât pe nevastă-sa, să-şi înfigă degetele în grumajii de grăsime, în mormântul acesta de osânză al visurilor lui...

Nemulţumit, iar acum de-a dreptul îngrijorat, era şi Todiriţă Zăvoianu. Ionică nu venise. Şi era de neconceput ca Ionică să lipsească de la o mondenitate rară, unică, nu-i aşa... de mare civilizaţiune. Ar fi trimis şi el slugă să vadă ce și cum se întâmplă acasă la Miclescu, dar, la atâta lumet, toți oamenii îi erau de trebuință.

Și, dintr-odată, încetă larma, șoaptele începură a clocoti în largul sălii.

„A venit Vodă!“

De pe chipul lui Vodă Alexandru Ioan I se alungase orice urmă de slăbiciune. Triumful obținut de dimineață la Adunarea Națională nu însemna doar restituirea către țară a unui imens patrimoniu, ci și începutul împlinirilor visate de români; garanția pentru un popor veșnic înșelat în așteptările sale, că idealurile spre care năzuia pot trece hotarul discursurilor, al vorbelor frumoase iscate de oratori dibaci, steaguri făgăduite fluturând mereu pe meterezele generațiilor viitoare; încrederea în depozitarii unor nădejdi pe care vremea nu le veștejise...

Ovațiile ce-l întâmpinaseră îi aduseseră spor de bucurie. Uralele purtau pecetea dragostei sincere față de Domn, a acordului total dăruit cârmuitorului.

Când orchestrul începu imnul, cortina se ridică încet. Pe scena goală se afla doar Albina di Rhona. Drapată în alb, ca o statuie greacă, ținea steagul tricolor în mână. Glasul neasemuit însoți orchestra cu vorbe românești. Era surpriza italiencei... Sala, zguduită, se ridică în picioare. Pe obrajii tuturor curgeau lacrimi. Elena Doamna își zise că trăiește una din clipele cele mai înălțătoare dintr-o viață ce nu-i fusese totdeauna crâng de roze. Avea în schimb fericirea ca omul căruia îi dăruise întreaga ei existență și simțire să fie Alexandru Ioan. Poate nu totdeauna drept cu ea – desăvârșiți sunt doar sfinții, iar aceia nu sunt oameni –, dar mare, drept și adânc cinstit față de poporul lui, unui asemenea om i se cuvenea orice jertfă...

Și Elena Doamna, și Vodă Alexandru Ioan I aveau ochii umezi.

Panait Balș socoti că momentul cel mai potrivit pentru asasinarea Principelui va fi la începutul celei de-a doua părți a reprezentațiunii. Antractul dura jumătate de ceas, timp în care lumea avea să fie la bufet. Mai socotea că înfierbântarea, beția entuziasmului, starea de euforie la care se vor adăuga vutcile și șampaniile Zăvoianului vor slăbi considerabil luarea-aminte.

În câteva minute sala se goli și lumea dădu năvală, în urma lui Vodă și a Doamnei, în salonul-bufet al Zăvoianului. Veselia și fericirea – „da“, își zicea Kogălniceanu, „se poate vorbi, cel puțin în äste clipe, de fericire, fericire adevărată“ – erau de nedescris. Emoțiunile zilei, măreția familiei domnitoare plină de grație și blândețe, surpriza inspirată a Albinei di Rhona, carele evoluase după aceea într-un spectacol de mare sobrietate, cuvenit unor prezențe crăiești, împinseseră entuziasmul pe culmi neatinse încă.

Avocatul Balș zăbovi cam vreun sfert de ceas ciocnind cu câțiva cunoscuți, apoi se retrase neobservat. Dimitrie Cornescu îl aștepta în fumoarul improvizat de Todiriță într-unul din saloanele mai mici. În față se afla culoarul care dădea spre sală. Oleacă mai la stânga, intrarea perdeluită a lojii princiare.

Părea pustiu. Slugile, o parte la cuhnii, altele la bufet, aveau cărare anume spre atenanse.

„Câtă nesăbuință“, își zise Balș. „Că tiranu-i inconștient și nepăsător cu viața, de parcă ar avea șapte ori nouă, nu-i novelă!

Dar ce păzeşte Siguranţa lui musiu Valentineanu? Lasă meleagul nepăzit, drum slobod pentru orice tâlhar!“

Făcu semn lui Cornescu să-l urmeze. Amploiatul de la Vamă păşea ca în vis, tremura din toate mădularele.

— Bagă de seamă, să n-o poticneşti! suflă Balş, privindu-i mâinile nesigure.

Îşi strecură încă odată privirea în sala goală, cercetă în lungul coridorului şi, cu un „Doamne ajută!“ spus în gând, îl trase pe Cornescu şi-l trecu dincolo de perdelele lojii. Inima îi bătea cu putere, aştepta, cu urechea atentă la paşi streini, „ronţăitul“ sculei pe care o potrivea, ascuns de draperii, „prăpăditul cela“.

„Dacă Satana nu-şi vâră coada“, chibzui rânjind nervos, „apăi, într-un sfert de ceas, şantanista, în loc de odă, i-o cânta prohodul!“

Şi, dintr-odată, nu-şi mai dădu seama ce se petrece. Fără de veste, se simţi înconjurat, cu trupu-i gros prins în căngi, imobilizat.

„De unde naiba au răsărit?!“, se întrebă buimac, smucindu-se şi opintind să farme cleştele. Încercă să braveze, indignându-se arogant, cu „glas de bară“:

— Domnilor! Cum vă permiteţi?... Îmi datoraţi totuşi explicaţiuni.

Din cei zece ori mai mulţi din câţi îl înconjurau recunoscu, cu privirea tulburată de spaimă, pe Cantuniari, feciorul Talianului, pe Beldiman, avocaţii Costa-Foru şi Take Giani, pe Boerescu de la Curtea de Apel, socotit îndeobşte drept şi imparţial şi nefrecventând niciun fel de politică, pe Victor Place, consulul Franciei, pe Fuad Septar, consulul Porţii, pe Novikov, însărcinatul cu afaceri al Rusiei la Constantinopole; mai în spate, ca prin ceaţă, câţiva opozanţi: Ghika, Mitică Ştirbey...

„Ticăloșii!", scrâșni cu ultimă fărâmă de luciditate Balș. „Au știut să-și aleagă bine martorii!"

Avu sentimentul dezastrului și totul i se întunecă dinaintea ochilor.

Cantuniari ridică perdeaua lojii princiare. Înghesuit într-un ungher, cu scula despachetată pe unul din foteluri, inventatorul din ulița Șoldani zâmbea nesigur.

— Rămâneți acolo, domnule Cornescu. Câteva minute doar.

Se auzi dintr-odată glasul bubuitor, inconfundabil, al președintelui Consiliului de Miniștri, acoperind vacarmul:

— Să poftească Măria Sa Vodă Cuza! Să poftească toată lumea spre dovadă istoriei și viitoriei. Veniți martori spre dovadă celor tăgadnici, despre cea mai mârșavă și odioasă tentativă a reacțiunii de a înăbuși năzuințele și idealul românilor! Astăzi, aici, dinaintea domniilor voastre, Alexandru Ioan I, alesul întregii națiuni, purtătorul de nădejde al nădejdilor voastre, urma să fie smuls vieții!

Se auziră strigăte, oamenii nu știau ce s-a întâmplat, panica molimă cuprinse dintr-odată întreaga adunare, se buluciră spre uși și ferești.

— Nu vă speriați! tună Kogălniceanu. Nu-i pârjol, nu-s turcii, urmă uitând pentru moment de prezența lui Fuad Septar și de uzanțele diplomaticești, nu-s oștile lui Belzebuth! Îi doar fiara reacțiunii! și arătă spre Balș. Cercetați-i una din dihănii și înspăimântați-vă!

Cei de față, înmărmuriți, priveau buimac, mulți încă nu pricepeau. Doar Vodă privea liniștit, gânditor, făptura prăbușită a avocatului. O clipă îi întâlni privirea. Îl știa bine pe Balș, îi fusese dintotdeauna vrăjmaș înverșunat, separatist convins;

nu se împăcase niciodată cu ideea Unirii. „Și poate nu-i vina lui", judecă, mereu blajin și tolerant, Domnul. „Nu toți pot înțelege mersul vremii lor."

Panait Balș se scutură dintr-odată din amorțeală. Complotul eșuase, dar el, el, Panait Balș, își va păstra până la urmă dârzenia crezului și a urii. Se descotorosi de brațele care-l cetluiau cu o mișcare sălbatică a trupului și rosti, ațintind ochii albaștri, luminoși, ai lui Vodă, peste care se așternuse o boare de tristețe:

— Nu mi-e teamă de tine, colonele Cuza! Și nici de plebea oarbă care se lasă mânată în prăpastie. Da! Ți-am dorit pieirea. Acum mă piei tu pe mine! Pe a ta ți-o profețesc. Osândește-mă!

Își încrucișă brațele pe pântece și săltă capul cu înfricoșătoare răutate. Toți ochii se îndreptară spre Vodă. Lângă umărul lui, Elena Doamna părea de-a dreptul încremenită în marmură. Cuza rosti cu oboseală în glas:

— Nu eu te voi osândi, Balș! Poate Domnul Dumnezeu, poate poporul căruia îi ești vrăjmaș. Sigur, istoria!

Se răsuci, dar îl întoarse glasul bubuitor al Kogălniceanului:

— Măria Ta, rămâi! Și voi, domniile voastre!... Domnule Cornescu, acum dovedește-ne spre orice cinstită mărturisire a celor de față, către ei și către alții, intenția și unealta criminală a conspirațiunii.

Dimitrie Cornescu șopti ceva la urechea lui Cantuniari. Se făcuse și mai mititel. Se simțea zdrobit de emoții și îi fusese mereu teamă ca nu cumva combinațiunea pusă la cale de Barbu să nu izbutească; acum, cu ochii tuturora ațintiți asupră-i, el, șoricelul deprins să treacă neobservat de-a lungul zidurilor, cerca o sfârșeală, nu știa pe unde pășește, povara atâtor sute de priviri îi năbuşea bucuria: nu făcuse moarte de om, ba îl salvase pe Vodă.

Barbu Cantuniari îşi ridică glasul:

— Doamnelor şi domnilor! Rugăminte vă îndreptăm a binevoi să coborâţi pentru puţine minute în curte!

Cu blănurile pe umeri, fără cuşme şi şaluri, în pantofi cu glanţ şi conduri de atlas, lumea se grămădi în ograda Zăvoianului. „Ce zi, Doamne! Ce de emoţiuni!... Balş... Nu-i de mirare!... Cine ar fi zis?... Vodă, prea iertător."

Todiriţă prinse o clipă mâneca lui Barbu:

— Ce-i, bre, iarmarocul ista? Nu mai pricep nimic.

— Ai să pricepi mai încolo.

Stan, feciorul, îşi cercetă stăpânul cu ochi de câine:

— Nu mai avem şcenă, milărd şi coane Todiriţă?

Printre fracuri, uniforme, decolteuri şi umeri goi acoperiţi la întâmplare cu blănuri, etole şi şaluri vieneze, uitând oamenii de geruială şi de teama junghiului, printre exclamaţiuni şi resuflări retezate de emoţie şi frig, Barbu Cantuniari deschise potecă lui Dimitrie Cornescu.

Omul se opri la capătul cel mai depărtat al curţii. Depuse scula pe un trunchi retezat şi-i făcu semn lui Barbu să se depărteze. Cercetă pe îndelete jur-împrejurul, apoi ticăit, stăpânindu-şi anevoie tremurul mâinii, începu a răsuci şurubelul sculei.

Oamenii aşteptau cu sufletul la gură. Cuza şopti la urechea Kogălniceanului:

— Mai sunt oare de trebuinţă aceste demonstraţiuni?

Preşedintele răspunse răsunător:

— Da, Înălţimea Voastră. Să se încredinţeze toţi, şi cu tot dinadinsul, de crima fără egal a unor neoameni.

În ochii Domnului se aprinse un licăr malițios. Știa fără greș că avea să-și contrarieze prim-ministrul:

— Mi-e că stricăm de tot reprezentațiunea 'taliencii... Păcat de bieții artiști, de atâta străduință...

Kogălniceanu respiră adânc și își înghiți buzele să nu slobodă ce-i stătea pe limbă:

„Ăsta-i colonelul Cuza și pace bună! Gata să-și jertfească viața și apoi tot el să râdă cel dintâi..."

Prințul Suțu dădu buzna în iatacul Irinei.

Falnică, magnifică, într-o somptuoasă rochie de casă, cu picioarele rezemate de grătarul căminului, spre a simți mai îndeaproape căldura, prințesa citea versuri de Ronsard.

Suțu nu mai avu vreme să se mire, „Femeia aceasta oare e de bronz? N-are niciun fel de simțire?", și exclamă patetic:

— Am venit să-ți spun adio! Suntem trădați!

Suțoaia își ridică sprâncenele:

— Te așteptai la altceva? Te-am avertizat, nu?

— Irène, nu-i vreme de filosofat. Trebuie să plec fără clipă de zăbavă. Complotul a eșuat, Balș s-a dat prins.

— De unde știi?

Prințul simți că-și pierde cumpătul:

— Mă crezi chiar imbecil? Natural că am avut acolo un espion. Acum două minute mi-a adus vestea. Fierbinte! Adio, draga mea...

Prințesa se ridică.

— Adio... Dar cred că greșești... Fugind, abia îți dovedești vinovăția... În locul tău, eu aș înfrunta aici, pe loc, situațiunea... M-aș apăra! Aș dezminți!

Suțu râse din gât:

— *Tu es folle, ma chère!* Ce să dezmint? Însăși evidența?

O luă în brațe, privind-o în adâncul ochilor verzi, imenși.

— *A bientôt, chérie...* Negreșit. În Italia... Am încredere în tine... Suntem... ne aparținem... Da?

Irina râse amuzată:

— *Tu deviens jaloux?* Nu fi ridicol! În Italia... Da... da... da... *Bonne chance!*

Prințesa îi simți buzele de lemn pe obraz.

În mai puțin de un minut – „*vraiment*, are viteza fulgerului!“, își zise Irina de la fereastra palatului – sania prințului ieși din curte.

— Drept înainte! porunci vizitiului. Să ajungem în Târgoviște.

Trebuia să iasă cât mai repede din București. După aceea, se va ascunde la Lăcusteni, moșia Băicoienilor, prieteni de pe Valea Prahovei. Ajuns la Brașov... Ha! Ha! *Au revoir et merci!*

Și se înfundă în blănuri, închizând ochii. O smucitură neașteptată îi reteză gândurile:

— Ce-i, Gheorghe?

Surugiul, ridicat pe capră, cercetă împrejurimile. Rosti resemnat:

— Cucoane, cred că până ici ne-o fost!

Strada Academiei, ciotcă de sănii și trăsuri, nu lăsa nicio dezlegare. Parcă anume ridicase barieră. Suțu, negru de mânic, răcni:

— Înapoi!

Un glas cunoscut parcă, limpede ca gheața, îi despică urechile.

— Zadarnic! Pentru Alteța Voastră nu mai există nici *înainte*, nici *înapoi!*

Glasul ridică o făclie spre a i se desluși chipul.

Baroana Lelia de Gunsbourg, cu furtuna pletelor revărsate pe o blană de urs alb, se afla în prima sanie. Pe chipul neclintit, ochii aveau o strălucire sălbatică:

— Totul se plătește, Alteță!

Ionică Miclescu, tovarăș la urzeala baroanei, simți săgeată de spaimă înfigându-i-se în inimă: „Dumnezeule, ce muiere! De-amu, cum m-oi dezbăra de năprasnică sălbăticiune? Să te văd, Barbule, și pe matale, cucoană Vasilenă, carele mi-ați dat învățătură cum să dau cu iscusit meșteșug de belea și bucluc!..."

În ograda Zăvoianului, lumetul aștepta cu sufletul la gură. De atâta nerăbdare și curiozitate ațâțată, oaspeții nu simțeau gerul arzându-le tălpile prin încălțările fandosite, din glanț, satin și brocart, nici puiul de viscol iscat dintr-odată și care spulbera nămeții, scotocind cu degete de gheață pe sub clopotele crinolinelor.

Dimitrie Cornescu numără cam treizeci de pași și se opri aproape de capătul curții. La lumina făcliilor – conu' Todiriță își rânduise slugile pe două șiruri, spre escelentă vedere; nu pricepuse exact despre ce-i vorba, își închipuia pesemne că urmează tot un soi de reprezentațiune – silueta firavă a Cornescului, cu hainele smulse de vânt și învăluit în trombe de zăpadă, semăna a nălucă.

Barbu Cantuniari îi urmărea crispat fiece mișcare. I se părea că prea-i ticăit, că prea zăbovește, și nu fără primejdie.

— Ci întoarce-te odată, domnule Cornescu!

Glasul lui Cuza se asocie:

— Da! Întoarce-te. Mormăi cu nemulțumire către cei din jur: Cui îi fac trebuință asemenea exhibițiuni?

Stan, feciorul, o luă înainte. Păşea crăcănat, cu mâinile bălăngănindu-se din cale-afară. „Dacă tot n-are nevoie de ele", îi trecu stupid prin minte lui Barbu, „de ce dracu' nu le azvârle odată?!"

— Hei, zăludule! Încotro?

Stan se hlizi:

— Să-l aduc pe don' Cornescu...

— Stai pe loc! porunci Cantuniari.

Dimitrie Cornescu îşi şterse ochelarii de zăpadă, se mai uită odată la scula aşezată pe o capră de lemn şi se întoarse spre lume. Mergea încet, cu plumb parcă în ciubote. Se îndepărtase câţiva paşi, şi Barbu respiră uşurat.

Dintr-odată, bubuială cumplită zdruncină văzduhul, şi pământul păru să se despice sub picioarele celor de faţă. O flacără sălbatică, limbă uriaşă de foc, opintea să străpungă cerul.

Curtea, uliţele dimprejur, întregul Pod fură cuprinse de spaimă. Oamenii ţipau, se buluceau pe porţile ogrăzii, luând-o înnebuniţi care încotro, câinii lătrau cuprinşi şi ei de frică şi turbăciune. Intervenţia pompierilor, năimiţi din vreme de Barbu, spori parcă panica.

— Liniştiţi-vă! striga zadarnic Cantuniari. A trecut primejdia!

Nu-l auzea nimeni. Toţi aveau un singur dor: să se sloboadă din curţile Zăvoianului, să se vadă departe. Dezbrăcaţi, fără cuşme, împleticindu-se în jupoane, se împrăştiaseră pe Pod cu figuri bezmetice, vârând în toate spaimele trecătorii. Balcoanele se umpluseră de creştini, mulţi treziţi din primul somn, cei care benchetuiau în restaurantele de la Capşa, Otel Hugues, Otel de France ieşiseră şi ei în uliţă. În câteva clipe, începură a se încrucişa zvonurile cele mai teribile, după fantezia unora și altora. „Cutremur!... Au pus tunurile asupra Bucureștilor!... Mânia lui Dumnezeu..."

Vodă se adresă Kogălniceanului pe un ton mânios:

— Îți place, coane Mihalache, ce iarmaroc ați izbutit? Ai temut război civil și ai dat în răzmeriță!

— Măria Ta...

Alexandru Ioan I îi curmă scurt vorba:

— Nimeni nu are dreptul să terifieze un oraș întreg, să zdruncine liniștea unei țări căci, n-avea teamă, mâine la Fălticeni și Craiova, Tecuci ori Calafat, pretutindeni se vor fi auzit cele mai grozave, bezmetice novele despre catastrofa de la București.

— Iertare, Doamne, dar mai bine să ne speriem azi, decât să ne văităm mâine. Infamia reacțiunii, în toate proporțiile ei, a fost dovedită.

La câțiva metri de sataniceasca-i născocire, zăcea leșul ciopârțit al lui Dimitrie Cornescu. Excesiv de zelos, de teamă ca nu cumva să nu-i izbutească experimentul, zăbovise prea mult lângă sculă. Câteva secunde.

Îl depuseră într-o cămară a Zăvoianului și trimiseră sol de veste neagră în ulița Șoldani, din mahalaua Calicilor.

În primăvara lui 1865, Barbu Cantuniari se întoarse în țară după terminarea unei misiuni efectuate în țările centrale ale Europei. Lipsise doi ani...

Era nerăbdător să se vadă acasă. De la Paris, Londra sau Roma, urmărise cu sufletul la gură evenimentele istorice petrecute în Principate, cu extraordinar răsunet în toate cercurile politice ale străinătății. Jurnalele *Le Constitutionnel*, *Le Nord*, *Times*-ul, *Vox Populi*, *Zeitung*-urile comentaseră pe larg, favorabil ori nu, după cum se situau pe pozițiile magnaților sau ale plebei, epocalele reforme ale domniei Cuza. După evenimentele din mai 1864, urmase promulgarea celor două legi mult așteptate: censul și legea rurală...

Cantuniari, citind despre entuziasmul de la București, se gândea cu un sentiment de satisfacție că, în umil rol secund, contribuise și dânsul la netezirea drumului către marile împliniri ale domniei lui Cuza.

Altfel, Bucureștii i se păreau neschimbați, cuprinși de fiorii unei primăveri radioase, la fel și oamenii. Echipagii strălucitoare străbăteau Podul spre Kiseleff, terasele cafenelelor debordau de musii eleganți cu canotiere albe și jiletci viu colorate – modă *perroquet*[1] lansată de veșnic libertinul, veșnic încântătorul Paris. Tot Parisul alungase crinolinele damelor și uriașele florentine ori *pleureuse*, înlocuindu-le cu rochiile trase bine pe pântecele încorsetat și grămădite la spate, într-un uriaș panier; pe conciurile de zulufi adunați în vârful capului se țineau, ca într-o minune de echilibru, pălăriuțe nostime nu prea virtuoase, fleacuri delicioase în frivolitatea lor, încărcate de flori, panglici și fructe.

Soarelele și balurile se țineau lanț. Dansau boierii, dar și plebea. Sala Bossel se umplea joia și duminica de măscuțe elegante, în cele mai fine toalete. Midinetele Bucureștilor, în rochițe modeste de chembrică, organdină și imitațiune de *voile-Georgette*, sau în costumațiuni închiriate – mai ales colombine, dominouri, șalvari și tunici harăpești pentru „turcoaice" sau fuste gitane pentru „spaniole" – umpleau Sălile Franzelaru, Ziepser, Pomul Verde, Jignița. La balurile

---

[1] „Papagal" (lb. fr.).

de la Hârdău, măsculițele veneau desculțe, cu pantofii și ciorapii în mână. Se spălau într-un hârdău anume, apoi se încălțau. Proprietarul sălii nu le îngăduia să intre în sală cu ciubotele murdare de glodul și zăpada ulițelor...

Pe Vasilena, mamă-sa, o găsi cu adevărat neschimbată. Anii ocoleau chipul neted de crin, nu împovăraseră nici cu o câtime de oca silueta mlădioasă. Mereu visătoare, mereu lină, continua să trăiască între versurile Marcelinei Desbordes-Valmore, evantaie pictate și aforismele proprii, așternute cu slove elegante în nenumărate albume de catifea.

Îl întâmpină pe Barbu cu aceeași bucurie calmă și cu același firesc care nu înceta să-l uimească pe fecioru-său, de parcă s-ar fi despărțit alaltăieri. Constatase doar câteva fire argintuite la tâmplele lui Barbu, „dar, te asigur, te prind de minune..."

Într-o dimineață, se întâlni pe strada Academiei cu bătrânul Zăvoianu, conu' Grigore. Arăta întinerit, lepădase straiele greoaie, nădragii largi și caftanul scump, își retezase pletele. Cercetându-i costumul tăiat la *Chez Nicou*, croitorul franțuzesc al juneții elegante, mustața bârligată cu drotul și bastonelul cu țăcălie de fildeș, Barbu începu a râde. Sminteala lui Todiriță trecuse și la tată-său.

— Ce te miri, bre, Taliene? La vremi noi - oameni noi, la oameni noi - strai nou! Pășim pe calea propășirii și...

— ...Și a civilizațiunii! Cunosc, cunosc, coane Grigore. Da' ce vești de la Todiriță? Văz casele închise.

Zăvoianu ăl bătrân se întoarse după o damă plinuță cu talia jucăușă. Își răsuci mustața și-i făcu șmecherește cu ochiul:

— Nostimă cocoană! Și-ai văzut piciorușul?

Barbu râse de-a binelea:

— Te ții de berbantlâcuri, coane Griguță. Poate te trece un gând de însurătoare!

— Mai chibzuim, fătul meu, avem vreme... Întrebai de Todiriță? Îi plecat din toamnă la inglișii lui. Mă mir că n-ai aflat... L-o întâlnit Alecsandri la Londra.

— Da' ce păcatele caută pe-acolo?

— Cine, fecioru-meu?... Rosti cu nepăsare, ca în treacăt: O descoperit, în sfârșit, noblețea cea veche a Zăvoienilor și poftește să ridice un castel la Băneasa... Spun drept, nu m-așteptam la atâta simțire la băietul ista. Îl socoteam cam zălud, fără... *l'ésprit de famille...*

Barbu se amuza nespus:

— Să vă ajute Dumnezeu să-l ridicați sănătoși, coane Grigore, cu metereze multe, turnuri falnice și *pont-levis.*

— Mulțămesc, fiule. Ești un băiet bun ca și tată-tău... A bună vedere...

Despre Ionică Miclescu avu vești prin mamă-sa. După spusele Vasilenei – colportări culese prin saloane – baroana Lelia de Gunsbourg îi pusese ham de aur și acum îl mâna, bidiviu domesticit, prin cele străinătăți. Un zvon proaspăt spunea că se căsătoriseră, nu de mult, prin Switzera.

Nici Suțeștii nu se mai aflau în țară. Bun și milostiv, după cum îl știa o lume, Vodă îl iertase de osânda grea a juzilor, confirmată de Curtea de Apel. Suțu, înfrânt, și neputând înfrunta disprețul și dezaprobarea târgului, preferase pribegia. Panait Balș, pălit de dambla, târa viețișoară de vierme la o moșie din Moldova.

Într-o dimineață, pașii îl purtară pe ulița Șoldani. Înflorise liliacul în tufe cochete și aromate, stânjeneii zâmbeau în grădini gingaș albăstrui, primele roze ispiteau primele gâze de aur.

Rămase câteva minute cu ochii la casa Cornescului. Era arătoasă, procopsită, grădina năpădită de flori; nici urmă de paragina și tristețea de acum doi ani. O cabrioletă elegantă, la care erau înhămați doi roibi bine țesălați, aștepta, pesemne, să scoată stăpânii la plimbare.

Barbu își văzu de drum, cuprins de melancolie. Nu era greu să și le închipuie pe cele două Cornești, înavuțite acum, în toalete de la *Chic de France* de pe Lipscani, pline de pretențiuni și țâfnă, înnobilate peste noapte de paralele târziu dobândite de modestul amploiat de la Vamă. Vodă Cuza, luând orfana și văduva sub înaltă ocrotire, le hotărâse o despăgubire importantă și griji de o pensie care să le lipsească de orice nevoi...

Copleșit de tristețe, Barbu se gândi la destinul bietului Cornescu. Nu apucase – ori prea puțin – să se bucure de dreapta izbândă a unor ani lungi de trudă și umilinți. Iar secretul invențiunii îl luase cu el în mormânt. Nu aceasta îi fusese dorința.

Peste mai mult de o jumătate de veac, undeva, în Europa, un neamț isca aceeași născocire. Doar că acela avea să aibă mai mult noroc. Barbu însă n-avea de unde s-o știe pe-atunci.

Masinca, fata Cornescului, zămisli prunci mulți, se bucură de nepoți și strănepoți. Urmașii ei trăiesc și astăzi la cel, ori alt capăt de uliță, printre Corneștii zilelor noastre.